Knaur

Mark Anthonys Meisterwerk bei *Excalibur*

Die letzte Rune 1 – Das Ruinentor
Die letzte Rune 2 – Der Fahle König
Die letzte Rune 3 – Der Runensteinturm
Die letzte Rune 4 – Die Flammenfestung
Die letzte Rune 5 – Der Tod der Götter
Die letzte Rune 6 – Die sterbende Stadt
Die letzte Rune 7 – Die schwarzen Ritter
Die letzte Rune 8 – Das Schwert von Malachor
Die letzte Rune 9 – Das Tor des Winters
Die letzte Rune 10 – Der Runenbrecher

Weitere Bände sind in Vorbereitung.

Die letzte Rune 11 – Das Blut der Wüste
Die letzte Rune 12 – Die letzte Schlacht

Mark Anthony

DIE LETZTE RUNE
6

Die sterbende Stadt

Aus dem Amerikanischen von
Andreas Decker

Knaur

Die amerikanische Originalausgabe erschien 2001 unter dem Titel
The Last Rune: Dark Remains – Part Two
bei Bantam Books, New York.

Besuchen Sie uns im Internet:
www.knaur-fantasy.de
Sagen Sie uns die Meinung zu diesem Buch:
Fantasy@droemer-knaur.de

Deutsche Erstveröffentlichung 2002

Umschlagkonzept: Melissa Andersson
Umschlaggestaltung: ZERO Werbeagentur, München
Umschlagabbildung: © Gianni Crispino/
via Agentur Schlück, Garbsen
Lektorat: Ralf Reiter
Satz: Ventura Publisher im Verlag
Druck und Bindung: Nørhaven Paperback A/S
Printed in Denmark
ISBN 3-426-70206-1

5 7 8 6 4

EINLEITUNG

In einer Herbstnacht verändert sich das Leben von Travis Wilder, einem Saloonbesitzer in der kleinen Stadt Castle City, für alle Zeiten. Sein Freund Jack Graystone bittet ihn, einen unscheinbaren Stein zu hüten, und stirbt Augenblicke später beim Angriff unheimlicher Wesen. Nur die Hilfe des mysteriösen Wanderpredigers Bruder Cy rettet Travis das Leben. Cy befördert ihn nach Eldh, einer Welt voller Magie, deren Entwicklung dem irdischen Mittelalter entspricht – und von der Jacks Mörder kommen.

Zur gleichen Zeit stößt in Denver die Ärztin Grace Beckett auf die Männer mit den Eisenherzen. Das Eingreifen von Hadrian Farr, einem Agenten der Sucher, die seit Jahrhunderten außerweltliche Phänomene erforschen, ermöglicht Grace die Flucht – die sie ebenfalls nach Eldh führt.

Die beiden Menschen von der Erde stehen plötzlich an vorderster Front im Kampf gegen den Fahlen König. Vor tausend Jahren raubte er die drei Großen Steine, um mit ihrer Macht die Welt zu zerstören. Er wurde im Krieg der Steine besiegt und für immer in sein eisiges Reich Imbrifale eingesperrt. Aber jetzt ist die Runenmagie in Vergessenheit geraten und der Kerker nicht mehr sicher.

Travis muss zu seinem Schrecken entdecken, dass sein Freund Jack der Hüter eines der Großen Steine war und ihn zusammen mit seiner Macht als Runenmeister an ihn weitergegeben hat. Und Grace, die man auf der rückständigen Welt für eine Herzogin hält, gebietet plötzlich wie die Hexen von Eldh über die *Gabe*, mit der sie sich die *Weltenkraft* zu Nutze machen kann, das magische Netz, das alle lebenden Dinge verbindet.

Unterstützt von dem undurchsichtigen Barden Falken Schwarzhand, der nicht minder geheimnisvollen Lady Melia, die immer mehr weiß, als sie sagt, und dem aufrechten Ritter Beltan, nehmen sie gezwungenermaßen den Kampf auf. Travis kann das Gefängnis des Fahlen Königs mit *Sinfathisar*, dem Stein des Zwielichts, erneut versiegeln.

Aber damit ist die Gefahr noch lange nicht gebannt. Die Machenschaften des Fahlen Königs haben Schrecken der Vergangenheit zu neuem Leben erweckt. Einst verführte der Fahle König einige der Neuen Götter, als Nekromanten in seine Dienste zu treten. Aber andere der Neuen Götter stellten sich dem Terror ihrer irregeleiteten Brüder und Schwestern entgegen. Zu ihnen gehörte auch Melia; sie opferte dafür ihre Göttlichkeit und lebt nun als Unsterbliche unter Menschen.

Einer der Nekromanten hat den Krieg der Steine überlebt und sich verborgen gehalten. Als sich Dakarreth mit Hilfe von *Krondisar*, einem der Großen Steine, zum Herrscher über die Neuen Götter aufschwingen will, nehmen Travis und Grace den Kampf gegen ihn auf. Travis wird dabei vom Feuer *Krondisars* verschlungen und wieder geboren. Sie können den Nekromanten besiegen, aber der Ritter Beltan trägt so schwere Verletzungen davon, dass er auf Eldh sterben wird.

Kurz entschlossen schaffen Travis und Grace ihn zur Erde, obwohl sie genau wissen, dass ihnen dort große Gefahr droht. Schon einmal hat der geheimnisvolle Konzern Duratek Jagd auf Travis gemacht. Duratek will Eldh erobern und ausplündern, und ihnen ist jedes Mittel recht, um dieses Ziel zu erreichen.

Und so sind die beiden Freunde gezwungen, wie Flüchtlinge in einem schäbigen Motel zu hausen, während Beltan als namenloser Patient in ein tiefes Koma fällt. Vor allem Grace vermisst ihre neue Heimat. Eine traumatische Kindheit im Waisenhaus hat schlimme Narben auf ihrer Seele hinterlassen und sie fürs Leben gezeichnet; das Trauma manifestiert sich als Schatten, der sie zu verschlingen droht, wenn sie die *Gabe* benutzt. Aber auf Eldh hat sie zum ersten Mal echte Freunde gefunden. Wie die junge Baronesse Aryn, deren rechter Arm von Geburt an verkrüppelt ist und die ebenfalls die *Gabe* hat, oder den düsteren Ritter Durge von Embarr, der zu ihrem Beschützer geworden ist. Und nicht zu vergessen die Hexe Lirith, die sie und Aryn in der Beherrschung der *Weltenkraft* unterrichtete.

Für die auf Eldh zurückgebliebenen Gefährten gibt es keine Atempause. Aryn und Lirith lernen das fahrende Volk der Mournisch und Sareth kennen, dessen Großmutter ihnen die Karten legt und ihnen ein düsteres Schicksal verheißt.

Kurz darauf macht Lirith in einer Reihe von Visionen die schreckliche Entdeckung, dass eine finstere Macht das funkelnde und reine Netz der *Weltenkraft* verschlingt. Und dann geschehen im Süden von Falengarth unheimliche Dinge.

In Tarras geht ein Mörder um. Seine Opfer sind die Neuen Götter. Als Melia vom Tod ihres Bruders Ondo erfährt, dem Gott der Goldschmiede, hält sie nichts mehr. Sie reist mit Falken ab, aber Aryn, Lirith und Durge begleiten sie in die goldene Stadt am Meer, die Kaiserstadt der Fünf Kreise. Einst wurde von hier aus ein mächtiges Reich regiert, das heute nur noch ein Schatten seiner einstigen Größe darstellt. Hier sind die zahlreichen Neuen Götter zu Hause und erscheinen ihren Anhängern in der Etherion, einem riesigen Kuppelbau im Zweiten Kreis der Stadt.

Unter Melias Führung versuchen die Freunde den Mörder aufzuhalten, der so mächtig ist, dass er leibhaftige Götter töten kann, aber die unheimliche Macht aus dem Dunklen schlägt immer wieder zu. Sie versetzt die Etherion mit neuen Morden in Angst und Schrecken, während Zauberer in goldenen Masken durch die Straßen streifen und das Leben der Gefährten bedrohen.

Travis und Grace ahnen davon nichts. Sie kämpfen ums Überleben. Duratek hat von ihrer Anwesenheit auf der Erde erfahren. Notgedrungen wendet sich Grace an Hadrian Farr um Hilfe. Aber die Sucher kommen zu spät. Duratek entführt den Ritter aus dem Krankenhaus und zieht den Kreis um die beiden Freunde immer enger. Auf Eldh gebieten sie über große Macht, auch wenn sie sie nur voller Unbehagen einsetzen. Aber auf der Erde ist ihre Magie nur noch ein Schatten ihrer selbst. So können sich Travis und Grace nicht einmal verteidigen.

Und dann schlägt Duratek zu. Ungeheuer aus einer anderen Welt greifen an. Den sicheren Tod vor Augen, werden Grace und Travis in letzter Sekunde von einer jungen Kriegerin mit übermenschlichen Fähigkeiten gerettet. Aber können sie Vani, die behauptet, von Eldh zu kommen, überhaupt vertrauen? Oder gehört sie in Wahrheit zu den Zauberern mit den goldenen Masken, die auf zwei Welten Götter und Menschen ermorden ...?

ERSTER TEIL

Der Elf und das Tor

1

Es war die Zeit der Eulen.

Grace lag im Traum auf dem harten, schmalen Bett und starrte in die undurchdringliche Dunkelheit. Sie hatte die kratzige Decke mit den knochigen Beinen nach unten getreten; das verwaschene, viel zu kurze Nachthemd war verknittert und verschwitzt. Der Schlafsaal der älteren Mädchen befand sich auf der ersten Etage des Waisenhauses, und die Luft schmeckte tot und metallisch. Es wäre schön gewesen, eines der kleinen Fenster öffnen zu können, um wenigstens einen Hauch der kalten Bergluft hereinlassen zu können. Aber Grace sparte sich die Mühe aufzustehen. Im Beckett-Strange-Heim für Kinder waren sämtliche Fenster schon vor Jahren zugenagelt worden.

Du musst das nicht tun, Grace. Der Schatten schmiegte sich an sie, er pulsierte undurchdringlich und hungrig. *Du musst das nicht über dich ergehen lassen, nicht noch einmal. Lass die Flammen einfach kommen. Das wird das Ende sein. Du musst sie brennen lassen.*

Aber hier wartete etwas Wichtiges auf sie – etwas, an das sie sich erinnern musste. Grace ergab sich der Dunkelheit. Irgendwo weinten Eulen. Sie war wieder dreizehn Jahre alt.

Über ihr quietschten Bodendielen, altes Pinienholz bog sich unter einer gewaltigen Masse durch. Das konnte nur Mrs. Fulch sein, die nach ihrem Schlaftrunk aus Tee und Gin ins Bad ging. Ihr Zimmer befand sich auf der zweiten Etage, auch wenn Grace das noch nie verstanden hatte.

Mrs. Fulch brauchte allein schon zehn Minuten, um überhaupt die Treppen hochzukommen.

Aber der ganze Lehrkörper hatte dort oben seine Zimmer – die Aufseherinnen, die Krankenschwester, die Haushälterin, der Hausmeister, Mrs. Fulch, die Köchin, und Mr. Holiday, der Direktor des Waisenhauses. Vielleicht machte es das einfacher, die Kinder fern zu halten. Die zweite Etage war tabu. Als Grace acht Jahre alt gewesen war, hatte Mrs. Fulch sie einmal dabei erwischt, wie sie den Schuh auf die erste Stufe der Treppe gesetzt hatte. Sie hatte sie auf der Stelle in die Küche gezerrt und mit einem der großen Holzlöffel verdroschen, mit denen sie die Suppe in den großen Kesseln umrührte. Grace hatte nie wieder versucht, in die zweite Etage hochzusteigen.

Irgendwo über ihr schloss sich eine Tür. Sekunden später ertönte ein Grunzen, dem ein mühsames Schnauben folgte. Es erinnerte Grace an eine Episode von *National Geographic*, die sie sich auf dem flackernden Schwarzweißfernseher des Waisenhauses hatte ansehen dürfen. Sie mochte *National Geographic*, obwohl Mr. Holiday gesagt hatte, Wissenschaftler seien allesamt gottlose Sünder. Der Film hatte von Tieren in Afrika gehandelt. Ein sich in seinem Schlammloch suhlender Wasserbüffel hatte genau die gleichen Laute von sich gegeben. Anscheinend war Mrs. Fulch das von ihr selbst zubereitete Essen nicht bekommen. Wieder einmal. Das bedeutete, dass Grace in dieser Nacht mindestens drei- oder viermal von ihrem Watscheln aufgeweckt werden würde, wenn sie zum Bad wankte. Oder das hätte es zumindest, wenn Grace hätte schlafen können.

»Grace ...«

Das Flüstern war kaum hörbar, dennoch hallte es durch den Schlafsaal.

»Hey, Gracie ...«

Ein Kichern.

Grace erstarrte. Sprechen nach dem Löschen der Lichter war ein Verstoß gegen die Regeln. Genau wie Aufstehen, ganz egal, wie dringend man auch zur Toilette musste, nachdem man Mrs. Fulch hatte zuhören müssen.

Bettnässen selbst war nicht gegen die Regeln – und es passierte oft. An manchen Tagen flatterten die von gelben Flecken gekrönten Laken auf der Wäscheleine hinter dem Waisenhaus wie Flaggen im Wind, der von den Bergen Colorados kam. Trotzdem brachte einem ein beschmutztes Bett einen Klaps oder auch mehr von Mrs. Murtaugh ein, der Haushälterin, oder, wenn sie zu viel zu tun hatte, auch von ihrem Mann, dem Hausmeister – und Mr. Murtaughs große Hände waren von der Arbeit ganz rau und hart. Grace hatte gelernt, vor dem Zu-Bett-Gehen nicht zu viel zu trinken.

»Wir kommen und holen dich, Gracie.« Noch mehr Gekicher, das schnell erstarb. Ein weiteres Flüstern, diesmal übertrieben schrill. »Ich bin es, Mrs. Fulch, und hier ist Mr. Holiday.« Schmatzende Kussgeräusche. »Wir wollen dich zu unserem ganz besonderen Mädchen machen, Gracie.« Hände griffen aus der Dunkelheit zu, tasteten nach ihrem Nachthemd.

Grace setzte sich auf. »Lasst mich in Ruhe.«

Sie flüsterte die Worte nicht, obwohl Mrs. Broud, die Aufseherin der ersten Etage, direkt vor der Tür auf ihrem Stuhl sitzen würde.

Die Hände zuckten zurück.

»Du kleines ...« – ein Wort folgte, das Grace nicht verstand – »... du hältst besser die Klappe.«

Das war Mattie Winter. Sie benutzte gern Wörter, die sie aufschnappte, indem sie sich in Hörweite von Mr. Murtaugh herumdrückte. Der Hausmeister hatte die Angewohnheit, bei der Arbeit ununterbrochen zu fluchen; er schien es nicht einmal zu bemerken.

»Hat sie uns gehört?«, flüsterte eine dünne und bemitleidenswerte Stimme. Lisbeth Carter. Sie konnte nur in jammerndem Tonfall sprechen; es hatte etwas damit zu tun, dass ihre Nase im Inneren zu schmal war, um sie richtig atmen zu lassen. Im Augenblick war sie Matties Schatten.

In der Dunkelheit konnte Grace nur ihre Umrisse ausmachen: Die eine war groß und dick, die andere knochig und dürr. Als Mattie vor zwei Jahren ins Waisenhaus gekommen war, hatte sie sich selbst zur Königin des Mädchenschlafsaals der ersten Etage gekrönt, und keines der anderen Mädchen hatte etwas dagegen gehabt – jedenfalls nicht ohne zur Belohnung Matties Faust in den Magen zu kriegen. Grace ging Mattie nach Möglichkeit aus dem Weg, und sie hatte damit auch meistens Erfolg gehabt, aber vor ein paar Monaten war das andere Mädchen ihr ständiges Schweigen anscheinend leid gewesen. Seitdem hatte sie unablässig daran gearbeitet, Grace zu provozieren. Bis jetzt ohne Erfolg.

»Ich sagte, ihr sollt mich in Ruhe lassen.« Grace senkte ihre Stimme nicht.

Ein unterdrücktes Quieken. Das war wieder Lisbeth.

»O Gott, ich habe etwas *gehört!* War das die Tür? Was sollen wir bloß tun, Mattie? Die Broud hört doch *alles!*«

»Vor allem dein Gejammer«, zischte Mattie. »Halt die Klappe, bevor ich sie dir stopfe.«

Lisbeth hielt einen Schluchzer zurück. Ihr dürrer Schatten schlich quer durch den Raum auf ein Bett am anderen Ende zu.

Matties Augen funkelten in dem verirrten Lichtschein, der unter der Tür hervordrang. Sie lauschte. Grace lauschte auch. Broud war eine verdorrte alte Frau, deren zu einem strengen Knoten zurückgekämmtes Haar Ohren enthüllte, die so lang wie die eines Esels waren. Und falls sie im Schlafsaal einen Laut hörte, würde sie hereinstürmen, die grelle Deckenlampe mit einem wütenden Ruck einschalten und wie ein Esel blöken.

Stille. Nicht mal das trockene Geräusch, wie Mrs. Broud die vergilbten Seiten einer Ausgabe von *Reader's-Digest-Auswahlbüchern* umblätterte.

Warum sollte ich etwas Neues lesen?, hatte sie einmal auf Graces Frage gesagt. *Seit fünfzig Jahren ist nichts Vernünftiges mehr geschrieben worden. Perverse, das sind die Schriftsteller von heute. Sie geben Unrat von sich, der direkt aus der Gosse kommt, und nennen es dann Literatur. Dafür brauche ich* Reader's Digest *nicht. Das kann ich allein auf ein Wort herunterkürzen.*

Sie sagte nicht, welches Wort das genau sein sollte, aber Grace ahnte, dass Mr. Murtaugh es wissen würde.

Auf der anderen Seite der Tür ertönte kein Laut. Mattie beugte sich herunter; ihr Atem traf Graces Gesicht heiß und säuerlich. Sie griff nach Graces Brust, fand ihre Brustwarze und kniff hinein.

»Du kriegst hübsche kleine Titten, Gracie. Kneifen sie rein, bis du schreist? Machen sie das mit dir?« Sie kniff härter zu.

Grace biss die Zähne zusammen, zwang sich dazu, nicht aufzuschreien. Aber nicht wegen Broud. Die war ihr egal, das Geblöke der alten Frau konnte ihr nichts antun. Verglichen mit den anderen Dingen war das nichts. Aber sie wollte Mattie einfach nicht nachgeben.

Das Mädchen schnaubte und ließ sie los. Dann sah Grace im Zwielicht, wie das andere Mädchen eine verstohlene Bewegung machte. Mattie griff nach der eigenen Brust und drückte zu. Sie wiederholte es.

Grace konnte nicht atmen. Begriff Mattie denn nicht? Sie streckte zitternd die Hand aus und berührte den Arm des anderen Mädchens ...

... und in diesem Augenblick spürte sie es, als wären sie durch eine Stromleitung miteinander verbunden. Der Hass, der Abscheu ... das Verlangen. Während der vergangenen zwei Jahre waren sie zu Grace und Lisbeth und Sarah Feynman und Nela Barnes gekommen. Aber niemals zu Mattie.

Es war, als hätte Grace einen Finger in eine der offen liegenden Steckdosen des Waisenhauses gesteckt. Wie konnte sie das wissen? Wieso wusste sie genau, was Mattie gerade dachte?

Aber manchmal wusste Grace eben Dinge.

Mattie schlug Graces Hand zur Seite. Die Verbindung wurde unterbrochen.

»Miststück!«

Dieses Wort kannte Grace. Es klang, als würde Mattie weinen, aber das war unmöglich.

»Du dürre kleine ...« Wieder ein Wort, das Grace unbekannt war. »Was hast du mit mir gemacht?«

»Du willst es«, sagte Grace, und diesmal flüsterte sie, weil Übelkeit ihr den Hals zuschnürte. »Du willst, dass sie zu dir kommen. Aber das macht dich nicht zu was Besonderem, Mattie. Das macht dich zu ...«

Grace fand keine Worte, um es zu erklären. Vielleicht, weil *es* einen am Ende zu einem Nichts machte. Vielleicht war das die einzige Möglichkeit, um es zu ertragen – völlig und in jeder Hinsicht leer zu sein. Matties Augen funkelten vor Wut und Demütigung. Und Verlangen. Dann ging sie mit einem Laut, der genauso gut ein Knurren wie ein Schluchzen gewesen sein konnte, zu ihrem Bett zurück.

Grace legte sich wieder hin und starrte in die Dunkelheit. Sie zwang sich dazu, nicht länger nachzudenken. Manchmal hatte sie in der Nacht über die Leute nachgedacht, die eines Tages kommen und sie retten würden – Leute von der Regierung. Aber dann war eines Tages ein Mann gekommen, und seine gelangweilt blickenden Augen waren gerötet gewesen und sein Anzug zerknittert und schmutzig, und Mr. Holiday hatte ihn mit einem breiten Grinsen im Gesicht herumgeführt und entgegenkommenden Kindern übers Haar gestrichen, und der Mann hatte sich auf einem Klemmbrett ein paar Notizen gemacht und war gegangen. Und das Leben kehrte zur Normalität zurück.

Natürlich hatte Grace schon früh im Leben gelernt, dass das Leben im Heim alles andere als normal war. Normale

Kinder lagen nachts nicht wach im Bett und warteten auf das leise Quietschen der Bodendielen und auf Hände, die aus der Dunkelheit zugriffen.

Allerdings hatten sie in letzter Zeit immer seltener nach ihr verlangt. Vor sechs Monaten hatte sich etwas verändert. Sie wusste, dass es mit dem zu tun hatte, was Mrs. Broud mit gerümpfter Eselsnase als die *monatliche Qual* bezeichnete. Aber das war nur ein Teil davon.

Es war ja nicht so, dass sie sich wehrte. Sie kämpfte nicht oder schrie auf, wenn sie zu ihr kamen. Sie schaute ihnen einfach nur zu. Und das schien ihnen nicht zu gefallen. Also schaute sie nur noch genauer hin. Dann, eines Nachts vor ein paar Monaten, war ihr Besucher zurückgewichen, bevor er angefangen hatte. Sie konnte sein Gesicht nicht sehen – sie trugen immer Masken –, aber seine Hände waren schwielig und hart gewesen. Die Hände eines Arbeiters.

Hör auf, mich so anzustarren, du kleine Hexe, hatte er geknurrt.

Wie starre ich denn, Mr. Murtaugh?

Sie hatte die Worte nicht einmal laut ausgesprochen, trotzdem hatten sich die Augen hinter den Maskenschlitzen geweitet. Er hatte ihr mit der Faust gedroht, als wollte er sie schlagen, aber er hatte es nicht getan.

Du bist nicht besser als ich, du kleine Hure. Du glaubst, du kannst mich mit deinem Zauber verletzen, aber da irrst du dich. Du wirst für diese Sünde bezahlen!

Aber das hatte sie nicht. Sie war zu ihrem Bett zurückgelaufen, und man hatte sie nicht mehr geholt. Auch zu keinem der anderen Mädchen. Manchmal konnte Grace spüren, wie sie sie beobachteten: Mrs. Broud, wenn sie das

Nachtgebet sprachen, oder Mrs. Fulch im Speisesaal. Dann schaute Grace sie an und lächelte. Auf ihre Weise beobachteten sie sie auch.

Wenn sie manchmal die Treppe zum Erdgeschoss herunterkam, hörte sie sich streitende Stimmen, die schnell verstummten, wenn sie in Sicht kam. Und ein paar Mal hatte einer von ihnen sie mit einem seltsam verkniffenen Blick angestarrt. Erst als Grace bei einem der jüngeren Mädchen den gleichen Blick sah, begriff sie, was er zu bedeuten hatte.

Angst.

Irgendwie ließ dieser Blick Grace lächeln. Letzte Woche hatte sie die Köchin im Speisesaal angelächelt. *Hör sofort auf damit, du schreckliche Göre*, hatte Mrs. Fulch gesagt und keuchend nach Atem gerungen. Dann war sie so schnell aus dem Raum gewatschelt, wie sie nur konnte, die Hand vor den Mund gedrückt, und Mr. Holiday war gekommen und hatte verkündet, Mrs. Fulch sei plötzlich krank geworden und er würde heute für alle Kinder das Mittagessen austeilen.

Wieder herrschte Stille. Mattie musste ins Bett zurückgekrochen sein und Lisbeth auch. Sarah schnarchte, und Nela schluchzte leise im Schlaf. Sie weinte immer im Schlaf, obwohl sie sich nie am nächsten Tag daran erinnern konnte.

Oben quietschte wieder der Boden. Mrs. Fulch wankte zurück zu ihrem Zimmer. Bodendielen bogen sich durch. Eine Tür ächzte, als sie geöffnet wurde. Ein langer Augenblick der Stille trat ein.

Ein Poltern zerriss die Luft.

Grace schoss im Bett hoch. Sarah und Nela ebenfalls, geistergleich in ihren weißen Nachthemden.

»Scheiße!«, fauchte Mattie. »Was war das?«

Lisbeth quiekte. »Sie kommen!«

Mattie streckte die Hand aus, um sie zu schlagen. Lisbeth sackte auf ihrem Bett zusammen, unterdrückte ihr Schluchzen mit dem Kissen.

Grace legte den Kopf schräg, lauschte. Da war ein weiteres Poltern, nur dumpfer als das erste. Als würde etwas Weiches, aber schrecklich Schweres zu Boden fallen.

»Fulch«, flüsterte sie.

»Was ist los, Grace?«, fragte Nela; ihre kleinen dunklen Hände hielten die Decke ans Kinn.

Grace glitt wortlos aus dem Bett. Sie legte die Hand auf den Türknauf.

»Grace!«, flüsterte Sarah. »Du kannst da nicht raus!«

Wieder war Stille eingekehrt. Aber nein, das stimmte nicht. Ein leises Summen war zu hören, wie die Vibration der Stimmgabel, die Mrs. Broud benutzte, bevor sie beim Weihnachtsessen die Weihnachtslieder sang.

»Grace!«

Sie drehte den Knauf, die Tür schwang auf, Licht flutete herein.

Ein zerlesener *Reader's-Digest*-Band lag auf Brouds Stuhl. Die alte Frau war nirgendwo in Sicht. Grace zögerte; den Schlafsaal in der Nacht zu verlassen brach so viele der Regeln, dass es in Fulchs Küche dafür nicht genug Löffel gab. Aber da draußen war etwas. Sie holte tief Luft und trat in den Korridor hinaus. Sie brauchte den anderen nicht zu sagen, im Zimmer zu bleiben. Sie konnte Lisbeths Wimmern hören. Niemand würde ihr folgen.

Sie ging ein paar Schritte den Korridor entlang. Da – ein Scharren. Es kam von oben, wie Ratten, die über Holz liefen. Sie glaubte zu hören, wie eine Stimme leise, böse Worte sprach.

Grace ging den Korridor entlang. Türen huschten an ihr vorbei. Keine von ihnen öffnete sich. Stille hatte das Waisenhaus ergriffen. Da war nur ein durchdringendes Summen. Es ließ Graces Unterkiefer vibrieren.

Vor ihr gähnte eine Öffnung. In der Dunkelheit führten Stufen nach oben. Die Treppe zur zweiten Etage.

Grace ergriff den abgenutzten Geländerknauf und starrte in die Höhe. Ihre Knie hatten sich in Gummi verwandelt. Sie hätte zurück ins Bett laufen sollen, bevor Broud sie erwischte. Ihr Verhalten war Prügel wert. Mehr als Prügel. Aber sie konnte nicht zurück. Etwas geschah. Sie fühlte es, so wie sie Matties Kränkung gefühlt hatte.

Wie von einem eigenen Willen beseelt hob sich ihr rechter Fuß und berührte die erste Stufe. Von oben flutete bleiches, silbriges Licht herunter. Es rollte die Stufen herab wie glühender Nebel.

Tu es, Grace.

Das Summen steigerte sich zu einem schrillen Jaulen. Grace öffnete den Mund, aber kein Ton kam heraus. Das Summen war der einzige Laut, der das Waisenhaus erfüllte. Das Licht floss die Stufen hinunter und sammelte sich um ihre Knöchel; es fühlte sich kühl auf der Haut an.

Du musst die Treppe raufgehen. Du hast es schon einmal getan, als du dreizehn warst. Du kannst es wieder schaffen.

Grace ergriff das Geländer, setzte den Fuß auf die erste Stufe – und die Welt verwandelte sich in ein Feuer.

Aber nein, so war das nicht passiert. Die Flammen waren jetzt noch nicht gekommen, erst viel später. Erst, nachdem sie *es* gesehen hatte. Sie musste die Treppe hinaufgehen. Ihr blieb keine andere Wahl.

Aber um sie herum toste jetzt das Feuer. Grace krümmte sich auf den Stufen zu einer kleinen Kugel zusammen und weinte, aber es waren nicht die Tränen einer Dreizehnjährigen, sondern einer erwachsenen Frau. Dann wuchs der Schatten um sie herum und löschte das Feuer.

2

Travis schob die schweren Vorhänge zurück und ließ das helle Oktoberlicht in den Raum strömen. Er ging zum Bett zurück und setzte sich auf den Rand.

»Grace«, murmelte er.

Ein leises Stöhnen entschlüpfte ihren Lippen, ihr Kopf drehte sich auf dem Kissen, aber ihre Augen waren geschlossen. Sie träumte.

Nein, das ist kein Traum, Travis. Das ist mehr. Sie ist wieder zurück, erlebt es erneut. Der Schatten der Vergangenheit.

Er legte die rechte Hand auf ihre Stirn und spürte ein Kribbeln. »Grace, es ist Zeit zum Aufwachen. Du bist in der Innenstadt von Denver, in einem Zimmer im Brown Palace. Ja, ich weiß, dass es verglichen mit dem Blue Sky Motel etwas übertrieben ist, aber nur keine Sorge. Geht alles auf Rechnung der Sucher.«

Ihre Mundwinkel zogen sich nach oben. Ihre Hände ballten sich zu Fäusten, zerknitterten die Decke.

Nach dem Angriff auf das Motel vergangene Nacht hatte Vani sie hierher gefahren. Weder er noch Grace hatten gewusst, wo die Sucher wohnten, aber irgendwie musste Vani es herausgefunden haben. Sie hatte sie zu einem Zimmer in der zweiten Etage geführt, geklopft. Aber als sich dann die Tür geöffnet und Deirdre sie überrascht angeblickt hatte, war außer ihm und Grace niemand mehr im Korridor gewesen.

Sie hatten Deirdre und Farr so gut wie möglich erklärt,

was geschehen war, dann hatten sie den Bericht in den Zehn-Uhr-Nachrichten von Channel 4 gesehen. Travis war nur kurz überrascht gewesen, als Bilder von ihm und Grace über den Bildschirm flimmerten.

Die Polizei sucht nach diesen beiden Personen, die mutmaßlich in die Gewalttaten im Blue Sky Motel verwickelt sind, hatte der roboterhafte Nachrichtenmoderator gesagt. *Sie gelten als gefährlich, also nähern Sie sich ihnen nicht, falls Sie sie sehen. Verständigen Sie stattdessen sofort die Polizei.*

Offensichtlich waren ihre guten Freunde bei Duratek sehr fleißig gewesen. Travis war erstaunt gewesen, dass sie bei all der Zeit, die sie damit verbrachten, sein und Graces Leben zu manipulieren, überhaupt noch die Energie hatten, einen multinationalen Konzern zu leiten. Andererseits hatten sie ja wohl in dieser Angelegenheit Hilfe gehabt. Er hatte wieder an die Gestalt mit der goldenen Maske denken müssen, hinter der sich Vani zufolge der Meister der *Gorleths* verbarg. Irgendwie hatte es der Mann mit einer einfachen Geste geschafft, Travis' Herz am Schlagen zu hindern. Hätte er nicht sein Stilett gehabt, das vor langer Zeit von den Runenmeistern verzaubert worden war, wäre er jetzt tot.

Danke, Jack, hatte er gedacht.

Nach den Nachrichten hatte Grace nicht aufhören können zu gähnen und war ohne sich vorher auszuziehen ins Bett gekrochen. Aber für Travis hatte es keinen Schlaf gegeben. Er war bis spät in die Nacht aufgeblieben, hatte im Wohnzimmer der Suite gesessen und sich mit Deirdre und Farr unterhalten und ihnen jede Einzelheit des Angriffs berichtet, an die er sich hatte erinnern können. Schließlich war Farr in sein Zimmer gegangen, um die Sucher zu benachrichtigen. Deirdre hatte ihm eine Tasse Kräutertee gekocht, aber da mussten noch ein paar andere Zutaten drin gewesen sein, denn als seine Erinnerung wieder einsetzte, lag er auf dem Sofa, während das rote Licht der Morgendämmerung zwischen die hohen Gebäude der Innenstadt kroch und scheinbar die Zimmerfenster in Flammen tauchte.

Graces Lider waren noch immer geschlossen, aber er konnte darunter schnelle Bewegungen wahrnehmen. Er beugte sich vor und küsste ihre feuchte Braue.

»Ich liebe dich, Grace.«

Sie schlug die Augen auf.

Dann stemmte sie sich hoch und tastete über ihr strähniges Haar. »Travis. Hast du ... gerade etwas gesagt?«

Er lächelte und nahm ihre Hand. »Ich habe nur gesagt, dass es Zeit zum Aufwachen ist.«

»Es tut mir Leid. Ich war ... ich meine, ich war bloß ...«

»Schon gut, Grace. Ich weiß.« Er fasste ihre Hand fester. »Ich war auf Spardis dabei. Ich habe den Schatten gesehen.«

Sie erstarrte und fing an, die Hand zurückzuziehen. Aber er ließ nicht los.

»Du hättest es mir sagen können«, sagte er leise. »Die Regressionen. Du hast sie seit unserer Rückkehr nach Denver, nicht wahr?«

Jetzt zog sie die Hand zurück. »Du hast genug eigene Sorgen, Travis. Ich wollte dich nicht auch noch mit einem Haufen alter Erinnerungen belästigen.«

Er wusste nicht, ob er lachen oder weinen sollte. Es konnte einen in den Wahnsinn treiben. Warum glaubte sie immer, alles allein machen zu müssen?

»Belästige mich, Grace. Bitte. Das ist mein Ernst.«

Sie starrte ihn an. Dann umspielte ein kleines, zerbrechliches Lächeln ihre Lippen. Langsam, so als wüsste sie nicht genau, wie sie es anstellen musste, hob sie eine Hand und strich ihm über die Wange. »Und wann genau im Verlauf dieser absoluten Katastrophe hast du dich in den Starken verwandelt?«

Jetzt war er derjenige, der erstaunt über ihre Worte blinzeln musste. Er beugte sich zurück, dann zuckte er mit den Schultern. »Ich weiß es nicht, Grace. Ich weiß es wirklich nicht.«

Sie schaute zur Seite. »Ich kann sie nicht aufhalten, Travis. Die Erinnerungen. Manchmal glaube ich, ich werde noch mal in der Vergangenheit ertrinken.«

»Was geschehen ist, ist geschehen, Grace. Die Vergangenheit kann dich nicht verletzen.«

»Wirklich nicht?«

Er stand auf. »Komm schon. Deirdre hat den Zimmerservice angerufen. Sehen wir doch mal, ob dieses Hotel eine ordentliche Tasse *Maddok* zu Stande bringt.«

3

Als sie das Wohnzimmer der Suite betraten, goss Deirdre bereits aus einer Silberkanne ein. Sie reichte ihnen wortlos dampfende Tassen, und Travis fragte sich, wie er jemals daran hatte zweifeln können, dass sie etwas anderes als eine Freundin war.

»Danke«, sagte er und senkte die Tasse. Es war kein *Maddok*. Es war das echte Zeug, schwarzer, perfekt aufgebrühter Kaffee.

»Du schuldest mir was«, sagte sie.

Grace rollte sich auf einem Sessel zusammen und nahm kleine Schlucke. Bevor Travis etwas erwidern konnte, öffnete sich die Tür des zweiten Schlafzimmers, und Farr trat heraus. Er trug dieselben zerknitterten Sachen wie in der vergangenen Nacht, und auch das Stirnrunzeln hatte sich nicht verändert.

»Was haben die Philosophen gesagt?«, wollte Deirdre wissen.

Farr fuhr sich mit der Hand durch das dunkle, lockige Haar. »Nichts. Sie haben absolut nichts gesagt.«

Deirdre runzelte die Stirn. »Aber das ist unmöglich. Stewart und Erics sind tot, wir haben ein Desiderat nach dem anderen gebrochen. Sie *müssen* etwas gesagt haben.«

»Offensichtlich nicht.«

Farr und Deirdre fixierten einander, und Travis seufzte.

»Entschuldigung, aber falls Sie es vergessen haben sollten, nicht jeder der hier Anwesenden kennt sich im Sucher-Vokabular aus. Könnten Sie das bitte übersetzen?«

»Da bin ich mir nicht sicher«, sagte Farr und steckte einen widerspenstigen Hemdzipfel in die Hose.

Travis sah ihn über den Tassenrand an. »Was wollen Sie damit sagen? Sie sind doch hier derjenige, der immer in geheimnisvollen Rätseln spricht und im richtigen Augenblick in schwarzen Limousinen angefahren kommt. Ich war immer der Meinung, ihr Sucher hättet auf alles eine Antwort.«

Farrs Blick glitt in die Ferne. »Das dachte ich auch«, murmelte er.

Grace brach das Schweigen. »Also gut, wie geht es jetzt weiter?«

Travis hatte nicht weiter als bis zum Kaffee gedacht. Duratek hatte noch immer Beltan in seiner Gewalt, nur dass ihnen jetzt auch noch Zauberer in goldenen Masken, die Mutanten kontrollierten, zur Verfügung standen. Was konnten sie tun? Er hatte nicht die geringste Ahnung.

Glücklicherweise antwortete eine andere Stimme mit kühlen, sorgfältig betonten Worten. »Wir müssen euren Freund finden, den Ritter Beltan. Und zwar schnell. Wir haben nicht viel Zeit.«

Travis' Augen brauchten einen Augenblick lang, bis sie es wahrnehmen konnten; es war, als würde sich die Luft um sie herum entfalten. Die Tür der Suite schnappte ins Schloss. Er konnte sich nicht daran erinnern, gehört zu haben, dass sie sich geöffnet hatte.

»Vani«, stieß er hervor. »Sie sind zurückgekommen.«

Sie lächelte; ein Ausdruck, so scharf wie eine Messerklinge, aber nicht ganz ohne Heiterkeit. »Das ist so nicht richtig, Wilder. Ich war nie weg. Ich habe dieses Hotel im Auge behalten. Es ist sicher – im Moment jedenfalls.« Sie legte den Kopf schief; ihr kurz geschnittenes, zerzaustes Haar funkelte in der Morgensonne. »Ist das Kaffee?«

»Lassen Sie mich machen«, sagte Deirdre, die offensichtlich viel zu verblüfft war, um etwas anderes zu sagen. Sie füllte eine Tasse.

»Danke, Sucherin.« Vani nahm die angebotene Tasse.

»Es ist kein *Maddok*, wissen Sie«, sagte Grace und verzog das Gesicht.

Vani atmete den aus der Tasse aufsteigenden Dampf ein. »Das ist schon in Ordnung, Grace Beckett. Es war ... eine lange Nacht.«

Vani setzte sich auf das Sofa, und zum ersten Mal fielen Travis die Schatten unter den goldenen Augen auf. Sie trug noch immer die schwarzen Lederhosen mit den dazugehörigen Stiefeln, aber die Jacke war verschwunden, so dass nur noch das schwarze Top übrig war. Als sie die Tasse hob, sah er die Tätowierungen, die sich ihre Arme hinaufschlängelten. Weitere Symbole umrahmten ihren Hals. Er wusste nicht, worum es sich bei ihnen handelte, aber es waren keine Runen.

»Sie kennen uns also«, sagte Farr. Auf seinem Gesicht zeichnete sich Ehrfurcht ab, andererseits hatte Farr eine Karriere daraus gemacht, nach einem Beweis für die Existenz anderer Welten zu suchen. Jetzt saß eine auf einem anderen Planeten geborene Frau in seinem Hotelzimmer und trank Kaffee.

»Sie gehören zu den Suchern«, sagte Vani.

Farr nickte. »Und warum sind Sie auf die Erde gekommen? Können Sie uns das verraten?«

Vani stellte die Tasse ab. »Haben Ihnen Travis Wilder

und Grace Beckett das nicht schon bereits gesagt? Ich bin gekommen, um sie zurück nach Eldh zu bringen.«

Deirdre öffnete den Mund, um etwas zu sagen, aber Farr brachte sie mit einer kleinen Handbewegung zum Schweigen. Sie warf ihm einen fragenden Blick zu, aber Travis glaubte zu verstehen. War das nicht eine ihre Regeln? Zu beobachten, nur zuzusehen, was jene mit außerweltlichen Verbindungen aus ihrem eigenen freien Willen taten?

Grace setzte sich auf, die Wangen vom Koffein gerötet. »Wie sind Sie hergekommen, Vani? Wie sind Sie zur Erde gekommen? Ich muss ... *wir* müssen das wissen.«

Vani schien über diese Worte nachzudenken. Schließlich nickte sie. »Lassen Sie mich meine Geschichte folgendermaßen beginnen. Vor langer Zeit lebten meine Vorfahren im tiefen Süden Eldhs, in den heißen Ländern von Moringarth, in der Stadt Morindu die Finstere. Von allen Städten Amúns, die das Ufer des großen Flusses Emyr säumten, war nur Kor älter. Und obwohl Kor der größte der Stadtstaaten war, bot niemand so vielen Zauberern eine Heimat wie Morindu die Finstere.«

»Zauberer«, sagte Travis. »Haben Sie nicht letzte Nacht den Mann mit der goldenen Maske als Zauberer bezeichnet?«

»Ja«, sagte Vani und kniff die Augen zusammen.

»Was also sind Zauberer? Das Gleiche wie Runenmeister?«

»Nein, Zauberer haben nichts zu tun mit den Magiern des Nordens. Zumindest nicht, soweit mir bekannt ist. Obwohl mein Volk noch viel weiß, ist seit unserer Vertreibung aus Morindu und den Ländern Amúns viel Wissen verloren gegangen. Ganz einfach gesagt, Zauberer sind diejenigen, die die *Morndari* herbeilocken und ihnen befehlen können.«

»*Morndari?*«, wiederholte Deirdre.

Offensichtlich hatte sie Farrs Anweisung vergessen, als sie zur Sesselkante vorrutschte.

Vani nickte. »In der alten Sprache meines Volkes bedeutet das *Die Durstigen*. Die *Morndari* sind schon immer durstig gewesen, seit die ersten Menschen Amúns sie entdeckten. Sie sind ...« Sie schaute zur Decke, als würde sie nach Worten suchen, dann senkte sie den Kopf wieder. »In Ihrer Sprache würde man sie wohl als Geister bezeichnen. Obwohl es sich nicht um die Geister von Toten handelt. Sie sind uralt – so alt wie die Welt. Vielleicht sogar noch älter. Auf ihre Weise sind sie sich selbst bewusst, aber sie haben keine Körper, keine Form, und sie sind nicht richtig lebendig. Aber sie verfügen über Macht. Und wie die ersten Zauberer herausfanden, können sie mit Blut angelockt werden. Und so fanden sie ihren Namen.«

»Blut«, sagte Grace. Sie erschauderte. »Sprechen Sie von Tierblut?«

Vani schüttelte den Kopf. »Wenn ein Zauberer sie kontrollieren wollte, musste er sein eigenes Blut anbieten. Sobald sie getrunken hatten, wurden sie satt und behäbig, und der Zauberer konnte ihnen Befehle geben.«

Um was zu tun?, wollte Travis fragen, aber seine Zunge schien an seinem Gaumen festzukleben.

»Die leuchtenden Städte Amúns erlebten vor zweitausend Jahren ihren Untergang«, sagte Vani. »Die Zauberer erhoben sich gegen die Gottkönige, aber sie wurden vernichtet, und bei der letzten Schlacht wurde der Lauf des Flusses Emyr verändert, so dass Amún zu dem wurde, was es heute ist: die Morgolthi, eine Wüste aus Staub und Knochen.«

Grace zog die Knie an die Brust. »Ich mag Geschichte, Vani, und was Sie da erzählen, ist interessant. Aber was hat das damit zu tun, wie Sie zur Erde kamen?«

Vani lächelte. »Die Gegenwart hat tiefe Wurzeln, Grace Beckett, und Augenblicke sind wie Blätter an Bäumen. Selbst einfache Dinge geschehen nur deswegen, weil sich tausend andere Dinge vorher zugetragen haben. Mein Volk nennt das Schicksal.«

»Ich würde es Chaostheorie nennen«, sagte Grace.

Vani zuckte mit den Schultern. »Wie auch immer man es nennt, das Resultat ist das Gleiche. Sie müssen wissen, es gab Zauberer, die mitten im Krieg gegen die Gottkönige den Versuch unternahmen, Morindu der Finsteren Geheimnisse zu entreißen – Geheimnisse von großer Macht. Aber statt das zuzulassen, verschlossen die Zauberer Morindus die Tore und zerstörten ihre eigene Stadt, von innen heraus. So wurde Morindu für alle Ewigkeit unter dem Sand von Amún begraben, und ihre Geheimnisse mit ihr.«

Travis drehte seine leere Tasse in den Händen. »Vani, diese Zauberer, die Morindu die Geheimnisse der Macht stehlen wollten. Trugen einige von ihnen goldene Masken?«

Vani nickte steif. »In Amún gab es eine Stadt namens Scirath, die von Anbeginn des Zeitalters der Gottkönige eine Rivalin Morindus war. Es waren die Bewohner Sciraths, die die Stadt meiner Vorfahren als Erste die *Finstere* nannten, denn sie wollten die Gedanken anderer Menschen vergiften, sie dazu bringen, dass sie die Morindai fürchten und hassen. Die Scirathi begehrten das Wissen Morindus und wollten es für sich haben. Aber die Morindai nahmen den Namen an, den man ihnen voller Verachtung verliehen hatte, und trugen ihn voller Stolz. Und ja« – sie erwiderte Travis' Blick – »die Zauberer von Scirath trugen Masken aus Gold.«

Grace stand auf. »Vani, haben Sie nicht gesagt, dass in diesem Krieg alle Zauberer vernichtet wurden?«

»Die meisten. Nicht alle.«

»Aber es ergibt noch immer keinen Sinn. Warum sollte eine Horde zweitausend Jahre alter Zauberer an mir und Travis interessiert sein?«

»Aus dem gleichen Grund wie mein Volk«, sagte Vani.

Grace starrte sie an, dann ließ sie sich zurück in ihren Sessel fallen.

Vani schaute auf ihre Handgelenke und betrachtete die Linien der komplizierten Tätowierungen. »So wie ein paar der Bewohner Morindus überlebten, so auch einige Männer aus Scirath. Sie haben niemals in ihren Bemühungen nachgelassen, die verlorenen Geheimnisse Morindus aufzuspüren. Und wir haben niemals in unseren Bemühungen nachgelassen, sie daran zu hindern. Vergangene Nacht hat Sie einer der Scirathi angegriffen. Selbst wenn Sie ihn nicht gesehen hätten, Wilder, hätte ich es gewusst. Nur dass sie niemals *Gorleths* als Sklaven benutzt haben.«

Grace erschauderte. »Was sind sie, Vani? Die *Gorleths*.«

»Ich weiß nicht, welche dunkle Zauberei die Scirathi benutzt haben, um sie zu erschaffen. Ich weiß nur, dass man sie macht, indem man das Fleisch und Blut verschiedener Kreaturen zusammenfügt. Aber solche *Gorleths* habe ich noch nie gesehen. Sie sind stärker, als mir bekannt ist. Schneller.«

»Und klüger«, sagte Grace. Sie schaute auf. »Nicht wahr?«

Vani nickte. »In gewisser Weise bin ich froh, dass sich der Scirathi gezeigt hat. Ich hatte schon seit Monaten den Verdacht, dass es ein Mitglied seines Ordens war, der durch das Tor kam.«

Jetzt war es Farr, der seine eigenen Regeln vergaß. »Das Tor?« Sein Blick ließ Vani nicht los. »Wollen Sie damit etwa sagen, Sie wissen von einem Tor zwischen Eldh und der Erde?«

Vani sah ihn an. »Mein Volk hat das Artefakt von Morindu lange Zeit verborgen gehalten. Doch vor drei Jahren haben wir riskiert, es zu benutzen, und so kam ich hierher, auf die Erde, in der Hoffnung, Wilder und Beckett zu finden.«

»Drei Jahre? Aber Sie können nicht so lange auf der Erde sein. Die Sucher hätten davon erfahren.«

Vanis Lippen verzogen sich zu einem schmalen Lächeln. »Ich glaube, Sie überschätzen die Schnelligkeit, mit der ich die Sprache einer neuen Welt lernen kann. Und Sie unterschätzen meine Fähigkeit, vor den Augen der Sucher verborgen zu bleiben.«

Darauf schien Farr keine Antwort zu haben.

Travis' Nerven vibrierten wie Drähte. »Wenn Ihnen ein Tor zu Verfügung steht, Vani, dann können Sie uns helfen, Beltan nach Eldh zurückzubringen.«

»Nein, das kann ich nicht.«

Die Ausdruckslosigkeit ihrer Stimme entsetzte ihn. Er starrte sie an, genau wie Grace.

»Das Artefakt von Morindu ist mächtig, aber obwohl wir es benutzt haben, haben wir seine Wirkungsweise nicht ganz verstehen können. Sie müssen wissen, dass das Artefakt hohl ist, und als mein Volk es entdeckte, war es mit einer dunklen Flüssigkeit gefüllt.«

»Blut«, sagte Grace.

»Ja, Blut. Und nachdem ich das Artefakt benutzt habe, um zur Erde zu gelangen, habe ich von meinem Bruder erfahren, dass es leer ist.«

Travis fuhr sich mit der Hand über den glatten Kopf. »Aber wo liegt das Problem? Kann Ihr Bruder das Ding nicht einfach wieder auffüllen und uns zurückbringen?«

»So einfach ist das nicht, Wilder. Wir wissen nicht, welche Art von Blut sich in dem Artefakt befand.«

»Menschenblut?«, sagte Grace mit beherrschter Stimme.

»Nein«, erwiderte Vani und wandte sich Grace zu. »Das Blut eines Menschen öffnet das Tor nicht. In dem Artefakt befand sich eine andere Art von Blut, Blut von großer Macht. Um das Tor erneut öffnen zu können, würde man das gleiche brauchen.«

»Aber sagt das Artefakt Ihnen denn nicht, was es braucht?« Grace zupfte ein paar Flusen von ihrem unförmigen Pullover. »Sie wissen schon, wie der Aufkleber auf einem Auto. ›Nur bleifreies Blut.‹ So was in der Art?«

»Das Artefakt verfügt über eine Aufschrift, aber obwohl wir sie aus der uralten Sprache Morindus übersetzen konnten, wissen wir nicht, was sie zu bedeuten hat. Sie besagt, um den Weg zu öffnen, müssen wir Blut haben, das so mächtig wie das Blut des Lichts ist.«

Grace seufzte. »Und Sie wissen genauso wenig wie ich, was das heißt.«

Vani antwortete nicht.

»Also sind Sie hier gefangen«, sagte Travis. »*Wir* sind hier gefangen.«

Vani stand auf und ging zum Fenster; das schwarze Leder quietschte. »Wir hatten die Vermutung, dass das Blut bei der Benutzung des Artefakts verbraucht wird. Ich wusste vorher, dass die Reise nur in eine Richtung gehen wird. Aber dann, vor fast einem Jahr, schickte mir mein Bruder die Nachricht, dass die, die wir gesucht hatten, auf Eldh erschienen waren – und dass ihre Namen Grace Beckett und Travis Wilder sind.«

Deirdre stieß einen leisen Pfiff aus. »Das muss ein Schlag gewesen sein, herzukommen ohne die Möglichkeit zur Rückkehr, um dann herausfinden zu müssen, dass die, die Sie suchen, auf Eldh sind.«

Vani warf Deirdre einen Blick zu, die Lippen zu einem bitteren Lächeln verzogen. »Sie haben ein Talent für Untertreibungen, Sucherin. Doch vor zwei Monaten schickte mir mein Bruder eine weitere Nachricht, in der er mir mitteilte, dass Wilder und Beckett zur Erde zurückgekehrt sind.«

Travis musste sich anstrengen, das alles zu verstehen. »Moment. Wenn Sie das Tor nicht öffnen können, wie kann Ihr Bruder Ihnen dann Botschaften schicken?«

»Hiermit.«

Vani griff in die Tasche und zog einen schwarzen Stein in Form eines Dreiecks hervor.

Travis trat näher heran. »Was ist das?«

»Das ist ein Stück des Artefakts von Morindu«, sagte Vani. »Es erlaubt meinem Bruder, durch das Artefakt zu mir zu sprechen – auch wenn er dafür einen Preis zahlen muss. Ohne ist das Artefakt nicht komplett. Was eigentlich auch gut so ist.«

»Wieso?«, wollte Farr wissen.

Vanis Finger fassten das Dreieck fester. »Vor einem Monat erschien das Tor vor mir. Ich dachte, es handele sich um eine weitere Nachricht meines Bruders. Das war es aber nicht. Das Tor öffnete sich ... und wurde viel größer.«

Grace setzte sich aufrecht hin. »Der Scirathi.«

»Zu diesem Zeitpunkt wusste ich das nicht, jedenfalls nicht genau. Ich wurde überrascht und konnte nur mit Mühe mein Leben retten. Im Chaos des Augenblicks konnte ich meinen Angreifer nicht erkennen, aber die vergangene Nacht hat meine Befürchtungen bestätigt. Es ist tatsächlich ein Zauberer von Scirath durch das Tor gekommen. Er muss meinem Bruder das Artefakt entwendet haben. Und ich glaube, er hat es mit durch das Tor gebracht.«

»Einen Augenblick«, sagte Travis. »Sie haben doch gesagt, man könnte das Artfakt nicht ohne das richtige Blut benutzen.«

»Ja«, erwiderte Vani. »Das habe ich.«

Ein Schauder durchfuhr ihn, als sich ihm die Wahrheit erschloss. Doch Grace war schneller. Ihr wissenschaftlicher Verstand.

»Sie glauben, dass der Zauberer das Geheimnis gelüftet hat. Sie glauben, dass er weiß, welche Art von Blut man braucht, um das Artefakt zu bedienen.«

»Es muss so sein«, sagte Vani. »Sonst hätte er nicht herkommen können.«

Farr sah Deirdre mit grimmigem Gesichtsausdruck an.

»Was?«, sagte sie.

Er rieb sich das mit Bartstoppeln übersäte Kinn. »Das ist wirklich übel. Die Geschehnisse der letzten Nacht können nur eines bedeuten. Das Wesen, das Vani als Scirathi bezeichnet, arbeitet mit Duratek zusammen. Der Fernsehbericht über den Angriff auf das Motel trägt doch eindeutig Durateks Handschrift.«

Deirdre holte zischend Luft. »Was bedeutet, dass nichts Duratek daran hindern wird, sich mit dem Tor des Scirathi Zugang zu Eldh zu verschaffen.«

In Travis stieg Furcht empor. Falls Deirdre Recht behielt, bedeutete das das Ende von allem, wofür er gekämpft hatte, das Ende von Eldh als freie und andersartige Welt. Er schaute zu Grace herüber, und sie erwiderte den Blick mit furchterfüllten Augen.

»Nein«, sagte Vani, »so schnell dürft ihr nicht verzweifeln. Noch ist nicht alle Hoffnung verloren.«

Farr schüttelte den Kopf. »Entschuldigen Sie, Vani, aber Sie kennen Duratek nicht. Sie werden jede Chance nutzen, die sie bekommen, um nach Eldh zu gehen und seine Ressourcen für sich zu beanspruchen.«

»Sie irren sich, Sucher.« Vanis Augen funkelten. »Ich kenne diese Gruppe von Zauberern, die Sie Duratek nennen. Ich habe sie beobachtet, so wie ich Sie beobachtet habe. Und obwohl sie den Ritter und das Tor haben und das Geheimnis des Blutes kennen, gibt es eine Sache, die sie nicht haben.«

Travis wusste es, noch bevor sie die Hand öffnete.

»Das Steindreieck. Sie sagten, das Artefakt ist ohne nicht komplett.«

»Ja. Wenn das Prisma vom Artefakt getrennt ist, dient es als Brennpunkt für das Tor. Solange ich das hier besitze, werden alle vom Artefakt geöffneten Tore zum Prisma führen. Um ein Tor nach Eldh zu öffnen, müssen das Artefakt und das Prisma zusammengebracht werden.«

»Dann besteht noch eine Chance«, sagte Travis. »Wenn wir Beltan und das Artefakt in unsere Hand bekommen und wenn wir herausfinden, was es mit dem Blut des Lichts auf sich hat, dann können wir nach Eldh.« Er hatte noch nicht zu Ende gesprochen, als ihm klar wurde, wie albern das klang. Selbst mit der Hilfe von Vani und den Suchern, wie sollten sie das schaffen?

»Vani?«, sagte Grace leise. »Da gibt es doch noch etwas, das Sie uns nicht gesagt haben. Warum suchen Sie und die Scirathi nach mir und Travis?«

Vani senkte den Kopf, eine schwarze Silhouette vor dem Fenster. Dann schaute sie auf, und ihre goldenen Augen leuchteten.

»Weil, Grace Beckett«, sagte sie, »Sie und Travis Wilder vom Schicksal dazu ausersehen sind, die verlorene Stadt Morindu die Finstere aus dem Sand von Moringarth zu heben.«

4

Nicht zum ersten Mal schwamm Beltan durch das dunkle Gewässer der Bewusstlosigkeit der zähflüssigen Oberfläche entgegen, durchbrach sie und fand sich nackt und reglos auf der harten, kalten Unterlage wieder.

Er kämpfte ums Verstehen. War das die Gruft unter Calavere, wo sein Vater schlief, nachdem der Mord ihn des Lebens beraubt hatte? Es war unmöglich, sicher zu sein; vor seinen Augen lag ein Nebel. Wie war er hergekommen? Er erinnerte sich an das Feuer, das durch seine Adern schoss. Gift. Ja, sie hatte ihn vergiftet und an diesen Ort gebracht, um ihn in das gleiche Ding zu verwandeln, das sie geworden war. Kyrene.

Nimm nicht mein Herz, Hexe!

Aber warum sollte sie ihm das Organ nicht aus der Brust schneiden, wenn sie es mit einem Klumpen aus kaltem Eisen ersetzte? Wozu brauchte er schon ein Herz?

Du liebst ihn.

Nein, das war kein Grund, das war nur seine übliche Dummheit. Was spielte Liebe schon für eine Rolle? Er hatte seinen Vater König Beldreas geliebt, und was hatte das am Ende bedeutet? Wieder sah Beltan das Bild vor sich, das einst seine Träume heimgesucht hatte und jetzt – dank dem Nekromanten Dakarreth – seinen Verstand quälte: ein Messer, dessen Klinge sich tief in den starken, breiten Rücken eines Mannes senkte, und eine blutbesudelte Hand, die zurückgezogen wurde. Beltans Hand. Er hatte Beldreas, seinen Vater, vergöttert, und er hatte ihn ermordet – hatte ihn erstochen, als er nicht hinsah. War es nicht das, wo Liebe am Ende immer hinführte – zu Qualen, Verrat, Tod?

Nein, es ist nicht dasselbe. Ich will Travis Wilder nur noch ein einziges Mal gegenübertreten. Das ist alles. Ich will ihm bloß sagen, dass es mir Leid tut.

Aber er würde die Chance nicht bekommen. Lady Kyrene würde ihm das Herz rausschneiden. Und vielleicht war das auch besser so. Vielleicht war es besser, sich das Ding entfernen zu lassen, statt noch jemanden zu vernichten, der seine Liebe unmöglich erwidern konnte.

Trotzdem; etwas stimmte hier nicht. Er hatte Kyrene sterben sehen. Und es war hier zu hell, als dass es die Gruft unter dem Schloss seines Vaters hätte sein können. Das Grau löste sich zu einem harten, leblosen Weiß auf.

Ein metallisches Klicken ertönte, gefolgt von einer Stimme, die durch die Luft hallte, eine Frauenstimme, die jedoch seltsam scharf und guttural klang.

»Objekt E-2, medizinisches Tagebuch. Siebter Oktober, Kassette zwei. Testresultate und zusätzliche Blut- und Gewebeproben sind zwecks Analyse und Verifizierung ans Hauptquartier geschickt worden; wir warten auf die Anweisung, wie wir weiter vorgehen sollen.

Ich hatte seit gestern die Zeit, die Überwachungsbänder zu studieren, und ich bin jetzt davon überzeugt, dass der Eingeborene kein Englisch spricht. Die Sprache des Objekts ist auf der Audiospur des Bandes nicht zu verstehen. Die logische Erklärung hierfür besteht darin, dass ich, von seinem plötzlichen Erwachen überrascht, zu den von dem Objekt geäußerten Lauten Worte projiziert habe.

Ich hatte eine Sechsunddreißig-Stunden-Schicht hinter mir, und auch wenn einen die Medikamente weitermachen lassen, haben auch sie ihre Grenzen und Nebenwirkungen. Aber seit gestern konnte ich sieben Stunden richtig schlafen.

Dennoch habe ich das Band auf die Chance hin, dass die vom Objekt geäußerten Laute doch Eingeborenensprache darstellen, ins Hauptquartier geschickt, damit es dort digitalisiert und ein Vergleich mit dem bis jetzt bekannten Wortschatz durchgeführt wird. Doch ich bezweifle, dass sie Übereinstimmungen finden werden. Ich bin mittlerweile davon überzeugt, dass das Objekt gar nicht in einer Sprache gesprochen hat, sondern lediglich Schmerz- und Furchtlaute von sich gegeben hat. In der Zwischenzeit halten wir Objekt E-2 aus Sicherheitsgründen sediert, und zwar auf der höchsten noch sicheren Stufe. Nach so langer Bewegungsunfähigkeit war die Stärke, die er zeigte, trotz des Erfolgs der Behandlung mit dem alternativen Blutserum ... überraschend. Wir werden ihn aufwecken, wenn wir die nötigen Instruktionen erhalten, hoffentlich morgen. Ende des Eintrags.«

Das Licht wurde heller, verfestigte sich zu Umrissen.

Aber ich bin wach, Hexe!, wollte er rufen, aber sein Mund wollte sich nicht öffnen. Sie hatte gedacht, ihr Gift würde ihn bis morgen schlafen lassen, aber das hatte es nicht. Schon einmal hatte eine Hexe ihn unterschätzt. Kyrene. So hatte er sich von dem Stein erheben, sie niederwerfen und in Brand stecken können.

Wie kam es, dass er sich nun schon zum zweiten Mal stärker als ein Hexenzauber erwies? Er war sich nicht sicher, aber Elire, seine Mutter, war auf gewisse Weise ebenfalls eine Hexe gewesen.

Als junger Mann war Beldreas vor seiner Krönung zum König zur Hirschjagd in das Marschland des westlichen Calavan geritten, und dort war er im Dorf Berent Elire begegnet. Ihre grünen Augen hatten ihn in ihr Bett gelockt. Doch als er dann am nächsten Tag erfahren hatte, dass die anderen Dorfbewohner Elire als die örtliche Weise Frau betrachteten, hatte er einen Wutanfall bekommen. Die Anhänger von Vathris hatten noch nie viel von den Hexen gehalten, und Beldreas war ein Krieger bis ins Mark gewesen.

Er hatte sie auf der Dorfwiese gefunden und hätte sie in seiner Wut niedergeschlagen, hätte sie ihm nicht gesagt, dass sein Bastardsohn bereits in ihrem Leib heranwuchs. So jung und heißblütig Beldreas auch gewesen war, hätte nicht einmal er einer schwangeren Frau geschadet – einer Frau, die sein Kind trug.

Aber sie war für ihn eine Hexe geblieben, und Beldreas hatte nichts mit ihr zu tun haben wollen. Er war zurück nach Calavere geritten, und Beltan hatte die ersten sieben Jahre seines Lebens zusammen mit seiner Mutter in Berent verbracht. Sie hatte ihn oft bitter schmeckende Tees trinken oder ihn schrecklich schmeckende Wurzeln essen lassen, nach denen er sich hatte übergeben müssen. Er hatte nie den Grund dafür erfahren. *Es wird dich stark machen, mein kleiner Prinz,* hatte sie ihn dann beschwichtigt. Aber er hatte sie geliebt und immer gehorcht, und wenn ihn die Tränke krank gemacht hatten, hatte sie seinen Kopf auf ihren Schoß gebettet, ihm das Haar gestreichelt und ihm vorgesungen, bis er eingeschlafen war.

Dann hatte sich Elire im Sommer seines siebten Jahres ein Fieber geholt, und obwohl sie für jeden derart erkrankten Dorfbewohner einen Kräutertrank zubereitet hätte, hatte es niemanden gegeben, der das für sie getan hatte. Trotz allem, was sie für das Dorf getan hatte, hatte keiner auch nur eine Hand gerührt, um die Hexe zu begraben. Also hatte Beltan ihr ihr grünes Lieblingshalstuch zwischen die kalten Hände geschoben und ihre kalte Wange geküsst. Dann hatte er das kleine Holzhaus, in dem sie gelebt hatten, mit der Lampe entzündet und zugesehen, wie es niederbrannte.

Beldreas' Ehre – wenn nicht sogar seine Zuneigung – hatte nicht zugelassen, dass sein einziges Kind, ob es nun ein Bastard war oder nicht, als Bettler in einem Provinzdorf leben musste, also hatte er seinen Seneschall Lord Alerain losgeschickt, um Beltan nach Schloss Calavere zu holen. Beltan hatte Beldreas und sein neues Heim schnell lieben gelernt. Aber er hatte seine Mutter niemals vergessen, genauso wenig wie die Tatsache, wie ihre Hexenkunst sie am Ende verraten hatte – und Beltan war seitdem der festen Überzeugung, dass es eine heimtückische Kunst war.

Andererseits war Lady Grace Beckett eine Hexe. Und vielleicht lag es an den Kräutertränken, die ihm seine Mutter als Kind zu trinken gegeben hatte, dass er ihnen jetzt einen gewissen Widerstand entgegenbringen konnte. Noch während ihm diese Gedanken durch den Kopf gingen, wurde der Raum deutlicher. Er konnte die flache Decke sehen und das seltsame, blauweiße Licht. Auf der anderen Seite des Raumes konnte er einen Schatten ausmachen; die Gestalt war schlank und saß an einem Tisch, den Kopf über etwas in ihrer Hand gebeugt.

Es war gut, dass er den Schrei nicht hatte ausstoßen können. So wusste sie nicht, dass er hören konnte, dass er ihre Worte irgendwie verstehen konnte – oder zumindest einen Teil davon, denn vieles, was sie sagte, klang wie die Worte eines Hexenzaubers.

Wieder ertönte das *Klicken*. Sie sprach leise weiter.

»Persönliche Notiz. Wir wissen, dass das Objekt genetisch gesehen ein völlig normales menschliches Wesen darstellt. Die Resultate der phylogenetischen Analyse, die auf der DNA-Sequenzierung beruhen, sind gestern zurückgekommen, und der kärgste Baum deutet auf eine Abzweigung von nordeuropäischen Populationen von vor fünftausend Jahren vor der Jetztzeit hin, mit einer Fehlerspanne von eintausend Jahren.

Meine Vorfahren kamen aus Norwegen. In gewisser Weise könnte man wohl sagen, dass wir eine Art Vettern sind. Doch selbst mit dem Wissen, wie nahe er uns steht, hat er etwas Rohes an sich, das ich fremdartig und beunruhigend finde. Ob die Wikinger wohl so waren, die, die sich ihren Weg durch Europa gebrandschatzt und vergewaltigt haben?

Das Hauptquartier sagt, dass der Zivilisationslevel der Eingeborenen mittelalterlich ist, entsprechend etwa dem elften Jahrhundert, mit einem technologisch-spezifischen Unterschied plus oder minus zweier Jahrhunderte. Ich finde es noch immer erstaunlich, dass die Entwicklung derart parallel zur Erde stattfinden konnte, nur eben tausend Jahre hinterherhinkt. Aber das ist das, was uns unsere

Geschichtswissenschaftler schon immer gepredigt haben: Menschen sind Menschen. Bevölkerungsdichte und Wahrscheinlichkeitstheorie sind die bestimmenden Faktoren, nicht der Wille des Einzelnen. Vielleicht haben die Leute in der Chefetage ja Recht. Vielleicht haben wir ja doch einen von Gott erteilten Auftrag, den Unterentwickelten die Zivilisation zu bringen.

Wie dem auch sei, dort muss eine sehr gewalttätige Periode stattfinden. Das Objekt kann nicht mit uns sprechen, aber die Narben und die vielfältigen Verletzungen der Knochen erzählen eine Geschichte der Brutalität. Ich weiß, dass diese Hypothese nicht besonders wissenschaftlich ist, aber ich bin der festen Überzeugung, dass er, wäre er wach und nicht fixiert, mich mit bloßen Händen töten würde.«

Schweigen.

»Doktor Ananda M. Larsen. Ende der Aufnahme.«

Ein Seufzen, dann rutschende Geräusche, ein Stuhl, der zurückgeschoben wurde. Der Schatten erhob sich.

Beltan schloss die Lider. Das war die erste Regel eines Kriegsgefangenen. Überzeuge die Häscher von deiner Hilflosigkeit. Die Frau – die *Doktorin* namens Larsen – hatte nicht ganz Unrecht, was ihn betraf. Wäre er frei gewesen, hätte er sie zwar nicht getötet, aber er hätte alles Notwendige getan, um von diesem Ort und den Leuten, die ihn gefangen hielten, zu entkommen.

Ihm unbekannte Laute ertönten – eine Reihe piepsender Geräusche. Dem folgte ein dumpfes Dröhnen und ein Knirschen, das auf jeder Welt bedeutete, dass ein Schlüssel gedreht wurde. Er war gefangen. Und allein.

Nein, nicht ganz allein.

Beltan öffnete die Augen und drehte den Kopf. Der *Schim-Pansi* in dem Stahlkäfig in der Ecke starrte ihn mit intelligenten braunen Augen an.

»Hallo«, sagte Beltan; seine Stimme war ein trockenes Krächzen. »Du bist also auch noch hier.«

Das Geschöpf legte den Kopf schief, dann fuhr es mit langen dunklen Fingern über das Drahtgitter seines Käfigs.

Beltan runzelte die Stirn. »Du verstehst mich, nicht wahr? Vielleicht nicht meine Worte, aber du bist wie ich, was sie betrifft. Du verstehst mehr, als sie glauben.«

Der *Schim-Pansi* streckte die langen, vernarbten Arme in Richtung eines der leuchtenden Knochen-Bilder an der Wand; es handelte sich um den hohen, zierlichen Schädel mit den viel zu großen Augen.

Beltan versuchte den Kopf zu heben, entdeckte, dass er etwas Spielraum hatte, und untersuchte seine Umgebung. Er war noch immer nackt, aber sie hatten ein dünnes Laken über ihm ausgebreitet. Vielleicht war er für sie ja doch mehr als nur ein Objekt: ein Mann. Die unzähligen Drähte und Röhren, die er bei seinem ersten Erwachen gesehen hatte, waren verschwunden. Jetzt gab es nur noch eine Röhre, die von einer mit einer klaren Flüssigkeit gefüllten Blase über ihm zu der Nadel in seinem Arm führte. Er war noch immer festgebunden, aber die Fesseln erschienen etwas lockerer als zuvor, so als wären sie nachlässig gebunden worden. Sie hatten sich eben wieder nicht vorstellen können, dass er so bald aufwachen würde. Soweit er feststellen konnte, gab es unter dem Laken drei Riemen, einer hielt Brust und Arme, einer führte über Hände und Hüften, und einer hielt seine Beine.

Beltan bleckte die Zähne und kämpfte gegen die Fesseln an. Woraus auch immer sie gemacht waren, sie waren stärker als er. Also versuchte er, sich aus ihnen herauszuwinden. Das war effektiver; er konnte beinahe die rechte Hand aus dem Riemen um seine Hüften ziehen. Wäre dort nur ein Stück mehr freier Raum gewesen ...

Er strengte sich an, aber nach ein paar Minuten hörte er auf. Er war erschöpft, und das rechte Handgelenk brannte. Es gab nur eine Möglichkeit, die Hand frei zu bekommen. Sie abzuschlagen.

Denk nach. Deine Muskeln sind weg, also gebrauche zur Abwechslung mal dein Gehirn, falls es nicht ganz verkümmert ist. Wie sattelst du dein Schlachtross? Ein Pferd holt immer genau dann Luft, wenn du den Sattelgurt festzurrst, und wenn es dann ausatmet, lockert sich der Gurt und der Sattel rutscht. Ausatmen wird dir nichts bringen – der Riemen befindet sich um deine Hüften. Aber gibt es eine Möglichkeit, wie du dich kleiner machen kannst?

Dann hatte er es.

Er stemmte sich gegen die Riemen. Da sie nicht ganz stramm saßen, waren zwischen seinem Rücken und der Stahlliege etwa drei Zentimeter Platz, aber er brauchte noch etwas mehr. Er biss die Zähne zusammen und verspürte ein kühles Kribbeln, wie ein Schwarm Nadelstiche, der über seinen Körper tanzte. Die Riemen ächzten, als sie gestreckt wurden. Irgendwie war er nach der ganzen Tortur kräftiger, als er gedacht hatte.

Da – es reichte. Die Finger seiner linken Hand krochen das Metall entlang. Er quetschte die Hand unter sich, in den

Hohlraum zwischen Rücken und Becken. Dann drückte er den Körper nach unten. Mit aller Kraft.

Er hielt den Atem an, zwang wie ein Pferd die Luft aus seinem Körper. Er zerrte an der rechten Hand. Es gab einen Widerstand ...

... dann schnellte sie mit einem scharfen Schmerz aus der Fessel.

Beltan starrte seine rechte Hand an. Sie blutete. Er hatte ein ordentliches Stück Haut abgerissen. Aber sie war frei.

Hör auf, sie anzustarren, du Holzkopf, und beweg dich.

Der Riemen um seine Hüfte war nun locker, und so fiel es ihm leicht, die linke Hand herauszuziehen. Den Riemen um seine Oberarme und die Brust zu lösen war ein härteres Stück Arbeit. Doch nach einigem Grunzen und den dazugehörigen Verrenkungen konnte er die Rechte zu dem Verschluss des Riemens manövrieren. Er konnte nicht sehen, was er da tat, und seine Finger waren taub; es würde unmöglich sein herauszufinden, wie der fremdartige Verschluss funktionierte.

Aber das war es nicht. Wieder überkam ihn das kühle Kribbeln, diesmal in den Fingern, die sich mit einer Geschicklichkeit bewegten, von der er überzeugt war, sie nie zuvor besessen zu haben.

Der Riemen löste sich, Beltan setzte sich auf.

Das Laken rutschte herunter, und er starrte an sich herab. Als er sich das letzte Mal gesehen hatte, war er schrecklich dünn gewesen, wie die Menschen in dem Dorf, durch das er eines Frühlings geritten war, in dem der

Wintervorrat an Getreide verdorben und die Leute beinahe verhungert waren.

Aber heute nicht. Er war noch immer dünn – viel zu dünn. Von seinem alten Bierbauch war keine Spur mehr zu sehen; er konnte mühelos seine Rippen zählen. Aber seine Haut schimmerte warm und rosig, darunter arbeiteten flache Muskelbündel. Seine Wunde aus der Nacht der Wintersonnenwende war eine grobe, weiße Linie, die sich seine Seite herabzog. Er spannte die Arme an. Sie waren steif, aber er hatte das Gefühl, ein Schwert schwingen zu können, falls es nötig war.

Aber das war unmöglich. Ein krank daniederliegender Mann konnte nicht in so kurzer Zeit so viel an Gewicht zunehmen.

Wie auch immer die Antwort auf dieses Rätsel aussehen mochte, sie würde warten müssen. Die Riemen um seine Knöchel waren leicht zu entfernen, aber bei der Röhre in seinem Arm wurde er unsicher. Er packte sie, biss die Zähne zusammen und riss sie heraus. Es tat etwas weh, und es floss auch etwas Blut, aber es war nicht so schlimm wie gedacht. Vorsichtig schwang er die Füße herum, stellte sie auf den kalten Boden. Er stieß sich von der Liege ab, und zum ersten Mal seit zwei Monaten stand Beltan wieder auf seinen eigenen Beinen.

Es war auch beinahe das letzte Mal. Seine Ohren dröhnten, der Raum wirbelte um ihn herum. Er taumelte und wäre gefallen, um sich den Kopf auf dem harten Boden aufzuschlagen, aber im letzten Augenblick konnte er das Stahlgestell neben der Liege erwischen und sich daranhängen wie eine der durchsichtigen Blasen voller Flüssigkeit.

Er atmete und spuckte aus; langsam legte sich der Schwindel.

Er machte ein paar Schritte, diesmal aber langsam. Mit jedem weiteren wuchs sein Selbstvertrauen. In wenigen Augenblicken hatte er die Tür erreicht. Er schwitzte und atmete viel zu schwer dafür, dass er kaum mehr als ein Dutzend Schritte gegangen war, aber er hatte es geschafft. Neben der Tür hing an einem Haken ein dünner weißer Mantel wie der, den die Doktorin getragen hatte. Er zog ihn sich über und hielt ihn zusammen. Er war zu klein, aber es war besser als nichts.

Ein leises Schnattern ertönte.

Der *Schim-Pansi* schaute ihn durch das Käfiggitter an. Seine braunen Augen blickten weich, während er ein leises Geräusch von sich gab. Das Wesen erschien beinahe besorgt um ihn. Aber vielleicht war es das tatsächlich. Jetzt aus der Nähe konnte er sehen, dass es sich um ein Weibchen handelte.

Beltan grinste. »Mir geht es gut, Mylady.« Er hob einen Finger an die Lippen. »Jetzt sei leise. Wir wollen doch nicht, dass jemand merkt, was wir tun.«

Das Geschöpf beobachtete ihn weiter durch den Gitterdraht.

Die Tür bestand aus Stahl. Sie hatte keinen Riegel, um sie geschlossen zu halten, so wie die meisten Türen, die Beltan kannte, aber es gab einen Stahlhebel, der offensichtlich dazu gedacht war, sie zu öffnen. Beltan drückte ihn herunter.

Er rührte sich nicht.

Er lehnte sein ganzes Gewicht dagegen, aber es nutzte

nichts. Um was für eine Art von Schloss handelte es sich hier?

Wieder ertönte das Schnattern. Der *Schim-Pansi* hatte die Finger durch den Draht geschoben und wedelte damit in seine Richtung.

»Jetzt nicht, Mylady«, murmelte er. »Ich muss einen Weg finden, diese Tür zu öffnen.«

Er untersuchte sie genauer. Auf dem Türrahmen befand sich ein kleiner Kasten. Der Kasten verfügte über ein Fenster aus Glas, in dem scharlachrote Symbole so unheimlich funkelten wie der schwache Lichtschein hinter den Knochenbildern. Unter dem Fenster gab es zehn erhöhte Metallrechtecke. In jedes Rechteck war ein Symbol eingraviert, aber Beltan konnte nicht sagen, was sie zu bedeuten hatten. Welche Macht ihn auch immer in die Lage versetzte, die Sprache dieses Ortes zu verstehen, offensichtlich erstreckte sie sich nicht auf die Schrift. Andererseits waren seine Fertigkeiten im Schreiben auch auf Eldh nicht besonders gewesen. Lesen und Schreiben war etwas für Priester, hochwohlgeborene Damen und Könige, nicht für Bastarde.

Wieder strich er mit der Hand über die Tür, aber er konnte nichts entdecken, keine Öffnung, keine Schwäche, die er ausnutzen konnte. Auf dieser Seite gab es keine Türangeln. Nur den Kasten mit den Rechtecken und den leuchtenden Symbolen.

Er fluchte. Wenn sie ihn so fanden, von der Liege aufgestanden, würden sie ihn nur noch fester fesseln. Oder ihn in einen Käfig sperren wie den *Schim-Pansi.* Er musste hier raus, bevor sie zurückkamen.

Das Drahtgitter schepperte, gefolgt von dem Schnattern. Diesmal war es schriller, drängender. Beltan sah zum Käfig. Der *Schim-Pansi* hüpfte schnell auf und ab, dann ging er in die Hocke, streckte eine Hand flach aus, tippte mit einem langen Finger der anderen darauf herum. Was tat er da?

Jetzt erhob sich das Geschöpf und schob wieder die Finger durch das Gitter, zeigte auf den Ritter.

Nein, du Narr. Nicht auf dich. Hinter dich.

Er drehte sich um, und sein Blick fiel auf den Kasten mit den leuchtenden blutroten Symbolen.

»Dieses Ding.« Er ging zu dem Kasten, dann schaute er zu dem Geschöpf im Käfig. »Du willst, dass ich damit etwas tue, nicht wahr?«

Wieder tippte der *Schim-Pansi* mit einem Finger auf seine andere Hand. Beltan runzelte die Stirn, dann bewegte er selbst einen Finger auf den kleinen Kasten zu. Er berührte eines der Rechtecke.

Ein Kreischen ließ ihn zusammenzucken. Er sah zurück. Das Geschöpf beobachtete ihn. Er berührte ein anderes Rechteck. Wieder stieß das Geschöpf ein Kreischen aus, das ihn zusammenzucken ließ. Er biss die Zähne zusammen und berührte ein drittes Rechteck.

Ein leises Grunzen. Beltan zögerte, dann drückte er stärker auf das Rechteck.

Das Fenster auf dem Kasten wurde dunkel, dann erschien ein einzelnes rotes Symbol, während gleichzeitig ein leiser Glockenton ertönte. Es war genau wie das leise Glockenspiel, das er gehört hatte, als die Doktorin den Raum verlassen hatte.

Wieder ein Grunzen, das ihn antrieb. Er erstarrte. War er denn verrückt geworden, dass er sich von dieser halbmenschlichen Bestie sagen ließ, was er tun sollte?

Sie ist klug. Vielleicht zu klug. Wer weiß, was sie mit ihr gemacht haben? Und wer weiß, was sie mit dir gemacht haben? Du musst von diesem Ort verschwinden. Und so sicher, wie du ein Bastard bist, hat diese Kreatur sie beobachtet, ohne dass sie es sich bewusst waren.

Er richtete den Finger auf ein anderes Rechteck.

Diesmal brauchte er zwei Versuche. Ein zweites rotes Symbol erschien auf dem Fenster, begleitet von einem weiteren Glockenschlag. Für das nächste brauchte er länger und musste sich abgehacktes Geschrei anhören, aber dann schaffte er es beim ersten Versuch. Der *Schim-Pansi* stieß ein leises Grunzen aus. Beltan befeuchtete die Lippen und drückte den Knopf.

Die Glocke ertönte.

Ein viertes rotes Symbol erschien. Dann verfinsterte sich das kleine Fenster auf dem Kasten einen schrecklichen Augenblick lang. Beltan fing an zu fluchen, fest davon überzeugt, dass er etwas falsch gemacht hatte, als die Symbole wieder aufblitzten, diesmal aber nicht in Rot, sondern in Smaragdgrün. Ein dumpfes Klicken ertönte, als sich irgendwo in der Tür Metallräder drehten.

Beltan warf dem Geschöpf im Käfig einen erstaunten Blick zu. Es hatte sie beobachtet, und es hatte ihre Geheimnisse erlernt. Wirklich klug.

»Danke«, flüsterte Beltan.

Die Kreatur ging wieder in die Hocke, schaute ihn still an. Er wandte sich wieder der Tür zu, ergriff den Hebel und drückte. Mit einem *Klicken* schwang die Tür nach außen auf.

5

Das«, sagte Hadrian Farr und rollte auf dem Mahagonitisch der Suite mehrere knisternde Papierrollen aus, »sind die Pläne von Durateks Operationsbasis in Commerce City, ein paar Meilen nördlich von Denvers Innenstadt entfernt.«

Vani bewegte sich mit raubtierhaften Schritten zum Tisch. »Sie haben Pläne ihrer Festung, Sucher? Ich habe durch meine Beobachtungen so viel erfahren, wie ich nur konnte, aber ich habe nie gesehen, was sich darin befindet.«

Deirdre schenkte ihr ein schiefes Grinsen. »Zu einer mysteriösen Geheimorganisation zu gehören muss doch für etwas gut sein.«

»Seien Sie nicht zu begeistert«, meinte Farr. »Diese Baupläne wurden für den vorherigen Besitzer des Gebäudes gemacht. Duratek ist vor über zwei Monaten dort eingezogen. Sie könnten alles umgebaut haben.«

Vani fuhr mit einem Finger über den Plan. »Nein, das glaube ich nicht. Sie haben nur ein paar provisorische Veränderungen an der Außenseite gemacht, wegen der Sicherheit. Ich glaube nicht, dass sie dort lange bleiben wollen. Diese Basis wurde für einen bestimmten Zweck errichtet, wenn der erfüllt ist, werden sie sie aufgeben.«

Grace schaute Vani an. Was war der Zweck von Durateks Operationsbasis? Ein Tor nach Eldh zu öffnen? Aber selbst, wenn es so war, warum hielten sie dann Beltan gefangen?

Vielleicht war er nur ein glücklicher Zufall? Ein Bonus, etwas zum Herumspielen, während sie herausfinden mussten, dass sie das Tor nicht ohne Vanis Teil des Artefakts öffnen können.

»Also gut«, sagte Travis, der die Kaffeekanne hielt, mit einem Stirnrunzeln. »Ist jeder in diesem Raum koffeinsüchtig?«

Er senkte die Kanne über seiner Tasse. Nichts kam heraus, was ihm vier schuldige Blicke einbrachte.

Grace entfaltete sich steif aus dem Sessel. »Ich rufe den Zimmerservice.«

So konnte sie wenigstens etwas Nützliches tun. Sie bezweifelte, dass sie bei der Planung eines Angriffs auf eine Geheimbasis eines unheilvollen multinationalen Konzerns eine große Hilfe sein würde. Nach dem gescheiterten Angriff ihre Freunde wieder zusammenzuflicken – das war ihre Arbeit.

Sie wählte und musste sich ein Ohr voll blecherne Musik anhören; sie hatten sie in die Warteschleife gepackt. Ihre Gedanken schweiften ab. Wenn die Gabe hier auf der Erde funktionierte, konnte sie vielleicht ja doch helfen ...

Aber das tut sie nicht, Grace. Zumindest nicht sehr gut. Du wirst nicht fühlen können, wo genau sie Beltan festhalten, bis du wenige Schritte von ihm entfernt stehst. Vani und die Sucher werden ihn aufspüren müssen.

Und dann? Wie würden sie dem Scirathi das Artefakt abnehmen können und ihn dazu bringen, das Geheimnis seiner Benutzung zu verraten?

Du hast Vani kämpfen gesehen. Sie bringt Dinge zu Stande, die anscheinend nicht mit den Gesetzen der Physik in Übereinstimmung zu bringen sind. Sie behauptet, dass es ihr vom Schicksal vorherbestimmt wurde, dich und Travis zurück nach Eldh zu bringen. Vielleicht gibt es das Schicksal ja doch.

Nein. Sie konnte das nicht glauben; sie war Wissenschaftlerin. So etwas wie das Schicksal gab es nicht, keine göttliche Vorhersehung, die ihr Leben formte. Wenn es einen Gott gab, dann war er ein blinder Idiot.

Aber es gibt Götter. Du hast miterlebt, wie eine Göttin geboren wurde.

Also gut. Vielleicht würde sie diese alten spirituellen Vorstellungen aus der Schublade nehmen, in die sie sie vor Jahren gestopft hatte, sie abstauben und einer erneuten Prüfung unterziehen. Wenn sie Zeit hatte.

Aber es war nicht allein die Vorstellung von Göttern, die ihr Schwierigkeiten bereitete. Denn wenn das Schicksal existierte, war es dann Schicksal gewesen, dass sie im Beckett-Strange-Heim für Kinder gelandet war? Nein, es war besser, an ein vom Zufall bestimmtes Universum zu glauben, auf das Wissen zu vertrauen, das schreckliche Dinge aus Pech geschahen und nicht, weil jemand sie verdiente.

Eine menschliche Stimme drang an ihr Ohr. Sie bestellte Kaffee, legte auf und kehrte zu den anderen zurück, die noch immer über den Plänen brüteten.

»Vani, wo haben Sie die in dem Komplex größte Konzentration an Wachen entdeckt?«, wollte Farr wissen.

Vani zeigte auf den obersten Plan. »Ich glaube, sie halten ihn hier fest. Aber die Zahl der Wachen ist nicht sehr hoch. Sie müssen sich auf andere Sicherungsmaßnahmen verlassen.«

»Natürlich«, sagte Travis mit einem bitteren Lachen. »Ihre verfluchte Technologie. Darauf verlassen sie sich. Sie glauben, sie könnten mit ihren kleinen technischen Spielereien alles machen.«

Deirdre warf ihm einen ernsten Blick zu. »Sei vorsichtig, was du sagst, Travis. Duratek hat viele Dinge entwickelt, von denen nicht mal die Sucher wissen.«

»Aber in einem hat Travis Recht«, sagte Farr. »Duratek ist arrogant, das waren sie schon immer. Und ganz egal, wo ihre Stärke liegt, ihre Hybris ist eine Schwäche, die wir zu unserem Vorteil nutzen können.«

Grace wollte etwas sagen, aber ein lautes Klopfen an der Tür unterbrach sie. Sie alle zuckten zusammen – bis auf Vani. Grace stieß zischend die Luft aus.

»Zimmerservice«, sagte sie und ging zur Tür. »Hoffe ich.«

Es war der Kaffee. Sie schloss die Tür, verriegelte sie und trug das Tablett zum Tisch.

Deirdre strich mit einem Finger über einen der Pläne. »Sie glauben also, dass sowohl Beltan als auch das Artefakt sich in diesem Flügel befinden?«

Vani nickte. »Und ich glaube, dass dort auch noch etwas anderes ist.«

»Etwas anderes?« Farr runzelte die Stirn. »Was meinen Sie?«

»Ich weiß es nicht«, antwortete Vani. »Aber was auch immer es ist, es ist wichtig für sie. So wichtig wie der Ritter Beltan und das Artefakt.«

Deirdre wandte sich ab und spielte mit dem Silberring an ihrer rechten Hand.

»Also gut«, sagte Grace, da anscheinend niemand willens war, die harte Frage zu stellen. »Wie sollen wir da reinkommen?«

»Ich habe eine Idee«, sagte Farr.

Wie sich herausstellte, klang Farrs Idee weniger wie ein Plan als wie ein interessantes Laborexperiment mit einer Menge unbewiesener Annahmen.

Grace schenkte Farr den besten skeptischen Blick, zu dem sie fähig war. »Haben Sie auch nur einen Grund zur Annahme, dass das funktionieren wird?«

»Es ist einfach genug«, erwiderte Farr. »Deirdre und ich werden die Polizei davon überzeugen, dass Sie und Travis sich im Norden von Denver verstecken. Natürlich wird Duratek der Polizei nicht zutrauen, dass sie es allein schaffen werden, also werden sie ein paar Agenten losschicken und den Komplex mehr oder weniger unbewacht zurücklassen.«

»Hoffentlich weniger«, sagte Deirdre. »Vani wird Grace und Travis über den Zaun bringen, Beltan finden und das Artefakt zurückholen müssen.«

Grace befeuchtete sich die Lippen. »Farr, Sie haben meine Frage nicht beantwortet.«

Er erwiderte ihren Blick. »Nichts ist jemals sicher, Grace Beckett.«

»Was ist mit Ihren Philosophen?«, fragte ihn Vani. »Muss ein Sucher nicht einen Schwur ablegen, niemals direkt einzugreifen?«

Travis schnaubte. »Wenn das der Fall ist, würde ich sagen, dass Sie Ihr Versprechen ein paar Mal gebrochen haben.«

Farr erschien sichtlich verärgert, etwas, das Grace bis zu

diesem Augenblick eigentlich nicht für möglich gehalten hätte.

»Für diesen Fall haben wir einen Dispens erhalten«, sagte er.

Etwas an Farrs Worten störte Grace. »Warum sich die Mühe machen und Sie beide einen Eid ablegen lassen, nur um Sie ihn dann brechen zu lassen, wenn es Ihnen in den Kram passt?«

Deirdre und Farr wechselten einen Blick, aber was auch immer sie in diesem Augenblick dachten, sie behielten es für sich.

»Ich werde eine Dusche nehmen«, sagte Travis. »Ich glaube nicht, dass ich jemanden retten kann, solange ich so rieche.«

Er verschwand in einem der Zimmer, und Deirdre und Farr gingen auf das andere Zimmer zu – Deirdre, um einen Anruf zu machen, und Farr, um ein paar Ausrüstungsgegenstände vorzubereiten.

Farr blieb an der Tür stehen. »Sie kommen zurecht, Grace?«

Sie sah zu Vani, die am Fenster stand. »Ja, sicher.«

Farr nickte steif, dann folgte er Deirdre in das andere Zimmer.

Etwas raschelte. Vani nahm neben Grace Platz. Grace hatte nicht mitbekommen, wie sie sich quer durch den Raum bewegte.

»Wie machen Sie das?«, fragte sie. »Sich so zu bewegen, meine ich.«

Vani lächelte. »Es tut mir Leid, Grace Beckett. Ich wollte Sie nicht erschrecken. Ich fürchte, ich vergesse noch immer, dass ich mich nicht mehr in den Mauern von Golgoru befinde. Dort wird von jedem erwartet, sich auf diese Art zu bewegen.«

Grace beugte sich näher an die andere Frau heran. Vani war gefährlich, da bestand nicht der geringste Zweifel. Ihre Arme waren schlank und muskulös, und ihre tief liegenden Augen und das zottelige schwarze Haar verliehen ihr einen wilden Ausdruck. Doch ihre Lippen und ihre Züge verrieten eine Weichheit, die die anderen Dinge nicht ganz verbergen konnten.

»Golgoru?«, fragte Grace. »Was ist das?«

»Eine Festung hoch oben in den Leichentuchbergen. Dort habe ich meine Ausbildung erhalten. Zusammen mit denen hier.« Sie deutete auf die Tätowierungen auf Armen und Hals. »Und die hier.«

Vani schob das Haar vom linken Ohr fort; der ganze Rand war gepierct. Grace zählte dreizehn goldene Ohrringe.

»Ich schätze, Sie würden Golgoru als Schule bezeichnen, obwohl ihre Existenz ein nur wenigen bekanntes Geheimnis ist. Dort erhalten die *T'gol* ihre Ausbildung in den lautlosen Künsten. Das heißt, die, die durchhalten. Zwanzig haben mit mir zusammen die Ausbildung begonnen. Am Ende wurden drei von uns zu *T'gol*.«

Grace betrachtete die Beweise, dann zog sie ihren Schluss.

»Die *T'gol* sind Meuchelmörder, nicht wahr, Vani? Dazu ausgebildet, Menschen zu töten.«

Vani blinzelte nicht einmal. »Einige würden uns Meuchelmörder nennen, ja. Aber in unserer uralten Sprache bedeutet *T'gol Die Bewahrer*.«

»Wie alt waren Sie, als Sie dort angefangen haben?«, fragte Grace, die es verstehen wollte. Sie mochte Vani, war ihr dankbar. Sie wollte nicht glauben, dass sie nicht mehr als ein ausgebildeter Killer war. Töten, bewahren. Konnte das wirklich das Gleiche sein?

»Ich habe Golgoru an meinem zwölften Geburtstag betreten«, sagte Vani. »Das war spät. Die meisten betreten den Stummen Ort, bevor sie älter als zehn Sonnen sind. Aber ich gehörte zum Blut, darum konnten mich die Meister nicht abweisen.«

»Das Blut?«

»Ja. Königliches Blut.«

»Morindu die Finstere«, sagte Grace leise. »Sie stammen von ihren Herrschern ab, nicht wahr? Dort sind Sie eine Prinzessin.«

Vanis Lächeln war wunderschön und zersplittert, eine uralte Vase, die von der Last der Zeit zerschmettert worden war. »Vermutlich wäre ich das, wenn Morindu wieder aufersteht.«

Grace erstarrte. *Und du glaubst, dass ich zusammen mit Travis dafür sorgen werde. Darum bist du hergekommen und hast nach uns gesucht. Du glaubst, wir werden dir helfen, eine Stadt auszugraben, von der wir noch nie gehört haben, auf einer Welt, auf die wir nicht einmal gelangen können.*

»Verzeihen Sie mir, Grace Beckett«, sagte Vani. »Wie ich sehe, habe ich Sie aufgeregt.« Sie stand auf.

»Grace genügt.«

Vani verharrte. »Was?«

»Nicht Beckett.« Grace schaute auf. »Sag einfach nur Grace zu mir.«

Die Frau mit den goldenen Augen zögerte, dann schienen sich ihre Lippen zu einem schmalen Lächeln zu verziehen, und sie setzte sich wieder. Doch sobald sie wieder saß, entdeckte Grace, dass ihr die Gesprächsthemen ausgegangen waren.

»Der Ritter«, sagte Vani und brach nach einer Minute das Schweigen. »Der Mann Beltan. Sind er und Travis ... das heißt, stehen sie sich nahe?«

Grace faltete die Hände im Schoß. »Beltan liebt ihn«, sagte sie schlicht.

»Und erwidert Travis diese Liebe?«

Plötzlich waren Vanis Augen so leblos wie Steine. Etwas stimmte nicht, aber Grace vermochte nicht zu sagen, was es war.

»Warum fragst du Travis nicht selbst?«, sagte sie.

Vani wandte sich ab. Grace streckte die Hand nach ihr aus, aber in diesem Augenblick öffnete sich eine der Schlafzimmertüren, und Travis trat heraus. Er trug die gleiche schwarze Jeans und das T-Shirt, aber sein Kopf war frisch rasiert, und seine Augen blickten klarer.

»Was gibt's?«, wollte er wissen.

Vani sagte nichts, und Grace suchte nach Worten, aber Farrs und Deirdres Eintreten rettete sie. Farr hielt ein kleines Gerät in Schwarz und Silber in der Hand.

»Ich glaube, wir sind so weit«, sagte er. »Grace muss nur noch ein paar Worte für die Polizei und Duratek hier reinsprechen.« Er hielt das Gerät zusammen mit einem gelben Notizblock hoch. »Ich hoffe, es macht Ihnen nichts aus, Grace, aber ich habe mir die Freiheit genommen, den Text Ihrer Aufgabe zu schreiben.«

Grace starrte ihn an, aber das – und der eigentliche Grund dafür – wurde ihr erst bewusst, als er eine Braue hob.

Wenn sein Plan funktioniert – wenn du durch das Tor gehst und nach Eldh zurückkehrst –, wirst du ihn nie wieder sehen.

In jener Nacht vor einem Jahr, als Farr ihr geholfen hatte, auf dem Polizeirevier in Denver den Eisenherzen zu entfliehen, hatte es so viel gegeben, was sie ihn hatte fragen wollen. In dem Chaos nach der Ankunft der Sucher hatte es nicht einen ruhigen Augenblick gegeben, in dem sie mit ihm hätte sprechen können. Jetzt würde es ihn vielleicht nie mehr geben.

Farr holte Luft, als wollte er etwas sagen. Doch Vani stand auf.

»Es gibt ein paar Dinge, die wir brauchen, um das Artefakt zur Benutzung vorzubereiten«, sagte sie. »Salben, Kräuter, Kerzen. Rituelle Dinge. Ich hatte keine Zeit, sie zu besorgen.«

Travis rieb sich über den Kopf und grinste Grace an. Sie nickte. Sie brauchte die Gabe nicht, um seine Gedanken zu lesen.

»Da kenne ich genau den richtigen Ort«, sagte er.

6

Deirdre starrte aus den getönten Scheiben der Limousine und sah durch ihr Spiegelbild hindurch, während draußen die matten Bilder vorbeihuschten. Einen kurzen Augenblick lang legte sich eine Ladenfront aus roten Backsteinen über das geisterhafte Negativ ihres Gesichts. Sie drehte den dicken Silberring an ihrer rechten Hand und dachte an Brixton.

Dass Duratek für die Todesfälle im *Surrender Dorothy* verantwortlich war, stand außer Frage. Für sie war ein mysteriöser Brand so etwas wie eine konzernübliche Standardprozedur. Dann war da das Electria. Sicher, heutzutage hätte Glinda die Droge beinahe überall bekommen können; Deirdre wusste, dass das nicht der Fall war. Sie hatten es ihr gegeben – um sie zu binden, sie zu kontrollieren. Erst danach hatten sie sich entschieden, sie fallen zu lassen.

Arion hat es mir heute Abend gesagt.

Arion?

Der Türsteher. Alle flüstern es schon. Niemand weiß, wie, aber sie haben sich einen Reinblütigen besorgt. Jetzt brauchen sie keinen von uns mehr ...

Wieder musste sie an den Wald denken, den sie gesehen hatte, als Glinda sie küsste, und die solide Mauer, durch die der Türsteher Arion sie geführt hatte. Dann war da die DNA-Analyse von Glindas Hautzellen. Farr hatte gesagt, er hätte ähnliche genetische Muster bei Personen mit außerweltlichen Verbindungen gesehen. Deirdre brauchte keine Blutprobe und kein Labor, um zu wissen, dass es im *Surrender Dorothy* noch weitere Personen mit dem gleichen genetischen Muster gegeben hatte.

Aber wer waren Glinda und Arion und der Rest von ihnen? Wie lange waren sie in einem Nachtklub in London keine drei Meilen von dem Stiftungshaus der Sucher entfernt unerkannt zusammengetroffen? Und gab es irgendwelche Verbindungen zu dem derzeitigen Fall? Genau wie Glindas Ring führten einen die Fragen nur im Kreis.

Sie seufzte.

»Deirdre?«

Sie wandte sich vom Fenster ab und schaute in grüngoldene Augen, die sie, zumindest einen Augenblick lang, mit ihrer Tiefe und Helligkeit an die von Glinda und Arion erinnerten. Aber das war unmöglich.

Diesmal war Graces Tonfall eher verwirrt als besorgt. »Deirdre, was haben Sie?«

»Es tut mir Leid, Grace. Ich habe nur nachgedacht.« Wenigstens war das keine Lüge, selbst wenn es nicht die ganze Wahrheit war. Aber wie hätte sie Grace gegenüber ihre Gedanken aussprechen können, wenn sie sie nicht einmal sich selbst zugestanden hatte?

Es ist dir vorher noch nie passiert, Deirdre, und vielleicht wird es das auch nie wieder. Aber in dem Augenblick, in dem du Glinda geküsst hast, hast du sie von ganzem Herzen geliebt.

Grace schenkte ihr ein trockenes Lächeln. »Nachdenken. Eine schlechte Angewohnheit. Es war schwer, damit aufzuhören.«

Obwohl ihr so schwer ums Herz war, musste Deirdre leise lachen. Grace Beckett war für sie mehr der Name in einer Akte statt eine Person. Und in dem Chaos der letzten Tage hatte es keine Gelegenheit für eine vernünftige Unterhaltung gegeben. Trotzdem hatte Deirdre plötzlich das Gefühl – es war so mächtig und eindeutig, dass ihr Großvater, der Schamane, ihr gesagt hätte, dass es sich um eine Botschaft ihres Totem-Führers handelte –, dass Grace jemand war, mit dem sie hätte befreundet sein können, hätten es die Zeit und die Entfernung zwischen den Welten zugelassen.

Travis und Hadrian saßen auf den gegenüberliegenden Sitzen, aber sie hatten die Köpfe zusammengesteckt und unterhielten sich leise miteinander. Zweifellos befragte Hadrian ihn über seine Erfahrungen auf der Welt AU-3. Immer der Inquisitor. Vani saß vorn neben dem Fahrer. *Ich kann hier besser sehen*, hatte sie gesagt.

»Manchmal wünschte ich, ich könnte aufhören zu denken«, sagte Deirdre. »Nur eine Minute lang.«

Graces Lächeln verwandelte sich in eine Grimasse. »Da gibt es eine Möglichkeit. Ich fürchte nur, Sie wird Ihnen nicht besonders gefallen.« Sie hob die Hand, zog die Halskette unter ihrem Pullover hervor und spielte gedankenverloren mit dem gezackten Anhänger.

»Ich habe ihn noch nie aus dieser Nähe gesehen«, murmelte Deirdre. »Nur auf Fotos.«

Grace schloss die Finger fest um den Anhänger. »Wovon sprechen Sie?«

»Ihre Halskette.«

Verwirrung und Begreifen flackerten wie Tag und Nacht über Graces Züge. »In der Nacht, in der ich Farr kennen gelernt habe, hat er mir erzählt, dass sie an solchen Runen interessiert sind. Die Eisenherzen. Ich weiß nicht, warum ich sie nie Travis gezeigt habe. Er würde vermutlich von einigen die Bedeutung kennen. Vielleicht ... vielleicht wollte ich es nicht wissen.« Sie ließ den Anhänger los. »Aber Sie kennen sie, richtig?«

Deirdre schüttelte den Kopf. »Eigentlich nicht. Ich weiß nicht, was die Runen symbolisieren. Aber eine Sache wissen wir. Sie haben von Travis' Freund Jack Graystone gehört?«

Ein steifes Nicken.

»Er lebte jahrhundertelang unter verschiedenen Namen in London; unter anderem nannte er sich James Sarsin. Dann, so um 1880, brannte sein Buchladen ab, und er verschwand. Aber wir fanden ein altes Tagebuch, das teilweise noch zu lesen war. In dem Tagebuch war die Zeichnung von einem Schwert. Ein mit Runen bedecktes Schwert.«

Grace strich über den Anhänger. »Das Schwert, von dem dieses Stück Metall stammt.« Es war keine Frage.

»Im Kofferraum dieser Limousine sind ein paar Akten, und in einer davon ist eine Kopie der Zeichnung. Ich zeige sie Ihnen, wenn wir die Gelegenheit dazu haben.«

»Danke. Das würde ich mir gern ansehen.«

Der Wagen wurde langsamer. Dann sagte Grace leise: »Wissen Sie, es ist kein Segen. Auf eine andere Welt versetzt zu werden.«

Deirdre dachte darüber nach. »Was ist es dann?«

Grace schob die Kette wieder unter den Pullover, gab aber keine Antwort.

Die Limousine hielt an. Farr stellte Travis noch eine letzte Frage, die Deirdre nicht mitbekam. Es gab so vieles, das ihnen über Graces und Travis' Erfahrungen verborgen bleiben würde, weil ihnen die nötige Zeit fehlte. Und wenn ihr Plan funktionierte, würden sie ihre beiden wichtigsten Objekte verlieren. Was für eine Art von Sucher war sie bloß?

Andererseits hatte sie sich in letzter Zeit oft gefragt, ob sie überhaupt noch immer zu den Suchern dazugehörte. Die Philosophen hatten sich nicht dazu geäußert. Sicher, Farr hatte für sie in diesem Fall einen Dispens erreicht; sie brauchten die Philosophen nicht um Erlaubnis zu fragen. Trotzdem, das Schweigen war ... seltsam. Als sie im Hotel das Stiftungshaus in London angerufen hatte, hatte Sasha auf seltsame Weise kurz angebunden geklungen, als sie erklärte, dass weder für Deirdre noch für Hadrian eine Nachricht von den Chefs der Sucher vorlag.

Du tust das Richtige. Es ist besser, sie gehen zu lassen, als sie Duratek zu überlassen.

Aber es war mehr als das. Travis und Grace wollten auf die Welt zurückkehren, die sie Eldh nannten. Und sie hatte nun wirklich nicht das Recht, ihnen das zu versagen. Vielleicht lautete die Frage nicht, welche Art von Sucher sie war, sondern was für ein Mensch.

Die Wagentür öffnete sich, Sonnenlicht flutete herein. Eine schlanke, schwarze Silhouette zeichnete sich gegen den hellen Schein ab.

»Wir sind da«, sagte Vani.

Deirdre stieg aus und wartete auf dem Bürgersteig, während die anderen folgten. Farr schloss die Tür der Limousine, dann betraten sie gemeinsam einen dunklen Laden.

Kühles Glockengeläut ertönte, als sich die Tür hinter

Deirdre schloss. Wind und Vogelgezwitscher schwebten in der duftenden Luft, und einen Augenblick lang war sie der festen Überzeugung, erneut in einem Wald zu stehen, den es unmöglich geben konnte. Dann entdeckte sie die kleinen Stereolautsprecher an den Wänden und die Drähte an der Decke, die die knorrigen Äste hielten.

Ein Wasserfall aus blauen Perlen klapperte, teilte sich.

»Nun«, sagte eine heisere Stimme, »ist auch Zeit, dass ihr alle kommt. Die Karten verheißen Ärger.«

Und schwarze Finger mit langen roten Nägeln winkten sie heran.

7

Sie versammelten sich in einem gemütlichen Raum hinter dem Ladenlokal. Kleine Fenster waren mit schwerem Samt verhüllt, das einzige Licht kam von den überall verteilt stehenden Kerzen. Auf einem runden, mit eingeschnitzten mystischen Symbolen versehenen Tisch lagen Tarotkarten in einem komplizierten Muster. Wie Deirdre nur zu bewusst war, war es in der Außenwelt beinahe Mittag, doch hier, in diesem Raum, war es vermutlich immer Mitternacht.

»Marji«, sagte Grace mit einem zögernden Lächeln. »Es ist schön, dich wieder zu sehen.«

Marji lachte, ihre Zähne hoben sich blendend weiß von den rubinroten Lippen ab. »Aber natürlich ist es das, Königin. Aber habe ich dir nicht gesagt, dass wir uns wieder sehen werden? Das ist Schicksal – keine Frage. Jetzt setzt euch. Ich weiß, dass wir uns über vieles unterhalten müssen.«

Marji, die Drag Queen, machte mit einem schlanken, dunklen Arm eine alles umfassende Geste, und als hätte sie die Macht eines Zaubers gehabt, fand sich Deirdre plötzlich genau wie die anderen auf einem Stuhl wieder.

Marji stand vor dem letzten leeren Stuhl. Sie trug ein schräges Ensemble, das aus einem hellgrünen Minikleid, einem mit Ziermünzen bestickten, kurzärmeligen Dinnerjackett und einer Halskette mit riesigen falschen Perlen bestand. Deirdre verspürte leichten Neid. In ihrem ganzen Leben hatte sie noch nie so sehr wie ein Mädchen ausgesehen.

»Ich habe euch heute hier versammelt«, sagte Marji unheilvoll, »um euch den letzten Willen und das Testament eures kürzlich verstorbenen Urgroßvaters vorzulesen.«

Fünf Augenpaare starrten sie an.

Marji unterdrückte ein Lachen, setzte sich dann und richtete geziert ihr Jackett. »Tut mir Leid. Ich wollte das schon immer mal sagen.«

Farr warf ihr einen bösen Blick zu. »Also wirklich, Madame, das ist nicht der Augenblick für Scherze. Wir müssen bestimmte Dinge erwerben, und dann müssen wir weiter.«

»Nun, offensichtlich hat hier jemand heute ein bisschen zu viel Verzweiflung und Untergangsstimmung aufgelegt.« Marji legte die Hand unter das Kinn, dann schlug sie die purpurn gefärbten Lider nach unten. »Es steht dir, Süßer, aber ich wette, Schwester Marjoram könnte dieses Stirnrunzeln glatt glätten.«

Deirdre musste die Zähne zusammenbeißen, um nicht loszuprusten. Farr murmelte etwas Unverständliches und schaute zur Seite. An seiner Schläfe pochte eine kleine Ader.

Vani beugte sich vor und studierte die Karten. »Die sehen aus wie *T'hot*-Karten. Sie sind also ein Orakel?«

Marji zuckte affektiert mit den Schultern. »Ich habe eine Begabung. Aber ich habe noch nie gehört, dass man sie *T'hot*-Karten nennt. Das ist ein interessanter Name. Wo kommst du her, Süße?«

Vani sah nicht auf. »Von weit weg.«

»Das schätze ich auch. Und lass mich nur eines sagen, Mädchen.« Marjis Stimme wurde heller, während sie mit dem Finger auf Vani zeigte. »Du und schwarzes Leder. Nur ein Wort: Wow.«

Jetzt schaute Vani verwirrt auf. »Leder bietet Schutz, während es Bewegungsfreiheit garantiert. Es ist praktisch, wenn es das ist, was Sie mit *Wow* meinen.«

Marji verdrehte die Augen, dann wandte sie sich Travis zu, der neben ihr saß. »Süßer, was hast du da für Leute mitgebracht? Von welchem Planeten kommen sie?«

Travis grinste peinlich berührt. »Das ist eigentlich eine gute Frage.«

Marji legte die Hand an den Hals. »Das ist echt dein Ernst, Süßer, was?«

»Ja«, sagte Travis ernst. »Das ist es.«

Als er dann ihre Geschichte mit leisen Worten erzählte, gab es Augenblicke, in denen Marji die Augen weit aufriss und sich an der Tischkante festhielt, aber sie unterbrach ihn nicht einmal. Als er schließlich geendet hatte, schloss sie die Augen. Dann öffnete sie sie wieder, und sie waren so dunkel und friedlich wie ein Garten bei Nacht.

»Also warst du auf einer anderen Welt, Königin«, sagte sie zu Grace. »Du und die Billardkugel hier.« Sie schaute Vani an. »Und du kommst von dieser Welt. Nun, das ergibt einen Sinn. Mir ist hier noch keiner begegnet, der diesen Look so wie du tragen könnte.«

»Du glaubst uns?«, fragte Grace.

Marji lachte. »Warum denn nicht, Königin? Aber natürlich gibt es außer der unseren noch andere Welten. Gott weiß, dass es sie geben muss. Ich würde verrückt, wenn es nicht so wäre.«

Deirdre glaubte zu verstehen. Marji war großartig und

einmalig. Aber diese Welt ging mit jenen, die etwas Besonderes waren, nicht immer freundlich um.

Sie beugte sich vor, um die Tarotkarten auf dem Tisch zu betrachten. Sie hielt sie nicht unbedingt für Magie, aber sie glaubte daran, dass die Karten alte und bedeutungsvolle Symbole enthielten, die im Verlauf der Jahrhunderte an Bedeutung gewonnen hatten und die in den Händen einer nachdenklichen und einfühlsamen Person durchaus zu der einen oder anderen Erkenntnis führen konnten. Man musste es nur richtig machen.

»Ich habe noch nie ein derartiges Layout gesehen«, sagte sie.

»Das habe ich ja auch selbst erfunden«, erwiderte Marji. »Aber eigentlich sind Karten doch gar nicht dein Ding, Schamanin, oder?«

Deirdre setzte sich aufrecht hin. »Ich bin keine Schamanin«, protestierte sie mit Nachdruck, während gleichzeitig das Bild ihres Großvaters in ihren Gedanken aufblitzte.

»Wirklich nicht?« Marji hob eine sorgfältig zurechtgezupfte Braue. »Und warum trägst du dann das da?«

Deirdre nahm die gelbe Bärenkralle in die Hand, die um ihren Hals hing. »Das ist ein Missverständnis. Mein Großvater war ein Schamane. Er hat sie mir vor seinem Tod geschenkt.«

»Okay, Süße. Und warum glaubst du, hat er sie dir gegeben, als er wusste, dass er sterben würde?«

Darauf fand Deirdre keine Worte; sie waren wie Vögel, die plötzlich losgeflogen waren.

Marji schnalzte mit der Zunge. »Verleugne deine Talente nicht, Mädchen. Ich verstehe es einfach nicht, warum hat bloß jeder Angst vor der ihm verliehenen Macht? Nun, Schwester Marjoram ist da anders. Warum könnt ihr euch sie nicht zum Vorbild nehmen?«

Die Worte ließen Travis, Grace und Farr die Blicke senken. Deirdre schloss sich ihnen an. Marji war ein billiger Wahrsager aus West Colfax in Frauenkleidern. Sie/er konnte unmöglich Recht haben.

Als sie wieder den Kopf hob, brütete Vani über den Karten.

»Sie haben gesagt, es gäbe Ärger«, sagte Vani. »Was für Ärger?«

»Ich wünschte, ich wüsste es.« Marji wandte sich wieder Grace und Travis zu. »Ich fürchte, nachdem ihr beiden hier aufgetaucht seid und die Polizei hinter euren heißen Hintern her war, bin ich dann doch neugierig geworden. Also entschloss ich mich dazu, mal zu sehen, ob die Karten mir keine Erleuchtung bringen würden.«

Sie hielt die Hand hoch und würgte Travis' Frage ab.

»Nein, keine Sorge. Ich habe ihnen nichts verraten, als sie reinkamen. Aber sie waren allerdings nach euch auf der Suche. Und sie kamen noch einmal, kurz nach eurem kleinen Abenteuer im Blue Sky Motel.«

Grace lächelte bitter. »Du siehst wirklich alles, Marji.«

»Eigentlich habe ich da die Morgennachrichten gesehen. Nicht, dass ich das tun sollte. Ich kann noch immer nicht glauben, dass sie dieser Schlampe Anna Ferraro den Platz im Rampenlicht gegeben haben. Und ihr dürft nicht glauben, dass diese Dinger echter als die hier sind.« Marji richtete ihre perfekt geformten Brüste.

»Marji«, sagte Vani leise. »Die Karten.«

»Es tut mir Leid, Süße, ich schweife ab.« Marji fuhr mit den Fingernägeln über die Karten. »Tatsache ist, ich weiß nicht, was sie bedeuten. Und das passiert Marji für gewöhnlich nicht. Hier, auf dieser Seite des Dreiecks, ist der Wagen. Jemand ist auf der Reise, so viel steht fest.« Sie warf Vani einen Blick zu. »Aber das wissen wir ja. Und hier, neben dem Wagen, sind die Sieben Schwerter. Seht ihr die beiden Leute in dem Boot, die über das Wasser reisen? Das Wasser repräsentiert das Unbewusste. Sie sind beide so traurig, aber sie lassen die Vergangenheit hinter sich, und seht – sie reisen zur goldenen Stadt am Meer.«

Deirdre runzelte die Stirn. »Aber das klingt doch alles hoffungsvoll, Marji.«

»Im Prinzip ist das richtig, Schamanin. Wäre da nicht das hier.«

Marji tippte mit einem blutroten Fingernagel auf die dritte Karte des Dreiecks. Ein Furcht einflößendes, lüstern grinsendes Gesicht schaute zu ihnen herauf. Der Teufel.

»Da ist etwas«, sagte Marji mit leiser Stimme. »Wo auch immer ihr hingeht. Es begleitet euch. Es ist böse. Und hungrig. Und es wird jeden zerstören, der sich in seine Nähe wagt.«

Sie schaute Travis mit funkelnden Augen an.

Er legte seine Hand auf die ihre. »Wir müssen gehen, Marji – wenn wir den Weg öffnen können. Und darum brauchen wir deine Hilfe.«

Sie lächelte: ein trauriges Lächeln. »Ich weiß, dass ihr gehen müsst, Süßer. Ich musste dich bloß warnen. Das ist alles.«

Farr stand auf. »Marji, wir benötigen ein paar Dinge. Kräuter, und Öl, soweit ich weiß.« Er sah Vani an.

»Ich kann Ihnen alles genau erklären.«

Jetzt schenkte Marji Farr ein strahlendes Lächeln. »Bargeld, Scheck oder Kreditkarte?«

Sie brauchten nicht lang. Marjis Regale waren gut sortiert. Die größte Schwierigkeit lag darin, dass Vani nicht die englischen Namen für die von ihr benötigten Kräuter kannte, aber sie beschrieb sie Grace, die ein Wissen in Kräuterkunde zeigte, das Deirdre sowohl überraschte wie auch beeindruckte. Grace konnte Marji sagen, was Vani brauchte. Es war nicht viel: drei Päckchen Kräuter, eine Flasche reines, parfümiertes Öl und fünf schwarze Kerzen.

»Ich nehme diese Sachen für Reinigungs- und Vorbereitungszeremonien«, sagte Marji, als sie Vani die Tüte gab. »Um was für ein Ritual geht es, Süße?«

»Eins, von dem ich hoffe, dass es uns zur goldenen Stadt am Meer bringen wird«, sagte Vani.

Marji nickte.

Farr räusperte sich. »Wir sollten gehen.«

Doch bevor sie sich bewegen konnten, stellte sich Marji ihnen in den Weg. »Moment. Keiner geht hier mit leerem Magen. Mir ist egal, von welcher Welt jeder hier kommt, aber jeder muss etwas essen.«

Es schien so nebensächlich zu sein – sie hatten so vieles zu tun, Dinge, die sich Deirdre kaum vorstellen konnte. Doch Marji hatte Recht. Selbst inmitten unglaublicher Ereignisse musste ein Mensch essen. Neil Armstrong wäre trotz der niedrigen Schwerkraft auf dem Mond mitten aufs

Gesicht gefallen, hätte er oben im Raumschiff nicht seine Astronautenkost gehabt.

Sie setzten sich im Hinterzimmer an den Seancentisch, während Marji scheinbar aus dem Nichts ein Mittagessen zauberte. Es gab kleine Sandwiches mit Käse und Tomaten, eine Schale Hummus mit Crackern zum Dippen, grüne Oliven und Plätzchen mit Macademianüssen.

Die Mahlzeit diente für mehr als nur der reinen Nahrungsaufnahme. Farr holte den Plan der Duratek-Fabrik hervor, und mit Vanis Hilfe verbesserten sie einige ihrer früheren Ideen.

Marji betrachtete die Blaupausen, während sie den Tisch abräumte. »Das klingt ja nach supergeheimem Spionagezeugs, meine Kinder. Es versteht sich von selbst, dass Marji ein Geheimnis für sich behalten kann. Aber ich hoffe, dass sonst niemand weiß, was ihr vorhabt.«

Farr warf Travis einen Blick zu.

»Ich habe mit niemandem gesprochen.« Er runzelte die Stirn. »Nun, das ist nicht ganz richtig. Ich habe Davis und Mitchell Burke-Favor angerufen, Freunde oben in Castle City. Aber ich habe ihnen nicht gesagt, wo wir sind oder was wir tun. Und das war, bevor ...«

»Eure guten Freunde vom Duratek-Konzern davon Wind bekamen, wo ihr euch versteckt«, sagte Marji.

Travis stützte beide Hände auf die Tischplatte. »Moment. Willst du damit sagen, dass Mitchell und Davis ...«

»Ich sage gar nichts«, erwiderte Marji und hielt die Hand hoch. »Nur dass der Feind immer mithört.«

Farr überreichte Marji eine weiße Visitenkarte. »Wir danken Ihnen für Ihre Diskretion.«

Sie schob die Karte in die Jacketttasche und blinzelte. »Wenn du wolltest, könntest du dich bei mir auch für andere Gefallen bedanken, Süßer.«

Farr ging schnell zur Tür. »Wir müssen jetzt wirklich los.«

»Danke«, sagte Deirdre.

Marji nickte ernst.

Grace zögerte, dann umarmte sie Marji. »Wir hatten so viel Glück, dass wir dich gefunden haben.«

Die Ladenbesitzerin schnalzte mit der Zunge. »Unfug, Königin. Glück hatte damit nicht das Geringste zu tun. Das war das Schicksal, so einfach ist das. Hey, pass auf die Perlen auf.«

»Oh«, sagte Grace und trat einen Schritt zurück.

»Leb wohl, Marji«, sagte Travis.

Sie ging auf ihn zu, schloss die Augen und gab ihm einen Kuss auf die Wange.

»Marji ...«

Sie trat grinsend zurück. »Keine Sorge, Süßer. Es gibt genug Konkurrenz für dein Herz. Ich weiß es, ich habe es in den Karten gesehen. Mach Schwester Marjoram einfach nur einen Augenblick lang die Freude.«

Travis zögerte, dann beugte er sich vor und küsste ihre rubinroten Lippen. Marji trat mit weit aufgerissenen Augen zurück, dann fächerte sie sich mit der Hand Luft zu und fand zum ersten Mal, seit sie den Laden betreten hatten, keine Worte mehr. Travis lächelte und wandte sich ab.

Vani musterte Marji nachdenklich. »Mein Volk hat viele große Seher und Orakel hervorgebracht, und es ist im Laufe der Jahre weit herumgekommen. Vielleicht haben irgendwie andere ihren Weg hierher gefunden, und ihr Blut fließt in Ihren Adern.«

Marji drückte ihr die Hand. »Die Vorstellung würde mir gefallen, Süße.«

Farr sah keinen Grund mehr, noch länger zu verweilen. Er ging zur Ladentür. Die anderen folgten ihm.

Deirdre drehte sich noch einmal um, um Marji ein letztes Mal zu danken, aber sie sah nur noch blaue Perlen, die leise klirrten. Dann öffnete sich die Tür, und sie traten in die sengende Sonne und die Zukunft.

8

Marji legte den Telefonhörer auf die Gabel, drehte sich um und betrachtete das Muster der Karten auf dem Seancentisch.

»Ich hoffe wirklich, du hast das Richtige getan, Mädchen«, sagte sie mit einem Seufzen.

Aber sie brauchten Hilfe, so viel stand fest. Sie ging zum Tisch, setzte sich und studierte erneut die Karten. Noch nie zuvor hatte sie so viele dunkle Anzeichen auf einmal zusammenkommen sehen. Nicht einmal an dem Tag, an dem sie die Wahl zur Königin des königlichen Hofes von Denver verloren hatte und dieses fette kleine Miststück Chi-Chi Buffet nur den Sieg davongetragen hatte, weil sie drei der Juroren zu einem sehr persönlichen Gespräch ins Badezimmer gebeten hatte.

Sie tippte auf eine der Karten im mittleren Dreieck – der Teufel –, und ein Schauder lief ihr über den Rücken. Ihr war so kalt. Aber das passierte einem nun einmal, wenn man Mode über Bequemlichkeit stellte.

Als würdest du dich jemals ändern, Mädchen. Hübsch zu sein ist deine Bürde.

Obwohl das nicht immer so gewesen war. Vor Jahren war sie Martin J. Morris gewesen, ein schwarzer Teenager, der bei seinem Onkel gelebt hatte. Ein Onkel, der nur Dinge aß, die aus Dosen kamen, Dinge trank, die aus Flaschen mit dem Bullen auf dem Etikett kamen, und nur Worte benutzte, die man in den Wiederholungen alter Fernsehserien, die Martin gern sah, mit einem Piep ausgeblendet hätte.

Fame? *Was ist das denn für ein Scheiß, Martin? Du solltest dir lieber* Das A-Team *ansehen. Mr. T – das ist ein richtiger Mann. So solltest du sein. Natürlich ohne den Schmuckkram. Wirbel rum wie diese Hupfdohlen da, und sie werden dich noch den süßen Martin nennen. Hörst du mir überhaupt zu?*

Martin hörte nicht zu. Er drehte seine Pirouetten, nachts, allein in seinem Schlafzimmer unter dem Dach.

Als seine Tante noch am Leben gewesen war, waren die Dinge nicht so schlimm gewesen. Sie hatte gelacht, wenn Martin für sie getanzt hatte, einen Löffel wie ein Mikrofon vor den Mund gehalten hatte, während er die Lippen im Rhythmus ihrer alten Billie-Holiday-Platten bewegte. Dann, eines Tages, hatte Martin in seinem Schlafzimmer in den Spiegel geblickt, doch er hatte nicht sein Spiegelbild gesehen. Stattdessen hatte er seine Tante gesehen, so klar wie Ginger in *Gilligan's Island*, wie sie über die Straße ging, die zwei Meilen von ihrem Haus entfernt war. Und dann hatte er zugesehen, wie ein Müllwagen eine rote Ampel nicht beachtete und sie überfuhr.

Er hatte immer geglaubt, Leute würden durch die Luft fliegen, wenn sie von einem Auto getroffen wurden, über den Bürgersteig rollten und dann wieder aufstehen, genau wie Lindsay Wagner, die Bionische Frau. Doch seine Tante war explodiert, als wäre die zerbrechliche, schwere Frucht ihres Lebens nur mit Mühe von ihrer Lebenskraft zusammengehalten worden. Einen Augenblick lang hatte sich der Spiegel blutrot gefärbt, dann hatte Martin in seine eigenen, weit aufgerissenen Augen geblickt.

Als er ins Erdgeschoss herunterstürmte, war die Polizei

schon da und sein Onkel hatte bereits eine Flasche aufgemacht.

Etwa ein Jahr später schlich sich Martin, als sein Onkel auf der Couch schnarchte, in dessen Zimmer, plünderte den Kleiderschrank seiner toten Tante und rannte mit einem Arm voll Chiffon, Samt und knisterndem Polyester zurück auf den Dachboden. Und an diesem Nachmittag hielt die Farbe schließlich Einzug in das Leben des sechzehnjährigen Martin, und zwar in Form von Kanariengelb, heißem Pink und Limonengrün. Schwester Marjoram war geboren worden.

Als sein Onkel ein Jahr später endlich herausfand, was mit den Kleidern seiner toten Frau geschehen war, warf er Martin auf die Straße. Es war das Beste, das jemals jemand für Martin getan hatte.

Es ist offensichtlich, dass du unter einer Depression, geringem Selbstwertgefühl und einem Mangel an Identität leidest, hatte ihm der Berater des Jugendzentrums gesagt und erschöpft auf seine engen Jeans, das Tube-Top und die Federboa gestarrt. *Darum hast du dir eine neue Persönlichkeit erschaffen.*

Aber der Berater irrte sich. Schwester Marjoram war nicht die Person. Das war Martin J. Morris. Sechzehn Jahre lang hatte er nicht die geringste Idee gehabt, wer er eigentlich war, hatte den dürren Jungen im Spiegel mit den Augen eines Fremden angestarrt. Und dann hatte er an jenem Tag endlich das gefunden, von dem er nicht einmal gewusst hatte, dass er danach gesucht hatte, und zwar hatte er es in einem Paar Stöckelschuhen und einer Handtasche von Chanel gefunden. Er hatte sich selbst gefunden.

Und sie war nicht länger Martin. Sie war etwas anderes, etwas Wunderbares und – trotz der ganzen Falschheit, den Federn und Ziermünzen, den Enthaarungscremes, den Collageninjektionen und dem Silikon – in jeder Hinsicht Wahrhaftiges.

Sie war Schwester Marjoram, das Salz des Lebens.

Und in diesem Augenblick war sie mehr als nur etwas verwirrt.

»Was geht hier vor, Mädchen?«

Marji wusste, dass sie übernatürlich begabt war, genau wie sie wusste, dass sie in lavendelfarbener Chenille spektakulär aussah, während es Chi-Chi Buffet wie Miss Piggy aussehen ließ. Ein Dutzend Mal in ihrem Leben hatte sie im Spiegel Dinge gesehen, so wie an dem Tag, an dem ihre Tante gestorben war, oder wie an dem Tag, an dem sie sich selbst Marjis *House of Mystery* hatte eröffnen sehen. Und jede der Visionen hatte sich erfüllt. Aber heute schien sie ihr Talent im Stich gelassen zu haben. Da waren so viele klare Bilder, aber nichts passte richtig zusammen; es war wie ein zerbrochener Spiegel, den sie nicht reparieren konnte.

Sie ließ die Karte mit dem Teufel los. Das Böse war etwas Reales und Gefährliches, aber es lag in der Ferne, umgeben von Karten, die auf Reisen, die Vergangenheit und Träume hinwiesen. Sie bewegte den Finger zu einer Karte im äußeren Kreis. Der umgedrehte Ritter der Schwerter. Ein mächtiger Mann, aber seine Macht war gestohlen worden. Aber wer war er? Neben der Karte lag der Magier. Das war er – der süße Kahlkopf. Travis.

Sie seufzte. »Ihm hättest du auch ein paar persönliche

Gefallen getan, selbst wenn es sich um die Wahl zur Königin des königlichen Hofes gehandelt hätte, was, Mädchen?«

Hitze stieg in ihr auf, die sich sofort in eine kühle Feuchtigkeit verwandelte. Es war nicht allein Verlangen. Es war dunkler, fremder und so viel verlockender. Sie hatte es in der Sekunde gespürt, in der sie ihn gesehen hatte: Sie liebte ihn und würde ihn niemals haben können.

»Du kannst nicht immer das bekommen, was du willst, Marji, das weißt du. Dafür sind Wein und Kreditkarten da.«

Aber wenn sie ihn nicht haben konnte, wer dann?

Der Ritter der Schwerter. Er musste es sein – die Position machte das eindeutig klar. Und hatten sie nicht von einem Mann gesprochen, den sie retten wollten? Aber auf der anderen Seite des Magiers lag eine andere Hofkarte, die Königin der Schwerter. Wer also liebte ihn? Der Ritter oder die Königin? Dann wusste sie es.

»Beide, Mädchen. Gott im Himmel, sie lieben ihn beide.«

Aber wenn der Gefangene der Ritter war, wer war dann die Königin?

Vor ihrem inneren Auge blitzte ein Bild auf: goldene Augen, die einen anderen intensiv anblickten, wenn scheinbar niemand zusah. Niemand außer Marji.

Sie nickte. Geheimnis gelöst. Sie schnalzte mit der Zunge. »Du wirst alle Hände voll zu tun haben, Mr. Travis.«

Sie lächelte, und der Ausdruck zeigte gleichermaßen Trauer als auch Erleichterung. Es schmerzte, sich etwas so Kostbares durch die Finger schlüpfen zu lassen. Aber das

Wissen, dass es andere gab, die es dringender als sie brauchten, hatte eine heilsame Wirkung.

»Es ist deine eigene Schuld, immer so anständig zu sein, Marji. Aber danke für den Kuss, Süßer. Ich werde ihn für immer in mein Herz einschließen.«

Jetzt wurde sie gefühlsduselig. Keine gute Idee, wenn man so viel Mascara trug. Marji zwang die Tränen zurück und nahm das Kartenspiel auf. Es war an der Zeit, sie für sich selbst zu legen, und vielleicht würde es ihr dabei helfen, auf andere Gedanken zu kommen. Sie mischte, bis sie den Funken spürte, der sie wissen ließ, dass es reichte, dann drehte sie die erste Karte um.

Ein grinsender Totenschädel starrte sie aus der schwarzen Kapuze des grimmigen Schnitters an.

Marji erstarrte.

Es ist nur ein Symbol, Mädchen. Veränderung, das Ende eines Kreislaufs, mehr bedeutet es nicht.

Das besagten jedenfalls alle Tarotbücher; vielleicht auch nur, damit sich die Leute besser fühlten. Aber manchmal bedeutete die Karte auch genau das, was sie zeigte.

Den Tod.

Ein Kälteschauer erfasste sie, und diesmal war es nicht nur ihre Einbildungskraft und luftige Kleidung. Der Samtvorhang vor einem der Fenster bewegte sich, eiskalte Herbstluft wehte durch das Zimmer.

Marji ging zum Fenster. »Ich dachte, ich hätte dich verschlossen. Marji muss heute wohl zu viel Nagellackentferner eingeatmet haben.« Sie schloss das Fenster und ging zurück in Richtung Tisch.

Auf halbem Weg hörte sie es. Ein leises Schnauben. Es

hörte sich fast so an wie ihr Onkel, nachdem er ein paar Whiskeys gekippt hatte und auf dem Sofa zusammengebrochen war.

Marji erstarrte, als sie es hörte, dann fing sie sich und spitzte die Ohren. Das Schnauben wurde lauter. Dann hörte sie im Laden das Klirren zerbrechenden Glases.

Ärger stieg in ihr auf. Da hatte also irgendein Trottel sich Zugang zu ihrem Laden verschafft und trampelte jetzt wie ein Büffel darin herum. Sie griff sich von einem Regalbrett eine Nagelfeile. Wer auch immer da draußen war, hatte Nerven. Die würde sie ihm ziehen.

Marji ging an ein paar Türen vorbei einen Korridor entlang, bis sie den Perlenvorhang erreichte. Der Gestank traf sie wie ein Schlag; er war so stark, dass sie unwillkürlich blinzelte, aber die Tränen schossen ihr trotzdem in die Augen und ihr Mascara fing an zu laufen. Wer auch immer da drinnen war, es roch, als hätte er sich in einem Müllcontainer gewälzt, bevor er den Laden betreten hatte. Flach durch den Mund atmend teilte sie die Perlen.

Ein feuchtes Grunzen ertönte, im Schatten zwischen zwei Regalen bewegte sich etwas Dunkles und Geschmeidiges. Ein kleiner Kopf mit niedriger Stirn blickte auf, blasse Augen starrten Marji an. Es machte eine anmutige, hüpfende Bewegung in ihre Richtung, ließ dabei Krallen die Regalbretter entlangschaben.

Weitere Flaschen fielen zu Boden. Das Geräusch zerberstenden Glases übertönte Marjis Aufschrei.

Sie stolperte zurück, ließ den Perlenvorhang los, der sofort den Blick auf das Ding versperrte. Aber sie konnte es noch immer riechen, konnte es noch immer hören. Was auch immer dieses Monstrum darstellte, es war hinter ihr her. Und zwar mit erschreckender Geschwindigkeit.

Sie tastete mit der Hand hinter sich, fand einen Türknauf und wich rückwärts in ihren Umkleideraum zurück. Die Wände waren voller Spiegel, die Ablage eines großen weißen Schminktisches war mit Make-up, Haarbürsten, Nagelpolitur und Lockenwicklern übersät. Eine Schönheit wie die Marjis kam nicht von allein; sie kam aus vielen kleinen Fläschchen.

Sie warf sich gegen die Tür, war aber zu langsam. Etwas prallte hart und wütend dagegen, und sie taumelte gegen den Schminktisch. Ihr Hinterkopf knallte gegen den Spiegel, Tiegel und Phiolen prasselten zu Boden.

Es kam durch die Tür – langsam und vorsichtig. Was auch immer es war, es war klug genug, um zu wissen, dass es sie in die Ecke getrieben hatte. In dem hellen, von den Spiegeln reflektierten Licht konnte sie es jetzt deutlich sehen; Übelkeit stieg in ihr auf.

»Du bist vielleicht ein hässlicher Bursche.«

Die Kreatur erinnerte sie an einen Affen. Die Arme schleiften über den Boden, Klauen zerschnitten den Teppich zu schmalen Fetzen. Langes, verfilztes Haar bedeckte den Körper, die kurze Schnauze legte sich in Falten, als sie in einem sabbernden Grinsen die Reißzähne bleckte. Aber das Schlimmste waren die Augen: Sie waren zu groß, schräg, so weiß wie Monde. Nichts hatte solche Augen. Jedenfalls nichts, was es auf diesem Planeten gab.

Die Kreatur schlich näher heran. Marji griff hinter sich, fummelte mit tauben Händen auf dem Schminktisch herum. Der Gestank reichte aus, um einen in Ohnmacht fallen zu lassen. Ihr wurde schwindelig. Das Ungeheuer spannte die kurzen Beine an und griff nach ihr, öffnete den Rachen.

Marjis Hände schlossen sich um ein paar harte, vertraute Gegenstände, und sie ließ sie mit der Anmut einer Diva nach vorn schnellen. Mit einem Finger entließ sie eine Wolke aus Haarspray aus der Dose, während sie mit den anderen das Feuerzeug anschnippte, das sie dazu benutzte, um ihre Augenbrauenstifte zu erhitzen.

Marji ließ ein durchtriebenes Grinsen aufblitzen. »Sieht aus, als hättest du Probleme mit der Frisur, Süßer.«

Feuer brauste vorwärts, hüllte die Kreatur ein. Sie kreischte auf, hob unmöglich lange Arme, während Flammen das fettige Haar entlangzüngelten, taumelte zurück.

Marji folgte ihr, die Dose ausgestreckt, ließ weiteres Feuer hervorschießen. Wieder kreischte das Ding auf, dann stürzte es in den Korridor. Es zuckte, während das Feuer es auffraß.

Marji senkte die Dose. Die Kreatur verstummte, krümmte sich wie ein Insekt zusammen, während sie brannte. Sie war tot. Marji taumelte zurück und drehte sich um; ihre Augen brannten von dem Rauch. Sie bekam keine Luft mehr. Sie blickte in die Spiegel und sah nicht sich.

Es war ein zweispuriger Highway, der eine Hügelkuppe hinauf und dann hinunter in eine Talsenke führte. Dahinter ragten flache graue Steinklötze riesengleich in die Höhe, zeichneten sich von graugrünen Bergen ab. Fünf Sattelschlepper rasten den Hügel hinauf, passierten ein Highway-Schild. Die Lastwagen waren schwarz lackiert, auf den Seiten war nur eine einzelne, weiße Mondsichel zu sehen. Marji versuchte das Straßenschild näher ins Auge zu nehmen, aber das Bild verblich bereits, und sie sah wieder die große, schlanke Gestalt im Dinnerjackett und mit einer Bienenkorbfrisur.

Ein leises, knisterndes Geräusch riss sie aus der Trance. Marji drehte sich um.

Sie kamen durch die Tür gekrabbelt, eilten über den angesengten Teppich auf sie zu. Sie funkelten im Licht. Spinnen. Goldene Spinnen. Sie zählte zehn, dann zwanzig. Dann hörte sie auf zu zählen. Als noch mehr durch die Tür strömten. Wieder hob sie Haarspray und Feuerzeug. Flammen schossen hervor. Die erste Spinnenreihe zerschmolz zu leblosen Klumpen.

Die Dose zischte. Die Flammen flackerten, erstarben.

Marji schleuderte die Dose auf den Boden. Sie wich zum Schminktisch zurück.

Das ist nicht gut, Mädchen. Du hast immer am besten in Silber ausgesehen. Gold ist definitiv nicht deine Farbe.

Die Spinnen krabbelten näher heran. Sie tastete nach dem Telefon auf dem Schminktisch. Für einen Anruf war noch Zeit. Sie zog die Visitenkarte aus der Tasche, die ihr der hübsche, mürrische Bursche gegeben hatte. Sie wählte, hob den Hörer ans Ohr.

Sie sprechen mit einem Pieper mit Satellitenverbindung, verkündete eine elektronische Stimme. *Bitte nennen Sie die Telefonnummer, unter der man Sie zurückrufen kann.*

Nein, es war keine Zeit für Rückrufe. Sie würden einfach schlau genug sein müssen, um die Botschaft zu verstehen. Sie wusste nicht, was sie im Spiegel gesehen hatte, aber wenn sie es gesehen hatte, dann war es auch wichtig. Mit einem harten Fingernagel tippte sie hektisch auf die Tastatur ein.

Etwas berührte ihren Knöchel. Marji ließ den Hörer fallen und stampfte mit dem Fuß auf. Eine Spinne fiel herunter. Ein weiterer Tritt, und sie wurde von ihrem Pfennigabsatz pulverisiert.

Weitere Spinnen folgten. Dann war kein Platz mehr zum Zurückweichen da.

»Der letzte Tanz, Marjoram«, flüsterte sie.

Weitere Spinnen zerplatzten unter den Absätzen ihrer Schuhe, bis sie die ersten schmerzhaften Bisse spürte.

9

Beltan duckte sich in die metallischen Schatten eines hohen Stapels Stahlkisten. Er legte den Kopf schief, lauschte. Da waren schnelle Schritte, widerhallende Stimmen, das Knallen sich schließender Türen. Seit über einer Stunde schlich er nun schon durch die dunklen, rechteckigen Gänge dieser Festung, ohne auf viel Aktivität zu stoßen. Dann, vor ein paar Minuten, hatte der Lärm begonnen. Etwas geschah.

Vielleicht ist die Doktorin in den Raum zurückgegangen und hat dein leeres Bett gefunden, Beltan.

Doch er hatte keinen Alarm gehört, und die Rufe aus der Ferne waren nicht voller Wut und Furcht. Sie hörten sich eher wie Befehle an.

Es war kalt. Der dünne weiße Mantel, den er sich angeeignet hatte, bot keine Wärme, und er zog die Knie an die Brust. Er wusste, dass er sich besser wieder in Bewegung gesetzt hätte. Der Wächter, den er vor einer Minute gesehen hatte, war verschwunden, war gegangen, um seinen Gefährten bei der Aufgabe zu helfen, die sie auch immer zu erfüllen hatten. Aber er musste ausruhen, nur noch eine Minute. Obwohl in seinen knochigen Gliedern eine Kraft steckte, die er für unmöglich gehalten hatte, hatte ihn die einfache Handlung, sich leise zwischen Verstecken zu bewegen, so verschwitzt, schwach und am ganzen Leib zitternd wie ein neugeborenes Fohlen hinterlassen.

Ein leises Schnattern ertönte.

Sie hatte sich hinter ihm in der Ecke zusammengerollt,

die langen Arme um den kleinen Kopf geschlungen, als würde sie ihn wiegen. Sie blickte ihn teilnahmslos an, ihre sanften braunen Augen waren voller Intelligenz und Schmerz. Die nackten Stellen auf ihren Armen schimmerten im schwachen Licht, verschorfte Schnitte markierten sie wie ein paar von Travis Wilders Runen.

»Schon gut, Mylady«, flüsterte er. »Wir bleiben hier noch eine Minute sitzen.«

Sie lehnte sich zurück, als hätte sie ihn verstanden.

Und vielleicht tut sie es tatsächlich. Sie kannte das Geheimnis des Türschlosses. Und sie war in deinem Traum vom Grauen Land. Sie hat dich gerufen.

Er wusste, dass es riskant und vielleicht sogar dumm gewesen war, die *Schim-Pansi* mitzunehmen. Aber er schuldete ihr sein Leben und seine Freiheit – ganz egal, wie lange beides noch andauerte. In einer Schublade hatte er ein Metallinstrument gefunden – sein Zweck blieb ihm verborgen, aber es sah aus, als könnte es, richtig geschwungen, ordentliche Schmerzen verursachen –, und er hatte es benutzt, um damit den Käfig zu öffnen. Die *Schim-Pansi* war mit steifen Beinen herausgekommen und hatte ihn umarmt, seinen dürren Körper mit den langen, kräftigen Armen umschlungen.

Danach war sie ihm leise und schnell gefolgt, hatte anscheinend jede seiner Bewegungen vorausgeahnt. Zweimal hatte sie wilde Bewegungen gemacht, mit den langen Händen gewedelt, als er einen Korridor hatte betreten wollen, und jedes Mal hatte er, als sie zurückgewichen waren, Stimmen in ihre Richtung kommen hören. Beltan fragte sich, was sie mit ihr gemacht hatten. Und was sie mit ihm gemacht hatten. Die *Schim-Pansi* war nicht die Einzige, die Dinge zu wissen schien.

Mehr als einmal hatte er, während er verstohlen durch die Festung geschlichen war, am ganzen Körper jenes Kribbeln verspürt, zusammen mit dem Gefühl von Gefahr. Jedes Mal hatte er die *Schim-Pansi* in ein Versteck geführt. Und jedes Mal war nur Augenblicke später einer der Wächter in Sicht gekommen, die mit dieser seltsamen Uniform aus schwarzen Stiefeln, engen schwarzen Hosen und dünnen schwarzen Hemden mit kurzen Ärmeln bekleidet waren.

Dass sie Wächter waren, daran bestand kein Zweifel. Beltan war ein Anhänger von Vathris; er erkannte einen Krieger, wenn er ihn sah. Es waren ohne Ausnahme große Männer, mit kräftigen Armen, stiernackig, mit kurz geschnittenem Haar. Auf ihren Hemden war ein weißer Umriss zu sehen, der an eine Mondsichel erinnerte – sicherlich eine Art von Abzeichen. Aber der deutlichste Hinweis waren die an ihre Gürtel geschnallten Gegenstände. Die Dinger waren kurz, gedrungen und aus Metall. Beltan konnte nicht genau sagen, worum es sich dabei handelte, aber nach der Art und Weise zu urteilen, wie die Männer sie trugen, handelte es sich eindeutig um Waffen.

Das Kribbeln setzte wieder ein; Nadelstiche überzogen seinen Hals und die Arme, während er hinter der Kiste kauerte. Einen Herzschlag später kam ein Wächter in Sicht. Er war nicht auf Patrouille, sondern lief zu einer bestimmten Aufgabe. Er berührte einen Draht, der um seinen Kopf gewunden war.

»Hier spricht Clarkson. Die Sektionen Alpha und Beta

sind klar. Gehe jetzt zu Sektion Gamma. Lastwagen eins und zwei sind bereits vollständig beladen, also könnt ihr mit Nummer drei anfangen. Gut, dann ...«

Die energischen Worte des Wächters verstummten wie abgeschnitten, als er um die Ecke bog. Das Kribbeln verschwand, und mit ihm das Gefühl drohender Gefahr. Beltan wandte sich der *Schim-Pansi* zu. Sie sah ihn an, die Augen in ihrem dunklen, faltigen Gesicht musterten ihn ruhig.

»Sie haben etwas mit mir gemacht, Mylady«, sagte er heiser. »Genau wie mit dir.«

Das Wesen schürzte die Lippen und gestikulierte mit den gebogenen Fingern. *Zeit, weiterzugehen.*

Geduckt schob er sich in den Korridor, der Quelle eines grauen Lichtscheins entgegen. Die *Schim-Pansi* trottete hinter ihm her. Beltan wünschte, er könnte wie sie gehen und sich auf den Handknöcheln abstützen. Seine Sehnen fühlten sich wie nasses Leder an, das man in der Sonne getrocknet hatte; sich aufzurichten bereitete ihm Schmerzen.

Nach dem ganzen Lärm und dem Aufruhr herrschte in dem Korridor nun eine unheimliche Stille. Gemeinsam passierten sie geöffnete Türen, die in Räume führten, die bis auf dem Boden liegenden, zerknüllten Papier oder von der Decke hängenden Drähte leer waren.

Das Licht wurde heller. Voraus ertönte ein neuer Laut, ein Tosen, das Beltan nicht einzuordnen wusste. Es ließ ihn an das Knurren einer riesenhaften Bestie denken. Doch er verspürte kein Kribbeln. Wo auch immer seine neuen Instinkte herrührten, bis jetzt hatten sie ihn immerhin bis hierher gebracht. Er biss die Zähne zusammen, zwang seine Beine durch reine Willenskraft, sich weiterzubewegen, umrundete die Ecke.

Und stieß um ein Haar mit einem Mann und einer Frau in langen weißen Mänteln zusammen.

Beltans nackte Füße rutschten über den glatten Boden, fanden Halt, ließen ihn stehen bleiben. Die *Schim-Pansi* stieß mit ihm zusammen. Er starrte die beiden an, wartete darauf, dass sich die beiden Doktoren umdrehten, ihn erblickten und Alarm schlugen.

Sie taten es nicht. Das Tosen war nun noch lauter, hallte durch die Öffnung, in der die beiden Doktoren standen. Auf der anderen Seite lag hellgraues Licht und kühle Luft.

Die Doktoren unterhielten sich – ziemlich laut, um nicht von dem Lärm übertönt zu werden. Sie hatten Beltan und die *Schim-Pansi* nicht gehört. Aber warum hatte es nicht gekribbelt? Vielleicht waren seine neuen Instinkte ja doch nicht unfehlbar. Oder er schwebte nicht in unmittelbarer Gefahr – nicht solange sie ihn nicht gehört hatten.

»... wird gerade beladen«, überschrie der Mann im weißen Kittel den Lärm.

Die Doktorin hielt ihren Kittel zusammen, damit er nicht in dem kühlen Windzug flatterte. »Und das Testobjekt?«

»Sie meinen E-1?«

»Ja. Den Nichtmenschen.«

»Der ist bereits im gleichen Lastwagen.«

Die Doktorin drehte sich etwas, und Beltan erkannte ihr Profil. Sie war es, die Frau aus seinem Raum, die er erschreckt hatte, als er sie ansprach. Ihm fielen wieder die Worte ein, bei denen er sie belauscht hatte.

Doktor Ananda M. Larsen. Ende der Aufnahme.

»Wissen Sie, warum der Befehl zur Evakuierung gegeben wurde?«, fragte Larsen; die Kälte ließ sie die Schultern nach vorn krümmen.

Der Mann zuckte mit den Schultern. »Wer weiß das schon? Vergessen Sie nicht, wir sind bloß Kopfarbeiter. Hier haben die Muskelmänner den Befehl. Soviel ich gehört habe, haben sie unsere Basis entdeckt und planen einen Angriff.«

»Wer?«

»Das wissen Sie doch ganz genau.«

Larsen nickte. Sie schien etwas zu murmeln, aber das Wort wurde von dem Lärm übertönt.

Beltan fluchte lautlos. Er wollte wissen, wer einen Angriff plante. Vielleicht konnte er sich mit diesen Leuten anfreunden und sie zur Flucht benutzen.

»Verdammt, ist das kalt.« Larsen stampfte mit den Füßen auf.

»Es ist nicht nur der Wind, der mich frieren lässt. Da – sehen Sie? Da drüben bei dem Lastwagen.«

Dr. Larsen murmelte etwas, das Beltan nicht verstehen konnte, bei dem es sich aber nur um einen Fluch handeln konnte. »Ich glaubte, der wäre weg. Sollte er sie nicht suchen?«

»Der Meinung war ich auch. Er muss für die Mobilmachung zurückgekommen sein.«

Endlich begriff Beltan. Die Aktivitäten, die Worte des Wächters, die leeren Räume. Sie waren entdeckt worden, sie fürchteten einen Angriff, und jetzt gaben sie ihre Festung auf. Aber wo wollten sie hin?

Es spielte keine Rolle. Es kam allein darauf an, dass er

hier herauskam, bevor sein Verschwinden entdeckt wurde. Im Chaos der Mobilisierung hatte er vielleicht eine Chance.

Larsen zog eine Grimasse. »Er macht mir eine Gänsehaut.«

»Das ist noch höflich ausgedrückt. Was glauben Sie, was sich hinter der Maske verbirgt?«

»Gott, hören Sie bloß auf. Ich weiß nicht, aus welchem Loch sie ihn herausgeholt haben, aber ich wünschte, sie würden ihn dorthin zurückschaffen.«

»Ich stimme Ihnen zu, aber wir brauchen ihn. Er hat uns gezeigt, wie wir die Gentherapie durchführen können, indem wir das Blutserum des Nichtmenschen als Transportvektor benutzen. Und er war es auch, der uns den Nichtmenschen gebracht hat.«

»Schön. Da will ich Ihnen gar nicht widersprechen. Aber wir brauchen ihn nicht mehr. Wir haben seine kruden Methoden weiterentwickelt, und zwar mindestens um zehn Jahrhunderte. Haben Sie die Hybriden gesehen, die er erschuf? Gott sei Dank, dass sie alle zerstört haben. Das waren Monster. Nicht so wie Ellie.«

»Meinen Sie Ihre Schimpansin?«

»Sie würden nicht glauben, was für Resultate ich bekomme. Das normale Bewegungsvermögen ist um siebenundachtzig Prozent gestiegen. Tests in abstraktem Denken um hundertdreiundfünfzig Prozent. Es ist unglaublich. Ich glaube, sie steht kurz davor, Sprache zu erlangen. Und ich spreche nicht davon, ein paar Handsignale nachzuahmen, sondern von richtiger, komplexer Sprache.«

Der Mann hörte nicht zu. »Wissen Sie, ich habe gehört, dass er es nicht ausstehen kann.«

»Was kann er nicht ausstehen?«

»E-1. Ich habe gehört, dass er sich nicht gern in seiner Nähe befindet.«

»Aber er hat das Objekt doch angebracht.«

Der Mann zuckte mit den Schultern. »Nun, manchmal müssen wir uns mit Dingen abgeben, die wir hassen, um das zu bekommen, was wir wollen.«

Larsen sah zur Seite. Wieder verloren sich ihre Worte in dem Lärm. Möglicherweise hatte sie gesagt: *Ja, das ist wahr.*

»Glauben Sie, er wird uns helfen?«

Larsen hob den Kopf. »Was?«

»Der Nichtmensch. Wie ich gehört habe, sind sie der Meinung, dass er weiß, wie man das Artefakt bedienen muss. Glauben Sie, er hilft uns?«

»Ich weiß nicht.« Larsen seufzte. »Angeblich lebt er in ständiger Qual.«

»Nun, das war zu erwarten. Wir haben gesehen, was die Hybriden hier durchmachen. Die Logik sagt einem, dass es für ein homogenetisches Exemplar schlimmer sein muss. Aus diesem Grund hat das Labor im Hauptquartier doch überhaupt erst Electria synthetisiert, um ihre Schmerzen zu kontrollieren.« Er lachte leise. »Der internationale Drogenhandel ist nur der Zuckerguss auf der Torte, mit der interessante kleine Nebenoperationen wie Ihre und meine finanziert werden können, Ananda.«

Sie trat einen Schritt zurück, krümmte sich leicht zusammen, als wäre sie angeekelt.

»Ich muss gehen«, sagte sie. »Ich glaube, sie kümmern sich gleich um Sektion Gamma.«

»Sie werden Sie nichts selbst anrühren lassen.«

»Ich weiß. Ich will bloß ... ich will mich bloß davon überzeugen, dass sie E-2 und Ellie vernünftig behandeln.«

Der Mann nickte. »Ich sehe Sie beim Rendezvoupunkt, Ananda.«

Larsen erwiderte darauf nichts. Sie machte noch einen Schritt zurück, dann drehte sie sich um.

Und blieb stehen und starrte mit offen stehendem Mund. Zehn Schritte entfernt starrten Beltan und die *Schim-Pansi* zurück.

Ein paar Augenblicke bewegte sich keiner. Dann stahl sich ein Grinsen auf Beltans Gesicht.

Larsen legte eine Hand auf die Brust. »Doyle.«

»Sind Sie noch immer da, Ananda?« Der Doktor drehte sich um, er riss die Augen auf. »Mein Gott!«

Er warf sich der Wand entgegen, auf eine rote Taste zu, die dort schimmerte. Aufkreischend warf sich die *Schim-Pansi* auf ihn. Sie erreichte den Doktor in genau dem Augenblick, in dem seine Hand gegen die Taste schlug. Ein schrilles Heulen durchschnitt die Luft, Lichter blitzten auf. Der Doktor schrie auf, als er zusammen mit der *Schim-Pansi* rückwärts taumelte.

»Ellie!«, rief Ananda. »Nein!«

Lange, schwarze Finger schlossen sich um den Hals des Mannes, dann stieß die *Schim-Pansi* ein weiteres Kreischen aus, während sie zudrückte. Sein Hinterkopf schlug hart auf dem Boden auf. Er erschlaffte, und die *Schim-Pansi* schaute auf. Trauer lag in ihren braunen Augen sowie ein fahles Leuchten.

Der Alarm schrillte noch immer. Die Wächter würden

jeden Augenblick hier sein. Beltan ging mit steifen, schnellen Schritten auf Larsen zu.

»Bitte«, flüsterte sie. »Bitte, töte mich nicht.«

Beltan griff mit seinen großen Händen zu. »Tut mir Leid.«

Er nahm ihren Hals, drückte zu. Ihre Augen quollen hervor. Sie riss an seinen Händen, konnte seinen Griff aber nicht brechen. Er verstärkte den Druck ...

... und erstarrte.

Was ist? Bist du ein Schwächling, Junge? Erledige sie.

Der schmucklose Korridor war verschwunden. Beltan stand in einem winterlichen Wald und kniete im blutrot verfärbten Schnee. Vor ihm lag eine junge Hirschkuh, deren Flanken bebten, als sie nach Luft rang. Luftblasen sprudelten um den Pfeil herum, der in ihrer Seite steckte.

Ich sagte, erledige sie!

Sie war so wunderschön. So schwach. Er konnte es nicht tun.

Ein verächtliches Schnauben. Eine starke Hand entriss ihm das Messer. Die Hand seines Vaters.

Dann mache ich es eben selbst, wenn du so ein Feigling bist. Du bist wie ein Mädchen und nicht wie ein Sohn von meinem Fleisch und Blut.

Beldreas machte eine schnelle, schneidende Bewegung, ein roter Strom sprudelte dampfend in den Schnee.

Der Korridor nahm wieder Gestalt an. Beltan lockerte seinen Griff. Larsen würgte, holte keuchend Luft.

Er konnte es nicht tun. Ganz egal, was sie ihm angetan hatte, sie hatte es nicht verdient, dass sie auf diese Weise umkam.

Er stieß sie von sich. Sie prallte gegen die Wand, rutschte daran zu Boden und starrte zu ihm hoch. Er grinste wieder, legte einen Finger an die Lippen. *Keinen Laut.*

Er trat über den am Boden liegenden Doktor. Die Augen des Mannes starrten nach oben; sie waren tot. Jenseits der Öffnung befand sich eine ebene Fläche, die von einer Art Drahtzaun eingefasst wurde. Fünf lange, schwarze, kantige Gerätschaften standen dort parallel zueinander angeordnet, und von ihnen ging das Tosen aus. Beltan glaubte zu wissen, worum es sich bei ihnen handelte. Travis hatte ihm solche Dinge beschrieben. Das waren die Lastwagen, von denen der Wächter gesprochen hatte. Wagen, mit denen man etwas transportierte. Der scharfe Wind ließ ihn blinzeln, dann trat er durch die Tür.

Hinter ihm übertönte ein Schrei das Jaulen der Sirenen.

»Hier – er ist hier unten! O Gott, helft mir, ich glaube, Doyle ist tot.«

Also war Dr. Larsen seinem Wunsch nach Schweigen nicht gefolgt. Stiefel donnerten heran. Beltan drehte sich rechtzeitig um, um zwei der schwarz gekleideten Wachen den Korridor entlanggestürmt kommen zu sehen. Sie passierten Larsen, die noch immer zusammengesunken auf dem Boden hockte, und sprangen über die Leiche des Mannes, ohne sie auch nur eines Blickes zu würdigen.

Einer der Wächter war schneller als sein Kamerad. Er erreichte Beltan als Erster. Der Mann schlang einen dicken Arm um Beltans Hals und stellte einen Fuß hinter sein Bein, offensichtlich in der Annahme, dass es einfach sein würde, diesen dürren, fast nackten Mann zu überwältigen.

Beltan stieß einen Schrei aus, der zu einem Teil aus Wut,

zu einem anderem Teil aber auch aus Freude bestand. Er ergriff den Arm des Mannes, verdrehte ihn, dann trat er über das Bein des Gegners hinweg und klemmte es mit dem eigenen ein. Bei Vathris, das war leicht. Er stemmte sich gegen den Wächter. Der Mann schrie auf – mehr vor Überraschung als aus Schmerz – und beugte sich zurück. Sein Bein gab mit einem feuchten Knacken nach. Das zersplitterte Ende seines Oberschenkelknochens stach durch den schwarzen Hosenstoff, begleitetet von einem dunklen Blutstrom. Jetzt wurde aus dem Schrei Schmerzensgeheul. Er stürzte zu Boden, wand sich hin und her. Beltan schaute auf.

»Auf den Boden, sofort!«, befahl der zweite Wächter.

Er stand fünf Schritte entfernt, er hielt den metallischen Gegenstand, der an seinem Gürtel gehangen hatte, nun mit beiden Händen fest, die Arme ausgestreckt. Ein Klicken ertönte, als er etwas mit dem Gegenstand machte. Beltan hatte noch immer keine Ahnung, was das Ding eigentlich machte, aber der Art und Weise nach zu urteilen, wie der Wächter es hielt, glaubte er tatsächlich, dass es ihn beschützen würde.

»Ich sagte, auf den Boden!«

Beltan entschied sich herauszufinden, ob der Wächter Recht hatte, ob ihn das Ding wirklich beschützen würde. Denn was hatte er schon zu verlieren außer seinem feigen Mörderleben? Beltan spannte sich an, dann sprang er vorwärts.

Ein schrilles Kreischen durchschnitt die Luft, dann sprang etwas Dunkles und Schnelles aus den Schatten. Lange Arme griffen zu, und das Ding landete auf dem

Wächter. Ein lauter Knall wie ein Donnerschlag ließ Beltan innehalten und zusammenzucken.

»Nein!«, rief eine schrille Stimme.

Larsen rannte mit tränenüberströmtem Gesicht heran. Der Wächter grunzte und setzte sich auf, stieß den Angreifer weg. Die *Schim-Pansi* rollte auf den Rücken, ihre Arme schlugen leblos auf den Boden, die braunen Augen starrten ins Leere. In der Mitte ihrer Brust war ein tiefes, blutiges Loch.

Eine Welle des Schwindels erfasste Beltan. Er machte einen taumelnden Schritt nach vorn. »Mylady ...«

»Ellie!«, rief Dr. Larsen und ging neben der verkrümmt daliegenden *Schim-Pansi* auf die Knie.

Der Wächter hob noch im Sitzen die Metallwaffe und richtete sie auf Beltan. »Ich sagte, hinlegen, du Bastard.«

»Sie Idiot, bringen Sie ihn nicht um!«, rief Larsen und stellte sich vor den Wächter, der mit einem Fluch auf die Beine sprang.

Beltan sah bloß reglos zu. *Bastard.* Sogar auf dieser Welt wussten sie, was er darstellte. Das Blut der *Schim-Pansi* strömte über den harten, schwarzen Boden. Beltan spürte, wie seine Knie nachgaben, als ihn die seltsame Kraft schließlich verließ. Er schien nicht genug Luft zu bekommen. Doch bevor er zu Boden stürzen konnte, packten ihn grobe Hände unter den Achseln und rissen ihn wieder hoch.

Der Wächter, der die *Schim-Pansi* getötet hatte, trat mit gerötetem Gesicht vor. »Überlasst den Bastard mir.«

Wieder drängte sich Dr. Larsen zwischen den Wächter und Beltan. In ihren Augen war Furcht zu lesen, ihre Hand zitterte sichtlich, als sie sie ausstreckte, aber ihre Stimme klang resolut.

»Sie werden ihn nicht verletzen. Wissen Sie, wie viel wir in ihn investiert haben? Mehr, als Sie in Ihrem ganzen Leben verdienen werden, Sie Dummkopf. Haben Sie das kapiert?«

Der Wächter starrte sie mit einer Mischung aus Wut und Verdrossenheit an.

Larsen drehte sich um und sprach die Männer an, die Beltan festhielten. »Schaffen Sie ihn in den Wagen mit dem anderen Testobjekt. Sofort.«

Hände zogen Beltan fort. Er konnte nichts dagegen tun.

»Loslassen«, krächzte er.

Larsen stellte sich mit einem erstaunten Gesichtsausdruck vor ihn hin. »Mein Gott, Sie können wirklich unsere Sprache sprechen.«

»Ich sagte, ihr sollt mich loslassen.«

»Sie werden dir nichts tun.« Ihre Augen schimmerten feucht. »Nur keine Angst.«

Er fletschte die Zähne, hielt ihren Blick fest. »Mein Vater hatte Recht«, sagte er leise. »Ich hätte dich töten sollen.«

Sie starrte ihn an und hob eine Hand an den von Druckstellen gezeichneten Hals.

Ein Nebel schien sich über alles zu legen. Die Wächter bewegten sich wie Geister im Zwielicht; Beltan hatte beinahe den Eindruck, über einem grauen Ozean zu schweben.

Es gab einen Augenblick, in dem sich der Nebel etwas lichtete, und er starrte einen seltsamen Anblick an. Ein Mann in einem schwarzen Gewand stand neben einer Gruppe von *Schim-Pansi*. Sie zerrten Taschen hinter sich her und luden sie in einen der Lastwagen. Aber etwas an ihnen stimmte nicht. Die Finger der *Schim-Pansi* endeten in langen, gebogenen Krallen, und ihre Augen waren nicht weich und braun, sondern groß und so hell wie Monde.

Der Mann in Schwarz berührte sein Gesicht. Sofort kreischten ein paar *Schim-Pansi* auf und liefen schnell in die Richtung, in die er zeigte. Dann drehte sich der Mann um, und Beltan glaubte, sein Herz würde einen Schlag lang aussetzen. Das Gesicht des Mannes bestand aus funkelndem Gold.

Der Nebel schlug wieder über ihm zusammen. Er schien jetzt in seinen Kopf zu kriechen. Ein Stich durchfuhr seinen Arm. Hatten sie ihn wieder vergiftet? Als er den Blick wieder freiblinzeln konnte, sah er zwei schwarze Türen über sich aufragen. Eine Hand öffnete die Türen. Sie luden ihn in einen der Lastwagen. Aber die anderen kamen, die Feinde seiner Häscher. Aber sie würden nie erfahren, wo er war.

Hände griffen nach ihm herab. Es blieb keine Zeit mehr. Beltan erschlaffte. Damit hatten sie nicht gerechnet. Er sackte nach vorn gegen den Türflügel, der noch geschlossen war. Er wurde von einer Schmutzschicht bedeckt. Schnell drückte er den Finger auf die Tür. Er musste ein Zeichen machen, etwas, das die anderen verstehen würden. Aber er war nie gut im Schreiben gewesen. Er konnte nicht denken. Raue Hände rissen ihn bereits zurück. Dann sah er es – ein Symbol, an das er sich erinnerte.

Seine Finger zitterten, sie zogen ihn. Er konnte nicht sicher sein, dass er das Symbol richtig hinbekommen hatte. Dann hoben ihn Hände in einen dunklen, lang gezogenen

Raum. Hier war es eng, weil alles voll gestellt war. Sie schoben ihn an Reihen von Stahlkäfigen vorbei. Einer stand leer und geöffnet da. Die Hände zwangen ihn dort hinein.

Nein, nicht!, wollte er schreien, aber aus seinem Mund kamen andere Worte.

»Fa! Oel im ethala inhar!«

Die Hände drückten stärker. Er krümmte sich in der Stahlkiste zusammen wie ein Baby in einem kalten, leblosen Mutterbauch. Die Gittertür schlug mit einem metallischen Klirren zu, das sich noch einmal wiederholte, als ein Riegel einrastete. Außerhalb der Kiste zogen sich Schatten zurück. Mit einem lauten Dröhnen schloss sich die Tür des Lastwagens.

»Es tut mir Leid, Mylady«, flüsterte er.

Aber sie konnte ihn nicht hören. Er war ein Feigling und ein Schwächling, genau wie sein Vater gesagt hatte. Sie war für ihn gestorben, und jetzt war er allein.

Ein leises Geräusch ertönte, das an das Bimmeln kleiner Glöckchen erinnerte.

Er spitzte die Ohren. Der Laut ertönte erneut und ließ ihn an Eis in einer sternenübersäten Nacht denken. Plötzlich war das Kribbeln wieder da, erfüllte seinen ganzen Körper, und der Nebel schien ein Stück zurückzuweichen. Beltan bewegte sich und schaute aus einem kleinen Schlitz in der Kistenwand.

Im Inneren des Lastwagens hätte es dunkel sein müssen, aber das war es nicht. Ein weiches, silbriges Licht erhellte die Kisten und Kästen. Die meisten waren aus Stahl, so wie sein Gefängnis, aber eine war anders. Sie war kleiner und schien aus Stein gefertigt zu sein; ihre Oberfläche wurde von seltsamen, rechteckigen Symbolen bedeckt.

Das Licht wurde heller. Beltan sah, dass es aus einer der Stahlkisten kam, die ganz in seiner Nähe stand. Etwas bewegte sich darin, entfaltete sich hinter dem Drahtgitter; es waren lange, schlanke Glieder. Das Kribbeln wurde stärker, es war ein Gefühl, als würde gleich ein Blitz einschlagen. Beltan vergaß die Müdigkeit, er vergaß auch die Furcht, obwohl sich der Lastwagen in diesem Augenblick in Bewegung setzte.

Er drückte das Gesicht gegen das Gitter. »Wer bist du?«

Das Wesen in seinem Käfig hob einen langen, runden Kopf und schaute ihn mit schräg stehenden Augen an, die wie weiße, abgründige Juwelen aussahen.

10

Wie lange noch?«, fragte Grace, die in der Dunkelheit des Viadukts neben einer Pfütze kauerte.

Travis runzelte unwillig die Stirn. »Du meinst, seit dem letzten Mal, als du diese Frage vor genau siebzehn Sekunden gestellt hast?«

Grace gab eine wütende Antwort, aber ihre Worte wurden übertönt, als ein besonders schwerer Lastwagen oben über den Viadukt brauste. Zementflocken rieselten wie harter Schnee in die Tiefe. Travis wusste, dass die eigentliche Frage nicht gelautet hatte, wie lange sie noch auf den Anruf der Sucher warten mussten, sondern wie viel Zeit ihnen noch blieb, bevor die Überführung auf sie herabstürzte.

»Es ist fast so weit«, sagte Vani. Sie kauerte neben dem Fundament einer Zementsäule und blickte mit angespanntem Gesichtsausdruck in das graue Licht des Tages.

»Danke«, sagte Grace. Sie warf Travis einen mürrischen Blick zu.

Er erwiderte ihn. »Na schön. Vertrau nur der rätselhaften Frau von der mittelalterlichen Welt, die nicht mal eine Uhr hat.«

Allerdings hatte er das Gefühl, dass Vani zu den Menschen gehörte, die die Zeit auch ohne Digitaluhr bestimmen konnten. Vermutlich zählte sie im Hinterkopf unablässig die verstreichenden Sekunden. Bestimmt konnte sie auch im Regen mit zwei Q-tips Feuer machen und einen Wagen mit einem Kaugummipapier und einem Stück Draht kurzschließen, davon war er fest überzeugt. Sie gehörte zu diesem Menschenschlag, der *alles* konnte. Im Gegensatz zu ihm, der stets der Meinung gewesen war, einen Anlass zum Feiern zu haben, wenn er sich daran erinnerte, wie der Dosenöffner funktionierte.

Er war froh, dass sie auf ihrer Seite stand.

Die Sucher hatten sie so nahe an den Duratek-Komplex gebracht, wie sie es gewagt hatten. Das hier war Commerce City – ein leuchtender, optimistischer Name, der jedoch nicht die Tatsache verleugnen konnte, dass es sich um ein düsteres, schmutziges Industriegebiet nördlich von der Innenstadt handelte, ein Heim für Ölraffinerien, Lagerhallen und Hundefutterfabriken.

Vor hundert Jahren war das alles hier von Feuchtgebieten durchsetztes Prärieland gewesen. Jetzt erhoben sich Schornsteine über die Viadukte und spien wallende Rauchwolken aus, die mit den braun gefärbten Wolken verschmolzen. Aber das war der Preis für den *Kommerz.* Zweifellos fühlte sich Duratek hier wie zu Hause. Und wenn es nach ihnen ging, würde Calavan oder Toloria in ein paar Jahren genauso aussehen.

Sie hatten sich mit knappen Worten von Farr und Deirdre verabschiedet. Aber schließlich hatten sie ihren dürftigen Plan ein Dutzend Mal auseinander genommen. Und was sollte man schon jemandem sagen, der, wenn alles wie geplant verlief, bald eine ganze Welt weit weg sein würde? *Wir sehen uns? Lasst uns in Verbindung bleiben?* Travis hatte sich darauf beschränkt, Farr die Hand zu schütteln und Deirdre auf die Wange zu küssen, während er *Danke* flüsterte.

Pass auf dich auf, mein sanfter Krieger, hatte sie erwidert.

Und erst als er und Grace sich ihren Weg durch das Labyrinth aus Parkplätzen, Fabrikgebäuden, Schrottplätzen und Lagertanks gebahnt hatten und Vani in einer peinlichen Imitation ihrer geschmeidigen schleichenden Bewegungen gefolgt waren, war ihm die Absurdität dessen, was sie da eigentlich machen wollten, erst richtig zu Bewusstsein gekommen.

Das ist doch unmöglich. Selbst wenn wir wie durch ein Wunder Beltan aus Durateks Festung herausholen können, wie sollen wir das Artefakt benutzen, um das Tor zu öffnen? In diesem Fall weiß nicht mal Vani alle Antworten.

Ein weiterer Lastwagen. Noch mehr Zementschnee.

Grace schüttelte ihn sich aus dem Haar. »Wenn er nicht bei Bewusstsein ist, wie sollen wir ihn dann transportieren?«

Travis zog den schwarzen Trenchcoat enger. »Was?«

»Das haben wir vergessen. Wir können ihn nicht tragen und gleichzeitig kämpfen. Und selbst wenn er bei Bewusstsein ist, er leidet unter einer schweren Muskelatrophie. Er wird nicht gehen können. Vielleicht sollten wir ihn bei ihnen lassen, zumindest bis er wieder bei Kräften ist.« Sie lehnte sich gegen ein verrostetes Gitter. »Aber was werden sie in der Zwischenzeit mit ihm machen? Nein, es muss jetzt sein.«

Travis ging zu ihr, wich einer öligen Pfütze aus, nur um in die nächste hineinzutreten. Er starrte seinen nassen, schnell auskühlenden Fuß an. Vielleicht spielte es keine Rolle, was man tat; vielleicht war das Resultat das Gleiche, ganz egal, welchen Weg man einschlug. Vielleicht war das alles bloß Schicksal, genau wie Vani gesagt hatte.

»Grace, du redest Unfug.«

Sie streckte den Arm nach ihm aus, ergriff seine Hand. Er drückte fest.

Kies knirschte, dann war Vani neben ihnen.

»Ich glaube, ich kann ihre Festung sehen. Seht ihr sie auch? Jenseits dieser Mauer dort, neben dem leeren Feld.«

Travis folgte ihrer Geste nicht. Er sah stattdessen sie an. »Wie war das eigentlich?«, wollte er wissen. »Durch das Tor zu treten und dabei ganz genau zu wissen, dass man möglicherweise nie wieder nach Hause kommt?«

Sie richtete den Blick ihrer goldenen Augen auf ihn. »Ich werde nach Hause zurückkehren. Die Karten haben es mir gesagt.«

Ihre Worte waren voller Selbstvertrauen, aber da war auch eine leise Unsicherheit, die ihm keineswegs entging. Sie schaute zur Seite. Also glaubte nicht einmal Vani uneingeschränkt an das Schicksal. Vielleicht war es nicht zu spät, vielleicht konnte er das ganze Unternehmen noch abblasen, bevor ...

Das Handy, das Farr Grace beim Verlassen der Limousine in die Hand gedrückt hatte, läutete schrill.

Grace betätigte eine Taste. »Hallo?«

Sie hörte ein paar Augenblicke lang zu, dann senkte sie das Handy. »Es ist so weit.«

Vani huschte aus der Deckung des Mülls unter der Unterführung und schob sich in die Lücke zwischen zwei Zäunen, an der Unkraut wucherte. Travis und Grace wechselten einen Blick. Er legte das Handy in einen Rucksack und schob sich die Schlaufen über die Schultern, dann folgten sie Vani.

Es war unnötig, dass Grace das Gespräch näher beschrieb. Es bedeutete, dass Farr und Deirdre in Position waren, bei einer Adresse irgendwo nördlich von hier. Es bedeutete, dass Grace mit Hilfe von Farrs Digitalrekorder gerade eine Unterhaltung mit der Polizei geführt hatte. Das Gerät hatte Farr erlaubt, zwanzig verschiedene Aufnahmen ihrer Stimme zu machen, davon waren einige sehr komplex gewesen, während andere lediglich aus Worten wie *Ja* oder Sätzen wie *Könnten Sie das wiederholen?* bestanden.

Jede Aufnahme konnte durch die Berührung einer Taste abgespielt werden. Das bedeutete, dass Farr den Rekorder an ein Telefon halten konnte, während er zuhörte und die Aufnahme von Graces Stimme auswählte, die als die beste Erwiderung zu dem Satz des Teilnehmers am anderen Ende der Leitung passte.

Und es hatte funktioniert. Das hatte Farrs Anruf besagt. Er war lange genug am Telefon geblieben, damit die Polizei den Anruf zurückverfolgen konnte, dann hatte er Grace angerufen. In diesem Augenblick rasten er und Deirdre von dem Ort weg, bevor die Polizei eintraf. Zusammen mit Duratek.

Sie brauchten weitere fünfzehn Minuten, um den Zaun zu erreichen, der den Fabrikkomplex umgab. Das war Absicht gewesen. Sie hatten Duratek genug Zeit geben wollen, die Meldung im Polizeifunk abzufangen, eine Streitmacht zusammenzustellen und das Gebäude in der Hoffnung zu verlassen, Travis und Grace gefangen nehmen zu können.

Unglaublicherweise schien es wie geplant funktioniert zu haben. Die drei Gefährten verharrten neben dem geborstenen Rand eines Abwasserkanals aus Zement direkt außerhalb eines Maschendrahtzauns. In einer Entfernung von hundert Metern stand ein niedriges, lang gezogenes Fabrikgebäude. Dazwischen befand sich ein Parkplatz, der bis auf ein paar alte Schrottautos leer war.

»Es sieht so aus, als wären sie fort«, sagte Grace.

»Bleibt unten«, flüsterte Vani. »Es werden nicht alle weg sein, nicht bei dem, was sie hier festhalten.«

Travis setzte die Sonnenbrille auf. Selbst das graue Licht eines ungemütlichen Nachmittags war zu viel für seine neuen Augen. »Ich kann niemanden entdecken.«

»Es ist von dieser Seite aus unmöglich, sich dem Gebäude mit einem Fahrzeug zu nähern«, sagte Vani. »Ich kann mir nicht vorstellen, dass sie mit drei Leuten rechnen, die zu Fuß kommen.«

Travis nickte. »Ja, das müssten schon ganz schöne Idioten sein.«

Vani schlich zum Zaun und zog einen kleinen Gegenstand aus der Jackentasche. Sie klappte ihn geschickt auseinander und durchtrennte mit sauberen Bewegungen ein Dutzend oder mehr Maschen. Dann steckte sie den Gegenstand wieder weg und öffnete mit einem Ruck eine Lücke im Zaun.

»Du gehst zuerst, Travis.«

Er betrachtete das unregelmäßige Loch. »Und was ist aus dem ›Ladys first‹ geworden?«

»Das gibt es nur auf einem anderen Planeten«, sagte Grace.

Sie kletterten durch den Zaun, Vani als Letzte, und gingen hinter einem der Schrottautos in Deckung.

»Ist da was?«, flüsterte Travis.

»Nein«, sagte Vani. »Ihre Streitmacht muss kleiner als gedacht sein. Sie müssen den Rest ihres Sicherheitspersonals auf der Vorderseite konzentrieren.«

Grace lehnte sich gegen die verbeulte Wagentür. »Arroganz und Vorsicht sind keine gute Mischung. Vermutlich glauben sie, dass keiner von diesem Ort hier weiß. Und in diesem Augenblick sind die meisten von ihnen vermutlich auf dem Weg nach Norden, wo sie mich und Travis einfangen wollen.«

»Hier entlang«, sagte Vani.

Sie schlichen von einem Wagen zum nächsten, bis sie zehn Meter vom Gebäuderand entfernt waren. Nun gab es keine Deckung mehr.

»Ich will, dass ihr beide zu dieser Tür dort lauft«, sagte Vani und zeigte darauf. »Lauft, so schnell ihr könnt, aber bleibt geduckt. Nicht stehen bleiben, bevor ihr da seid.«

»Was machst du?«, fragte Grace angespannt.

»Ich bleibe hier und halte Wache, für den Fall, dass jemand euch sieht. Und jetzt los.«

Travis schluckte schwer, als Grace seine Hand nahm. Er holte tief Luft, dann rannten sie los.

Er kam sich wie ein kompletter Idiot vor, als würde ihn jeder Bewohner der Stadt in diesem Augenblick sehen, wie er zusammengekrümmt und unbeholfen mit Grace an seiner Seite daherlief. Er erwartete, jeden Augenblick eine Alarmsirene zu hören. Aber da war nur der aus der Ferne herüberdröhnende Verkehrslärm. Er warf sich neben der

Tür gegen die Mauer, Grace neben sich. Von Vani war keine Spur zu entdecken. Er wollte etwas zu Grace sagen ...

Vor der Tür flimmerte die Luft, riss auf und wurde wieder glatt.

Still, bedeutete Vani mit einer Lippenbewegung.

Travis verschluckte seine Worte. Vani probierte den Türknauf aus, aber er regte sich nicht. Das schien sie nicht aufzuhalten. Sie ergriff den Knauf mit beiden Händen, schloss die Augen, rückte heran und schmiegte den Körper gegen die Tür.

Er bekam nicht mit, was genau sie tat. Über die rot lackierte Oberfläche der Tür schien eine Welle zu laufen, als wäre sie ein Teich, in den man einen Stein geworfen hatte. Lautlos schwang die Tür auf. Vanis Hände schossen nach oben, zu allem bereit.

Niemand kam ihnen entgegen.

Sie nahm die Hände herunter. »Hier entlang.«

Sie standen am Ende eines langen, unauffälligen Korridors. Über ihren Köpfen summte eine Reihe von Leuchtstoffröhren, die sich bis zum Ende erstreckten. Die Hälfte von ihnen war dunkel, was den Korridor abwechselnd in Licht und Schatten tauchte. Unwillkürlich musste Travis an eine Roulettekugel denken, die durch den Kessel sprang. Wo würde sie landen? Rot oder Schwarz, Leben oder Tod. Bitte den Einsatz machen.

Vani bewegte sich fast lautlos durch den Korridor. Grace und Travis folgten ihr und bemühten sich, nicht wie eine Herde wilder Schweine in Stepptanzschuhen zu klingen. Sie passierten mehrere Türen, von denen keine verschlossen war und die alle den Blick auf leere Zimmer mit nackten Wänden freigaben. Travis verspürte eine wachsende Beklemmung. Er ertappte sich bei dem Wunsch, sie würden sich ihnen einfach zeigen, aus einer Tür springen, hämisch lachen, ein Netz über sie werfen und sie einfangen. Ertappt zu werden konnte unmöglich so schlimm sein, wie darauf warten zu müssen.

Mehr Türen, mehr leere Räume.

»Wo sind die alle?«, flüsterte Grace und biss sich auf die Unterlippe, als Vani ihr einen bösen Blick zuwarf.

Travis drückte seine Schulter gegen die ihre. *Ich wollte das Gleiche sagen*, dachte er angestrengt, nur für den Fall, dass sie mit Hilfe der Weltenkraft seine Gedanken lesen konnte. Er konnte nicht sagen, ob es funktionierte, aber sie erwiderte den Druck.

Sie kamen zur nächsten Tür. Sie war verschlossen und größer als die anderen. Travis hörte ein leises Summen. Er berührte die Oberfläche der Tür. Sie vibrierte leicht.

Vani schenkte jedem von ihnen einen scharfen Blick. Die Botschaft war eindeutig: Das war es. Grace und Travis traten zurück, als Vani den Türknauf nahm. Sobald sie ihn drehte, war die Zeit für verstohlene Aktionen vorbei. Grace und Travis mussten in Vanis Nähe bleiben, ihr aber genügend Raum lassen, während sie arbeitete. Und sie mussten in dem Augenblick, in dem sie Beltan entdeckten, an seine Seite eilen.

»Jetzt«, flüsterte Vani.

Mit einer fließenden Bewegung drehte sie den Knauf, öffnete die Tür und tauchte als schwarzer Schatten in den Raum.

Travis und Grace folgten ihr. Er spannte jeden Muskel

an in der Erwartung, Vani zu sehen, wie sie sich mit übermenschlicher Schnelligkeit bewegte, Duratek-Agenten wie Stoffpuppen umherschleuderte, ihnen einen Weg bahnte.

»Oh«, sagte Grace an seiner Seite, und ihre Stimme hallte durch den Raum.

Vani stand reglos da, die Hände in die Hüften gestemmt. Travis machte einen taumelnden Schritt vorwärts und riss sich die Sonnenbrille herunter.

»Leer«, sagte er. »Er ist leer.«

Der Raum war groß, mehrere Hundert Quadratmeter, und er war leer. Ein paar Kisten, zerknülltes Papier; das war alles. Hohe Wände streckten sich nackten Stahlträgern und einer im Schatten liegenden Decke entgegen. Es gab nur ein paar Lampen, die kein sehr helles Licht verbreiteten, und an der einen Wand war ein großer Ventilator, der sich langsam drehte – die Quelle des Summens.

»Vielleicht sind sie ja woanders«, sagte Grace und schlang die Arme um den Oberkörper. »Da sind noch mehr Türen.«

»Nein«, erwiderte Vani schneidend. »Sie sind weg. Alle.«

Aber das ergab keinen Sinn. Es hätte sich nicht die ganze Belegschaft auf den Weg gemacht, um ihn und Grace gefangen zu nehmen. »Ich verstehe das nicht! Wie kann das nur sein?«, krächzte er.

Vani drehte sich um. »Sie wussten, dass wir kommen.«

Es traf ihn wie ein Schlag. Irgendwie hatten sie es erfahren und alles geräumt. Das Artefakt. Beltan. Alles. Er fühlte Graces Gewicht, als sie sich gegen ihn sacken ließ.

»Und jetzt?«, sagte er, während er Grace festhielt und

sich fragte, wer ihn wohl stützen würde, wenn seine Knie nachgaben.

Vani setzte sich in Bewegung. »Jetzt müssen wir ...« Sie verstummte, blieb stehen.

»Vani«, flüsterte Grace. »Was ist?«

Sie hatte noch nicht zu Ende gesprochen, als Travis sie auch schon sah. Schlanke, spindeldürre, zusammengekrümmte Schatten, die hinter den leeren Kisten hervorkamen, aus dunklen Ecken herankrochen oder sich von den Stahlträgern über ihnen herabfallen ließen.

»Es ist eine Falle«, sagte Vani.

11

Deirdre ließ sich in den Ledersitz sinken, als die Limousine beschleunigte und das heruntergekommene, zu vermietende Haus hinter sich ließ, aus dem sie ihren Anruf bei der Polizei gemacht hatten.

»Wissen Sie«, sagte sie und verschränkte die Arme über der Lederjacke, »das war völlig illegal.«

»Nur auf dieser Welt«, meinte Farr scherzhaft.

Er sah nicht gut aus. Er hatte sich an diesem Tag nicht rasiert, und die Bartstoppeln warfen einen Schatten auf sein Gesicht. Seine dunklen Augen lagen tief in ihren Höhlen, und seine für gewöhnlich so vollen und sinnlichen Lippen waren zu dünnen Strichen verzogen. Er fummelte an den Kontrollen eines kleinen Funkgeräts herum. Aus dem Lautsprecher drangen Stimmen. Er überwachte den Polizeifunk.

Deirdre seufzte; vermutlich sah sie nicht viel besser aus. »Und, glauben Sie, die Polizei wird tatsächlich anrücken?«

Farr hielt das Ohr an das Funkgerät. Noch mehr Stimmen zischten. Er sah mit dunklen Augen auf. »Anscheinend sind sie bereits auf dem Weg.«

Wenn die Polizei kam, konnte Duratek nicht weit entfernt sein. Was bedeutete, dass der Plan tatsächlich funktioniert hatte – zumindest, was ihren Teil betraf. Deirdre konnte nur hoffen, dass Travis und die anderen ähnlich viel Glück hatten.

Nicht, dass das auch nur irgendetwas mit Glück zu tun

haben würde. Travis und Grace hatten die Dinge beschrieben, zu denen Vani fähig war. Duratek würde das Fabrikgelände ungenügend bewacht zurücklassen, um der Polizei zu folgen, und Vani würde sie in das Gebäude schaffen, das Artefakt holen und Beltan befreien. Selbst wenn sie keine Möglichkeit finden würden, das Artefakt zu aktivieren und nach AU-3 zurückzukehren, würden sie immerhin damit entkommen, was Duratek davon abhielt, das Geheimnis des Artefakts selbst zu entdecken. Es würde kein völliger Fehlschlag sein.

Und mögen die Geister dich verfluchen, Deirdre Falling Hawk, denn das ist eine Lüge. Du willst nicht, dass sie herausfinden, wie man das Artefakt benutzt. Du willst nicht, dass sie gehen.

Vielleicht war das nur der Sucher in ihr, der Teil, der diese faszinierenden Objekte noch länger studieren wollte. Aber auch das war eine Lüge. Der Grund, aus dem sie Travis und Grace nicht gehen sehen wollte, war ganz einfach: Sie würde sie vermissen.

»Wie lange noch, bis die Polizei eintrifft?«, wollte sie wissen.

»Geschätzte Ankunftszeit in drei Minuten. Bis dahin sind wir weit weg.«

Farr hatte das Funkgerät zur Seite gelegt. Er blätterte in einem Ordner herum – Dokumente der Fälle, die alle unentwirrbar miteinander verbunden waren: Sarsin, Beckett, Wilder. Und welche anderen Fälle waren noch damit verbunden, ohne dass sie es wussten? Als sie den Suchern beigetreten war, war sie von der Hoffnung beseelt gewesen, eines Tages diejenigen finden zu können, die außerweltliche Verbindungen hatten. Sie hätte nie gedacht, dass sie selbst einmal zu einer dieser Personen werden würde.

Aus dem Polizeifunk kamen neue Gesprächsfetzen. Farr schien sie nicht zu bemerken. Er starrte etwas in dem Ordner auf seinem Schoß an, strich mit dem Finger darüber. Eine seltsam sanfte Geste für den sonst so schroffen Farr. Deirdre verdrehte den Hals, dann sah sie, was er betrachtete. Es war ein Foto. Eine große, elegante Frau mit hellem Haar lief die Treppe eines aus Beton erbauten Gebäudes herunter. Sie sah zur Seite, blickte in die Dunkelheit, und ihr Gesichtsausdruck war zugleich verzweifelt und majestätisch.

In der Dauer eines Herzschlags kam Deirdre eine Erkenntnis. Ihr Großvater hätte gesagt, dass es eine Botschaft aus der Geisterwelt war, denn solche Botschaften treffen plötzlich ein, und sie sind oft mit Schmerz verbunden und sie entsprechen immer der Wahrheit.

»Sie verdammter Mistkerl«, murmelte sie.

Farr sah überrascht auf. »Deirdre?«

Sie setzte sich aufrecht hin, und ihr Temperament ging mit ihr durch. »Sie verdammter Mistkerl, Sie glauben wirklich, Sie sind er, nicht wahr? Marius Lucius Albrecht. Der größte Sucher der Geschichte. Sie versuchen nicht nur, seiner Karriere zu folgen. Sie versuchen, *er* zu sein.«

Farr bedeckte das Foto mit der Hand. »Wovon in aller Welt reden Sie da?«

»Nein, das hat nichts mit dieser Welt zu tun.« Die Worte schossen wütend und wahrhaftig aus ihrem Mund. »Albrecht hatte sich in sie verliebt – in Lady Alis Faraday, die

Frau, mit deren Beobachtung die Philosophen ihn beauftragt hatten. Und jetzt glauben Sie, Sie würden *sie* lieben. Grace Beckett.«

Er wollte etwas erwidern, aber sie ließ ihn nicht zu Wort kommen.

»Bei dem Buch, Farr, haben Sie den Verstand verloren? Haben Sie eine Liste von Albrechts Errungenschaften, so dass Sie etwas abhaken können, wenn Sie es vollbracht haben? Das alles hier – alles, was wir in Denver getan haben – ist nur passiert, damit Sie sie haben können, nicht wahr? Und, hat es geklappt? Haben Sie Ihren Augenblick mit ihr allein bekommen? Haben Sie den auf Ihrer Liste auch abgehakt?«

Sie zitterte jetzt förmlich am ganzen Leib, schlug mit den Fäusten auf die Knie ihrer schwarzen Jeans. »Die anderen hatten Recht; ich wollte es nicht glauben, als ich anfing, mit Ihnen zu arbeiten, aber jetzt tue ich es. Hadrian Farr, Sie sind ein kalter, arroganter Hurensohn. Und sollten Sie wirklich der nächste Marius Albrecht sein, dann war er genauso ein Bastard.«

Deirdre warf sich zurück gegen die Polster und starrte ihn böse an. Er rührte sich nicht, widersprach ihr nicht mit den glatten, wohl überlegten Argumenten, die sie erwartet hatte. Stattdessen blickte er zwischen den gespreizten Fingern auf das Foto. Dann schloss er den Ordner langsam und sah sie mit einem getriebenen Blick an.

Deirdre keuchte auf; die Wut strömte in einer kalten Welle aus ihr heraus und hinterließ eine leere Hülle.

»Nein«, flüsterte sie. »Mein Gott, nein, sagen Sie es bloß nicht.«

Es war zu spät.

»Ich liebe sie«, sagte er.

Die Worte klangen gequält. In ihnen war weder Platz für Ironie noch für einen sorgfältig geplanten Effekt. Sie hatte Farr noch nie so reden hören – so schlicht und ohne Arglist. Es musste ihn mehr gekostet haben, als sie sich vorstellen konnte.

»Sie können sie nicht haben«, sagte sie. »Das Buch verbietet es. Am Ende gab selbst Albrecht Lady Faraday auf.«

Er beugte sich vor, stützte die Ellbogen auf die Knie und senkte den Kopf. »Ich weiß.«

Die Geräusche des sie passierenden Verkehrs drangen durch die Fenster. Selbst in diesem Augenblick fuhren sie ihr entgegen – Grace Beckett. Aber jetzt hoffte Deirdre, dass es ihr und Vani und Travis gelungen war, das Artefakt zu benutzen, dass sie durch ein unvorstellbares Tor in eine andere Welt getreten waren. Farr war immer der Inbegriff eines Suchers gewesen, manchmal bewundernswürdig, manchmal verabscheuungswürdig, aber immer geheimnisvoll, mächtig und verführerisch. Ihn so zu sehen, von seiner eigenen Fehlbarkeit gestürzt, war fast mehr, als Deirdre ertragen konnte. Sie streckte eine Hand nach ihm aus, ohne selbst zu wissen, ob sie ihn trösten oder schlagen wollte.

Ein elektronisches Piepen durchschnitt die Luft. Deirdre und Farr starrten den Pieper an, der neben ihm auf dem Sitz lag.

Er riss ihn hoch.

»Sind sie das?«, fragte Deirdre.

»Das kann nicht sein. Es ist zu früh. Und ich habe ihnen gesagt, sie sollen anrufen, nicht mich anpiepen.« Er drückte eine Taste, runzelte die Stirn. »Die Telefonnummer ist mir unbekannt.«

»Wie lautet sie?«

»268-533-7128.«

»Sagt mir nichts. Vielleicht hat der Anrufer sie falsch eingegeben. Können Sie sehen, von welchem Anschluss angerufen wurde?«

Farr drückte eine andere Taste. »Ja.«

Deirdre schaltete einen kleinen Notebook-Computer ein. Es war gut, etwas Alltägliches zu tun zu haben. Er las beide Nummern vor, und sie gab sie ein. Vor der Reise nach Denver hatte sie eine Datei mit sämtlichen Telefonnummern Colorados geladen. Standardprozedur. Sie fing die Suche an, und einen Augenblick später hatte sie ihr Ergebnis.

»Der Anschluss, von dem der Anruf kam, gehört einer Adresse in Denver. Auf der West Colfax. Es ist ein Geschäft. Es heißt ...« Ihre Finger erstarrten auf der Tastatur. »Marjis House of Mystery.«

Deirdre schob den Computer zur Seite und schnappte sich ein Handy. »Ich rufe sie an.« Sie tippte die Nummer ein, wartete, während es läutete. Und läutete. Sie drückte einen Knopf und senkte das Telefon. »Marji antwortet nicht.«

»Das wird sie auch nicht«, sagte er leise. Er hatte sich dem Polizeifunk zugewendet. Er stellte das Gerät lauter.

»... das ist auf der West Colfax«, übertönte eine scharfe, körperlose Stimme das statische Rauschen. »Feuerwehr und Rettungseinheiten sind gerade eingetroffen. Wir glauben, dass eine Person im Feuer ...«

Wieder statisches Rauschen. Farr drehte die Lautstärke herunter. Er hatte die Augen weit aufgerissen. Deirdre wurde klar, dass dies das erste Mal war, dass sie ihn ängstlich sah.

»Sie ist es, nicht wahr? Marji. Sie ist drinnen gefangen. Aber vielleicht können sie sie ...«

Deirdre machte sich nicht die Mühe, den Satz zu vollenden. Sie brauchte keine Botschaft von den Geistern, um zu wissen, dass genau wie in Brixton niemand dieses Feuer überleben würde. Das war nicht Durateks Art.

»Sie wissen es.« Wut verwandelte Farrs erstarrte Miene. Er hieb mit der Faust auf den Sitz. »Sie sollen verflucht sein, sie wissen alles!«

»Sie müssen uns belauscht haben. Bei Marji. Sie müssen uns vom Hotel aus gefolgt sein und unser Gespräch belauscht haben. Vielleicht hatten sie dort auch Wanzen angebracht. Die Polizei war da, hat dort nach ...« – eine kalte Hand schien sich um Deirdres Herz zu schließen – »... Travis und Grace gesucht.«

Farr hatte sich bereits das Handy geschnappt. Er wählte, um es im nächsten Augenblick wieder fortzulegen. »Es ist nicht eingeschaltet.« Er lachte – ein verloren klingender Laut. »Ich habe Grace gesagt, sie soll das Handy ausschalten, bis es Zeit für den Anruf ist. Ich wollte nicht, dass sich jemand verwählt und sie anruft, während sie in der Fabrik herumschleicht. Ich schätze, es ist etwas zu spät, sich deswegen noch Sorgen zu machen.«

»Und jetzt?«

Farr nahm das Handy. »Ich rufe die Sucher an. Das ist zu groß für uns. Möglicherweise müssen wir die Behörden einschalten. Die Polizei dazurufen, nur damit nichts passiert. Nicht einmal Duratek kann jemanden entführen, während die Polizei daneben steht und zusieht – diese Art von Aufmerksamkeit können sie nicht gebrauchen. Wir können später alles klären, selbst wenn das bedeutet, für Travis und Grace eine Kaution zu zahlen, um sie aus dem Gefängnis herauszubekommen. Es ist ja nicht so, als hätten die Sucher kein Geld oder genügend Anwälte.«

Farr wählte. Deirdre hoffte, dass er Recht behielt. Es stimmte, dass die Sucher gute Anwälte hatten. Und wenn die Polizei ins Spiel kam, würde sogar Duratek sich an bestimmte Regeln halten müssen.

Farr sprach in das Telefon. »Ja, hallo, hier ist Farr. Sie müssen sofort eine Nachricht an die Philosophen weitergeben. Wir haben die Kontrolle ...«

Er verstummte. Dann senkte er das Handy langsam und schaltete es aus.

Deirdre schrie ihn beinahe an. »Was, zum Teufel, machen Sie da?«

»Sie haben aufgelegt.«

»Aufgelegt?« Sie krallte die Finger ins Polster.

Er schaute müde auf. »Ja, aufgelegt. Es war Sasha. Als ich meinen Namen genannt habe, hat sie gesagt, es täte ihr Leid, niemand dürfte mit mir oder mit Ihnen sprechen, sie könnten nicht eingreifen. Dann hat sie die Verbindung getrennt.«

Deirdre griff nach dem Telefon. »Wir müssen sie zurückrufen. Wir müssen sie wissen lassen, was ...«

Farr entwand ihr sanft das Telefon aus den starren Fingern.

»Nein, Deirdre. Ich weiß nicht, warum ich es nicht früher bemerkt habe. Ich schätze, ich habe mir nie Gedanken darüber gemacht, wie es für die auf der anderen Seite der Untersuchung ist. Sie werden nicht mit uns sprechen. Wir sind jetzt auf uns allein gestellt.«

Das war unmöglich. Die Sucher ließen ihre Agenten nicht im Stich. Nicht auf diese Weise.

»Ich verstehe nicht ...« Aber sie hatte noch nicht zu Ende gesprochen, als sie *verstand.*

Farr nickte. »Das Erste Desiderat. Ein Sucher soll nicht in die Handlungen jener eingreifen, die von außerweltlicher Natur sind.«

Bilder flackerten an den getönten Scheiben vorbei, schemenhaft wie Geister. Alles, was Deirdre je für gegeben gehalten hatte, hatte sich in einem Meer aus Schatten aufgelöst, und sie und Farr trieben allein dahin.

»Wir sind keine Sucher mehr«, sagte sie. »Wir sind die Gegenstände der Untersuchung.«

Farr nickte grimmig. »Die Beobachter sind zu den Beobachteten geworden.«

»Glauben Sie, wir stehen in diesem Augenblick unter Beobachtung?«

»Vermutlich haben sie uns mit irgendwelchen Überwachungstechnologien im Blick.« Seine Lippen verzogen sich zu einem bitteren Lächeln. »Das würde jedenfalls ich tun.«

Aber Deirdre konnte es noch immer nicht verstehen. »Aber warum?«

»Sie wollen natürlich wissen, was wir tun. Offensichtlich sind die Philosophen zu dem Schluss gekommen, dass wir zu tief in den Fall verstrickt sind, dass wir nicht länger

Beobachter, sondern Spieler sind.« Er strich über den Ordner. »Anscheinend sind wir als Untersuchungsagenten weniger nützlich als Objekte mit außerweltlichen Verbindungen. Sie wollen sehen, was wir aus …«

Deirdre holte scharf Luft. »Aus unserem freien Willen tun.«

Sie und Farr sahen einander in die Augen. Ja, er dachte das Gleiche wie sie. Wenn die Sucher sie freigegeben hatten, dann bedeutete das, dass sie nichts mehr aufhielt. Nicht die Desiderate. Nicht der Schwur. Was wiederum bedeutete …

»Wir können alles tun«, sagte sie. »Was wir wollen.«

Farr grinste wie ein Wolf, den man auf die Schafe losgelassen hatte. Er öffnete eine kleine Klappe in der Wagentür und holte zwei Gegenstände hervor. Es waren Pistolen – im Kaliber neun Millimeter. Er hielt ihr eine hin. Sie zwang ihre Hand, nicht zu zittern, und schloss die Finger um die Pistole. Sie fühlte sich glatt auf ihrer Haut an, und sie musste sie festhalten, als wäre sie ein lebendes Ding.

Farr beugte sich zur Seite, drückte eine Taste auf der Armstütze des Sitzes. »Fahrer. Bringen Sie uns so schnell Sie können zu dem Ort in Commerce City. Mir ist egal, was Sie deswegen tun müssen.«

Deirdre spürte, wie die lange Limousine beschleunigte. Aber sie wusste auch, dass sie mindestens fünfzehn Minuten von der Fabrik entfernt waren. Sie würden zu spät kommen.

Aber vielleicht spielte das keine Rolle. Da gab es etwas, das sie übersahen. Warum hatte Marji sie in den letzten Augenblicken ihres Lebens angerufen? Sie nahm ihr Laptop und starrte erneut die erste Nummer auf dem Bildschirm an. 268-533-7128.

»Geben Sie mir das Telefon«, sagte sie, und Farr gab es ihr.

Sie wählte die Nummer. Eine Reihe scharfer Töne erklang, dann teilte ihre eine vom Computer erzeugte Stimme mit, dass die Nummer nicht existierte. Irgendwie überraschte sie das nicht. Marji hatte sie angerufen, kurz bevor ihr Laden gebrannt hatte. Sie musste versucht haben, ihnen etwas mitzuteilen. Aber was? Farrs Pieper akzeptierte nur Telefonnummern.

Und was, wenn sie dir keine Telefonnummer mitteilen wollte? Es gibt keine Grenzen mehr. Also denk nach. Marji war Hellseherin. Tarotkarten. Teeblätter. Handflächenlesen. Numerologie ...

Sie nahm das Handy, starrte die Tastatur an. Auf der Eins waren keine Buchstaben abgebildet. Also für den Augenblick mal die letzten drei Zahlen vergessen. Sie betrachtete die anderen. Zwei. Das war auf der Tastatur ein »B«. Sechs war ein »O«. Sie tippte sie ins Laptop ein, während sie sie entschlüsselte. Dann lehnte sie sich zurück.

Farr ließ sie nicht aus den Augen. »Was ist?«

Sie konnte den Blick nicht von dem Wort wenden, das sie auf den leuchtenden Schirm getippt hatte:

BOULDER128

»Boulder«, murmelte sie.

»Was?«

Sie knallte den Computer zu. »Sie nehmen den Highway 128 nach Boulder. Duratek. Nachdem sie uns belauscht haben, müssen sie einen Frontalangriff der Sucher befürchtet haben, und sie sind abgehauen. Vielleicht haben sie in Boulder eine weitere Operationsbasis. Das ist nur dreißig Meilen nördlich von hier.«

»Sind Sie sicher, Deirdre?«

Sie packte die vergilbte Bärenkralle, die an ihrem Hals hing. »Ich bin sicher.«

Farr drückte erneut auf die Taste. »Der letzte Befehl ist gestrichen, Fahrer. Bringen Sie uns zum Highway 128 nach Boulder. Sofort. Und halten Sie nicht an, egal was passiert.«

Deirdre wurde im Sitz umhergeschleudert, als der Wagen eine harte Kehre fuhr. Als sie sich wieder aufgerichtet hatte, entdeckte sie, dass Farr ein wildes Grinsen im Gesicht trug. Er sah wie ein Wahnsinniger aus.

Aber vielleicht war er das ja doch nicht. Die Desiderate waren Regeln in einem verstaubten Buch, das fünfhundert Jahre alt war. Was konnten sie schon mit dem menschlichen Herzen zu tun haben? Sie legte die Pistole neben sich auf den Sitz und berührte den Silberring an ihrem Finger.

»Und was ist mit Travis und Grace?«

»Wenn Sie Recht haben, müssten sie uns jeden Augenblick anrufen und mitteilen, dass Duratek die Fabrik evakuiert hat. Im Moment sind sie in Sicherheit.«

Deirdre nickte. Duratek fuhr nach Norden, und sie und Farr würden sie abfangen und irgendwie aufhalten. Das war ihre Entscheidung. Und selbst wenn Duratek ein paar

Mann zurückgelassen hatte, dürften die Vani vor keine Probleme stellen.

Sie erwiderte Farrs Grinsen in dem Bewusstsein, dass es genauso verrückt wie seines aussah.

»Ein Hoch auf den freien Willen«, sagte Deirdre.

12

Du wirst doch mit ihnen fertig, oder, Vani?«, krächzte Travis, als sie rücklings zu der offen stehenden Tür zurückwichen.

Schatten näherten sich ihnen langsam. Feuchte Grunzlaute hallten von den nackten Wänden wider. Worauf konnten die Ungeheuer nur warten?

Vani hielt die Hände ausgestreckt. »Wie ich bereits sagte, unterscheiden sich diese *Gorleths* von denen, die ich kenne. Sie sind stark. Und schlau.«

»Das war keine Antwort auf meine Frage«, sagte Travis durch die zusammengebissenen Zähne.

»Mit dreien. Vielleicht auch vier, wenn ich Glück habe.«

Travis gab einen erstickten Laut von sich. »Falls es dir noch nicht aufgefallen ist, es sind mehr als nur vier.«

Vani hielt den Blick auf die geschmeidigen Schatten gerichtet. »Es ist mir aufgefallen, Travis. So überraschend das auch für dich sein mag, Leute von anderen Welten können tatsächlich zählen.«

Grace schob sich ein paar Haare aus der schweißfeuchten Stirn. Es war schwer, sie alle im Blick zu halten. Die *Gorleths* waren in ständiger Bewegung, verschwanden und tauchten wieder auf, manchmal in der Nähe, dann wieder weiter entfernt.

»Warum greifen sie nicht an?«, fragte sie, denn wenn sie nichts gesagt hätte, hätte sie stattdessen angefangen zu schreien und vermutlich nicht wieder aufgehört.

Travis fuhr sich mit einer Hand über den kahlen Kopf

und wischte sich feine Schweißperlen fort. »Ich glaube, sie spielen mit uns.«

»Nein«, sagte Vani. »*Gorleths* spielen nicht. Ich bin mir nicht sicher, aber ich glaube, ihr Herr ist nicht hier. Er muss den *Gorleths* befohlen haben, diesen Ort zu bewachen. Ich glaube nicht, dass sie uns folgen können, wenn wir gehen, denn das würde dem Befehl des Zauberers widersprechen.«

Travis stöhnte. »Das ist ja großartig. Du sagst, dass unser Leben von der Tatsache abhängt, dass das hier analfixierte Monster sind?«

»Ich würde ihm gar nicht zuhören«, flüsterte Grace zu Vani.

»Keine Angst, Grace. Das tue ich auch nicht.«

Sie wichen weiter zurück. Grace spürte einen kühlen Luftzug im Nacken. Sie hatten die Tür, die zum Korridor führte, erreicht.

Vani sprach leise und betont ruhig. »Ihr müsst durch diese Tür gehen. Aber tut es langsam, damit sie nicht aufgeschreckt werden.«

»Hast du nicht gesagt, sie könnten den Raum nicht verlassen?«, flüsterte Travis.

»Das hoffe ich. Aber der Scirathi könnte ihnen auch noch befohlen haben, dass sie alles angreifen, was vor ihnen flüchtet. Willst du es herausfinden?«

Grace packte seinen Ellbogen. »Komm schon.«

Seite an Seite bewegten sich Grace und Travis durch die Tür in den dahinterliegenden Korridor. Sie warteten mehrere Herzschläge lang.

»Vani ...«, rief Grace dann leise.

In diesem Augenblick zerschmolz die Luft, nahm wieder

feste Formen an, und Vani stand da. Grace sah sie keine Bewegung machen, trotzdem schwang die Stahltür hinter ihr zu und schlug mit einem dumpfen Dröhnen ins Schloss.

Travis setzte die Sonnenbrille auf. »Also, wann bringst du uns diese Tricks bei?«

Vani schloss mit einem Ruck den Reißverschluss ihrer schwarzen Lederjacke. »Ich könnte es dir beibringen, Travis, aber ...«

»Dann müsste sie dich töten«, beendete Grace den Satz mit einem Grinsen.

Vani legte den Kopf schief. »Woher weißt du so viel über die Gepflogenheiten der *T'gol*?«

»Glück beim Raten«, sagte Grace und versuchte sich nicht zu verschlucken. »Können wir jetzt hier verschwinden?«

»Ja. Ich glaube nicht, dass sie uns folgen.«

Grace schloss die Augen und griff mit der Gabe zu. Überall um sie herum schoss der Schatten in die Höhe, aber sie ließ ihn über sich ergehen und dann an sich vorbeihuschen. Im Augenblick gab es wirklich dringendere Probleme als die Ängste der Vergangenheit.

Da. Acht – nein, neun – verkrüppelte Flecken bewegten sich durch das Netz der Weltenkraft. Grace spürte Übelkeit in sich aufsteigen. Sie waren Scheusale: Leben, das man verzerrt und missbraucht hatte, ein Zerrbild dessen, was es einst gewesen war. Keuchend ließ sie die Fäden los und öffnete die Augen.

Travis sah sie mit ernstem Gesichtsausdruck an. »Alles in Ordnung, Grace?«

Sie zögerte, schüttelte dann den Kopf. »Komm. Vani hat

Recht – sie folgen uns nicht. Lasst uns hier verschwinden und herausfinden, wo sie Beltan hingeschafft haben.«

Grace fing an, den Korridor hinunterzulaufen, denselben Weg zurück, den sie gekommen waren.

Und plötzlich schrillte ein ohrenbetäubendes elektronisches Jaulen durch die ganze leer stehende Fabrik.

Grace drehte sich um und drückte die Hände gegen die Ohren, aber der Laut schnitt durch Fleisch und Knochen, als wären sie Papier.

»Was ist das?«, brüllte sie.

»Eine Art Alarm!«, erwiderte Vani, deren Stimme wegen der Sirene aber kaum zu verstehen war.

»Das ergibt doch keinen Sinn!«, rief Travis. »Warum ist er nicht losgegangen, als wir reingekommen sind?«

»Weil sie wollten, dass wir das Gebäude betreten. Wir sollten es nur nicht verlassen.«

Eine Sekunde später krachte etwas gegen die andere Seite der schweren Metalltür, die sie eben verschlossen hatten.

Wieder bemühte Grace die Gabe, dann riss sie die Augen auf. Es hatte sich gegen die blendende Helle der Weltenkraft abgezeichnet: ein schwarzer, sich windender Knoten direkt auf der anderen Seite der Tür.

»Sie versuchen dort herauszukommen!«

Vani wich von der Tür zurück, als sie unter einem weiteren Schlag erzitterte. »Anscheinend hat der Alarm einen zweiten Befehl ihres Meisters aktiviert. Der Befehl, uns zu jagen.«

Einen Augenblick lang lähmte der schrille Alarm sie, machte jedes Nachdenken unmöglich. Dann schüttelten sie die Beklemmung ab und rannten los.

Hinter ihnen ertönte das nächste Krachen. Grace warf einen Blick zurück über die Schulter und sah, wie sich die Tür ausbeulte. Sie riss den Kopf wieder herum und lief hinter Vani und Travis her. Öffnungen huschten vorbei. Die Tür, durch die sie das Gebäude betreten hatten, wuchs in ihrem Blickfeld: ein von grauem Licht erfülltes Rechteck.

Das Licht verdunkelte sich.

Neun Meter vor ihnen schlüpften dunkle Schatten durch die Tür. Blasse Augen richteten sich auf die Läufer. Zwei geduckte Gestalten setzten sich in Bewegung und rannten ihnen mit hüpfenden Schritten entgegen.

Gorleths. Noch während Grace sie anstarrte, tauchten hinter ihnen noch mehr davon auf.

Grace wäre beinahe in Vani und Travis hineingelaufen.

»Umdrehen«, sagte Vani, und ihre Stimme war genauso durchdringend wie die Sirene. »In die andere Richtung laufen. Sofort!«

Gedanken drangen zu Nerven und Muskeln durch. Grace wirbelte herum, und sie und Travis rannten Seite an Seite durch den Korridor. Ihre Füße fühlten sich an, als bestünden sie aus Blei. Vor ihnen auf der linken Seite verformte sich die Tür, die die anderen *Gorleths* zurückhielt, mit einem dumpfen Krachen erneut. Hinter Grace ertönten, von der Alarmsirene teilweise überdeckt, feuchte, knirschende Geräusche, denen ein beklagenswerter Schrei folgte, dessen Ursprung nicht menschlich war. Ein schwarzer Komet schien an ihr vorzurasen, dann lief Vani vor ihnen her.

»Ich habe zwei *Gorleths* ausgeschaltet«, rief sie über die Schulter zurück. »Aber da kommen noch mehr.«

Grace fehlte der Atem, um eine Antwort zu geben. Sie

passierten die Tür zu dem leer stehenden Lager. Stumpfes Metall kreischte auf und zerriss dann, ein langer Arm schoss durch die Lücke und schnappte mit funkelnden Krallen nach Grace.

Er hätte ihr die Halsschlagader aufgeschlitzt, hätte Travis nicht ihren Pullover gepackt und sie zu sich gerissen. Sie prallten gegeneinander, wären um ein Haar gestürzt. Dann war Vani da und stützte sie mit starken Armen.

Hinter ihnen ertönte das Bersten zerreißenden Metalls, begleitet von Schreien voller Hass und Hunger. Grace musste nicht zurückschauen, um zu wissen, dass sich dunkle Gestalten durch die zerstörte Tür schoben, sich zu ihren Artgenossen gesellten, die den Korridor entlangtrabten und ihre fliehenden Opfer verfolgten.

Der Korridor endete an einer Tür. Travis erreichte sie als Erster. Er warf sich dagegen.

Und taumelte zurück. Die Tür war verschlossen.

»Weg da«, befahl Vani.

Sie schmiegte sich mit dem ganzen Körper gegen die Tür, ließ die Hände über den Stahl gleiten, schloss die Augen. Der Alarm schrillte noch immer, aber nun hatte sich ein neuer, kratzender Laut hinzugesellt, der Graces Nerven zerfetzte. Er erinnerte sie an Fingernägel, die über eine Schultafel kratzten. Nur lauter. Viel lauter.

»Ein wenig Eile wäre nicht schlecht, Vani«, sagte Travis mit aschfahlem Gesicht.

Vani gab keine Antwort. Sie biss die Zähne zusammen. Unter ihren Händen fing die Tür an, sich zu verziehen und Blasen zu schlagen, als würde der Lack brennen.

Grace verspürte namenloses Entsetzen; sie schaute nach

hinten. Die Kreaturen kamen schnell den Korridor heran. Eine dicht zusammengedrängte Gruppe war den anderen ein Stück voraus. Ihre langen Arme baumelten beim Laufen herab, ihre Krallen gruben tiefe Furchen in den Boden. Das war die Quelle des furchtbaren Geräuschs.

»Vani …«, sagte Travis mit schriller werdender Stimme.

Grace riss den Kopf herum. Die Tür flackerte jetzt, verschwand aus der Realität und nahm wieder feste Formen an. An einigen Stellen konnte sie einen Blick auf die dahinterliegenden Dinge werfen: das Stück eines grauen Himmels, Teile eines geparkten Autos.

»Jetzt!«, brüllte Vani.

Die Tür platzte förmlich auf.

Sie stürmten in den grauen Nachmittag hinaus, liefen über den harten Asphalt. Es war ein Parkplatz, der sich genau auf der gegenüberliegenden Seite des Gebäudes befand, an der sie eingedrungen waren. Hinter einem hohen Holzzaun ertönte Verkehrslärm. Grace sah zurück zur Tür. Vani hatte sie wieder verschlossen, aber sie erzitterte bereits unter den Schlägen. Ihnen blieben höchstens Sekunden.

»Lauft«, sagte Vani, die mit erhobenen Händen die Nachhut bildete. »Klettert über den Zaun, lauft zur Straße und haltet ein Fahrzeug an.«

Grace streckte eine Hand aus. »Was ist mit dir?«

»Ich halte sie auf.«

»Nein«, sagte Travis. Seine Miene war entschlossen. »Es sind zu viele. Das schaffst nicht mal du. Wir werden dich nicht im Stich lassen, Vani.«

Vani drehte sich um; in ihren goldenen Augen lag ein

seltsames, sanftes Leuchten. Doch bevor Grace entscheiden konnte, was es wohl bedeutete, wurde das Leuchten von funkelnder Wut ersetzt.

»Sei kein Dummkopf, Travis. Wenn ich gezwungen bin, dich und Grace zu beschützen, macht mich das nur langsam. Du kannst mir nur auf eine Weise helfen, indem ihr verschwindet.«

Sie hatte Recht. Grace ergriff seinen Arm. »Hör auf sie, Travis, wir müssen ...«

Etwas Dunkles und Schweres traf sie in der Seite und brachte sie zum Verstummen.

Grace rollte über den Asphalt, kleine Steinchen und Glassplitter bohrten sich in ihre Hände und Wangen. Schmerz explodierte wie eine Supernova in ihrer Magengegend, strahlte von ihrem Solarplexus aus in alle Richtungen. Es gelang ihr, den Kopf zu heben, das Gesicht vor Schmerz verzogen, unfähig, auch nur einen Atemzug zu tun.

Er hockte über ihr mit weit aufgerissenem Rachen. Speichel tropfte von gewaltigen Reißzähnen. Er strich beinahe sanft mit einer Kralle über ihre Brust, so als wollte er in Ruhe entscheiden, wo der erste Einschnitt erfolgen sollte. Dann nahm er mit ausgefahrenen Krallen den dürren Arm zurück, dazu bereit, ihr die Eingeweide aus dem Leib zu reißen.

Hinter dem *Gorleth* schimmerte die Luft. Bevor er zuschlagen konnte, verbog sich sein Arm in einem seltsamen Winkel, was ein scharfes Knacken hervorrief. Das Ding warf den Kopf zurück, um einen Schrei auszustoßen, aber eine weitere schemenhafte Bewegung erfolgte, und der missgestaltete Kopf verdrehte sich in einem unmöglichen Winkel, bis das Genick brach. Der *Gorleth* sackte neben Grace auf den Asphalt. Die Luft verfestigte sich, und Vani stand da.

»Travis!«, rief sie. »Fallen lassen. Sofort!«

Sechs Meter von ihnen entfernt warf sich Travis zu Boden. Eine knurrende Gestalt warf sich auf ihn. Vani ließ den Arm in einem perfekten Bewegungsablauf nach vorn schnellen, drei kleine Gegenstände lösten sich aus ihrer Hand. Erst als sie ihr Ziel trafen, sah Grace, worum es sich dabei handelte: drei scharfe Stahldreiecke.

Der *Gorleth* taumelte von Travis fort, die Stahldreiecke ragten aus seiner Brust. Er kratzte mit den Krallen daran, riss sich das eigene Fleisch auf und stürzte rücklings auf den Asphalt. Er verkrampfte sich einen Augenblick lang, dann wurde er ganz schlaff, aus dem weit aufgerissenen Maul sprudelte Schaum. Die Dreiecke waren nicht besonders tief eingedrungen. Grace brauchte erst gar nicht zu fragen; ihr war klar, dass sie vergiftet gewesen waren.

Endlich konnte sie zitternd Luft holen. Die beiden *Gorleths* waren tot, aber wo waren sie hergekommen? Dann glitt ihr Blick zum Dach des Gebäudes.

»Ja«, sagte Vani. »Sie kamen von dort oben. Ihr müsst gehen, bevor noch mehr kommen.«

Sie half Grace auf die Füße. Travis war wieder aufgestanden. Er wollte etwas sagen, aber in diesem Augenblick explodierte die Tür des Gebäudes wie mit einem Donnerschlag. Ein Rudel aus fünf *Gorleths*, das wie ein schwarzer, haariger Ball aussah, trabte über den Parkplatz auf sie zu.

In einem Wimpernschlag schätzte Grace die Entfernungen und rechnete. Selbst Vani würde nicht schnell genug sein können. Die *Gorleths* würden Travis vorher erreichen. Sie stählte sich, bereitete sich auf den Anblick vor, wie ihr bester Freund in Stücke gerissen wurde.

Etwas wie ein Schrei ertönte. Er wurde immer lauter, etwas kam um die Ecke des Gebäudes geschossen. Ein tiefes Dröhnen hallte durch die Luft, gefolgt von einem weiteren Quietschen. Das Ding blitzte grün auf. Die *Gorleths* drehten die Köpfe, ihre lidlosen Augen starrten gerade noch rechtzeitig in die richtige Richtung, um zu sehen, was sie traf.

Fünf haarige Körper flogen durch die Luft, die spindeldürren Arme und Beine in alle Richtungen ausgestreckt. Blut sprühte auf und tauchte Travis, der den Kopf zur Seite riss, in einen scharlachroten Nebel. Die *Gorleths* schienen mitten in der Luft zu schweben, und zwar so lange, dass Grace einen schrecklichen Moment lang glaubte, die Kreaturen könnten tatsächlich fliegen. Dann krachten sie auf den Asphalt und kamen als fünf verkrümmt daliegende, blutende Körper zum Stillstand. Sie standen nicht wieder auf.

Das Ding beschrieb eine enge Kurve. Erst als es zwischen ihr und den anderen quietschend zum Stehen kam, hob Begreifen Graces geistige Lähmung auf. Es war ein Wagen – ein großer, grüner Pick-up, dessen nun verbeulte Motorhaube mit Blut verschmiert war. In einem auf der Heckscheibe angebrachten Gewehrständer ruhten zwei Gewehre, am Rückspiegel baumelte ein Lufterfrischer wild hin und her. Auf der Vorderbank saßen zwei Männer.

Nein, nicht bloß Männer, Grace. Sieh dir die Hüte an. Das sind Cowboys.

Der schmale Mann auf der Beifahrerseite stieß ein Jubeln aus, als er mit den von Falten umgebenen blauen Augen durch die Windschutzscheibe starrte. »Das nenne ich einen Volltreffer, Mitchell.«

Der Fahrer antwortete ihm nicht. Stattdessen sah er Grace mit ernstem Blick an.

»Brauchen Sie eine Mitfahrgelegenheit, Ma'am?«, sagte er mit einem ausgeprägten melodischen Akzent.

13

Travis schaute aus dem Heckfenster des Pick-ups, aber da waren nur andere Wagen und Asphalt zu sehen. Das Fabrikgebäude befand sich mindestens schon eine Meile hinter ihnen. Selbst wenn der Scirathi den *Gorleths* befohlen hatte, sie zu verfolgen, so schnell konnten selbst sie nicht laufen. Er fühlte, wie jemand seine Hand drückte. Grace. Er zwang sich, nach vorn zu sehen.

»Also, Travis«, sagte Davis Burke-Favor und lehnte sich über den Beifahrersitz, »stellst du uns nun deinen Freunden vor oder nicht?«

Sie waren alle Hals über Kopf auf die Rückbank des Pick-ups gestürmt in dem ungestümen Bemühen, zu entkommen, bevor noch mehr der Kreaturen aus dem Gebäude kamen, und Mitchell war vom Parkplatz gerast, bevor sie die Tür hinter sich geschlossen hatten.

»Das ist Grace Beckett«, sagte Travis. »Sie ist Ärztin. Und das hier ist Vani. Sie ist ...«

Er verstummte. Was genau *war* Vani? Eine Spionin? Eine Leibwächterin?

»Ich bin ihre Freundin«, sagte Vani.

Travis sah sie an. Sie hob eine Braue, und er lächelte.

»Das ist sie«, sagte er.

Davis tippte an seinen grauen Stetson; sein schmales, gebräuntes Gesicht verzog sich zu einem Grinsen. »Freut mich, Sie kennen zu lernen.«

»Also gut, Travis«, sagte Grace. »Jetzt sind wir an der Reihe.«

Sie lehnte sich gegen das Polster; ihr Gesicht war blass, ihr aschblondes Haar ein wirres Durcheinander, aber in ihren Augen funkelte eine seltsame Lebendigkeit. Sie hatte an mehreren Stellen im Gesicht Abschürfungen, und eine Hand, die nach ihrem Sturz geblutet hatte, war mit Davis' Taschentuch verbunden.

Travis beendete die Vorstellung. »Grace, Vani, das sind Freunde von mir aus Castle City, Davis und Mitchell Burke-Favor. Der Komische, der über alles lacht, ist Davis. Und der gut Aussehende mit der Radiomoderatorenstimme ist Mitchell.«

»Siehst du, Davis«, sagte Mitchell gedehnt, ohne beim Fahren die Straße aus den Augen zu verlieren, »ich habe dir gesagt, dass ich der gut Aussehende bin.«

»Nein, du bist der Alte.«

»Das ist unfair. Ich bin auch gut aussehend.«

»Nein, du hast doch gehört, was er gesagt hat. Du bist der Komische.«

»Klar, komisch wie ein Witzbold, du weißt schon, der, der die Party in Schwung bringt. Nicht der, der komisch aussieht.« Davis sah wieder über den Sitz. »Stimmt's, Travis?«

Travis wandte den Kopf Vani und Grace zu. »Falls es euch entgangen sein sollte, die beiden sind gewissermaßen ein Paar.«

»Ich glaube, das haben wir bemerkt«, sagte Vani mit dem Anflug eines Lächelns auf den dunkelroten Lippen.

»So offensichtlich?«, fragte Davis.

Grace nickte. »Die Widmungen auf den Gewehren haben es verraten.«

Davis brüllte vor Lachen und klopfte auf den Sitz, und

selbst Travis musste lachen. Obwohl es ihm wehtat; seine Lungen schmerzten noch immer von ihrer wilden Flucht. Dann erstarb sein Lachen langsam.

»Woher habt ihr Bescheid gewusst? Woher habt ihr gewusst, wo wir sind und dass wir Hilfe brauchen?«

Mitchell blickte überrascht in den Rückspiegel. »Willst du damit sagen, du hattest keine Ahnung, dass sie uns angerufen hat?«

»Wer hat euch angerufen?«

»Eure Freundin aus Denver. Marji.«

Travis fühlte, wie Grace seine Hand fester drückte.

»Marji hat Sie angerufen?«, sagte sie. »Wann?«

Davis schaute auf die Uhr. »Vor etwas über zwei Stunden. Nachdem Mitchell aufgelegt hatte, sind wir in den Wagen gesprungen, und er ist wie ein Irrer durch die Canyons gerast.«

Travis sah Grace fragend an, aber sie zuckte nur mit den Schultern. Sie hatte auch keine Ahnung, warum Marji hätte anrufen sollen. Travis wusste nicht einmal, woher sie überhaupt von Davis und Mitchell gewusst hatte ...

... bis ihm wieder einfiel, dass sie sich erkundigt hatte, wer wohl über sie Bescheid wusste, und er hatte seine Freunde in Castle City erwähnt. Sie musste sich daran erinnert und dann die Nummer von der Auskunft erfahren haben. Aber das erklärte noch immer nicht, warum sie sie angerufen hatte.

Travis verschränkte die Arme. »Was hat sie euch erzählt?«

»Nicht viel«, erwiderte Mitchell. »Nur dass du in Schwierigkeiten steckst und wo wir dich finden können. Sie sagte, du wärst … weg gewesen, an einem weit entfernten Ort, und du müsstest unbedingt zurück. Aber dieses Wolfsrudel namens Duratek hätte etwas, das du unbedingt brauchst. Und sie würden einen Freund von dir festhalten. Stimmt das?«

Travis vergrub die Finger im aufgesprungenen Vinyl des Sitzes. »Das ist eine gute Zusammenfassung.«

»Sie haben sich in große Gefahr begeben, indem Sie hergekommen sind«, sagte Vani.

Davis winkte ab. »Das war doch nichts, Ma'am. Mitchell wird einfach die Beulen aus der Motorhaube rausklopfen. Wäre nicht das erste Mal.«

»Dank deiner Fahrkünste«, sagte Mitchell.

»He, es ist nicht meine Schuld, dass die Hälfte der Hirsche im Tal selbstmörderisch veranlagt sind.« Er wandte sich wieder Grace zu. »Sie sind Ärztin, Ma'am. Gibt es Prozac für Hirsche?«

»Ich würde eine Therapie vorschlagen«, sagte sie. »Vielleicht leiden sie unter Elchneid. Sie verstehen schon, die größeren Geweihe.«

Das rief einen erneuten Lachsturm hervor.

»Travis«, sagte Mitchell mit ernster Stimme, »da gibt es etwas, das du wissen solltest.«

Augenblicklich verstummte Davis' Lachen. Mitchell sprach weiter.

»Auf dem Weg aus Castle City haben wir etwas gesehen, auf der Passstraße. Ich glaube, du kennst sie, Travis. Eine Schotterstraße, verläuft direkt östlich von unserer Ranch. Außer uns benutzt die heutzutage niemand mehr, und wir auch nur dann, wenn wir eine Abkürzung zum Highway nehmen wollen. Aber heute haben wir einen Wagen gesehen, und ein paar dieser Kerle in den schwarzen Anzügen.«

Travis stieß das Wort durch die zusammengebissenen Zähne hervor. »Duratek.«

»Stimmt. Wir kennen die beiden. Ein paar Tage nach deinem Anruf kamen sie zur Ranch und haben sich nach dir erkundigt. Wir haben ihnen nichts gesagt. Aber dann haben wir dich im Fernsehen gesehen, nur eine Sekunde lang, in einem Nachrichtenbericht über die neue Kathedrale, die sie in der Innenstadt von Denver bauen, also haben wir Deputy Windom angerufen. Und ...«

Mitchells melodische Stimme stockte.

»Was denn?«, sagte Travis. Er verspürte einen trockenen und metallischen Geschmack im Mund.

Davis antwortete. »Neben dem Wagen der Kerle in den Anzügen stand ein Wagen vom Sheriff's Department. Wir haben sie gesehen, wie sie sich aus dem Fenster beugte und mit ihnen sprach. Es war ...«

Travis kam eine Erkenntnis. »Es war Jace – Deputy Windom. Sie hat mit Duratek gesprochen. So haben sie herausgefunden, dass Grace und ich in Denver sind.«

»Ich verstehe nicht, warum sie das getan hat, Travis«, sagte Mitchell traurig. »Ich weiß nicht, warum sie sich mit diesen Wölfen abgibt.«

Aber Travis wusste es schon. Sie hatte Max geliebt, und er war verbrannt. Und das nur wegen ihm.

Er lehnte sich zurück, rieb sich die rechte Hand. Wie viele Menschen würden noch in das ihn umgebende Netz gezogen werden? Wie viele Menschen würden noch zu Schaden kommen wegen dem, was Jack ihm angetan hatte.

Ihr hättet niemals kommen dürfen, wollte er Davis und Mitchell sagen. *Ihr hättet euch von mir fern halten sollen.* Aber sein Mund war so trocken, dass er die Worte nicht formen konnte.

Davis rieb sich den Nacken. »Nun, würde es dich stören, wenn ich dich frage, was das für Tiere da eben waren? Aus welchem Zoo die auch immer ausgebrochen sind, ich glaube, die haben sich seitdem nur von Giftmüll ernährt.«

Grace setzte sich aufrecht hin. »Das ist es. Darum sahen sie so vertraut aus. Sie haben Tiere von der Erde genommen und sie verändert.« Sie stützte das Kinn auf die Hand. »Aber wie? Durch Klonen? Es war nicht genug Zeit, um ausgewachsene Tiere aus Embryonen großzuziehen. Gentherapie – das muss es sein. Das genetische Material in einen Virus einhüllen, sie infizieren oder einen anderen Vektor benutzen, um es einzuführen. Aber was für ein Genom haben sie benutzt? Es kann unmöglich ... von hier sein.«

Davis runzelte die Stirn, er schob den Hut in den Nacken. »Redet sie immer wie eine verrückte Wissenschaftlerin?«

»Meistens«, sagte Travis.

»Es tut mir Leid«, sagte Grace zerknirscht. »Es ist nur, sie haben mich da gerade auf etwas gebracht, Davis. Sie sahen aus wie Schimpansen, nicht wahr?«

Travis begriff, worauf sie hinauswollte. Die *Gorleths* waren Schimpansen ... jedenfalls früher einmal. Aber man hatte sie verändert, so wie die Nekromanten das Kleine Volk in *Feydrim* verwandelt hatten. Aber was hatte man dazu benutzt, um sie zu verändern? Er dachte an ihre blassen, schräg stehenden Augen, die viel zu groß gewesen waren. Nur ein einziges Mal hatte er Wesen gesehen, die über solche Augen verfügten. Und die waren verschwunden, jedenfalls konnte es nicht anders sein. Er hatte sie mit *Sinfathisar* geheilt.

Er öffnete den Mund, sich nicht sicher, was er sagen wollte, aber Vani kam ihm zuvor.

»Die Sucher«, sagte sie. »Sie wissen noch nicht, was passiert ist.«

Grace schlug sich auf die Stirn. »Wir sollten sie doch anrufen.« Sie kramte in dem Rucksack herum, den Travis getragen hatte und der seine wenigen Kostbarkeiten enthielt: Jacks Dolch und seinen Nebelmantel. Grace zog das Handy hervor, das Farr ihr gegeben hatte. Sie drückte eine Taste, hielt es sich ans Ohr.

»Ich bin's«, sagte sie.

Travis beobachtete sie, während sie zuhörte. Er konnte die leise Stimme eines Mannes aus dem Hörer kommen hören. Farr. Allerdings konnte Travis nicht verstehen, was er sagte.

Es geschah ganz plötzlich. Grace hielt das Telefon so fest, dass sich ihre Knöchel weiß verfärbten, ihr Blick wurde stumpf. Sie hörte noch eine Minute zu, dann nickte sie.

»Wir kommen hin«, sagte sie und senkte das Telefon.

Travis nahm es ihr ab und schaltete es aus. Etwas war nicht in Ordnung. »Was ist, Grace?«

Sie schaute aus dem Fenster. »Marji ist tot. Vor zwei Stunden hat es in ihrem Laden gebrannt.« Sie richtete ihren Blick auf Mitchell und Davis. »Es muss direkt passiert sein, nachdem sie angerufen hat.«

Travis hatte Mühe, es zu begreifen. Marji – die große,

unglaubliche, prächtige Marji ... tot? Wut stieg in ihm auf, nur um von schwerer Trauer niedergeschmettert zu werden. Und wieder hatte jemand, der es gewagt hatte, ihm zu helfen, dafür mit seinem Leben bezahlt.

»Wie?« Mehr brachte er nicht hervor. Aber er wusste es schon.

»Duratek«, sagte Grace. »Farr glaubt, dass uns einer ihrer Agenten zu Marji gefolgt ist und uns belauscht hat. Er glaubt, dass sie daher von unserem Plan wussten und darum auch die Fabrik geräumt haben.«

Vani betrachtete die schmutzigen Gebäude, die draußen vorbeirasten. »Aber wo sind sie hin?«

»Boulder. Auf dem Highway 128.« Grace beugte sich nach vorn, bis sich ihr Kopf dicht neben dem von Mitchell befand. »Wir müssen dorthin.«

Travis hatte Mühe, mit ihren Worten mitzukommen. »Woher weißt du, dass sie dort sind?«

»Ich weiß es nicht. Farr hat das gesagt. Er und Deirdre sind dorthin unterwegs. Wir müssen ihnen folgen. Sofort.«

»Kein Problem. Auf nach Boulder, Ma'am«, sagte Mitchell.

Alle wurden zur Seite geschleudert, als er das Lenkrad hart herumriss und den Wagen auf den Mittelstreifen rasen ließ. Staub und Schotter spritzten durch die Luft, als der Pick-up einen Halbkreis beschrieb. Dann schaltete Mitchell und trat das Gaspedal durch, und sie wurden wieder in die Sitze gedrückt, als der Wagen einen Satz nach vorn machte. Er schoss jetzt in die entgegengesetzte Richtung, vor der Windschutzscheibe stiegen graue Berge in die Höhe.

Diesmal war es Mitchell, der grinste; seine braunen

Augen hinter der Nickelbrille funkelten im Rückspiegel. »Das war ein kleiner Trick, den ich beim Rinderhüten auf der Farm meines Großvaters in Montana gelernt habe.«

»Nett«, sagte Travis und klammerte sich mit Todesverachtung an seinem Sitz fest. »Und jetzt verratet mir, wo ihr hier die Kotztüten versteckt habt.«

14

Langsam kam Grace zu der Überzeugung, dass Travis' Bitte keineswegs unverschämt gewesen war. Es war offensichtlich, dass der Pick-up irgendwo in dem zerklüfteten Gelände von Davis' und Mitchells Ranch die Federung verloren und die beiden Männer sich nicht die Mühe gemacht hatten, danach zu suchen. Sie wurde auf ihrem Sitz durchgeschüttelt und stieß gelegentlich mit der Schulter gegen Travis oder mit dem Kopf gegen die Decke.

Sie hatten Farr noch einmal angerufen. Travis hatte mit dem Sucher gesprochen und erklärt, dass sie über ein Fahrzeug verfügten und schnell fuhren. Dann hatte Travis mitten im Satz die Stirn gerunzelt und das Telefon gesenkt.

»Ich glaube, die Batterie hat gerade den Geist aufgegeben.«

Grace hoffte, dass das kein böses Omen war.

Ein glitzernder Bürokomplex glitt hinter ihnen außer Sicht, und der Pick-up erklomm einen Hügel. Vor ihnen erstreckte sich der Colorado Highway 128 – zwei Asphaltspuren, die über eine Reihe von Hügeln verliefen. Bis jetzt hatte sich die Großstadt noch nicht bis hierher ausgebreitet, und das Land war leer und braun, von einer wunderschönen Verlorenheit geprägt, wie sie nur einsamen Orten innewohnte. Voraus im Westen erhoben sich die zerklüfteten Granitabhänge der Flatirons, die, wie Grace bekannt war, die Skylinie von Boulder prägten.

»Irgendeine Spur von ihnen?«, rief sie über das Jaulen

des Motors hinweg. Sie hatte keine Ahnung, wie viele Gänge dieser Pick-up hatte, aber sie schienen nicht zu reichen.

Davis kniff die blauen Augen zusammen. »Ich sehe nichts. Nein, warten Sie – da oben geht irgendetwas vor.«

Es war eine Baustelle. Mehrere Bagger parkten in seltsamen Winkeln; ein Kipplaster nahm den größten Teil der Straße ein. Überall standen Straßenkegel, und ein Mann in einer dazu passenden orangeroten Weste hielt ein Stoppschild hoch. Mitchell verlangsamte die Geschwindigkeit.

»Dafür haben wir jetzt keine Zeit«, sagte Travis stöhnend.

Der Kipplaster rollte ein paar Meter, schloss die kleine Lücke, die noch übrig gewesen war, und kam zum Stehen.

Grace biss die Zähne zusammen. Sie wussten nicht, welchen Vorsprung Duratek hatte – mittlerweile konnten sie schon in Boulder sein. Und es gab ein Dutzend Hauptverkehrswege, die in die und aus der Stadt führten.

Der Bauarbeiter wedelte mit dem Stoppschild herum.

»Mitchell, du solltest besser bremsen«, sagte Davis.

Ein paar andere Wagen wurden angehalten. Mitchell trat auf die Bremse. Keine der Straßenbaumaschinen schien zu arbeiten. Wie lange würde das hier dauern?

»Travis, Grace?«, sagte Vani leise. »Ich bin noch nicht mit allen Bräuchen dieser Welt vertraut. Aber wenn das Arbeiter sind, warum tragen sie dann so teure Kleidung?«

Grace beugte sich vor und schaute durch die Scheibe. Der Pick-up war fast zum Stehen gekommen. Zwei Bauarbeiter in orangeroten Westen näherten sich. Einer von ihnen griff in die Tasche seiner schwarzen Anzughose. Unter der Weste trug er ein weißes Hemd mit Krawatte. Dann entdeckte Grace sie – sie lauerten in der Nähe eines Baggers: ein funkelnder schwarzer Wagen.

Natürlich, du hättest es wissen müssen. Der Kipplaster ist leer, und die Straße ist noch unversehrt.

Die Männer waren vielleicht noch drei Meter entfernt. Der eine von ihnen zog die Hand aus der Tasche. Er hielt etwas.

»Mitchell!«, rief Grace. »Schaffen Sie uns hier weg – sofort!«

Er musste die Wahrheit im gleichen Augenblick wie sie erkannt haben, denn noch während sie die Worte brüllte, trat er das Gaspedal durch, und der Pick-up machte einen Satz nach vorn. Mitchell riss das Steuer hart herum, verbeulte die Stoßstange des vor ihnen stehenden Minivans und manövrierte den Wagen auf den rechten Seitenstreifen. Die näher kommenden Männer sprangen zur Seite, um nicht überfahren zu werden.

Davis klammerte sich am Armaturenbrett fest. »Darf ich fragen, wo du hinwillst, Schatz?«

»Das weiß ich noch nicht so genau.«

Der Seitenstreifen war zu schmal. Auf der einen Seite befand sich eine steile Böschung, auf der anderen einer der Bagger. Es würde nicht funktionieren. Mitchell trat auf die Bremse, setzte zu einer harten Kehre an. Der Pick-up beschrieb einen Halbkreis, dann schoss er quer über die Straße.

Grace hörte so etwas wie eine Fehlzündung, dann zersprang die Heckscheibe des Pick-ups zu einer funkelnden Kaskade zerbröckelnden Glases. Sie schüttelte Splitter aus dem Haar und schaute aus dem leeren Fensterrahmen. Die beiden Männer in dunklen Hosen und orangeroten Westen hielten Pistolen in den Händen.

»Runter!«, rief Travis.

Grace drückte sich zusammen mit Travis auf den Sitz, aber Vani nicht. Ein weiterer Knall ertönte, gefolgt von einem heißen, pfeifenden Laut.

Das Sirren stoppte abrupt, Grace schaute auf. Davis starrte mit weit aufgerissenen Augen auf Vanis geschlossene Faust, die sich keine fünf Zentimeter vor seinem Gesicht befand. Vani öffnete die Finger. Dort hielt sie eine kleine, funkelnde Kugel.

Wieder ging ein Ruck durch den Pick-up.

»Alle festhalten!«, rief Mitchell.

Grace konnte in ihrer Stellung nichts sehen. Der Schaufelarm eines Baggers blitzte am Fenster vorbei, dann geriet die Welt außerhalb des Pick-ups in wilde Bewegung. Sie sah den Himmel, dann den flachen Strich des Horizonts, der in einem merkwürdigen Winkel kippte. Das Gefühl einer seltsamen Schwerelosigkeit überkam sie. Der Wagen würde sich überschlagen.

»Mitchell, jetzt!«, rief Davis.

Wieder machte der Pick-up einen Satz, dann schoben sich Himmel und Erde mit einem Ruck, der Grace sich auf die Zunge beißen ließ, wieder in die richtige Position. Der Motor brüllte auf, als der Wagen an Geschwindigkeit gewann.

Sie richtete sich neben Travis auf, ohne sich nach Möglichkeit dabei an Glassplittern zu schneiden. Hinter ihnen verloren die Baumaschinen schnell an Größe. Sie konnte die Reifenabdrücke auf dem südlichen Seitenstreifen sehen – neben dem es kaum weniger steil in die Tiefe ging als auf der anderen Seite, und den Mitchell benutzt haben musste, um ihre Freiheit zu erringen. Sie beobachtete, wie die Männer in den schwarzen Hosen die orangeroten Westen wegwarfen und zu der Limousine rannten. Aber die stand auf der anderen Seite des Kipplasters. Sie wedelten wild mit den Händen, aber der Schatten im Laster schien Probleme zu haben, ihn zu lenken, und er prallte gegen einen Bagger.

Der Pick-up raste einen Hügel hinunter, und die Szene verschwand aus der Sicht. Grace drehte sich um. Travis betrachtete Davis und Vani. Sie gab Davis die Kugel.

»Behalten Sie sie als Glücksbringer«, sagte sie.

Davis starrte noch immer die Kugel an. »Das werde ich, Ma'am. Das werde ich.«

Travis musterte Vani intensiv. Als wäre sie seiner Aufmerksamkeit bewusst, senkte sie den Kopf und schaute auf ihre im Schoß gefalteten Hände.

Das Land hob und senkte sich unter dem Wagen. Die Berge rückten näher.

»Wie weit noch bis Boulder?«, wollte Grace wissen.

Davis antwortete. »Ich glaube nicht, dass es noch weit ist. Wenn ich mich recht erinnere, führt diese Straße direkt östlich der Ausläufer der Berge zum Highway 93. Der 93 führt nach Boulder.«

»Er führt aber auch südlich nach Golden«, sagte Mitchell.

»Schneller«, hauchte Grace in Mitchells Ohr.

Sie sah zu, wie der Geschwindigkeitsmesser nach rechts kletterte: 70, 80, 90. Der Wagen vibrierte, als würde er gleich auseinander fliegen.

Ein grünes Straßenschild huschte am Fenster vorbei, zu schnell, als dass Grace es hätte lesen können. Sie erreichten die Kuppe eines großen Hügels, und das Land sackte in eine tiefe, dunkelbraune Senke. Wo sich der Highway auf ihrer Sohle in eine gerade Straße verwandelte, herrschte nacktes Chaos.

Fünf Sattelschlepper standen dort. Die erste Zugmaschine war ins Schleudern geraten, mitsamt dem Anhänger umgestürzt und blockierte die Straße. Eine schwarze Rauchwolke wogte in die Höhe. Der zweite Lastwagen war in den ersten gerast. Die anderen Wagen hatten es geschafft, einer Kollision zu entgehen, aber die Fahrer hatten sie in verschiedene Richtungen gelenkt, um zu verhindern, dass sie mit den ersten Lastwagen zusammenstießen.

»Da!«, sagte Travis und zeigte auf die Windschutzscheibe. »Seht ihr es? Direkt vor dem ersten Lastwagen.«

Seine neuen Augen war zu gut, und da war zu viel Rauch. Dann geriet der Rauch in Bewegung und brach einen Augenblick lang auseinander, und Grace sah es. Mitten auf der Straße stand eine schwarze Limousine. Ihre Seite war vom Zusammenprall mit dem ersten Lastwagen zerstört. Sie musste in dem Augenblick auf den Highway gefahren sein, in dem der Konvoi auf ihrer Höhe gewesen war. Den Lastwagen war keine Zeit zum Bremsen geblieben – genauso wenig wie der Limousine zum Ausweichen.

»Deirdre«, flüsterte Travis heiser.

Grace sprach in Gedanken ein anderes Wort. *Farr.*

Auf den Seiten der schwarzen Auflieger funkelten Mondsicheln im abnehmenden Tageslicht. Dunkle Gestalten stiegen aus den Zugmaschinen, stolperten zwischen den Trümmern umher. Der Unfall musste eben erst stattgefunden haben.

»Also gut«, sagte Mitchell. »Wir haben sie gefunden. Und jetzt?«

»Auf der rechten Straßenseite ist Platz«, sagte Vani. »Wir müssen ihn benutzen, um zur Spitze der Karawane zu kommen. Dort werden die Sucher sein, falls sie noch am Leben sind. Vielleicht haben sie entdeckt, in welchem Fahrzeug der Ritter gefangen gehalten wird.«

Mitchell trat die Kupplung. »Ja, Ma'am.«

Der Pick-up donnerte den Hügel hinunter.

Hoffentlich geht es Ihnen gut, Farr, dachte Grace, ohne sich im Klaren darüber zu sein, warum sie dies tat, aber im Augenblick war es ihr unmöglich, an etwas anderes zu denken. *Verdammt noch mal, es sollte Ihnen besser gut gehen, Farr.*

Die schwarze Länge des hintersten Lastwagens raste vorbei. Zwei große Männer in schwarzen Jeans und T-Shirts schauten benommen auf. Sie trugen Waffen in Holstern. Einer von ihnen hielt sich den Kopf, zwischen seinen Fingern quoll Blut hervor. Bevor sie reagieren konnten, schoss der Pick-up an ihnen vorbei.

Mitchell lenkte um den nächsten Lastwagen herum. Ein anderer Wächter sprang zur Seite und rollte über den Asphalt, um nicht überfahren zu werden. Mitchell gab Gas und schleuderte zurück auf die Straße.

»Anhalten!«, brüllte jemand. Es war Travis.

Mitchell trat auf die Bremse, und Grace flog beinahe nach vorn. Allein Mitchells breite Schultern hielten sie auf.

Davis schaute in den Rückspiegel. »Wir werden bald

Gesellschaft haben. Das ist nicht unbedingt ein guter Platz zum Anhalten.«

»Schau, Grace. Siehst du es?« Travis zeigte auf die Rückseite des Sattelschleppers, den sie gerade im Begriff gewesen waren zu passieren. »Da unten auf der linken Tür.«

Sie sah sie: Drei horizontale Linien waren mit dem Finger in die Staubschicht auf der Tür gemalt worden.

»Das ist doch bloß ein Graffiti.«

»Nein.« Seine Stimme war leise. »Nein, du irrst dich.«

Er griff in sein Hemd und holte etwas hervor. Es war ein Knochen, der an einem Lederriemen hing. In den Knochen waren drei parallele Linien eingraviert.

Es durchfuhr Grace wie ein Ruck, und sie verstand. »Es ist eine Rune.«

Er nickte. »Die Rune der Hoffnung.«

»Was bedeutet das?«, fragte Davis mit gerunzelter Stirn.

Vani öffnete die Tür des Pick-ups. »Es bedeutet, dass ihr Freund in diesem Fahrzeug ist.«

»Wir werden diese Gewehre brauchen«, sagte Mitchell.

Grace strich Glassplitter von einem der Gewehre und hebelte es aus dem Ständer. Travis schnappte sich das andere, und sie stiegen aus dem Wagen.

»Stehen bleiben und die Waffen fallen lassen«, befahl eine tiefe Stimme.

Grace erstarrte neben Travis, Mitchell und Davis.

Der Mann stand sechs Meter entfernt, die strotzenden Muskeln seiner Arme hart angespannt, als er die schlanke Pistole ausstreckte. Aus einem Schnitt in seiner Wange tropfte Blut. Der Sicherheitsmann ließ sie nicht aus den Augen, während er eine Hand von der Pistole nahm und das Audio-Headset auf seinem Kopf richtete und das Mikro vor die Lippen rückte.

»Ich habe sie unter Kontrolle«, sagte er. »Wir sind hinter Transporter drei. Ich brauche ...«

Seine Worte endeten in einem feuchten Gurgeln, als sein Kopf zur Seite gerissen wurde. Ein Knacken ertönte, dann erschlaffte der Sicherheitsmann, und sein schwerer Körper sackte zu Boden. Davis und Mitchell starrten den Toten mit leichenblassen Gesichtern an. Grace wusste, was – nein, *wen* – sie sehen würde, noch bevor die Luft Wellen schlug, sich glättete und ihre Augen die zu schnellen Bewegungen der Gestalt wieder wahrnehmen konnten.

Vani wischte sich die Hände an der Lederhose ab. »In dem vorderen Teil dieses Fahrzeugs befinden sich weitere Sicherheitsleute.«

Eine Kugel fauchte nicht weit entfernt von Graces Kopf vorbei. Die fünf drückten sich an die Rückseite des Aufliegers, außer Sicht der Zugmaschine. Langsam schaute Davis an der einen Seite vorbei, und Mitchell an der anderen.

Zwei fast gleichzeitige Gewehrschüsse donnerten auf. Eine Sekunde später ertönte das Geräusch zweier zuschlagender Türen.

»Ich glaube, unsere Freunde haben sich entschieden, eine Zeit lang im Führerhaus zu bleiben«, sagte Davis, dessen Grinsen wieder in seiner alten Pracht da war.

»Beobachten Sie diese Richtung«, sagte Vani. »Ich bewache den hinteren Teil des Fahrzeugs.«

Die Luft flimmerte, und sie war verschwunden.

Davis stieß einen Pfiff aus. »Wie, zum Teufel, macht sie das?«

»Behalte deinen Mann im Auge«, sagte Mitchell.

»Ich dachte, du wärst mein Mann.«

»Du weißt, was ich meine.«

Die beiden Cowboys hielten ihre Gewehre bereit und beobachteten das Vorderteil des Sattelschleppers. Grace hörte, wie sich Schritte näherten. Dann ertönte ein leiser, gurgelnder Schmerzensschrei, der abrupt verstummte. Vani war irgendwo da draußen.

»Wir müssen diese Türen aufkriegen«, sagte Grace.

Travis versuchte es mit dem Riegel. Er rührte sich nicht; der Anhänger war verschlossen. Panik ergriff Grace. Was sollten sie nur tun?

Bevor sie etwas sagen konnte, drückte Travis beide Hände auf die Türen. Er senkte den Kopf, schloss die Augen und biss die Zähne zusammen.

»Urath«, murmelte er.

Grace wartete, aber es tat sich nichts. Es war sinnlos. Genau wie die Weltenkraft war auch seine Runenmagie auf der Erde zu dünn und zu schwach. Travis stolperte von dem Lastwagen fort.

Die Türen schwangen auf.

Sie schaute verblüfft zu. »Aber ich dachte ...«

Er hielt ungläubig die rechte Hand hoch. Auf der Handfläche funkelte ein Symbol, als wäre es mit flüssigem Silber dort aufgemalt worden: drei Linien.

»Etwas ist anders hier«, sagte er. »Meine Macht – sie ist hier stärker.«

»Was geht da vor, Travis?«, fragte Mitchell, der noch immer konzentriert nach vorn schaute.

Er sah Grace an; sie nickte.

»Wir gehen rein.«

Travis trat mit einem Fuß auf den hintersten Reifen, dann kletterte er in den Wagen. Er hielt Grace die Hand hin. Sie ergriff sie und kletterte hinter ihm hinein.

Sie war von der Annahme ausgegangen, dass es im Inneren stockdunkel sein würde. Aber das war es nicht. Eine weiche, metallische Helligkeit erfüllte die Luft, auch wenn sie nicht feststellen konnte, wo sie ihren Ursprung nahm. Der Auflieger war ein Chaos aus großen Stahlkisten. Viele waren bei dem Bremsmanöver des Lastwagens verrutscht und umgestürzt.

Ein leises Stöhnen ertönte. Grace drehte sich um, dann sah sie es. In einer der Kisten befand sich ein Loch, durch das eine Hand emporragte.

Travis stieß das Wort empört aus. »Beltan!«

Er und Grace erreichten die Kiste im gleichen Augenblick.

Grace ergriff die große, knochige Hand des Ritters. »Beltan, wir sind hier. Wir werden einen Weg finden ...«

... *die Kiste zu öffnen*, wollte sie sagen, aber das war unnötig. Diesmal brüllte Travis die Rune.

»Urath!«

Die Kiste flog förmlich auf. Was auch immer die Runenmagie beeinflusste, hier drinnen war es noch stärker.

Grace ließ die Hand los. Sie verschwand in dem Loch. Dann kroch etwas mit zitternden Bewegungen aus der Kiste und richtete sich langsam auf: eine hoch gewachsene, hagere, aber wunderbar vertraute Gestalt.

Wie in dem Dämmerlicht zu sehen war, grinste er, und trotz der eingefallenen Wangen und dem unebenen Bart und den Ringen unter den Augen war sein Gesicht in diesem Augenblick so wunderschön, dass es Grace den Atem raubte.

»Beltan«, sagte Travis, dessen Stimme zu einem Flüstern herabgesunken war.

Das Grinsen des Ritters verwandelte sich in ein Stirnrunzeln. »Bei Vathris, was ist mit dir passiert, Travis Wilder?«

Und Grace sah tränenüberströmt zu, wie Travis den großen Mann in die Arme riss und zudrückte, als wollte er nie wieder loslassen.

15

Travis nahm Beltan noch fester in die Arme. Der blonde Ritter war in der Vergangenheit stets so stark, so unbesiegbar erschienen. Doch nun fühlte sich Beltan unter dem fadenscheinigen Laborkittel dünn und schrecklich zerbrechlich an. Travis war klar, dass er ihn ohne weiteres hätte in die Arme nehmen und tragen können, falls das erforderlich gewesen wäre. Aber vielleicht war das ja ganz richtig so. Vielleicht war er jetzt der Beschützer.

»Travis«, sagte Beltan mit heiserer Stimme. »Travis, da gibt es etwas, das ich dir sagen muss.«

Grace warf ihnen von ihrer Position neben der offenen Aufliegertür einen nervösen Blick zu. »Wir sollten hier verschwinden, so schnell wir können. Dafür ist auch noch später Zeit.«

»Sie hat Recht«, sagte Travis und ließ los. »Hier ist es nicht sicher. Wir können später reden.«

Irgendwo draußen ertönten Schüsse.

»Nein, es kann nicht warten.«

Beltan ergriff ihn bei den Schultern. Obwohl die Hände des Ritters so schmal geworden waren, steckte dennoch eine unglaubliche Kraft in ihnen, die Travis an Ort und Stelle hielt. Beltan suchte mühsam nach den passenden Worten; seine grünen Augen funkelten.

»In den Bädern, auf Spardis, ich ... ich habe dir gesagt, dass es mir nicht Leid tat. Aber ich habe das nur gesagt, weil ich dachte, ich würde ... ich weiß, dass du den Ruf nicht vernommen hast und ... und es tut mir Leid, Travis. Es tut mir so Leid, dass ich ...«

»Nein.« Travis sprach das Wort energisch aus, es war ein Befehl. »Nein, wage es ja nicht, dass es dir Leid tut, Beltan. Niemand sollte sich jemals dafür entschuldigen, jemanden zu lieben.«

Beltan starrte ihn an, sein hageres Gesicht zeigte einen betroffenen Ausdruck.

»Ja, du hast mich etwas überrascht.« Travis entfuhr ein kleines Lachen. »Okay, um die Wahrheit zu sagen, mehr als nur ein bisschen. Aber das ist in Ordnung. Ich hatte Zeit, darüber nachzudenken. Und obwohl ich noch immer nicht begreifen kann, wieso ich das verdiene, spielt es keine Rolle. Das weiß ich jetzt.« Die Worte brannten in Travis' Bewusstsein so klar wie Runen. Ja, genau so sollte es sein. »Du musst wissen, Beltan, ich ...«

Das Licht, das von außen in den Lastwagen strömte, verdunkelte sich, und eine schlanke Silhouette zeichnete sich vor der grauen Öffnung ab. Travis drehte sich um. Goldene Augen fixierten ihn. Überrascht trat er einen Schritt von Beltan zurück.

»Die Wächter kommen näher«, sagte Vani und schritt tiefer in den Auflieger. »Es sind nicht viele – ich glaube nicht, dass sie mit einer Verfolgung gerechnet haben. Vermutlich glaubten sie, dass die *Gorleths* in ihrer Festung uns vernichten würden. Trotzdem, die Waffen von Davis und Mitchell können sie nicht lange aufhalten. Wir müssen uns beeilen.«

Der Ritter kniff die Augen zusammen, als er Vani sah. »Wer ist *sie?*«

»Sie ist ...« Travis befeuchtete sich die Lippen.

Vani stemmte mit rätselhaftem Blick die Hände in die Hüften.

»Das ist Vani«, sagte Grace. »Sie ist ... eine Kriegerin von Eldh, und wir verdanken ihr unser Leben.«

Beltan schien sie zu mustern, dann nickte er. »Dann verdanke auch ich Euch mein Leben, Vani.«

Sie sah Travis an, dann Beltan. »Euer Dank könnte verfrüht sein, Ritter von Calavan. Kommt, wir müssen gehen.«

»Wartet«, sagte Beltan. »Wir können noch nicht fort. Da ist noch jemand, der unsere Hilfe braucht.«

Er drehte sich um, machte einen Schritt auf eine der umgestürzten Kisten zu und taumelte.

Travis stützte ihn. »Beltan ...«

Der Ritter löste sich von ihm. »Travis, du verstehst nicht. Wir müssen ihn befreien. Wir ...«

Silbernes Licht leuchtete auf. Es war schwach und flackerte, und es wurde sofort wieder schwächer, aber es war unmissverständlich, wo es hergekommen war. Travis verspürte ein Kribbeln in der rechten Hand. Er starrte Beltan an. Dann setzte er sich in Bewegung.

Vani erreichte den Käfig im selben Augenblick wie er. Gemeinsam richteten sie ihn wieder auf. Der Käfig verfügte über eine kleine Klappe aus Maschendraht. In seinem Inneren bewegte sich etwas. Wieder flackerte ein blasser Lichtschimmer auf; es erinnerte an ein sterbendes, silbriges Glühwürmchen.

»Schnell«, sagte Beltan. »Ich bin mir nicht sicher, aber ich glaube ... ich glaube, er ist irgendwie krank.«

Travis kniete neben der Kiste nieder und schaute hinein. Große, schräg stehende Augen erwiderten seinen Blick. In ihnen lag eine uralte Trauer und ein tiefer Schmerz, aber da war auch noch etwas anderes. Es hätte ... Freude sein können. Erkennen durchfuhr ihn wie ein Windstoß. Ja, er verstand.

»Eisen«, sagte er. »Er kann die Berührung mit dem Eisen nicht ertragen. Oder Stahl, schätze ich. Das kann keiner von ihnen. Darum kann er nicht entkommen.«

»Was kann kein Eisen ertragen?«, fragte Grace. »Wovon redest du da, Travis?«

Er antwortete ihr nicht. Stattdessen sprach er zum dritten Mal an diesem Tag die Rune des Öffnens.

»Urath.«

Ja, das war die Quelle seiner plötzlich zu neuem Leben erwachten Macht. Das Schloss polterte zu Boden, die Drahttür schwang auf.

Begleitet von einem Geräusch, das an leises, aus weiter Ferne ertönendes Glockenspiel erinnerte, schwebte der Elf aus dem Käfig. Die vier Menschen sahen mit angehaltenem Atem zu.

Bei der letzten Wintersonnenwende hatte Travis auf Schloss Calavere die Macht von *Sinfathisar*, dem Stein des Zwielichts, dazu benutzt, eine Gruppe von Phantomschatten zu heilen, sie wieder zu den Elfen zu machen, die sie einst gewesen waren. Sie waren ihm zur Schattenkluft gefolgt, und dort hatten sie Beltans Leben gerettet.

Diese Elfen waren große, leuchtende Wesen gewesen, die so hell strahlten, dass er sie kaum hatte anschauen können. Aber der Elf, der da vor ihm stand, war nur ein

Schatten dieser Wesen. Er war so dünn – viel dünner als Beltan, es hatte fast den Anschein, als bestünde er aus Zweigen –, und seine Haut wies ein stumpfes Grau auf. Der Kopf schien viel zu groß für den dürren Hals zu sein, und er war nackt. Travis konnte genau sehen, dass er weder männlich noch weiblich war.

Trotzdem war er wunderschön. Travis ließ sich vor ihm auf die Knie nieder.

Der Elf streckte die spinnenhaften Arme aus und berührte ihn mit kühlen Fingern, und plötzlich stand er wieder. Aber die Furcht war verschwunden. Stattdessen erfüllte ihn ein kühler Frieden.

»Wie ... ?« Grace drückte die Hände an die Brust. »Wie kann er hier sein?«

»Sie hielten ihn gefangen«, sagte Beltan. »So wie mich. Sie haben mit ihm Experimente gemacht.«

Noch während Beltan dies sagte, fiel Travis' Blick auf die dünnen, weißen Narben auf den zerbrechlichen Armen des Elfen.

»Er muss zusammen mit dem Scirathi durch das Tor gekommen sein«, sagte Vani nachdenklich.

Der Elf nickte. Dann erschütterte ein Zittern seine Gestalt, so wie ein Windstoß an einer Baumkrone rüttelte. Er war hier so dunkel, sein Leuchten wurde gedämpft. Der Aufenthalt auf der Erde verursachte ihm Schmerzen – schreckliche Schmerzen.

Der Elf griff mit zitternder Hand nach dem Käfig, riss sie aber zurück, als er den Metallrand berührte. Ein hoher und doch lautloser Schmerzensschrei ertönte. Er wollte etwas haben – etwas aus dem Käfig.

Grace kniete nieder, griff hinein und richtete sich wieder auf. Sie hielt eine Plastikflasche in der Hand. In der Flasche waren purpurfarbene Pillen, die mit einem weißen Blitzsymbol gekennzeichnet waren.

Grace schaute zu dem Elfen hoch, dann nickte sie steif, drehte den Verschluss ab und hielt ihm die Flasche hin. Der Elf nahm mit den langen, zitternden Fingern drei der Pillen. Er schien zu zögern, dann führte er sie an den lippenlosen Strich seines Mundes und schluckte sie. Er fuhr sich mit der Hand über die edelsteinähnlichen Augen. Als er die Hand wieder senkte, war der Schmerz aus seinem Blick verschwunden.

»Diese Bastarde!« Grace sah sich die Pillen an. »Darum haben sie sie entwickelt. Sie sind für sie, um sie hier auf der Erde am Leben zu halten.« Sie sah Travis gequält an. »Electria ist für Elfen.«

Der Lichtelf legte eine gertenschlanke Hand an ihre Wange. Grace keuchte auf und riss die Augen auf. Langsam hob sie die Hand und führte sie an die graue Wange des Wesens.

Von der Hinterseite des Lastwagens ertönte ein Ruf: Es war eine tiefe, melodische Stimme. Mitchell.

»Ihr solltet euch da drinnen lieber beeilen. Sie haben in den letzten Minuten die Köpfe unten gehalten, aber so wie es aussieht, bekommen wir seltsame Gesellschaft.«

Das Geräusch eines Gewehrs ertönte, das durchgeladen wurde.

Travis drehte sich um und erwiderte Vanis Blick. Sie nickte.

»Vani und ich werden gehen«, sagte er. »Grace, bleib bei Beltan und dem Elfen.«

Der blonde Ritter machte einen unsicheren Schritt nach vorn. »Ich komme mit dir, Travis. Ich bin dein Hüter.«

Travis zögerte, dann legte er Beltan eine Hand auf die Brust. »Nein, Beltan«, sagte er sanft. »Heute nicht.«

Der Ritter stöhnte auf, dann stolperte er zurück und stützte sich auf eine Kiste. Mitleid durchfuhr Travis' Herz. Er wollte zu dem Ritter gehen, ihn in den Arm nehmen, aber dafür war jetzt keine Zeit.

»Travis!«

Das war Davis' Stimme. Travis und Vani begaben sich ans Ende des Lastwagens und sprangen hinaus.

Es war nicht schwer, das Problem zu erkennen. Davis und Mitchell standen mit angelegten Gewehren da. Einen Augenblick später huschten die Kreaturen an der Zugmaschine des nächsten Lastwagens vorbei; ihre langen Arme streiften über den Asphalt, während sie herantrabten. Travis zählte drei von ihnen. Dann hörte er auf zu zählen.

Ein Knall ertönte, als Mitchell den Abzug seines Gewehrs durchzog. Eine Sekunde später folgte Davis seinem Beispiel. Zwei der *Gorleths* quiekten auf und stürzten zu Boden.

Mehr von ihnen kamen um den Lastwagen herum. Davis und Mitchell luden die Gewehre durch, feuerten erneut. Zwei der Ungeheuer brachen zusammen. Es reichte nicht; sie kamen schneller heran, als die Männer schießen konnten. Travis fühlte, wie Vani neben ihm die Muskeln anspannte. Dann übersprang sein Herz einen Schlag, als eine weitere Gestalt in Sicht kam.

Er bewegte sich langsam, sein schwarzes Gewand blähte

sich hinter ihm auf. Das Licht der nach Westen ziehenden Sonne war durch die Wolken gebrochen, und es ließ die goldene Maske funkeln. Travis sah, dass sie als Ausdruck ein lebloses Lächeln trug, die Augenschlitze waren schmal und blickten höhnisch. Der Scirathi hob eine Hand, und Travis' Herz zog sich schmerzhaft in seiner Brust zusammen.

Vani ergriff seinen Arm. »Travis!«

Er wollte etwas sagen, konnte es aber nicht.

Schüsse zerrissen die Luft. Aber sie kamen nicht von Davis' und Mitchells Gewehren. Ein weiterer *Gorleth* stürzte kreischend zu Boden. Aber die zweite Kugel verfehlte ihr Ziel. Stattdessen ertönte ein deutlich wahrnehmbares *Ping*, als sie etwas Metallisches traf.

Der Zauberer blieb stehen und senkte den Kopf, während etwas Funkelndes über die Straße schepperte. Die *Gorleths* schwankten kurz, dann blieben sie wie angewurzelt stehen. Travis holte keuchend Luft, sein Herz schlug wieder normal. Was war geschehen?

Der Scirathi hob den Kopf, die schwarze Kapuze rutschte zurück. Die goldene Maske war verschwunden. Die Kugel musste sie getroffen und vom Gesicht des Zauberers gerissen haben.

Oder vielmehr das, was von dem Gesicht noch übrig war. Zwei schwarze Augen blinzelten aus einer rosafarbenen, wulstigen Narbenmasse. Der Mund bestand aus einem schiefen Schlitz, die Nase aus zwei tiefen Löchern, die in die Fratze seines Gesichts hineinragten. Travis versuchte mühsam zu verstehen ...

... und dann wurde es ihm klar. Vani hatte gesagt, dass

die Zauberer Blut brauchten, um ihre Magie zu wirken. Wie oft war der Scirathi gezwungen gewesen, sich selbst zu schneiden? Wie oft, bevor seine Arme, seine Beine, sein Oberkörper zu geschädigt waren, um wieder heilen zu können, zu geschädigt, um weitere Verletzungen ertragen zu können? Wie lange, bis keine Stelle mehr zum Schneiden übrig war, bis auf ...

Etwas blitzte golden auf. Die Maske des Zauberers funkelte im Licht. Er entdeckte sie im gleichen Augenblick wie Travis, sie lag neben dem Reifen eines der Lastwagen. Der Zauberer sprang auf sie zu.

Er war zu langsam. Die *Gorleths* warfen sich in einem schwarzen Bündel der Wut auf den Scirathi. Davis und Mitchell senkten mit entsetzten Gesichtern die Gewehre. Travis machte einen Schritt nach vorn, aber Vanis starke Hand hielt ihn zurück.

»Also entsprechen die alten Geschichten der Wahrheit«, sagte sie. »Die Masken sind wirklich der Brennpunkt ihrer Macht. Ohne sie kann der Zauberer die *Gorleths* nicht kontrollieren.«

Von seinem Willen befreit, wandten sie sich gegen ihn – ihren Schöpfer und Folterknecht. Travis spürte Übelkeit in sich aufsteigen, aber er konnte nicht wegsehen.

Die Ungeheuer machten kurzen Prozess mit ihrem Meister. Seine Schreie endeten, als sie ihm die Arme aus den Schultergelenken rissen. Nach wenigen Augenblicken waren nur noch Knochensplitter, blutige Fleischfetzen und schwarzer Stoff übrig. Travis ging davon aus, dass die *Gorleths* nach vollendetem Werk mit ihrem Angriff weitermachen würden, aber das geschah nicht. Stattdessen fauchten sie und griffen einander an, hieben mit den langen Krallen auf ihre eigenen Körper ein. Von dem Befehl befreit, andere zu töten, wandten sie sich gegen sich selbst und ihre eigenen Qualen.

Schließlich zwang sich Travis, von dem schaurigen Spektakel fortzuschauen. Davis übergab sich auf die Straße, und Mitchell hielt seine Schultern mit starken, sanften Händen.

Schritte näherten sich. Travis riss den Kopf herum, voller Angst, vor Waffen starrende Sicherheitsleute von Duratek zu sehen. Doch die Pistolen wurden von vertrauten Händen gehalten.

»Deirdre.« Er sprach den Namen wie ein Gebet, dann umarmte er sie mit aller Kraft.

Farr senkte die Pistole und blickte auf den mittlerweile erstarrten Haufen aus Fell und Fleisch, der der Zauberer und die *Gorleths* gewesen war. »Das war ein echter Glückstreffer, Deirdre.«

Sie löste sich mit ernstem Blick von ihm. »Nein.« Sie ergriff die gelbe Bärenkralle, die an ihrem Hals hing. »Ich glaube, das war Schicksal.«

Davis hatte sich wieder aufgerichtet, obwohl er noch immer blass um die Nase war. Mitchell hatte einen Arm um ihn gelegt.

»Ich sehe keinen der Sicherheitsmänner mehr«, sagte er. »Ich glaube, sie sind geflohen. Ich kann es ihnen nicht verdenken.«

Farr schüttelte den Kopf. »Nein, sie haben sich zurückgezogen, das ist alles. Sie warten auf die Verstärkung von Duratek. Und die wird in wenigen Minuten hier sein. Wir müssen ...«

Leises Glockenspiel hallte durch die Luft, begleitet von einem silbrigen Lichtschein. Sie sahen zu dem offenen Lastwagen. Grace stand neben einem schlanken, grauen Wesen, ohne es aber richtig zu berühren, während es eine Hand hob, um die Augen vor den letzten Strahlen der Sonne zu schützen.

»Guter Gott«, sagte Davis leise. »Was ist das?«

Die ehrfürchtigen Blicke von Mitchell, Deirdre und Farr bestätigten die Frage.

»Das ist ein Elf«, sagte Travis.

Beltan erschien hinter dem Elfen. Mit einem Stöhnen setzte er etwas an der Kante des Anhängers ab. Es war ein kleiner Kasten aus schwarzem Stein, dessen Seiten mit Symbolen übersät waren.

Vani holte scharf Luft. »Das Artefakt von Morindu.«

»Der Elf hat es uns gezeigt«, sagte Grace. »Wir hätten es in dem Durcheinander niemals gefunden.«

Grace kletterte von dem Wagen herunter, und Travis und Farr halfen Beltan, sich ihr anzuschließen. Der Elf streckte die dürren Arme aus. Davis und Mitchell sahen einander an, dann griffen sie mit starken, rauen Händen zu und hoben das Geschöpf auf den Boden. Es legte den Kopf schief, dann berührte es Davis' Gesicht. Er lachte und umarmte Mitchell, während der Elf davonschwebte.

Das Wesen näherte sich dem Steinkasten.

»Ist es das?«, fragte Farr ernst. »Ist das das Tor-Artefakt?«

Vani kniete neben dem Kasten nieder. »Nein, das ist neu – das ist bloß ein Behälter. Ich vermute, der Scirathi hat ihn gemacht, um das Artefakt zu schützen.« Sie strich mit den Händen über die glatte Oberfläche und die Seiten, dann schüttelte sie den Kopf. »Es ist mit Zaubern aus Blutmagie gebunden. Ich weiß nicht, ob es mir gelingt …«

Der Elf bückte sich wie ein vom Wind niedergedrückter Setzling und berührte den Kasten. Der Deckel fiel zu Boden. Vani zögerte, dann griff sie in den Kasten und holte etwas heraus. Es war ein kleiner Gegenstand aus schwarzem Stein.

Von seinem Standort aus sah Travis, dass das Artefakt mit einer Art von Schriftzeichen bedeckt war. Es hatte die Form einer Pyramide mit insgesamt vier Seiten. Aber die Umrisse des Artefakts waren nicht perfekt. Die Oberseite der Pyramide war flach, als hätte man sie abgeschnitten, und Travis konnte sehen, dass es dort eine kleine Mulde gab. Doch mit der flachen Oberseite erschien sie nicht komplett. Wo war der Rest davon?

Er hatte den Gedanken noch nicht zu Ende gebracht, als Vani in die Tasche griff und das kleine Steindreieck hervorholte, das sie ihnen schon einmal gezeigt hatte. Das Prisma. Sie führte es zu dem Artefakt, um es zu komplettieren.

Der Elf berührte ihre Hand, und sie hielt inne. Auf ihrem Gesicht zeichnete sich Verwirrung ab. Travis war ebenfalls verwirrt. Was tat der Elf da? Er legte einen Finger an die Brust, drückte die Spitze auf die graue Haut – und dann weiter in seinen Körper hinein.

Der Mund des Elfen öffnete sich zu einem stummen Kreis der Qual. Er grub einen weiteren Finger in den Körper und dann noch einen, und stieß sie immer tiefer. Blauweißes Licht quoll aus der Wunde. Dann zog der Elf mit einem weiteren Schmerzensschrei etwas aus der Wunde in seiner

Brust. Er hielt den feuchten und glitzernden Gegenstand in die Höhe.

Es war ein Stein.

Nein, nicht nur ein Stein. Travis trat auf den Elfen zu.

»Travis«, murmelte Grace. »Was ist das?«

Der Elf nickte. Travis wusste nicht, woher er es wusste, nur dass er es wusste, dass sich der Elf allein aus diesem Grund von dem Scirathi hatte gefangen nehmen lassen und auf diese Welt gekommen war – um ihm dies zu geben, diesen Stein, den er an dem einzigen Ort verborgen hatte, der sicher sein würde.

»Es ist *Sinfathisar*«, sagte er.

Er streckte die linke Hand aus und nahm den Stein des Zwielichts entgegen, der noch immer feucht vom Elfenblut war. Noch mehr Blut sickerte aus dem Loch in der Brust des Geschöpfs, zugleich funkelnd und glitzernd. Es wandte sich Vani zu und breitete die Arme aus.

Vani starrte den Elfen an – und handelte. Sie hob das Artefakt und fing den dunklen Blutstrom auf. In wenigen Augenblicken war das kleine Reservoir gefüllt. Der Elf drückte die Hand auf die Brust und stoppte den Blutstrom, und ein schwaches Glimmen quoll zwischen seinen Fingern hervor.

»Das Blut des Lichts«, hauchte Vani.

»Was bedeutet das?«, krächzte Beltan.

Travis nahm seine Hand und drückte fest zu. »Es bedeutet, dass wir nach Hause gehen.«

16

Minuten später waren alle bereit.

Grace hatte den kleinen Rucksack aus dem Pick-up geholt und packte die Dinge aus, die sie in Marjis Laden gekauft hatten. Marji, die jetzt wegen ihnen tot war. Aber Travis würde später darüber nachdenken, wenn dafür Zeit war. Er würde nicht zulassen, dass Marjis Tod sinnlos war.

Sie arbeiteten im Schutz des Lastwagens. Vani hatte das Artefakt oben auf den Kasten gestellt und die vier Kerzen darum herum aufgebaut. Sie flackerten im Wind, verloschen aber nicht. Vani hatte aus den Kräutern und dem Öl Räucherwerk gemacht, und das entzündete sie mit der fünften Kerze. Ein schwerer, süßlich riechender Rauch strömte in den Himmel. Travis atmete ihn ein, und seine Gedanken klärten sich.

Er sah Deirdre und Farr an, dann Mitchell und Davis. »Und, wie wollt ihr hier wegkommen?«

Davis grinste; nachdem er das Räucherwerk eingeatmet hatte, hatte sein Gesicht die grüne Farbe verloren. »Ach, mach dir um uns keine Sorgen. Die Limousine deiner Freunde mag zwar Schrott sein, aber im Tank des Pick-ups ist noch genug Benzin.«

»Wir kommen hier schon weg«, sagte Mitchell. Er warf Farr einen Blick zu. »Falls dazu noch Zeit ist.«

Farr nickte. »Ich glaube, wir schaffen es. Wir müssen nur unseren Fahrer einsammeln. In einen Lastwagenkonvoi hineinzurasen war nicht Teil seines Arbeitsvertrages, darum haben wir ihn eine Meile zuvor aussteigen lassen.«

»Wartet, da gibt es etwas, das Sie wissen sollten«, sagte Grace und wandte sich dem Sucher zu.

Farr starrte sie verblüfft an.

»Electria«, fuhr Grace fort. »Ich weiß, warum Duratek es entwickelt hat. Es ist für die Elfen, um sie auf der Erde am Leben zu erhalten.«

Farr blinzelte. Was auch immer er geglaubt hatte, dass sie sagen würde, offensichtlich war es das nicht gewesen. Er hob eine Hand, dann senkte er sie aber wieder langsam, so als würde ihn das seine ganze Willenskraft kosten. Er sah abgezehrt aus, wie um Jahre gealtert.

»Danke, Dr. Beckett«, sagte er.

Deirdre schaute auf ihre Hände. »Elfen?«, sagte sie.

Das graue Geschöpf trat auf sie zu, hob die Hand und berührte das, was Deirdre angesehen hatte. Einen Silberring. Sanft schloss der Elf die Finger um ihre Hand und ging dann. Travis sah, dass in Deirdres Augen Tränen funkelten.

»Das Artefakt ist bereit«, verkündete Vani.

»Wartet«, sagte Deirdre und kramte in ihrer Tasche herum. »Grace, das hätte ich beinahe vergessen. Hier – die Zeichnung, von der ich Ihnen erzählt habe. Die mit dem Schwert aus Sarsins Tagebuch.«

Grace nahm das gefaltete Stück Papier entgegen. »Danke.«

Deirdre lächelte, nickte und trat dann zurück.

Vani kniete unmittelbar neben dem Artefakt nieder. Travis und Grace standen direkt hinter ihr und überragten sie; sie hielten Beltan in der Mitte zwischen ihnen fest. Der Elf schwebte nahe an sie heran. Vani zögerte kurz, dann platzierte sie das Prisma oben auf das Artefakt.

Sofort flimmerte die Luft, und ein Tor entstand, dessen leuchtende Ränder wie die Aurora Borealis schimmerten und wogten. Jenseits davon war nur ein Grau zu sehen, das in wogender Bewegung war.

»Ihr müsst mir helfen, unser Ziel vorzustellen«, sagte Vani. »Behaltet das Bild in euren Gedanken fest. Wir müssen meinen Bruder finden. In Tarras. Eine Stadt ...«

»Eine Stadt aus Gold am Meer«, sagte Grace.

Vani nickte, dann stand sie auf. Vor ihnen leuchtete das Tor. Travis konnte auf der anderen Seite noch immer die Sucher erkennen, und Mitchell und Davis auch, aber sie waren undeutlich, so als würden sie bereits verblassen.

»Passt auf euch auf ... ihr alle«, sagte Mitchell, und Davis nickte noch immer grinsend.

Deirdre weinte; sie hielt ihre Bärenkralle umklammert. »Mögen wir uns wieder sehen, wenn nicht in dieser Welt, dann in einer anderen.«

Doch Hadrian sagte nichts. Er sah sie lediglich an, und in seinem Blick lag ein niedergeschmetterter Ausdruck.

Travis hob die Hand, um ihnen allen zu danken und Lebewohl zu wünschen. Aber bevor er sprechen konnte, breitete der Elf die Arme aus. Das Tor dehnte sich aus und hüllte sie in schimmerndes Licht.

Colorado verblasste zu einem Schatten. Dann war es verschwunden.

ZWEITER TEIL

Der Schatten der Vergangenheit

17

Nichts. Um Travis herum war das Nichts. Eine gewaltige, quälende Leere, ohne Anfang und ohne Ende.

Er wollte rufen, dass mit dem Tor etwas schrecklich schief gegangen war, aber er hatte keinen Mund und keine Lungen – er hatte gar keinen Körper. Er war zu einem einzigen Punkt reduziert worden, einem summenden Funken aus Energie, der in seiner Bedeutungslosigkeit so gut wie unsichtbar war.

Er versuchte, nach den anderen Ausschau zu halten – nach Grace und Beltan und Vani, aber von ihnen gab es keine Spur. Da war nur das leere Grau. Allerdings verlieh ihm die Bezeichnung Grau schon viel zu viel Substanz. Grau war eine Vermengung aus Licht und Dunkelheit. An diesem Ort fehlte beides. Soweit es Travis zu sagen vermochte, war er unendlich.

Er wollte erneut rufen, als er spürte, dass etwas auf ihn zukam. Nein, mehrere Etwas. Er konnte sie nicht sehen; sie waren genauso körperlos wie er. In ihrem Kielwasser breitete sich in dem farblosen Nebel eine Verzerrung aus, die an die kleinen Wellen erinnerte, die von Insekten verursacht wurden, wenn sie über die Oberfläche einer Pfütze huschten.

Dann traf es ihn. Hunger. Riesiger, unstillbarer Hunger. Das urtümliche Verlangen, etwas zu verschlingen. Der leere Nebel geriet in Bewegung und floss um ihn herum, als sie näher kamen.

Hier entlang.

Travis hörte die Stimme nicht. Trotzdem durchfuhren ihn die Worte und ließen sein Inneres vibrieren wie durch Glockengeläut. Er riss seine Aufmerksamkeit von den näher kommenden Ungeheuern und sah ihn: einen leuchtenden Kreis in der Mitte des Nichts. Und auf der anderen Seite des Kreises war ... Licht. Reales, goldenes Licht.

Das Grau umwogte ihn. Die hungrigen Funken summten und schossen umher wie stechende Insekten, dazu bereit, die Essenz seines Wesens auszusaugen. Travis wünschte sich mit reiner Willenskraft von ihnen fort, streckte sich nach dem leuchtenden Kreis ...

... und stürzte auf harten Stein.

»Aua«, sagte er, und der Laut und der Schmerz ließen ihn wissen, dass er am Leben war.

Drei weitere Schmerzenslaute ertönten, drei weitere Körper landeten neben ihm auf dem Stein. Und ein Flüstern ertönte, das an einen sanften Wind erinnerte, der durch einen schneebedeckten Wald fuhr.

Travis setzte sich auf und streckte kalte, zitternde Hände aus. Seine Kleidung war genau wie seine Haut mit einer feinen Frostschicht bedeckt. Er hob die linke Hand und führte sie aus den Schatten in einen schräg einfallenden Strahl honigfarbenen Lichts. Einen Augenblick lang funkelten die Eiskristalle wie Edelsteine. Dann schmolzen sie und waren verschwunden.

Er hielt etwas in der Hand. Er zwang die steifen Finger, sich zu öffnen. Auf seiner Handfläche lag ein runder, gesprenkelter, graugrüner Stein. *Sinfathisar.* Er schloss die Finger wieder darum.

Sie befanden sich in einer Art Gasse, einem dunklen,

schmalen Korridor zwischen zwei weißen Gebäuden. Hier und da fielen verirrte Sonnenstrahlen aus dem blauen Stück Himmel in der Höhe. Vani war bereits auf den Füßen, ihre schwarze Lederkleidung war ganz grau vor Eis. Grace und Beltan kauerten an einer Mauer, die Haut ganz blau und Haar und Augenbrauen vorzeitig ergraut durch das Eis, das sich dort festgesetzt hatte. Grace schlug die Augen auf, und Schnee fiel von ihren Wimpern. Von dem Tor war nichts mehr zu sehen.

Travis brauchte einen Augenblick lang, um die Stimme wiederzufinden. »Was war das für ein Ort?«

Vani schob das Obsidian-Artefakt in ihre Jacke. »Das war die Leere zwischen den Welten.«

»Und du ... du hast sie zuvor durchquert, als du zur Erde gereist bist?«

»Ja.«

Wie konnte sie durch das Tor treten, wo sie doch gewusst hatte, was sich auf der anderen Seite befand? Oder vielmehr, was sich dort *nicht* befand. Travis glaubte nicht, das noch einmal ertragen zu können, ohne den Verstand zu verlieren.

»Was ...?« Das war Grace, obwohl das Wort kaum mehr als ein Krächzen darstellte. Sie schluckte, und diesmal war ihre Stimme klarer. »Was waren das für Ungeheuer in der Leere, Vani?«

»Das waren *Morndari.*«

Beltan runzelte die Stirn, ließ das Eis zerspringen, das an seinem zerzausten blonden Bart klebte. *»Morndari?«*

»Die Durstigen«, flüsterte Grace.

Der Ritter sah sie immer noch verwirrt an. Travis würde

es ihm später erklären. Wenn das Sprechen keine solche Anstrengung mehr darstellte.

Vani schlich zur Gassenmündung und spähte hinaus. »Kommt her, näher an die Sonne heran. Sie wird euch wärmen. Ich glaube nicht, dass man unsere Ankunft bemerkt hat, was gut ist.« Sie schaute zurück. »Mein Volk ist immer zu dieser Jahreszeit in Tarras, also müssen wir davon ausgehen, dass auch die Scirathi da sind.«

Diese Worte sandten einen neuen Schauder über Travis' Rücken. Also gab es hier Zauberer.

»Keine Sorge, Travis, die Auswirkungen des Tores werden bald abgeklungen sein.«

Vani musste den Grund seines Zitterns missverstanden haben. Sie griff mit einer starken Hand zu und half ihm auf die Beine. Dann strich sie ihm mit einer sanften Bewegung das Eis von der Wange.

Ein leises Grunzen ertönte hinter Travis. Grace hatte Beltan auf die Füße geholfen. Der Ritter stand mit gebeugten Schultern da und stützte sich mit einer knochigen Hand an der Häuserwand ab. Seine grünen Augen waren auf Travis und Vani gerichtet, sein abgezehrtes Gesicht war eine schmerzerfüllte Grimasse. Travis trat von ihr fort; plötzlich war ihm ganz warm, obwohl er nicht ins Sonnenlicht getreten war. Er suchte nach Worten.

Licht strahlte auf – nicht auf der Straße vor der Gasse, sondern aus ihrer Tiefe. Das Licht gewann an Stärke, und ein heller Laut hallte durch die Luft. Dann verfestigte sich das Licht zu einer hoch gewachsenen, schlanken, schimmernden Gestalt.

Sofort vergaß Travis die Schmerzen in seinen Gliedmaßen, vergaß die Furcht, die ihn erfüllte. Er schaute in uralte, abgründige Augen und fand einen Augenblick lang Frieden.

Das dürre, graue Wesen, das sie aus dem Stahlkäfig befreit hatten, war noch immer da – Travis konnte es inmitten des strahlenden Lichts erkennen –, aber es stand jetzt kerzengerade da, größer als Travis oder Beltan, gertenschlank wie eine Weide. Es war nicht länger nackt, sondern in Licht gekleidet, so dass es den Anschein hatte, als trüge es eine blitzende Robe und eine Krone aus weißem Feuer.

»Ihr wart das«, flüsterte Travis. »Ihr habt mir das Tor im Nichts gezeigt.«

Der Elf nickte, obwohl die Geste nicht ein *Ja* bekundete, sondern tausend Worte, die in keiner Sprache ausgesprochen werden konnten. Erneut betrachtete Travis den Stein des Zwielichts in seiner Hand. Er schien den Feenglanz aufzufangen und ihn zu einem graugrünen Schleier zu spinnen.

Beltan machte einen taumelnden Schritt auf den Elfen zu. »Euch geht es jetzt gut. Ich freue mich, das zu sehen.«

Der Elf schwebte Beltan entgegen. Mit einem schlanken Finger berührte er eine kleine, runde Verletzung am Arm des Ritters, dann drehte er seinen eigenen Arm. Sie waren fast unsichtbar und gingen im Licht fast unter, aber Travis konnte sie trotzdem sehen: lange, weiße Narben.

Beltan stieß ein Keuchen aus. »Bei Vathris, das haben sie getan. Sie haben Euer Blut in mich reingepumpt.«

Wieder nickte der Elf. Beltan taumelte, stürzte zu Boden. Der Ritter war noch immer so schrecklich dünn. Sowohl

Grace als auch Travis griffen nach ihm, aber sie waren zu langsam.

Der Elf fing Beltan mit den schlanken Armen auf und hielt ihn in einer sanften Umarmung fest. Der Ritter schaute mit weit aufgerissenen Augen nach oben. Stränge aus weißem Licht lösten sich aus dem Elfen, schwebten in rotierenden Spiralen durch die Luft und schlangen sich um seinen Körper.

Jetzt stolperte Beltan zurück, aber er fiel nicht. Er stand stocksteif da, die Arme an die Seiten gepresst, während ihn das Licht immer schneller einwickelte und dabei zusehends an Helligkeit gewann. Es sah so aus, als wäre Beltans Haut so durchsichtig wie Glas. Travis konnte die Muskeln darunter arbeiten sehen, dann das schlagende Herz des Ritters. Dann wurde selbst das Fleisch durchsichtig, und seine Knochen hoben sich von dem grellen Schein ab. Das Licht blitzte auf und tauchte alles in seiner Umgebung in weiße Glut – und erlosch.

Die Schatten eroberten die Gasse zurück, und Travis keuchte erstaunt auf.

Beltan hielt mit offen stehendem Mund die Hände ausgestreckt. Der Labormantel hatte sich wie das Eis unter der Macht des Lichts in Luft aufgelöst. Beltan war nackt. Travis wusste, dass er nicht hätte starren sollen, aber er konnte seinen Blick nicht abwenden. Der Ritter war nicht länger abgemagert, sondern so schlank und geschmeidig wie ein junger Berglöwe. Unter der blassen Haut spielten schwellende Muskeln. Sein dünner werdendes, weißblondes Haar fiel über breite Schultern, und sein Bart war so golden wie das Sonnenlicht draußen auf der Straße.

Wo der Nekromant Dakarreth an seiner Seite seine Wunde wieder aufgerissen hatte, war nur eine verblasste Narbe.

Beltan starrte den Elfen erstaunt an. Es war wegen des Lichts nur schwer zu sehen, aber Travis hatte den Eindruck, dass der Elf lächelte.

Die letzten Lichtstränge verschwanden um Beltan. Grace wandte lächelnd das Gesicht ab, und Vani schaute beflissen zu Boden.

Beltan schaute an sich herab, dann ruckte sein Kopf nach oben. »Bei Vathris' Blut! Es tut mir Leid, Myladys. Äh, Travis ...«

Travis zog den Nebelmantel aus dem Rucksack, den er noch immer über der Schulter trug, und warf ihn dem Ritter über. Seine Hände verweilten auf Beltans Brust; sie war warm und fest. »Wie fühlst du dich?«

Beltan schenkte ihm ein trockenes Grinsen und hielt den Umhang fest. »Etwas verlegen. Aber sonst geht es mir gut.« Dann stahl sich Staunen in seinen Blick. »Mehr als gut. Da sind nicht mal mehr Schmerzen von meinen alten Schlachtennarben.«

Leises Glockenspiel ertönte. Der Elf schwebte an ihnen vorbei auf Vani zu. Er machte eine anmutige Geste. Vani schien zu verstehen. Sie holte das Tor-Artefakt aus ihrer Jacke hervor und entfernte das Prisma. Das Artefakt war nun leer.

Der Elf nahm das Artefakt in die langen Finger und hielt es nahe an den Körper. Es blitzte, und ein scharfer, kristallklarer Laut ertönte, der fast an einen Aufschrei erinnerte, dann nahm das Licht ab, und Vani hielt das Artefakt wieder. Es war nicht länger leer, sondern war wieder mit einer dunklen Flüssigkeit gefüllt.

Vani befestigte das Prisma wieder und versiegelte das Elfenblut. Allerdings entging Travis nicht, dass sie sich vergewisserte, dass die Seiten des Prismas nicht mit denen des Artefakts abschlossen. Er vermutete, dass sie dies getan hatte, damit kein Tor aktiviert wurde.

»Danke«, sagte Vani einfach.

Travis ging zu dem Elfen und hob den Stein des Zwielichts, den Großen Stein, den er kurz nach dem Wintersonnenwendtag dem Kleinen Volk aus dem Dämmerwald anvertraut hatte. »Ihr habt Euch von dem Zauberer gefangen nehmen und durch das Tor bringen lassen, nicht wahr? Ihr habt das getan, damit Ihr zur Erde kommen und mir *Sinfathisar* bringen konntet. Aber warum?«

Der Elf legte den Kopf schief, dann läuteten Worte um Travis herum und in seinem Inneren auf.

Um zu entscheiden, was sein soll.

Er verstand nicht. Was sollte er entscheiden? Doch bevor er fragen konnte, glitt der Elf fort. Das leuchtende Wesen blieb vor Grace stehen. Dann verbeugte es sich langsam vor ihr.

Grace legte eine Hand an den Hals, das Licht des Elfen spiegelte sich in ihren Augen wider. Einen Augenblick lang flackerte das Licht, und das Wesen schien eine Hand nach ihr auszustrecken. Doch Travis musste sich das wohl eingebildet haben, denn der silbrige Schimmer, der den Elfen umgab, wurde plötzlich heller und dehnte sich aus wie ein Stern, dann fiel er in sich zusammen und ließ nur einen grellweißen Funken zurück. Der Funke umkreiste sie noch einmal, dann schoss er in die Gasse und war verschwunden.

Travis warf Grace einen fragenden Blick zu, aber sie schüttelte nur den Kopf und wandte sich Beltan zu. Zuerst ergriff sie nur eine Hand, dann die andere, dann studierte sie sein Gesicht.

»Das ist unmöglich. Du hast zwei Monate im Koma gelegen, Beltan. Deine Muskeln sind atrophiert, du warst osteoporotisch. Und jetzt« – Grace trat einen Schritt zurück – »jetzt bist du perfekt.«

Beltans Augen funkelten, er verbeugte sich. »Danke schön. Aber ich war schon immer davon überzeugt, dass ich das bin.«

»Nein, das meine ich nicht ...«

Er seufzte, und die Heiterkeit in seinem Blick schwand. »Ich weiß, was du gemeint hast. Mein Körper ist gesund, das ist alles«, fuhr er fort und schaute dann auf seine Hände. »Und ich bin alles andere als perfekt.«

Die Erleichterung, die Travis verspürte, wurde erschüttert. Was wollte Beltan damit sagen?

»Du hast etwas über das Elfenblut gesagt, Beltan, man hat dir damit eine Infusion gemacht?«

»Ich glaube schon. Als ich in ihrer Festung erwachte, steckten Röhren in meinen Adern. Sie müssen sie dazu benutzt haben, mir das Elfenblut einzuflößen. Ich glaube ... ich glaube, deshalb wusste ich auch Dinge, die ich nicht wissen konnte, so wie ihre Sprache.«

Das traf Travis wie ein Schlag. Grace und er hatten noch immer die Hälften der Silbermünze, die Bruder Cy ihnen gegeben hatte, und er hatte einfach angenommen, dass die

Magie der Münzen es ihm und Grace erlaubt hatten, mit Beltan zu sprechen, genau wie Davis und Mitchell auch. Also war da eine andere Art von Magie am Werk gewesen.

»Der *Schim-Pansi* in der Festung«, fuhr Beltan fort. »Ich glaube, ihm haben sie ebenfalls Elfenblut verabreicht.«

»Der Schimpanse?« Grace verschränkte die Arme. »Ja, so müssen sie es getan haben – das war der Vektor, den sie für die Gentherapie benutzten, und so haben sie auch die *Gorleths* erschaffen. Was bedeuten würde ...« Sie musterte den Ritter. »O Beltan ...«

Travis rückte näher heran. »Was haben sie mit ihm gemacht, Grace?«

Beltans Gesicht war ernst. »Sie wollten mich zu einem Mörder machen.« Er wandte sich ab. »Vermutlich wussten sie nicht, dass ich schon einer bin.«

Wovon redete Beltan da? Travis schaute Grace an.

»Ich glaube nicht, dass wir uns da Sorgen machen müssen. Ich kann keine äußerlichen morphologischen Veränderungen sehen. Und der Elf ... ich glaube, er hat ihn bloß geheilt. Er ist noch immer unser Beltan.« Sie lächelte. »Nur etwas besser als zuvor.«

Aber das war so nicht ganz richtig. Beltan sah gesund aus. Sogar mehr als das. Früher war sein Gesicht immer auf eine derbe Weise ansehnlich gewesen, seine Attraktivität war stets ein Geheimnis gewesen, das immer nur dann zum Vorschein kam, wenn er lächelte. Aber jetzt hatte es den Anschein, als könnte er diesen Teil von ihm sehen, ob Beltan lächelte oder nicht. Aber da war noch etwas anderes, etwas, das dieses Licht dämpfte ...

Ein Schatten blockierte die Sonne. Vani betrat die Gasse. Wann war sie gegangen?

»Hier.« Sie hielt ein Kleiderbündel in der Hand. »Zieht das hier an. Dann müssen wir gehen.«

Travis betrachtete die Sachen. »Die hast du doch nicht gestohlen, oder?« Anscheinend stahlen die Leute auf Eldh für ihn immer Kleidungsstücke.

Vanis Augen blitzten auf. »Du kannst hier keine Kleidung von der Erde tragen. Das wird ungewünschte Aufmerksamkeit auf sich ziehen.«

Travis seufzte. Also war sie gestohlen.

Augenblicke später waren sie umgezogen. Grace trug ein einfaches hellgrünes Kleid, trotzdem sah sie majestätisch aus. Vani wickelte sich ein gelbes Tuch um den Körper. Es verbarg ihre schwarze Lederkleidung, konnte aber nicht die Anmut ihrer Bewegungen verhindern. Travis und Beltan trugen lange weiße Hemden, die bis zu ihren Knöcheln reichten.

Vani gab Travis einen Kleidersack. »Pack deine Sachen da rein.«

Er stopfte den Nebelmantel in den Sack und holte ein paar andere Dinge aus dem Rucksack, die er ebenfalls hineintat; seine Nickelbrille und den malachorianischen Dolch sowie die Zeichnung des Schwertes, die Deirdre Grace gegeben hatte. Er zog den Sack zu und schlang ihn sich über die Schulter.

»Kannst du gehen?«, fragte Grace den Ritter.

Beltan nickte. »Es ist seltsam, aber ich glaube, es wird gehen. Obwohl ein Krug Bier mir Kraft spenden würde.«

»Wir haben keine Zeit für Bier.«

»Unsinn«, sagte Beltan. »Für Bier ist immer Zeit.«

Vani ging zur Gassenmündung. »Wir müssen sofort meinen Bruder finden.«

»Aber woher weißt du, dass er in Tarras ist?«, fragte Travis. »Du hast seit Monaten nicht mit ihm gesprochen.«

»Ich habe in der Nähe der Stelle, wo ich die Kleidung gestohlen ... ich meine, gefunden habe, Zeichen auf einer Wand gesehen.«

Travis runzelte die Stirn. »Du willst sagen, du weißt, dass dein Bruder hier ist, weil er ein Vandale ist und gern Wände beschmiert?«

»Das sind arkane Symbole, Travis, die mein Volk dazu benutzt, um einander über seine Anwesenheit zu informieren. Für die Bewohner dieser Stadt sehen sie wie Kratzer aus, das ist alles. Und jetzt kommt.«

18

Melia tanzte wieder.

Lirith stand in der Tür zum Zimmer der Frauen und hielt die Hand vor den Mund. Das kupferfarbene Licht der Nachmittagssonne fiel durch die dünnen Fenstervorhänge. Alle hatten versucht, sich auszuruhen, denn keiner hatte nach ihrem Besuch in Sifs Tempel in der vergangenen Nacht Schlaf gefunden, nicht, nachdem sie Zeuge des Mordes an dem Spinnengott geworden waren. Aryn war schließlich eingeschlafen, aber Lirith fand keine Ruhe, darum war sie in Melias Zimmer gegangen. Es gab da ein paar Dinge, die sie die Lady fragen wollte. Dinge über Spinnen.

Falken stand im Türrahmen und beobachtete Melia. Die klein gewachsene Frau tanzte auf dem roten Teppich in der Mitte des Raumes, sie stellte die Füße auf präzise Positionen, die Ringe an ihren Zehen funkelten. Sie summte eine leise, traurige Melodie, die Lirith an die Musik der Mournisch erinnerte.

»Wie lange ist sie schon in diesem Zustand?«, wollte Lirith wissen.

»Ich bin mir nicht sicher«, antwortete der Barde leise. »Sie hat sich vor einer Stunde in ihr Zimmer zurückgezogen. Ich bin erst ein paar Minuten hier.«

Melia drehte sich im Kreis, verneigte sich, dann begann der Kreis erneut. Es war derselbe Tanz, von dem Lirith schon einmal Zeugin geworden war, damals im Schrein von Mandu auf Schloss Ar-Tolor. Doch diesmal lag eine Dringlichkeit darin, die das letzte Mal gefehlt hatte.

Lirith umfasste das Spinnenamulett an ihrem Hals. »Was tut sie da, Falken?«

»Ich glaube, sie wiederholt ihr Mysterium.«

»Ihr Mysterium?«

»Ja, die Geschichte, wie sie zur Göttin wurde.« Der Barde löste mühsam den Blick von Melia. »Jeder der Neuen Götter hat ein Mysterium – eine Geschichte, um die sich ihr Kult dreht. So wie Vathris, der den weißen Stier tötete, worauf ein roter Blutstrom floss und sein ausgedörrtes Königreich tränkte. Oder Jorus Sturmläufer, den man zum Sterben ins Meer warf, nur dass er sich in ein Pferd verwandelte und über die Wogen zurückgaloppierte, um seine Feinde zu vernichten.«

»Oder wie Tira«, meinte Lirith.

Falken legte eine Hand ans Kinn. »Ja, ich schätze, da habt Ihr Recht. Wie Tira, die in den Flammen verbrannte und die mit einem Stern in den Himmel aufstieg.«

»Aber was ist Melias Mysterium? Es ist mir unbekannt.«

»Hört zu«, sagte der Barde.

Erst nach seinem Vorschlag erkannte Lirith, dass Melia nicht länger nur eine Melodie summte. Stattdessen gab sie einen rhythmischen Sprechgesang von sich, der mit den Bewegungen ihrer Füße und Hände übereinstimmte.

»... ich werde ihn nicht heiraten, Schwester. Denn letzte Nacht belauschte ich ihn, wie er trunken vom Wein vor seinen am Tisch versammelten Männern prahlte. Er war es! Er war es, der unser Volk erschlug, der ihr Blut auf dem Boden vergoss. Er war es, der uns unserer Mutter und unseres Vaters beraubte. Er war es, der unsere Brüder in Stücke riss und ihre Leichen den Geiern zum Fraß vorwarf.«

Melias Bewegungen veränderten sich, sie wich im Kreis zurück, und ihre Stimme wurde höher und leiser, als würde da eine andere Person sprechen. Und vielleicht war es auch so.

»Aber sein Wort ist Gesetz, Melindora. Du kannst nicht wagen, dich ihm zu verweigern, sonst wird er uns beide töten und den Rest unseres Volkes gleich mit. Er hat dich auserwählt, und du kannst nichts tun, damit er seine Entscheidung ändert – es sei denn, ein anderer Mann würde dich zur Frau machen. Aber kein Mann wird diejenige anrühren, die er auserwählt hat. Denn das wäre sein sicherer Tod.«

Wieder veränderte sich Melias Richtung und Stimmlage.

»Kein Mann wird mich anrühren? Nun gut, meine Schwester. Dann werde ich keinem Mann beiwohnen, und ich werde keinen Mann heiraten und kein Mann wird mich vor dem Bett dieses Mörders retten. Dort, siehst du ihn, so wunderschön und hell? Er ist schon immer mein Gefährte gewesen. Ich werde den Mond heiraten, Schwester. Ich werde einen Tanz tanzen und mich mit seinem schimmernden Licht vereinigen, und so werde ich zu seiner Frau werden.«

Lirith schaute Melia erstaunt an. Wie konnte eine junge Frau, die von tiefem Leid erfüllt war, weil sie den Kriegsherrn heiraten sollte, der ihre Familie getötet hatte, stattdessen den Mond heiraten? Andererseits, darum nannte man es auch Mysterien. Wenn das Verlangen groß genug war, passierte manchmal auch das Unmögliche, und ein Gott oder eine Göttin wurde geboren.

»Lirith?«, sagte eine kühle Stimme. »Falken? Was tut ihr

hier? Wenn ich mich richtig erinnere, ist das mein Zimmer.«

Melia stand mit in die Hüften gestemmten Fäusten da und runzelte die Stirn.

Falken seufzte. »Liebes ...«

Das reichte schon. Melia blickte an sich herunter, dann wieder hinauf, und ihre bernsteinfarbenen Augen zeigten Überraschung.

»Ich war ... wieder woanders, richtig?«

Lirith zögerte nicht. Sie lief los und riss die Frau in eine stürmische Umarmung. »Ihr wart so tapfer, Euch zu weigern, ihn zu heiraten.«

Melia erstarrte, dann gab sie sich der Umarmung hin. »Oder dumm, meine Liebe. Und doch haben die Götter das Einsehen, Narren zu behüten. Aber das alles ist so lange her. Und wer auch immer für meine Erinnerungen verantwortlich ist, es gibt sie schon lange nicht mehr; sie sind in die Vergangenheit eingegangen, wo sie hingehören.« Sanft schob sie Lirith von sich.

Falkens Miene war nachdenklich. »Ja, Melia, das ist in der Tat alles lange her. Und doch scheint es für dich so real zu sein wie das, was heute geschieht.«

Melia wandte sich ab. »Und manchmal sogar noch realer.« Sie sah ihn wieder an, und diesmal war ihr Blick klar. »Ich kenne den Auslöser für meine Trancezustände nicht, Falken. Sie kommen ohne Vorwarnung und sind genauso schnell wieder verschwunden. Aber ich weiß jetzt, dass ich nicht die Einzige bin.«

»Was?«

»Vergangene Nacht habe ich mich mit meinen Brüdern

und Schwestern beraten. Das heißt, mit denen, die mit mir sprechen wollen. Wir sind wohl wie eine große, weit verzweigte Familie, und wie in jeder Familie gibt es jene, die nichts miteinander zu tun haben wollen. Vor allem jetzt nicht.«

Lirith fragte sich, wie Melia mit den anderen Göttern sprechen konnte, ohne das Gasthaus zu verlassen. Aber konnte nicht jeder in stiller Andacht mit den Göttern sprechen? Man nannte es auch Gebet. Und Lirith hatte das Gefühl, dass Melias Gebeten etwas mehr Aufmerksamkeit geschenkt wurde als denen der normalen Gläubigen.

»Was meinst du, Melia?«

Sie ging zum Fenster. Draußen spiegelte sich grelles Licht auf goldenen Kuppeln. »Ich bin es nicht allein. Viele der anderen Götter durchleben ihre Mysterien erneut. Und für sie ist die Erfahrung noch viel tiefer schürfend, denn ich bin keine Göttin mehr. Und die Götter schweigen nicht nur aus Furcht allein. Es ist Verwirrung. Viele Götter haben sich so tief in den Träumen der Vergangenheit verloren, dass sie nicht einmal mehr die Gebete ihrer höchsten Priester beantworten.«

»Das würde helfen, das Chaos in der Etherion zu erklären«, sagte Lirith und dachte über Melias Worte nach. »Das klingt so, als würden die Priester nicht länger von ihren Göttern geführt. Das ängstigt sie. Und Angst macht die Menschen oftmals wütend und defensiv.«

Melia glättete die Falten ihres weißen Kleides. »Meine Liebe, ich glaube, Ihr habt Recht.«

Falken stieß einen Laut aus, der einem leisen Knurren ähnelte. »Also, sie ermorden nicht nur Götter, sondern sorgen auch dafür, dass die anderen Götter nichts dagegen unternehmen können, indem sie eine Art Zauber über sie verhängen, der sie in Träume von der Vergangenheit verstrickt. Aber wer könnte so etwas tun?«

»Ich weiß es nicht«, sagte Melia, »aber es dauert schon zu lange, ohne dass sich der Kaiser dazu äußert. Mir ist egal, wen ich beeinflussen muss. Ich werde mich heute in den Ersten Kreis begeben und ihn aufsuchen.«

Sie fanden Aryn und Durge im Wohnzimmer. Madame Vil hatte einen Krug gekühlten *Margrasaft* geschickt, und Durges pinkfarbenen Lippen nach zu urteilen, hatte der Ritter den Löwenanteil davon getrunken.

»Was ist?«, fragte Aryn mit funkelnden Augen.

Falken schenkte der jungen Baronesse ein wölfisches Grinsen. »Ich glaube, wir gehen den Kaiser besuchen.«

Minuten später bahnten sie sich ihren Weg durch die dicht bevölkerten Straßen des Vierten Kreises und schlugen den Weg zur Hauptstraße von Tarras ein. Melia schritt energisch aus, und die Leute beeilten sich, ihr Platz zu machen. Lirith konnte es ihnen nicht verdenken. Man hätte sich eher einer Herde wilder Pferde in den Weg gestellt.

»Wie seltsam«, sagte Aryn plötzlich.

Lirith warf der jungen Baronesse einen fragenden Blick zu.

»Dort drüben, an dem Springbrunnen.«

Lirith folgte Aryns Blick. Auf der anderen Seite des Platzes planschten ein älterer Mann und eine Frau in dem sprudelnden Wasser eines großen, befliesten Brunnens herum; sie hatten die Gewänder bis über die knorrigen Knie geschürzt und kreischten vor Vergnügen. Zwei kleine

Kinder standen mit verschränkten Armen davor, und ihre runden Gesichter drückten Missfallen aus.

Lirith schüttelte den Kopf. »Aber das macht doch keinen Sinn.«

»Ich weiß«, erwiderte Aryn mit einem Lachen. »Müsste das nicht genau anders herum sein? Ich glaube, die verwechseln was.«

Aus irgendeinem Grund beunruhigten Lirith Aryns Worte. Wo hatte sie schon einmal etwas Ähnliches gehört? Dann fiel ihr der Weinhändler ein, der so verwirrt geschaut hatte, nachdem er den Wein auf die Straße gegossen hatte.

Ich werfe alles durcheinander ...

Lirith verspürte einen Energiestoß. Etwas ging hier vor, etwas Wichtiges.

Aryn fing an, die Stirn zu runzeln. »Schwester ... was ist denn?«

Lirith wollte antworten, aber eine Bewegung zog ihre Aufmerksamkeit auf sich. In einer dunklen Gassenmündung standen zwei Männer. Münzen wechselten den Besitzer, dann trat einer der Männer mit einem Holzbecher in der Hand auf die Straße. Der Mann leerte den Becher und ließ ihn fallen, während er über den Platz ging. Er lehnte sich gegen eine Häuserwand und ließ sich neben einer Gruppe bereits sitzender Männer und Frauen zu Boden gleiten.

Lirith bückte sich und hob den Becher auf, den der Mann weggeworfen hatte – der Becher, der mit Sicherheit Elixier der Vergangenheit enthalten hatte. Sie roch an dem Rest, dann hustete sie und warf den Becher fort. Sie hatte billigen Wein und eine Hand voll ganz gewöhnlicher, bitterer

Kräuter gerochen – sonst nichts. In dem Trank lag keine Magie, nichts, das Menschen dazu veranlassen konnte, Visionen längst vergangener Dinge zu sehen.

Aber wenn das so ist, was veranlasst sie dazu, in der Vergangenheit zu versinken?

Sie betrachtete wieder die Mauer. Der Mann starrte jetzt genau wie die anderen mit leerem Blick in die Sonne; Fliegen krochen über sein Gesicht, während auf seinen purpurfarbenen Lippen ein stupides Lächeln lag.

Eine Berührung am Arm ließ Lirith herumfahren. Aryn sah sie verwirrt an. Doch bevor sie etwas sagen konnte, trat Durge zu ihnen.

»Myladys, Melia und Falken sind weitergegangen. Wir sollten nicht zurückbleiben.«

»Aryn, Durge«, sagte Lirith in drängendem Tonfall. »Ist Euch seit unserer Ankunft in Tarras etwas Seltsames aufgefallen?«

Der Ritter strich sich über den Schnurrbart. »Ihr meint außer sanitären Anlagen auf der Etage und Göttern, die ermordet werden?«

Lirith zwang sich dazu, nicht aufzustöhnen. »Ja, Durge, außer diesen Dingen.«

Aryn zuckte mit den Schultern, aber Durge nickte nach einem Augenblick.

»Jetzt, da Ihr es erwähnt, Mylady, ich habe da einen Jungen gesehen. Es war im Vierten Kreis. Er weinte auf der Straße.«

»Das ist doch nicht ungewöhnlich, Durge«, sagte Aryn. »Kinder weinen oft.«

Der Ritter seufzte. »Vor allem, wenn ich in der Nähe bin.

Aber dieses Kind hatte etwas Seltsames an sich. Es trug eine Priesterrobe. Eine Robe, die offensichtlich für einen Erwachsenen bestimmt war.«

Trotz der warmen Luft verspürte Lirith ein Frösteln. Was hatte Durges Beobachtung zu bedeuten? Sie war sich noch nicht sicher, aber etwas wusste sie genau. Es waren nicht allein die Götter dieser Stadt, die sich im Netz der Zeit verfingen. Für ihre Anhänger – die Bewohner von Tarras – galt das Gleiche.

Und für dich auch.

Wieder musste sie an Corantha denken, und dunkle Erinnerungen stiegen in ihr auf. Sie verdrängte sie. Sie würde nicht zu einer Sklavin der Vergangenheit werden, so wie die Menschen, die dort an der Wand hockten.

»Kommt schon«, sagte sie. »Wir sollten Melia lieber nicht warten lassen.«

Sie hatten gerade zu dem Barden und der Lady aufgeschlossen, als Aryn das Wort ergriff – in Liriths Geist.

Schwester, wir werden verfolgt.

Lirith webte einen schnellen Faden zur Weltenkraft. Ja, da war er – wie ein Schatten, der ihnen folgte.

Aryns Stimme ertönte erneut. *Glaubst du, das ist der Mann, der dich töten wollte?*

Lirith tastete nach der Weltenkraft. Die Anwesenheit des Mannes im schwarzen Gewand hatte sie mit dem Gefühl drohender Gefahr erfüllt, aber dieser Schatten glich dem, auf den sie gelegentlich auf ihrer Reise in den Süden nach Tarras einen Blick erhascht hatte. Er erfüllte sie nicht mit Furcht, sondern eher mit Neugier.

Sie dachte einen Augenblick lang darüber nach. Dann

strich sie über Durges Hand und benutzte die Berührung, um ihren Lebensfaden in die Nähe von seinem zu bringen.

Durge.

Sie fühlte Überraschung und Entsetzen. Aber natürlich, als sie ihn das letzte Mal auf diese Weise berührt hatte, hatte sie ihm seine Erinnerungen gestohlen. Aber sie wollte ihm nur eine Botschaft zukommen lassen, und das ohne Worte, deren Austausch man sehen oder sie hören konnte. Sie ergriff seine Hand fester.

Bitte, Durge. Nehmt die Hand nicht weg. Wir werden verfolgt. Links hinter uns. In dem Schatten hinter dem Stapel Tonkrüge. Seht Ihr ihn?

Lirith formte mit der Weltenkraft das Bild für ihn, dann fühlte sie sein Verstehen. Sie ließ den Faden los und hörte neben sich ein Seufzen. Doch als sie Durge anblickte, war seine Miene bereits voller Entschlossenheit. Heute hatte er das große Breitschwert umgeschnallt, und seine Finger zuckten, als wären sie begierig, es zu ziehen.

Melia und Falken waren voraus in eine andere Straße eingebogen. Lirith, Aryn und Durge folgten ihnen. Sobald sie um die Ecke gebogen waren, handelte der Embarraner. Er zog die riesige Klinge und drückte sich flach an die Wand.

Hilf mir, Schwester, sagte Aryn.

Lirith begriff sofort, was die junge Frau vorhatte. Aryn verfügte über die nötige Macht, aber ihr fehlte die Erfahrung. Lirith griff mit unsichtbaren Händen zu und führte die der jungen Frau. Gemeinsam webten sie das Netz der Weltenkraft zu einem schimmernden Vorhang, der sich vor ihnen erstreckte. Es nahm nur einen Herzschlag in Anspruch. Jeder, der in ihre Richtung sah, würde nur die nackte Mauer sehen.

Sie warteten. Dann kam eine in Schwarz gekleidete Gestalt in Sicht, die sich verstohlen bewegte. Als die Gestalt auf ihrer Höhe war, trat Durge aus dem Illusionszauber.

Ihr Schatten wollte flüchten, aber der Ritter war zu schnell. Sein Breitschwert blitzte auf, seine Spitze stoppte einen Zentimeter vor dem Herzen des Verfolgers. Er erstarrte. Aryn und Lirith traten vor, während sich der Rest der Illusion auflöste.

»Zeigt Euch«, knurrte Durge.

Die Gestalt zögerte, dann hoben sich zwei braune Hände und schlugen die Kapuze des Umhangs zurück. Lirith blickte in Augen von der Farbe alter Kupfermünzen, und ihr Herz übersprang einen Schlag.

»Ich grüße Euch, *Beshala*«, sagte der Mann mit seiner tiefen, melodischen Stimme; auf seinem männlich attraktiven Gesicht lag ein nachdenklicher Ausdruck.

Aryn keuchte auf, Durge grunzte.

»Ich erkenne Euch wieder«, sagte er und senkte das Breitschwert. »Ihr seid doch dieser Mournisch, der uns auf Ar-Tolor in dem Wagen seiner Großmutter mitgenommen hat.«

Sareth wollte antworten, aber bevor er konnte, kamen Melia und Falken heran.

»Da seid ihr ja«, sagte Melia. »Wir haben keine Zeit zu vertrödeln, wenn wir ...« Der Blick ihrer bernsteinfarbenen Augen fiel auf Sareth. »Oh, wie ich sehe, seid ihr abgelenkt.«

Falken musterte Sareth. »Also, wer ist euer Freund?«

Lirith wollte antworten, aber ihr Herz schien so heftig zu schlagen, dass sie keinen Ton herausbekam. Ihr brach der Schweiß aus.

»Sareth!«, rief da eine Frauenstimme.

Alle drehten die Köpfe, auf der Suche nach dem Ursprung der Stimme.

»Sareth!«

Diesmal kam der Ruf aus der Nähe. Sareth drehte sich um, dann riss er die Augen auf und warf den Umhang über die Schultern.

»Vani!«, rief er.

Endlich sah Lirith sie – eine in ein gelbes Tuch eingehüllte Frau, deren Haut dieselbe Farbe wie Sareths aufwies und die sich mit einer schnellen, sinnlichen Anmut bewegte. Der Schweiß auf Liriths Haut wurde kalt und klamm. Die Frau war eine Schönheit. Zu Liriths Bestürzung warf sich die Frau Sareth in die Arme, und der Mournisch umarmte sie stürmisch und mit leuchtenden Augen.

»Vani«, murmelte er, und seiner Stimme war deutlich seine Liebe zu ihr anzuhören. »Wie kann das sein? Wie kommst du her?«

Lirith fragte sich das Gleiche. Sareth war ihnen seit Ar-Tolor gefolgt. *Ihr* gefolgt, wie sie gern geglaubt hätte. Aber das war ein dummer Gedanke, denn diese fremde Frau hatte sich ihm an den Hals geworfen, und es schien ihn nicht im Mindesten gestört zu haben.

Sie wollte sich abwenden, um dieses schreckliche Spektakel nicht länger betrachten zu müssen, aber da riss Aryn ungläubig die Augen auf, und Durge stieß eine leise Verwünschung aus. Lirith folgte ihrem Blick, dann verschlug es auch ihr die Sprache.

Drei Leute folgten der seltsamen Frau: ein hoch gewachsener, blonder Mann, ein anderer Mann mit kahlem Kopf und eine majestätisch wirkende Frau mit Augen, die wie auf Blätter fallendes Sonnenlicht wirkten. Liriths Knie wurden weich, und sie war froh, dass hinter ihr die Häuserwand war, an der sie sich abstützen konnte.

»Schwester«, sagte sie leise, aber sie hatte das Wort noch nicht ganz ausgesprochen, als Grace auch schon da war, Seite an Seite mit Beltan und Travis; und sie alle grinsten breit, und ihre Gesichter waren genauso erstaunt und von Freude erfüllt wie Liriths.

»Meine Lieben«, sagte Melia mit leuchtenden Augen. »Ihr habt einen wunderbaren Sinn für den richtigen Augenblick.«

19

Es war seltsam, aber obwohl sie um jeden Preis nach Eldh hatten zurückkehren wollen, hatte Grace nie einen Gedanken daran verschwendet, wie es sein würde, wenn es so weit war. Nicht, dass das eine Rolle spielte; sie hätte sich so ein Gefühl sowie nicht vorstellen können. Sie konnte sich an keinen Augenblick ihres Lebens erinnern, an dem sie so mühelos gelacht, andere mit solcher Hingabe umarmt oder sich zugleich so beschwingt und erfüllt gefühlt hatte.

Die Symptome sind klar, Frau Doktor. Du freust dich. Nicht gerade etwas, an das du gewohnt bist, das mag sein, aber soweit ich weiß, ist es nicht lebensbedrohend. Eines Tages könntest du dich vielleicht sogar daran gewöhnen.

Sie hoffte nicht.

Es gab viele Umarmungen und hemmungsloses Durcheinandergerede. Tatsächlich sogar so viel, dass sie Blicke von den Passanten auf sich zogen und der Mann, den Vani Sareth genannt hatte – und der seinen scharf geschnittenen, dunklen Zügen nach zu urteilen offensichtlich der Bruder war, nach dem sie gesucht hatte –, sie alle in einen im Schatten liegenden Park drängte, damit sie sich abseits der Sonnenglut und der öffentlichen Aufmerksamkeit unterhalten konnten.

So froh Grace auch war, ihre Freunde wieder zu sehen, gab es etwas anderes, das sie unbedingt umarmen wollte, nach dem sie sich die ganzen Monate auf der Erde verzehrt hatte. Als sie in die grüne, feuchte Luft des Parks trat, schloss sie die Augen, griff zu und berührte mit Hilfe der Gabe die Weltenkraft.

Ein Schauder durchfuhr sie. Auf der Erde war sie so verschlissen und schmutzig gewesen, dass Grace ganz vergessen hatte, wie wunderbar sie war. Die Spinnenfäden des Lebens waren um sie herum zu einem komplizierten, leuchtenden und perfekten Netz verwoben ...

Nein, Grace. Es ist nicht perfekt ...

Sie zögerte, dann fing sie an, prüfend zu tasten. Etwas stimmte nicht – ihre sämtlichen Instinkte als Ärztin sagten ihr das. Aber was war es? Jeder Faden, den sie berührte, war hell und makellos. Dann begriff sie. Im Krankenhaus hatte sie gelernt, dass es manchmal nicht das war, was man sah, sondern das, was man *nicht* sah. Dann sah sie sie – kleine, dunkle Stellen im Netz, Orte, an denen die Stränge hätten leuchten müssen, die stattdessen aber leer waren.

Grace, alles in Ordnung?

Das war Aryns Stimme, die in ihrem Geist erklang. Mit den noch immer geschlossenen Augen konnte Grace Aryn ganz klar sehen; die Umrisse der jungen Frau schimmerten im hellblauen Licht ihres Lebensfadens.

Ich ... ich bin mir nicht sicher, schaffte es Grace zu antworten.

Jetzt gesellte sich Lirith zu ihnen; ihre Umrisse schimmerten nicht so hell, aber die Farbe war wärmer, und sie waren viel schärfer konturiert.

Ihr könnt es sehen, Schwester, nicht wahr? Den Makel in der Weltenkraft?

Grace bemühte sich um eine Erklärung. *Nicht genau. Alles, was ich spüre, ist perfekt. Aber es ist, als würde ich nicht alles fühlen, das ich müsste. Es ist, als würden einige der Fäden der Weltenkraft fehlen.*

Sie fühlte Traurigkeit von Lirith ausgehen. Und Furcht.

Ich weiß, wo sie hin sind, Schwester ...

Liriths Faden erreichte Graces und verband sich damit. Bilder blitzten in ihrem Inneren auf, und einen Augenblick lang sah sie ihn in seinem ganzen Schrecken: den zuckenden und sich windenden Knoten in der Weltenkraft.

Sie riss die Augen auf und starrte Aryn und Lirith an. »Was ist das?«

Lirith seufzte. »Ich bin mir nicht sicher. Aber ich habe mit Melia gesprochen, und sie glaubt, es hat etwas mit den Dingen zu tun, die hier in Tarras geschehen.«

Grace verstand nicht. »Aber wovon sprecht Ihr? Was passiert in Tarras?«

In ihrer Erschütterung hatte sie laut gesprochen, und Falken antwortete ihr.

»Das ist eine gute Frage, Grace. Ihr seid zu einer finsteren Zeit zurückgekehrt. Ich weiß nicht, wie ich es schnell erklären soll. Hm, Götter sind ermordet worden, und zwar drei von ihnen, und wir sind auf dem Weg zum Kaiser, um etwas dagegen zu unternehmen.«

»Nein«, sagte ein tiefe Stimme.

Alle Augen wandten sich Sareth zu.

»Ihr dürft nicht zum Palast gehen. Die Gefahr ist dort viel zu groß für euch. Ihr müsst die Stadt sofort verlassen.«

Durge sah den dunkelhaarigen Mann finster an. »Warum habt Ihr uns verfolgt? Seid Ihr nicht der Grund für die Gefahr?«

Vani stellte sich neben Sareth. »Sareth, was geschieht hier?«, fragte sie besorgt. »Und was ist dir passiert?«

Ihr Blick huschte nach unten. Unwillkürlich schloss sich Grace ihr an. Seine Pluderhosen verbargen es ganz gut, aber der Art und Weise nach zu urteilen, in der er sich bewegte, vermutete sie, dass die Amputation direkt unterhalb des Knies erfolgt war. Und auf dieser Welt gab es keine individuell angepassten, fleischfarbenen Prothesen. Stattdessen endete sein linkes Bein in einem getischlerten Holzstumpf.

Sareth ergriff Vanis Hand und drückte sie. Lirith wandte sich ab, als sie das sah, aber es war keine Zeit, die schlanke Hexe zu fragen, was nicht stimmte.

»Ich muss dir viel erzählen«, sagte Sareth zu Vani. Dann wandte er sich den anderen zu. »Ich vermute, wir alle hätten einander viel zu erzählen. Aber ihr seid in Tarras nicht sicher. Es wäre besser für euch, wenn ihr mich jetzt begleitet. Unsere Karawane lagert nicht weit von der Stadt entfernt. Wir können uns dort in größerer Sicherheit miteinander unterhalten.«

Grace sah das Misstrauen auf Durges Gesicht. Falken und Melia tauschten Blicke und unausgesprochene Botschaften aus. Grace hatte keine Ahnung, warum sie in Tarras waren oder warum Sareth ihnen gefolgt war. Aber Sareth war Vanis Bruder, und Vani hatte mehr getan, als ihnen nur das Leben zu retten. Sie war zu einer Freundin geworden.

»Ihr solltet ihm vertrauen«, sagte sie. »Ihr solltet ihnen beiden vertrauen.«

Als wären Graces Worte ein Befehl gewesen, schob

Durge das Breitschwert zurück in die Scheide und verbeugte sich vor Sareth und Vani.

»Ihr seid Freunde meiner Herrin, und ich habe euch beleidigt. Sicher wird mir meine Herrin einen schweren Verweis erteilen.« Der Ritter klang beinahe hoffnungsvoll.

»Nein, meine ehrenwerte Wolke«, erwiderte Sareth. »Ihr hattet Recht, misstrauisch zu sein. Vor allem in dieser Stadt. Aber wir können uns später unterhalten. Wir müssen sofort aufbrechen.«

»Wir müssen auf jeden Fall bei dem Gasthaus vorbeigehen, um bei Madame Vil unsere Rechnung zu bezahlen«, verkündete Melia.

»Das geht nicht«, sagte Sareth.

Falken runzelte die Stirn. »Wieso nicht?«

»Das Haus der Neun Springbrunnen gibt es nicht mehr.«

»Was meint Ihr damit?«, fragte Aryn ungläubig.

Sareth machte eine scharfe Geste mit der Hand. »Ich meine, es ist verschwunden, so wie das Mittelschiff im Tempel Sifs. Wo das Gasthaus heute Morgen noch stand, befindet sich jetzt nur noch eine leere Grube.«

Grace hatte keine Ahnung, wie ein Gebäude verschwinden konnte, aber dem Ausdruck auf den Gesichtern der anderen nach zu urteilen, sie schon.

Melia legte eine Hand auf die Brust. »Wie viele? Wie viele hielten sich im Gasthaus auf?«

»Keiner von denen, die ich belauscht habe, konnte es mit Sicherheit sagen«, sagte Sareth. »Vielleicht ein Dutzend Gäste und Diener. Und die Betreiberin des Gasthauses.«

Tränen rannen Aryns Wangen hinunter. »Madame Vil. Aber warum? Warum sollten sie so etwas tun?«

Lirith gab die Antwort mit harter Stimme. »Sie haben herausgefunden, wo wir abgestiegen sind, und sie wollten uns ausschalten.«

Sareth zögerte, dann nickte er.

»Ihr wisst, wie sie das anstellen, nicht wahr?«, sagte Falken. »Ihr wisst, wie sie wie Götter ein ganzes Gebäude verschwinden lassen können.«

»Ich werde es Euch sagen, Ehrwürdiger Alter. Aber nicht hier.« Sareth schaute sich um, als würde er jeden Augenblick einen Angriff erwarten.

»Also gut«, sagte Falken. »Ich würde sagen, versucht so unauffällig wie möglich zu sein, wenn wir durch die Stadt gehen, aber bei dieser Gruppe dürfte das vermutlich ziemlich schwierig sein. Also lasst uns wenigstens so schnell wie möglich gehen.«

Travis legte Beltan eine Hand auf den Arm. »Kannst du laufen?«

Der blonde Ritter nickte. »Das kann ich.« Er schien zu zögern, dann berührte er kurz Travis' Hand.

Vani wandte sich von den beiden Männern ab und begab sich an Sareths Seite.

»Lasst uns gehen«, sagte sie, und ihre Stimme war genauso gefühllos wie ihr Blick.

20

Es war später Nachmittag, als Grace und Lirith Vani auf einem Weg hinterhergingen, der eine halbe Meile nördlich von Tarras auf einen felsigen Hügel emporführte. Sie hatten den Park in kleinen Gruppen verlassen, stets im Abstand von einer Viertelstunde, um bei der Durchquerung der Stadt weniger Aufsehen zu erregen. Allerdings war Durge alles andere als begeistert gewesen, dass Vani, Grace und Lirith die Nachhut bilden sollten.

»Bei Gefahr sollten drei Ladys nicht ohne Begleitung gehen«, hatte der Ritter grimmig verkündet.

Grace hatte Vani angesehen und dann gelächelt. »Ich glaube nicht, dass Ihr Euch um uns Ladys Sorgen machen müsst.«

Jetzt keuchten Grace und Lirith bei dem Versuch, auf der Steigung mit Vanis schnellem Tempo mitzuhalten. Gerade als Grace glaubte, ihre Knie würden nicht mehr mitmachen, hatten sie das Ende des Pfades erreicht.

Sie betraten die Hügelkuppe, eine flache Ebene, die von einem Kreis aus *Ithaya*-Bäumen gekrönt wurde, die sich säulengleich dem Himmel entgegenreckten. *Ithaya* wurden auch Sonnenblattbäume genannt, und in diesem Augenblick erkannte Grace den Grund dafür. Denn die schlanken, gelbgrünen Blätter fingen das schwere Sonnenlicht ein und webten es zu einem goldenen Schimmer, der den Hain einhüllte.

Auf der anderen Seite des Hains fiel der Hügel steil ab. Offensichtlich hatten sie eine der weißen Klippen erklommen, die sich über die Stadt erhoben. Tief unter ihnen ragte Tarras in fünf konzentrischen Ringen aus weißem Stein in die Höhe, und die Sonne ließ seine Kuppeln grell funkeln. Grace drehte sich um, um Lirith zu sagen, wie wunderschön das war.

Stattdessen zuckte sie entsetzt zusammen. Irgendwie musste sie ihn übersehen haben, als sie den Hain betraten. Jetzt aber sah sie ihn, wie er im Schutz der Bäume lauerte. Seine Schwingen waren eng an den Körper gelegt, sein Hals war geduckt, aber der schuppige Körper und der saurierähnliche Schädel waren unverkennbar.

»Lirith, ein Drache!«, murmelte sie, und in ihrer Brust vermengten sich Furcht und Staunen.

Lirith lachte hellauf, und Grace schaffte es, den Blick lange genug von dem Ungeheuer zu reißen, um die dunkelhaarige Hexe entgeistert anzustarren. Wie konnte Lirith über einen Drachen lachen?

»Seht genauer hin«, sagte Lirith.

Grace gehorchte. Wieder verspürte sie einen Schauder der Angst – der aber schnell verblasste, als sie die abblätternde Farbe, die Speichenräder und die kleine grüne Tür erkannte, die sich dort befand, wo der Drachenschwanz hätte sein sollen.

Es war ein Wagen. Und er war nicht allein. Denn zwischen den Bäumen standen noch andere Wagen, die alle wie Tiere geformt waren, und zwar sowohl Fabelwesen wie auch normale Tiere. Da waren eine Kröte, ein Hase und eine Schnecke, aber auch ein Einhorn und ein Löwe mit Adlerflügeln. Zwischen den Wagen und den Bäumen spannten sich Flaggen, die den Hain mit Farbtupfern füllten. Menschen in heller Kleidung bewegten sich in dem Kreis umher. Eine Gruppe kam den Neuankömmlingen entgegen. Grace erkannte Travis, Beltan, Melia und Sareth. Durge, Aryn und Falken waren dicht hinter ihnen.

Vani ging auf sie zu, und Grace und Lirith folgten ihr.

»Keine Sorge, Schwester«, sagte Lirith. »Ich habe es beim ersten Mal auch für einen Drachen gehalten.«

Das überraschte Grace. »Ihr kennt Vanis und Sareths Volk bereits?«

»Nicht unbedingt, Schwester. Sie kamen gegen Ende des Sommers nach Ar-Tolor, und Aryn, Durge und ich haben ihre Karawane besucht. Aber man sagt, niemand könnte die Mournisch je richtig kennen lernen.«

»Ihr meint die Morindai«, sagte Grace.

Die dunkelhaarige Hexe schüttelte den Kopf. Offensichtlich hatte sie dieses Wort zuvor noch nie gehört. Die beiden Gruppen trafen sich in der Mitte des Hains.

»Vani«, sagte Grace, »hast du uns nicht gesagt, dass dein Volk Morindai heißt?«

»So nennen wir uns selbst. Aber in Falengarth nennt man uns die Mournisch. Oder das Vagabundenvolk. Oftmals gibt es auch weniger schöne Namen.«

Falken kratzte sich am Kinn. »Morindai. Warum klingt dieser Name bloß so vertraut?«

Vani warf Sareth einen Blick zu, und er zuckte mit den Schultern.

»Es bedeutet so viel wie *Das Volk aus Morindu*«, sagte Vani.

Der Barde riss die Augen auf. »Morindu? Ihr meint

Morindu die Finstere, die verlorene Stadt der Zauberer?« Er sah Melia verblüfft an.

»Ich muss gestehen, dass ich mich oft gefragt habe, ob das wohl der Fall ist«, sagte die Lady. »Aber ich war mir niemals sicher.«

Bevor der Barde und die Lady das Thema vertiefen konnten, kam aus der offen stehenden Tür des Drachenwagens eine schrille Stimme.

»Sareth, wo sind sie? Bring sie sofort her. Ich könnte jeden Augenblick tot umfallen.«

Sareth grinste. »Unfug, Al-Mama«, rief er zurück. »Du weißt ganz genau, wann du die Große Reise antrittst. Du hast mir selbst erzählt, dass du es in den Karten gesehen hast.«

»Ekelhafter junger Mann!«, schalt die schrille Stimme. »Wenn ich im Sterben liege, werde ich dich mit einem *Va'ksha* belegen, hast du gehört? Und jetzt kommt!«

»Was ist ein *Va'ksha*?«, wollte Grace wissen.

»Ein Fluch«, antwortete Vani mit einem schmalen Lächeln.

Beltan hielt einen kleinen Tonbecher. »Ich an eurer Stelle würde gehen.« Er trank einen Schluck, verzog das Gesicht und schluckte tapfer.

Aryn rümpfte die Nase. »Beltan, der Heiltee, den sie für Euch gemacht hat, riecht abscheulich. Wie könnt Ihr das nur trinken?«

»Sie hat gesagt, ich müsste das austrinken oder sie würde mich mit einem *Va'ksha* belegen, der meinen ...« Seine Wangen verfärbten sich blutrot, und er hob hastig den Becher für den nächsten Schluck.

Vani ging auf den Wagen zu.

»Meine Al-Mama wird euch jetzt euer Schicksal vorhersagen«, sagte Sareth zu Grace und Lirith. »Sie hat die anderen schon gesehen.«

Lirith wandte sich ab und verschränkte die Arme über der Brust. »Ich bleibe hier. Ich kenne mein Schicksal bereits.«

Sareth betrachtete Liriths Rücken, aber Grace konnte den Ausdruck auf seinem Gesicht nicht deuten.

»Hier entlang«, sagte er zu Grace, und sie folgte ihm und Vani zu dem Wagen.

Es dauerte einen Augenblick lang, bis sich Graces Augen an das Dämmerlicht gewöhnt hatten, das in dem voll gestellten Inneren herrschte. Dann konnte sie eine dürre, vogelähnliche Gestalt ausmachen, die in Decken gehüllt war.

Die Frau, die da auf der Bank lag, war uralt. Eine akkurate Schätzung ihres Alters war ohne eingehende Untersuchung unmöglich, aber Grace war davon überzeugt, dass sie älter als hundert war. Ihre Arme waren wie verdorrte Stöcke und ihre Nase wie ein Geierschnabel. Aber ihre Augen blickten so hell und klar wie der Vollmond.

»Sareth, geh«, befahl die alte Frau ächzend.

Grace hörte, wie sein Holzbein draußen auf die Treppenstufen auftraf, dann war er verschwunden. Sie öffnete den Mund, unsicher, was sie sagen sollte, und doch davon überzeugt, dass sie etwas sagen sollte.

»Mach den Mund zu, Mädchen, und lass dich ansehen«, sagte die Alte mit ihrer strengen Stimme.

Grace gehorchte.

»Hm.« Die Alte biss mit ihrem allem Anschein nach letzten übrig gebliebenen Zahn auf einen Finger. »Nun, für jemanden, der so viel zu tun hat, bist du dünner, als ich gedacht hätte. Doch der äußere Anblick kann täuschen, nicht wahr?« Sie lachte gackernd und berührte ihren beinahe haarlosen Schädel. »Und jetzt gib mir deine Hand.«

Grace zögerte, aber ein knochiger Arm schoss vor, und dünne Finger packten ihr Handgelenk mit überraschender Kraft und zogen sie vorwärts. Die Alte drehte Graces Hand um, damit die Handfläche nach oben zeigte, und brütete darüber. Sie lachte wieder gackernd.

»Ja, ja, ich kann es in dir sehen. Du bist stark, Mädchen – vielleicht am Ende sogar die Stärkste von allen. So viele von ihnen werden zerbrechen, bevor es vorbei ist, aber du nicht, Mädchen. Am Ende wirst du es sein, die die anderen zerbricht. Das ist dein Schicksal.«

Grace rang nach Luft. Nein, die Alte irrte sich. Sie war nicht stark. Sie war innerlich gebrochen wie ein Gegenstand, den man benutzt, beschädigt und dann zur Seite geworfen hatte. Selbst in diesem Augenblick konnte sie den Schatten sehen, der am Rand ihres Blickfelds pulsierte und der so hungrig war wie die körperlosen Wesen, die sie im Nichts zwischen den Welten erblickt hatte. Sie riss die Hand zurück.

Die Alte grunzte. »Glaube nur ja nicht, ich würde es nicht sehen können, Mädchen. Dunkelheit lastet auf dir, viel schwerer als auf jedem der anderen, Erinnerungen an das, was einst war. Jene, die behaupten, dass die Vergangenheit einen nicht verletzen kann, sind Lügner. Sie kann alles auffressen, was man ist, und nur eine leere Hülle zurücklassen. Aber« – die Alte beugte sich vor und zeigte mit dem Finger auf Graces Brust – »nur dann, wenn du es zulässt, Mädchen!«

»Aber Ihr habt gesagt, dass Ihr an das Schicksal glaubt«, stieß Grace mühsam hervor. »Was ist, wenn ich keine andere Wahl habe?«

»Bah!« Die Alte winkte angeekelt ab. »Schicksal ist bloß, was du daraus machst, Mädchen. Jeden Tag treffen wir tausend Entscheidungen. Gehe ich nach rechts oder nach links? Trinke ich Wasser oder Wein? Schicksal ist, wohin uns am Ende all diese Entscheidungen hinführen. Es ist nicht weniger, aber auch nicht mehr. Nur weil du dem Schicksal nicht entkommen kannst, bedeutet das doch nicht, dass du es nicht formen kannst!«

Grace wollte erneut den Kopf schütteln, zögerte dann aber. Vielleicht waren die Worte der Alten ja doch nicht so verrückt. Schließlich klang es weniger nach Magie als vielmehr wie nach Chaos-Theorie.

Aber Chaos-Systeme sind hoffnungslos kompliziert, und das weißt du auch. Zahllose Faktoren arbeiten auf unvorhersehbare Weise zusammen, um das Ergebnis zu bestimmen. Du kannst sie nicht kontrollieren, also kann es auch genauso gut das Schicksal sein.

Trotz des Entsetzens, das ihr im Magen lag, erzeugten die Worte der Alten einen Hauch von Hoffnung in ihr.

Vani kniete neben der Bank der Alten nieder. »Was hast du für ihn gesehen, Al-Mama?«

»Wen meinst du, Mädchen?«

»Du weißt ganz genau, wen ich meine, Al-Mama. Travis Wilder.«

Die Alte zuckte mit Schultern, die so spitz wie Messer

waren. »Was glaubst du denn, das ich gesehen habe, Mädchen? Er ist es, das weißt du genauso gut wie ich. Aber er ist nicht das, was ich erwartet habe. Seine Hände sind ohne jedes Muster. Selbst ein Neugeborenes hat Linien auf seinen Händen, Vani, aber er nicht!« Sie schnalzte mit der Zunge. »Er ist ein Mann ohne Vergangenheit und ohne Zukunft.«

Vani zuckte zurück, als hätte die Alte sie geschlagen. »Dann hat er also kein Schicksal?«

»Hm, du glaubst also, er ist *A'narai?«* Die Alte verschränkte die Arme, an ihren knochigen Gelenken schimmerten Armreifen. »Vielleicht, Mädchen. Daran hatte ich noch gar nicht gedacht. Oder den Gedanken gewagt. Diese Knochen sind zu alt, um solche Wunder ertragen zu können. Aber vielleicht hast du Recht, vielleicht gehört er ja zu den Schicksalslosen. Vor langer Zeit hat man sich erzählt, dass allein sie das Gemach betreten konnten, in dem Orú träumte, ohne dem Wahnsinn zu verfallen. Und wenn er tatsächlich derjenige ist, der ...«

Vani und die Alte blickten einander an.

Grace brachte ihre ausgedörrte Zunge in Bewegung. »Wovon sprecht ihr da überhaupt?«

»Komm«, sagte Vani und stand auf. »Wir müssen meine Al-Mama ruhen lassen.«

Grace wollte protestieren, aber Vani lenkte sie bereits in Richtung Tür.

»Pass gut auf sie auf, Vani«, rief die Alte. »Ohne sie wird er die Stadt der Geheimnisse niemals finden. Dies ist eindeutig klar.«

Der Vorhang teilte sich. Grace stolperte die Stufen herunter und fand sich unter den rauschenden *Ithaya*-Bäumen wieder. Die Sonne war im Begriff unterzugehen, und der Himmel hatte sich von Saphirblau zu Jadegrün verfärbt. Draußen auf dem Meer stieg ein großer, runder Mond in die Höhe, der ein Dutzend Mal größer als der Mond der Erde war.

Sareth wartete auf sie.

»Erzähle mir alles, was sie gesagt hat.«

Vani nickte, nahm Sareths Arm, und zusammen gingen sie mit zusammengesteckten Köpfen in ihre Unterhaltung versunken in den Hain hinein.

Neben Grace ertönte ein Seufzen. Sie drehte sich um. Lirith stand vor ihr.

»Wo sind die anderen?«, fragte Grace.

Lirith blickte in das dunkler werdende Zwielicht. »Er liebt sie, nicht wahr?«

Wovon sprach Lirith da? »Sie lieben? Da bin ich mir sicher.«

Lirith nickte steif. »Nun, dann. Gut für ihn. Ich hoffe ... ich hoffe, sie werden glücklich miteinander, wenn sie verheiratet sind.«

»Verheiratet? Wovon redet Ihr da?«

Die schlanke Hexe blinzelte. »Vani und Sareth. Wenn sie sich lieben, werden sie dann nicht heiraten?«

Endlich verstand Grace. Wie konnte sie nur so dumm gewesen sein? Aber natürlich, während sie mit einem Stethoskop den Herzschlag eines anderen hören konnte, gab es kein Instrument, das sie erkennen ließ, was sich darin verbarg.

Sie legte Lirith die Hand auf den Arm. »Vani und Sareth lieben sich, weil sie Bruder und Schwester sind.«

»Bruder und Schwester?« Lirith rang nach Worten. »Ihr meint ...?«

Sie wandte sich ab und verschränkte die Arme vor der Brust. Ein Zittern lief durch ihren Körper. Grace war sich nicht sicher, aber ihr erschien es, als hätte es sich um ein Schluchzen gehandelt. Sie zögerte und streckte eine Hand nach Lirith aus.

»Grace, da bist du ja!«

Sie drehte sich um, genau wie Lirith. Es war Travis.

Er sah Lirith an, legte den Kopf schief. »Alles in ...«

»Uns geht es gut«, sagte Grace, fand Liriths Hand und drückte sie.

Er nickte. »Kommt mit. Falken kann es kaum erwarten, mit Sareth zu sprechen, aber anscheinend geben sie zuerst zu unseren Ehren ein Fest. Ich schätze, die Mournisch – die Morindai – heißen nicht oft Gäste in ihrem Kreis willkommen, darum ist es eine große Sache, wenn sie es dann tun.«

Grace warf Lirith einen Blick zu. Die Augen der Hexe funkelten in der Dunkelheit.

Mir geht es gut, Schwester.

Grace verstärkte den Druck um Liriths Hand. »Zeig uns den Weg«, sagte sie zu Travis.

21

In den Jahrtausenden ihrer Wanderschaft war bei den Mournisch vermutlich vieles in Vergessenheit geraten; wie man eine Party schmiss, gehörte jedoch offensichtlich nicht dazu.

Travis beobachtete, wie von einem riesigen Feuer Funken zu den seltsamen Sternen am Himmel emporstoben, begleitet von ausgelassener Musik. Sein Magen schien mehr scharf gewürztes Fleisch, Brotfladen und Oliven zu beinhalten, als physisch eigentlich möglich war, und er hielt einen Becher mit einem roten, feurigen Wein in der Hand – die angenehme Wärme, die er verspürte, kam nicht allein von dem Feuer.

Er stand neben Aryn, Lirith und Durge am Rand des Lichtkreises, während der Rest der Gefährten auf der anderen Seite versammelt war. Melia und Falken saßen auf einem Haufen Kissen, als wären sie königliche Gäste. Ein paar Mournisch saßen auf dem Boden und machten mit Trommeln, Holzflöten, Dingern, die wie Fiedeln aussahen, und Instrumenten aus Knochen, die Travis unbekannt waren, laute Musik.

Die Mournisch, die keine Musik machten, tanzten zu den Klängen und wirbelten in Mustern umher, die völlig chaotisch erschienen, dann aber plötzlich dennoch zu präzisen Kreisen oder miteinander verbundenen Rechtecken wurden, nur um sich genauso schnell wieder in wirbelnde Farben aufzulösen. Selbst die Kinder machten Musik und tanzten; die Mädchen trugen helle Kleider und

Halstücher, die Jungen lose fallende Hosen und bunte Westen.

Jeder Mournisch trug Schmuck, egal ob Säugling oder Greis: Armreifen, Halsketten, Ringe an den Fingern, den Zehen, ihren Nasen und Ohren. Allerdings fiel Travis auf, dass allein Vani mit den seltsamen Symbolen tätowiert war, die sich ihre Arme hinauf um ihren Hals schlängelten. Grace hatte gesagt, es seien Symbole ihrer Ausbildung. Ihrer Fertigkeiten als *T'gol.*

Sie ist eine Meuchelmörderin, Travis. Das ist es, was T'gol *tun. Vani ist seit frühester Kindheit in der Kunst ausgebildet worden, Menschen auf die schnellste und effektivste Art und Weise zu töten.*

Travis schaute über das Feuer hinweg. Einen Augenblick lang erwiderten goldene Augen seinen Blick, dann wandten sie sich ab.

Früher am Abend waren Grace und er kurz von dem Feuer weggegangen, um miteinander zu sprechen.

Sie glauben, du bist A'narai, *Travis.*

A'narai?

Es bedeutet schicksalslos. Vanis und Sareths Großmutter sagte, du hättest weder Vergangenheit noch Zukunft, weil deine Hände keine Linien mehr haben.

Das also haben sie gemeint. Die alte Frau – sie hat gesagt, mein Schicksal wäre es nicht, Morindu auszugraben, sondern es sei das Schicksal der Mournisch, Morindu durch mich wiederzuerlangen. Irgendwie ergab das keinen großen Sinn.

Stimmt. Und noch weniger Sinn macht es, dass sie glauben, ich sie diejenige, die dich zur verlorenen Stadt

Morindu führt, damit du sie für die Mournisch der Wüste entreißen kannst. Ihr zufolge ist das mein Schicksal.

Und was glaubst du, *dass dein Schicksal ist, Grace?*

Aber darauf hatte sie keine Antwort gegeben, und Travis hatte sich nicht entscheiden können, was schlimmer war. Sein Schicksal zu kennen – oder überhaupt keins zu haben.

Farben wirbelten vor Travis' Augen, und als sie zur Ruhe kamen, erkannte er eine Mournisch, die mit juwelengeschmückten Tüchern bekleidet war.

»Tanzt mit mir«, sagte sie mit melodischer Stimme.

Travis wollte stotternd ablehnen, als er erkannte, dass sie nicht ihn, sondern Durge ansah – oder vielmehr Durges muskulöse Brust, die unter der offen stehenden Weste sichtbar war. Der Embarraner verschränkte schnell die Arme, aber das ließ seine Muskeln nur noch mehr anschwellen. Die Mournisch warf einen Schal um seinen Hals und zog ihn zur Musik und ins Licht.

»Das geziemt sich nicht, Mylady«, stotterte Durge.

»Bei meinem Volk ist das völlig in Ordnung, *Sayeh.* Und Ihr seid im Moment bei meinem Volk.«

Durge warf Travis einen verzweifelten Blick zu, aber der grinste nur und winkte, da er genau wusste, dass er nichts tun konnte, um den unglückseligen Ritter zu retten. Die Mournisch zog ihn mit dem Tuch in die Menge.

»Armer Durge«, sagte Aryn seufzend. »Es muss ihm schrecklich peinlich sein.«

»Ich glaube, er schlägt sich sehr gut«, sagte Lirith mit einem Lachen.

Die Hexe hatte Recht. Die Mournisch benutzte ihre

Tücher, um Durge in den Tanz zu führen, aber der Ritter schien die komplizierten Schritte in wenigen Augenblicken gemeistert zu haben und bewegte sich in perfekter Übereinstimmung mit der Frau. Sie senkte das Tuch, bis es seine Hüften umschlang, und zog ihn näher an sich heran.

Aryn kniff die Augen zusammen, ihre linke Hand ballte sich zur Faust. »Dieses ... dieses Flittchen. Sie glaubt doch wohl nicht, sie könnte Durge haben, oder?«

»Nein, Schwester. Sie können nicht ...« Liriths Stimme schwankte, ihre Miene war plötzlich bedrückt. »Ich habe gehört, dass die Mournisch nicht außerhalb ihres Klans heiraten können.«

Aryn schien das zu überraschen, aber Lirith wandte sich vom Feuer ab. Ihr Gesicht verschwand in den Schatten. Hatte Lirith zu viel von dem schweren Wein getrunken? Travis wollte etwas sagen, dann zögerte er. Da stand eine andere Gestalt abseits vom Licht und der Musik. Trotz der Dunkelheit konnten Travis' neue Augen den anderen deutlich erkennen. Er zögerte, dann verließ er Lirith und Aryn und ging zu dem Schatten unter den Bäumen herüber.

»Beltan, was tust du hier?«

Der Ritter starrte in seinen Becher; er war noch immer voll. »Ich fürchte, ich bin nicht in der richtigen Stimmung für ein fröhliches Fest.«

»Dann fürchte ich, dass der Elf dich nicht geheilt hat, jedenfalls nicht richtig.«

»Das ist es nicht. Der Elf hat mich ordentlich zusammengeflickt. Ich schätze, ich schulde ihm deshalb meinen Dank.«

Travis trat näher an ihn heran. Abseits des Feuers war es überraschend kühl. Er konnte die Hitze spüren, die von dem anderen Mann ausging.

»Was ist es dann?«

Beltan schwieg, das Licht des Feuers spiegelte sich in seinen Augen. »Ich habe etwas über mich erfahren, Travis. Auf Schloss Spardis, in den Bädern. Dakarreth hat es mir verraten. Es ... es ist etwas, das ich getan habe. Ein schreckliches Verbrechen.«

Der große Ritter zitterte am ganzen Körper. Was stimmte nur nicht mit ihm? Travis wusste es nicht, aber eines war ihm klar: Den Worten eines Nekromanten war nicht zu trauen. Er nahm die freie Hand des Ritters und hielt sie zwischen seinen.

»Beltan, ich weiß nicht, was Dakarreth dir gesagt hat, aber er war böse – er wollte dich verletzen. Es kann nicht stimmen.«

»Nein, es ist wahr«, sagte Beltan heiser. »Ich weiß es. Vor fünf Jahren, auf Schloss Calavere ... ich war einer der ...«

Beltan brachte den Satz nicht zu Ende. In Denver hatte sich Travis im Krankenhaus getraut, sich nach unten zu beugen und seine Lippen auf die des Ritters zu pressen. Aber das war ein feiger Akt gewesen, einer der Beteiligten konnte nicht reagieren – oder sich zurückziehen. Travis atmete aus, dann beugte er sich vor und brachte seine Lippen näher an die des anderen Mannes.

»Travis? Wo steckst du?«

Er holte wieder Luft und trat zurück. Beltan starrte ihn verwirrt an, die Hände auf halbem Weg erstarrt, aber Travis konnte nicht sagen, ob er nach ihm greifen oder ihn abwehren wollte. Bewegung kam in die Dunkelheit, dann trat eine schlanke Gestalt ins Mondlicht.

»Du solltest zurück zum Feuer kommen«, sagte Vani. »Ihr beide.«

Beltan kniff die Augen zusammen. »Uns geht es hier sehr gut.«

Travis hatte plötzlich das dringende Bedürfnis, etwas zu sagen. »Was ist denn, Vani? Müssen wir nach den Scirathi Ausschau halten? Du hast gesagt, sie könnten hier in Tarras sein.«

Sie löste den Blick von Beltan. »Sie sind tatsächlich in Tarras«, sagte sie kurz angebunden. »Sareth hat mir berichtet, dass er ihre Zeichen gesehen hat. Aber ich glaube nicht, dass sie uns offen angreifen, nicht hier bei der Karawane. Sie haben noch immer eine gewisse Furcht vor den Mournisch. Was auch besser für sie ist.«

Travis dachte darüber nach. »Dein Volk besteht ebenfalls aus Zauberern, nicht wahr, Vani?«

»Nein, bis wir nach Morindu der Finsteren zurückkehren, ist es uns verboten, die Blutzauberei auszuüben. Aber wir haben andere ... Möglichkeiten, die Scirathi fern zu halten.«

Travis musterte ihre schlanke Gestalt, ihren lockeren Stand. Vermutlich hatten sie das. Dinge wie die *T'gol*.

Beltan schien Travis' Blick zu bemerken, denn er runzelte die Stirn.

»Kommt schon«, sagte Travis, der plötzlich wieder im Licht stehen wollte. »Lasst uns zurück zum Feuer gehen.«

Die Mournisch hatten gerade von Falken ein Lied erbeten, und sie legten ihre Trommeln und Flöten weg, um dem Barden zuzusehen. Travis entdeckte Grace, Melia und die anderen und ging auf sie zu; Beltan und Vani folgten ihm. Grace schaute auf und lächelte ihn an, und er erwiderte das Lächeln. Doch sein Lächeln verschwand einen Augenblick später. In den Schatten jenseits des Feuers war gerade etwas passiert. Er hatte Beltan küssen wollen. Warum war er nur zurückgeschreckt?

Falken erhob sich und schlug einen Akkord auf der Laute. »Ich glaube, dieses Lied passt für diesen Ort und diese Nacht. Es heißt ›Ulthers Hinterhalt‹. Es ist ein Lied über den Süden und den Norden, und wie beide vor langer Zeit zusammenkamen.

Mit Fellring, dem Schwert aus Elfenschmieden,
durchbohrte Ulther des Fahlen König Herz ...
Die magische Klinge brach entzwei,
aber Berash blieb am Boden liegen.

Dann schritten die Runenmeister ins Tal hinab,
das Tor von Imbrifale mit Magie zu binden ...
Auch die Hexen mit ihrer Zauberkunst,
webten Bollwerke voll finstrer Gefahren.

Lord Ulther kniete vor der Kaiserin,
und sie schlossen einen Pakt ...
Sie begründeten die Wacht von Malachor,
auf dass die Schatten nie wieder an Macht gewannen.«

Die letzten Töne der Musik des Barden verklangen, und die Nacht war still. Die Mournisch sahen den Barden noch immer an, auf ihren Gesichtern lag ein seltsamer Ernst. Dann stellten sie sich zu zweit oder zu dritt hin, verbeugten sich vor Falken und Melia, und verließen den Feuerkreis. Wenige Augenblicke später standen die acht Gefährten allein im Feuerlicht; nur noch Vani und Sareth waren da.

»Ich schätze, die Party ist vorbei«, sagte Travis zu Grace.

Sie starrte ins Feuer und hielt den Anhänger fest umklammert, der an ihrem Hals hing.

»Grace, was ist?«

»Das Lied. Ich ... ich kenne es.«

»Vielleicht hast du Falken es schon einmal singen hören.«

»Nein, das ist es nicht.«

Grace ging zu dem Barden, der gerade die Laute wieder in ihrem Kasten verstaute.

»Falken, könntet Ihr noch einmal die Musik der ersten Strophe spielen?«

Melia glättete ihr weißes Kleid auf den Kissen, auf denen sie saß. »Wozu, meine Liebe?«

»Ich weiß es nicht. Falken?«

Der Barde nickte. »Sicher.«

Er holte seine Laute wieder hervor und fing an, die bekannte Melodie von »Ulthers Hinterhalt« zu zupfen. Dann fing Grace mit heiserer Stimme an zu singen.

»Der Abschiedsworte dunkler Sang
Erfüllt das Herz mit dunklem Klang.
Wie ein Vorhang fällt der Regen
Beginnt sich übers Land zu legen.«

Falken hörte auf zu spielen. Er sah Grace durchbohrend an. »Ich habe noch nie gehört, dass jemand diese Worte zu dieser Melodie singt.«

Melia stand auf. »Aber es klingt ähnlich, nicht wahr?«

Falken nickte. »Ja, schon ...«

»Der Abschiedsworte dunkler Sang ...« Grace schaute auf. Sie sah jetzt ebenfalls überrascht aus. »Aber ich habe dieses Lied als Kind gesungen. Ich verstehe das nicht.«

Sareth trat vor; das Licht des Feuers ließ seine scharf geschnittenen Züge hervortreten. »Vielleicht könnt ihr über dieses Geheimnis später nachgrübeln. Ich glaube, für uns ist die Zeit gekommen, uns zu unterhalten.«

22

Das Feuer brannte zu einem Kreis aus ausgeglühten Scheiten nieder, während Vani von den drei Jahren erzählte, die sie auf der Erde verbracht hatte. Wie sie nach jenen gesucht hatte, die vom Schicksal auserwählt waren, Morindu die Finstere von dem verfluchten Sand der Morgolthi zu befreien, wie sie durch Sareths Botschaft erfahren hatte, dass Travis und Grace die Gesuchten waren, und wie sie an jenem letzten, Furcht einflößenden Tag vor Duratek und den *Gorleths* aus Denver geflohen waren.

Erst als Aryn das Wort ergriff, wurde sich Travis bewusst, dass Vani ihre Geschichte beendet hatte. Die junge Baronesse machte große Augen, als sie Grace und Travis ansah.

»Ihr seid also dazu bestimmt, den Mournisch dabei zu helfen, die verlorene Stadt ihrer Vorfahren zu finden?«

»Die legendäre Stadt Morindu«, sagte Falken. »Aber wie kann das sein? Was haben Travis und Grace mit der Stadt der Finsternis zu tun?« Er sah Melia fragend an.

Die Lady mit den bernsteinfarbenen Augen zuckte mit den Schultern und setzte sich auf ihren Kissen zurecht. »Nun, frag mich nicht. Ich war nicht mal geboren, als die Städte von Amún im Krieg der Zauberer zerstört wurden. Genauso wenig wie meine Brüder und Schwestern.«

»Nein«, sagte Falken und rieb sich das Kinn. »Nein, das waren sie nicht.«

»Wie, Vani?«, fragte Grace schlicht. »Ich würde dir gern helfen, allein schon, um dir für das zu danken, was du für uns getan hast, aber wie sollen wir eine Stadt finden, die seit Jahrtausenden verschollen ist?«

»Wir hatten eigentlich die Hoffnung, dass einer von euch beiden eine Idee hätte. Die *T'hot*-Karten haben uns nur gesagt, dass es euer Schicksal ist, Morindu die Finstere zum Vorschein zu bringen.«

Travis stöhnte auf. »Du meinst, ihr habt nicht die geringste Vorstellung, wie wir diesen Ort finden sollen?«

»Wenn wir das wüssten«, sagte Vani, »wären wir dann nicht schon längst dort hingereist und hätten sie ausgegraben?«

Großartig. Er und Grace waren vom Schicksal dazu bestimmt, etwas zu tun, von dem keiner wusste, wie sie es anstellen sollten – sie selbst erst recht nicht.

Sareth streckte die Hände in Richtung des Feuers. »Die Karten sagen uns nur, was geschehen wird, nicht wie. Oder wann. Es ist durchaus vorstellbar, dass ihr erst in vielen Jahren nach Morindu reist. Und im Augenblick beschäftigen uns andere Geheimnisse. Die im Gegensatz zu denen Morindus bereits ans Licht des Tages gebracht wurden.«

Durge grunzte. »Wie wäre es, wenn Ihr das Geheimnis lüftet, warum Ihr uns seit Ar-Tolor gefolgt seid?«

Der Mournisch seufzte. »Vermutlich ist das eine genauso gute Stelle für den Anfang wie alles andere. Es tut mir Leid, wenn ich mit meinem Schweigen Misstrauen gesät haben sollte. Doch für gewöhnlich sprechen wir nicht mit Außenseitern. Allein die Dringlichkeit der Ereignisse veranlasst mich jetzt dazu. Sowie die Natur derer, mit denen ich spreche. Aber um Eure Frage zu beantworten, meine verehrte Wolke, wir haben Euch seid Ar-Tolor aus demselben Grund verfolgt, aus dem wir hergereist sind. Nämlich um Wache zu halten.«

Lirith zog die Knie an die Brust. »Aber warum?«

Sareth wollte antworten, aber Grace war schneller. Travis war klar, dass ihr analytischer Verstand mal wieder zugeschlagen hatte.

»Weil wir eure Freunde sind, Lirith. Sie glauben, dass Travis und ich ihnen helfen werden, ihre verschollene Stadt zu finden, aber dann sind wir zur Erde zurückgekehrt, also entschlossen sie sich, euch alle im Auge zu behalten für den Fall, dass wir wieder auftauchen, da sie von der Annahme ausgegangen sind, dass ihr die ersten Leute gewesen wärt, mit denen wir auf Eldh Kontakt aufgenommen hätten.«

Sareth lachte leise. »Es hat den Anschein, als wären wir Mournisch gar nicht so geheimnisvoll, wie wir gern glauben würden. Was Ihr gesagt habt, ist richtig. Unsere Seher haben uns gesagt, dass der, den wir suchen, ein Zauberer der nördlichen Magie sein muss, dass er aber nicht aus dem Norden, sondern von einer anderen Welt kommen würde. Darum ist Vani das Wagnis eingegangen, mit Hilfe des Artefakts zur Erde zu reisen.« Er wandte sich Travis zu. »Als wir dann gehört haben, was Ihr bei der Wintersonnenwende auf Calavere getan habt, wussten wir, dass nur Ihr der Gesuchte sein konntet. Aber bevor wir Calavere erreichten, seid Ihr auf Eure Welt zurückgekehrt.«

Sareth schürte die ausglühenden Scheite und ließ Funken in die Luft aufsteigen. »Vor ein paar Monaten erfuhren wir, dass Ihr nach Eldh zurückgekehrt wart, aber die Verheerungen der Flammenpest erschwerten das Reisen, und als wir Schloss Spardis in Perridon erreichten, seid Ihr und Grace schon weg gewesen. Aber wir haben Eure Kameraden im Auge behalten. Und ich habe Vani informiert, dass Ihr wieder zu Euer Welt zurückgekehrt seid.«

Travis kam ein Gedanke. »Sareth, es gibt da etwas, das hat uns Vani nie erklärt. Wie konntet Ihr mit dem Artefakt Botschaften schicken?«

Der Mournisch zog die Hemdsärmel herunter. Aber er war nicht schnell genug. Travis hatte im Feuerlicht die dünnen Narben sehen können.

»Habt Ihr nicht gesagt, den Mournisch wäre jeder Blutzauber verboten?«

»Manchmal muss man Verbotenes tun, um eine viel größere Gefahr zu verhindern.«

Travis glaubte zu verstehen. In gewisser Weise war das wie der Dispens, den Farr von den Suchern bekommen hatte. Regeln waren dazu gemacht, Menschen zu beschützen, aber manchmal mussten die Regeln gebrochen werden, um sie zu retten. Um eine Person durch das Tor zu schicken, benötigte man Elfenblut, doch um Worte zu schicken, schien Menschenblut zu reichen.

Aryn rückte näher ans Feuer heran. »Sareth, als wir Ar-Tolor verließen, seid Ihr uns nach Tarras gefolgt.«

»Das ist richtig. Zumindest zum Teil. Aber es gibt noch einen anderen Grund, warum wir nach Tarras reisen mussten.«

Falken schaute auf. »Die ermordeten Götter. Ihr wisst, was hier geschieht, nicht wahr? Ihr wisst, wie und warum sie ermordet werden.«

»Und wir haben die ganze Zeit versucht, den Mörder zu

finden«, sagte Aryn. »Warum habt Ihr uns nicht einfach darüber aufgeklärt, Sareth?«

Der Mournisch lächelte bitter. »Wagen sind nicht so schnell wie Schiffe, Mylady. Ihr seid Tage vor uns in Tarras eingetroffen. Ich bin erst an dem Tag angekommen, an dem der Scirathi Euch etwas antun wollte, *Beshala.*« Diese letzten Worte waren an Lirith gerichtet.

Die Hexe erwiderte seinen Blick nicht. »Der Scirathi. Ihr meint jemanden wie den Zauberer, der Grace und Travis auf ihrer Welt angegriffen hat.«

Sareth nickte. »Obwohl da etwas Seltsames an dem Zauberer von Scirath war, der Euch angegriffen hat, *Beshala.* Ich kann nicht genau sagen, was es war – aber es besteht kein Zweifel, dass er ein Scirathi war. Sie allein tragen goldene Masken.«

»Masken«, murmelte Grace. Die anderen sahen sie fragend an. »Die Masken sind der Brennpunkt ihrer Magie. Das haben wir erlebt.«

Beltan räusperte sich. Es war der erste Laut, den der Ritter von sich gab, seit sie sich um das Feuer versammelt hatten. »Also gut, mal sehen, ob ich das richtig verstanden habe. Diese Zauberer – diese Scirathi – sind für die Morde an den Göttern verantwortlich?«

Sareth zögerte, dann nickte er.

Melia ballte die kleinen Hände zu Fäusten. »Dafür werden sie bezahlen!«

»Aber wie?«, fragte Falken. »Nicht mal ein Zauberer sollte so mächtig sein, dass er einen Gott vernichten kann.«

Der Mournisch schaute nach unten und schwieg einen

langen Augenblick. Travis fiel auf, dass er sein Holzbein betrachtete. Schließlich sah er wieder auf.

»Es ist ein Dämon«, sagte er.

Vani schlug entsetzt eine Hand vor den Mund. Offensichtlich wusste sie, was Sareths Worte zu bedeuten hatten, und Melia und Falken auch, wenn man ihre grimmigen Mienen richtig deutete. Aber Travis hatte keine Ahnung.

»Ein Dämon?«, wiederholte er. »So wie aus der Hölle?«

Vani schüttelte den Kopf. »Das hat nichts mit der Erde zu tun, Travis.«

Sareth nickte. »Auf Eldh ist ein Dämon ein Relikt aus dem Krieg der Zauberer, der sich vor so langer Zeit zugetragen hat. Als sich die Zauberer gegen die Gottkönige von Amún erhoben, erschufen sie als eine ihrer größten Waffen die Dämonen. Ein Dämon konnte eine ganze Stadt zerstören, ihre Mauern bis auf das letzte Steinchen zu Staub zermahlen.«

Aryn erschauderte. »Genau wie Madame Vils Gasthaus.«

»Aber diese Dämonen, was waren sie?«, wollte Travis wissen.

»Es handelte sich um in Körper eingesperrte *Morndari*. Die *Morndari* waren seit jeher körperlose und hungrige Geister – darum konnte man sie mit Blut anlocken und kontrollieren. Aber ein paar Zauberer fanden eine Möglichkeit, die *Morndari* mit Hilfe von Magie in Objekte zu binden, sie in Körper aus Stein zu hüllen. Das waren die Dämonen. Mit Körpern versehen konnten sie durch das Land ziehen, aber die physische Form konnte nicht ihren

Hunger dämpfen. Sie verschlangen alles, was sich in ihrem Weg befand, und sie waren niemals gesättigt.«

Travis verspürte tiefes Unbehagen. Er konnte sie beinahe vor sich sehen – schattenhafte Kreaturen, die riesige Rachen aufrissen, um ganze Städte zu verschlingen, deren Bewohner sich vergeblich zu retten versuchten.

»Wenn sie niemals gesättigt waren«, sagte Grace, »wie hat man sie dann aufgehalten? Warum haben sie nicht ganz Amún verschlungen?«

»Das haben sie beinahe ja auch. Die Dämonen tragen die Schuld daran, dass Amún nun die Morgolthi ist – eine Wüste aus Knochen, Staub und Tod. Doch am Ende erkannten die Zauberer, die sie erschaffen hatten, ihren Wahnsinn, und es gelang ihnen, ihre Magie ungeschehen zu machen und alle Dämonen zu zerstören.«

»Offensichtlich nicht alle, wenn das stimmt, was Ihr sagt«, meinte Falken.

Sareth wandte sich dem Barden zu. »Wir können nur von der Annahme ausgehen, dass einer der Dämonen das Sommermeer überquerte und die Küste von Falengarth erreichte.«

»Aber warum hat er dann nicht hier alles zerstört?«, fragte Lirith.

»Irgendwie wurde er mit einem Zauber gebunden und in einem Raum unter dem Hügel eingekerkert, auf dem man später Tarras erbaut hat. Wir wissen nicht, wer ihn dort gebunden hat. Es muss ein Zauberer von großer Macht gewesen sein.«

Travis zwang sich dazu, nicht weiter auf seine Unterlippe zu beißen. »Aber wenn nur ein so mächtiger Zauberer diesen Dämon überhaupt binden konnte, wieso hat es dann überhaupt jemand geschafft, ihn von den magischen Fesseln zu befreien?«

»Der Dämon ist nicht frei«, sagte Sareth. »Jedenfalls nicht richtig, denn sonst wäre dort, wo Tarras steht, nur gähnende Leere. Dank der Bemühungen der Scirathi sind die Mauern seines Gefängnisses schwächer geworden, das ja. Aber ich glaube, dass die Zauberer eine Möglichkeit gefunden haben, den Dämon für ihre Zwecke zu benutzen, ohne ihn zu befreien.«

»Für ihre eigenen Zwecke«, wiederholte Melia, und ihre Stimme schwoll wütend an. »Ihr meint, die Götter zu ermorden!«

Sareth sah Melia ernst an. »Nein, große Lady, darum geht es nicht. Die Scirathi benutzen den Dämon nicht, weil sie Götter ermorden wollen. Der Tod der Götter soll die Kreatur lediglich beschwichtigen, es ist der Versuch, sie zu sättigen. Und zwar, damit sie problemlos an ihr vorbei können.«

»Ihr meint, die Scirathi opfern dem Dämon Götter, nur um ihn gefahrlos passieren zu können?«, rief Falken aus.

Melia zitterte vor Wut. »Das ist ... das ist völlig obszön!«

Travis' Herz pochte in seiner Brust. Etwas stimmte hier nicht – und damit meinte er nicht nur die Existenz des uralten Ungeheuers oder den sinnlosen Tod der drei Götter. Dann begriff er plötzlich mit einem Schaudern.

»Sareth, die Scirathi opfern dem Dämon Götter, um ihn zu sättigen.«

»Das ist richtig.«

»Aber Ihr habt auch gesagt, dass die Dämonen nicht

gesättigt werden können, ganz egal wie viel sie verschlingen.«

»Auch das ist richtig.«

»Also was hält den Dämon dann davon ab, stärker zu werden, wenn er frisst, und zwar stark genug, um die Fesseln irgendwann abzuschütteln und sich ganz zu befreien?«

Sareth blickte sein Holzbein an und schwieg.

23

Vani brach schließlich das Schweigen.

»Bruder, du musst uns noch erzählen, wie du von dem Dämon unter Tarras erfahren hast.«

Sareth senkte den Kopf, und er schien etwas zu murmeln. Sammelte er seine Gedanken? Oder war es ein Gebet? Bevor Travis zu einem Schluss kam, schaute der Mournisch auf, und sein Blick war gequält.

»Ich habe vor zwei Jahren von dem Dämon erfahren – kurz nachdem du uns verlassen hattest, Vani. Ein Derwisch kam zu uns ins Lager, das sich am Fuß der Leichentuchberge befand.«

»Ein Derwisch?« Falkens Frage überraschte Travis. Er hatte immer angenommen, dass Falken alles über die Menschen und die Geschichte Eldhs wusste. Aber offensichtlich wies selbst das Wissen des uralten Barden Lücken auf.

»Den Mournisch ist das Wirken von Blutzauberei verboten, bis wir Morindu die Finstere zurückerlangt haben, damit wir nicht wie die Scirathi werden – nur nach Macht strebend. Doch es gibt jene, die sich entschieden haben, diese Gesetze nicht zu befolgen, und die losziehen, um alle Geheimnisse der Zauberei zu meistern, die sie aufspüren können. Das sind die Derwische. Die meisten von ihnen sind wahnsinnig – das ist der Preis, den sie für ihre Einsamkeit und die Geheimnisse, die sie ergründen, bezahlen müssen. Und dieser Derwisch bot keine Ausnahme. Er war im Begriff zu sterben, als er in die Karawane stolperte. Ich glaube, das war der einzige Grund, aus dem er mit mir sprach, um vor seinem Tod noch mit den Geheimnissen zu prahlen, die er erfahren hatte. Er war so ausgetrocknet und dürr wie in der Wüste verlorene Knochen, und sein Gesicht war eine Maske aus Schorf und Fliegen. Er behauptete, aus der Morgolthi zu kommen, dem Hungernden Land, und ich bezweifelte es nicht. Er behauptete, er hätte dort im brennenden Sand gegraben. Und das hier gefunden ...«

Sareth zog etwas aus der Tasche. Für Travis sah es wie eine dicke, keilförmige Tonscherbe aus, die mit eckigen Symbolen markiert war.

»Ich wachte die ganze Nacht neben ihm, und er redete im Schlaf. Er verbrannte vor Fieber, und nur wenig von dem, was er sagte, ergab einen Sinn. Aber ein paar Worte wiederholte er immer wieder. *Der Finstere wird sich wieder erheben*, sagte er. Und *Sein Blut ist der Schlüssel.* Im Morgengrauen sah ich zu, wie das Leben ihn verließ, und wir begruben ihn dort.«

Vani nahm Sareth die Tonscherbe ab. »Was ist das? Wofür hat der Derwisch sein Leben gegeben, um es aus dem Sand der Morgolthi auszugraben?«

»Es ist ein Stück einer Tafel«, sagte Sareth. »Das war mir sofort klar, obwohl ich sie nicht entziffern konnte. Aber Mirgeth konnte es, als ich sie ihm zeigte. Das ist die uralte Schrift von Amún.«

»Was steht dort?«, fragte Falken.

»Nur wenig. Ein paar Wortfragmente, genug, um uns wissen zu lassen, dass es während des Krieges der Zauberer geschrieben wurde, aber das war es auch schon. Ich wollte den Derwisch und seine Fieberfantasien vergessen, als mir

Mirgeth die Scherbe zurückgab und ich sie fallen ließ. Sie landete auf dem Boden und ...«

Sareth nahm die Scherbe wieder von Vani entgegen. Vorsichtig teilte er sie in zwei Teile und zog etwas heraus. Es war eine dünne Goldscheibe.

Vani setzte sich gerade hin. »Eine *Fa'deth.*«

»Ja. Es ist eine *Fa'deth*, eine Botschaftsscheibe, wie sie die Hohen Zauberer von Morindu benutzten, um einander Botschaften zu übersenden.«

In dem rot glühenden Licht des Feuers konnte Travis feine Gravuren auf der Scheibe sehen. »Was steht drauf?«

»Lass sie für uns sprechen, Sareth«, sagte Vani, und ihre Augen funkelten so hell wie die goldene Scheibe.

Er schüttelte den Kopf. »Dazu braucht man Blut. Die Ältesten ließen mich die *Fa'deth* benutzen, aber einmal reichte, und ich muss nicht noch mehr Blut für sie sinnlos verschwenden.«

»Ihr meint, sie spricht zu Euch?«, fragte Grace.

»Wie ich schon sagte, so schickten die höchsten Zauberer einander Botschaften. Selbst wenn eine Scheibe abgefangen werden sollte, konnte der Dieb die Botschaft nicht entschlüsseln.«

»Es sei denn, er war ebenfalls Zauberer«, murmelte Travis, dem erst bewusst wurde, dass er die Worte laut ausgesprochen hatte, als Sareth ihn anblickte.

»Was hat sie dir verraten?«, wollte Vani wissen.

Sareth holte tief Luft. »In einem Berg aus weißem Stein wurde ein Dämon eingesperrt, im Norden jenseits des Meeres – ein Berg, den ich aus der Beschreibung als den Berg wieder erkannte, auf dem man Tarras errichtet hat. Sie berichtet außerdem, dass noch etwas anderes zusammen mit dem Dämon begraben wurde. Ein Relikt aus Morindu der Finsteren.«

Unwillkürlich beugte sich Vani näher heran. »Was für ein Relikt?«, flüsterte sie.

»Ein Skarabäus«, sagte Sareth. »Ein Skarabäus von Orú.«

Vani keuchte auf, aber den verblüfften Blicken der anderen um das Feuer Versammelten nach zu urteilen, war Travis nicht der Einzige, der verwirrt war.

»Ist ein Skarabäus nicht bloß ein Schmuckstück?«, fragte er.

Sareth lachte, es war ein tiefes, melodisches und irgendwie völlig humorloses Lachen. »Genauso gut könntet Ihr sagen, die Sonne ist bloß eine Flamme wie die einer Kerze. Von allen geheimen Magien Morindus der Finsteren war keine so mächtig wie die Skarabäen von Orú.«

»Moment mal«, sagte Grace. »Ich habe gehört, wie Eure Großmutter das Wort benutzte. Orú. Wer war er?«

Vani legte die Hände auf die Knie. »Er war dreihundert Jahre lang der Gottkönig von Morindu der Finsteren.«

»Unfug«, brummte Durge. »Kein Mann kann dreihundert Jahre lang König sein.«

Wieder lachte Sareth. »Doch, das ist die Wahrheit, meine ehrenwerte Wolke. Kein Mann, sondern ein Gott.«

»Orú war kein richtiger Gott«, meldete sich Melia zu Wort. Sie sah wütend aus. »Die Gottkönige von Amún waren bloß Tyrannen, die sich für Gottheiten ausgaben, damit sie das göttliche Recht für sich beanspruchen konnten, ihre Städte zu beherrschen. Es war verabscheuungswürdig!«

»Und doch gibt es Leute, die der Ansicht sind, dass ohne

diese harte Herrschaft die ersten Städte niemals den Wüsten von Amún abgetrotzt hätten werden können«, behauptete Falken. »Und es waren mit Sicherheit die Flüchtlinge vor der Zerstörung Amúns, die die Zivilisation nach Falengarth gebracht haben. Ohne die Gottkönige von Moringarth würde Tarras nicht existieren«

Sareth wog die goldene *Fa'deth* in der Hand. »Es ist richtig, dass Orú sein Leben als ganz gewöhnlicher Mensch begann – tatsächlich war er der Sohn eines Bettlers. Ihr müsst wissen, dass man in Morindu nicht durch Geburt zum König oder zur Königin wurde, sondern durch das Recht der Magie. Man krönte den größten Zauberer einer jeden Generation zum König. Oder eine Zauberin zur Königin. Und in den tausend Jahren von Morindus Geschichte gab es keinen größeren Zauberer als Orú. Auch wenn sich die anderen Herrscher Amúns selbst als Götter bezeichneten, war allein Orú wirklich so mächtig wie ein Gott.«

»Aber wenn er in so einfachen Verhältnissen zur Welt kam«, sagte Lirith, »wieso wurde er dann so mächtig?«

»Ich fürchte, die Antwort auf diese Frage liegt zusammen mit Morindu unter dem Sand der Morgolthi begraben«, sagte Sareth. »Und selbst als Morindu noch stand, kannten vermutlich nur wenige das Geheimnis, wie Orú zu einem Gott wurde. Vielleicht seine Frau und seine sieben Hohen Priester – sonst mit Sicherheit niemand. Aber ich weiß Folgendes. Wenn man einen Fluss aus menschlichem Blut brauchte, um eine bestimmte Magie zu wirken, dann benötigte man dafür nur drei Tropfen von Orús Blut. In den Legenden heißt es, dass sich einhundert Zauberer Sciraths im selben Augenblick opferten, sich schwarze Dolche in die

Herzen rammten und einen großen Teich mit ihrem Blut füllten – nur um einen Zauber zu vollbringen, der das Leben von Sciraths König um zehn Jahre verlängerte.« Sareths Augen leuchteten im Feuerschein. »Zehn Jahre – das hat das Blut von hundert Zauberern Sciraths König gebracht. Und als Morindu während des Kriegs der Zauberer unterging, war Orú seit drei Jahrhunderten am Leben.«

Beltan verschränkte die Arme. »Wenn dieser Orú ein so großer König war, warum hat er die Stadt dann nicht gerettet?«

»Das konnte er nicht«, erklärte Sareth. »Denn er schlief.«

Grace zog die Knie an die Brust. »Er schlief?«

»Ja. Als die Jahrhunderte vergingen und Orús Macht weiter anwuchs, wurde es immer schwerer, ihn zu wecken. Manchmal schlief er tagelang ohne Unterbrechung, und er stöhnte und warf sich wild umher, als würde er von schrecklichen Alpträumen geplagt, so dass seine Priester schließlich gezwungen waren, ihn auf dem Thron festzuketten. Dann wurden die Tage zu Wochen, und aus Wochen wurden Monate, bis er schließlich ...«

»Bis er schließlich gar nicht mehr erwachte«, sagte Aryn und erschauderte.

Sareth nickte. »Seitdem nannte man Orú den Angeketteten Gott, denn er träumte angekettet auf seinem Thron, während seine sieben Priester-Zauberer in seinem Namen herrschten. Irgendwann entdeckten die Sieben ein schreckliches und mächtiges Geheimnis. Sie schnitten in Orús Finger und tranken sein Blut. So wurden sie dann selbst zu großen Zauberern. Aber sie tranken nicht alles Blut, das sie von ihm nahmen. Einen Teil versiegelten sie in Schmuckstücken aus Gold, die der Legende zufolge vermutlich alle die Form von Skarabäuskäfern hatten.«

Travis begriff. »Das also sind die Skarabäen. Schmuckstücke, die das Blut des Gottkönigs Orú enthalten.«

Sareth nickte. »Ich kann nicht sagen, wieso man einen Skarabäus zusammen mit dem Dämon in der Gruft eingesperrt hat – die *Fa'deth* hat nur berichtet, dass er sich dort befindet. Aber kein Relikt aus Morindu der Finsteren verfügt über mehr Macht. Oder ist gefährlicher.«

Ein dunkles Holzstück zischte auf und brach vom Feuer verzehrt auseinander. Schließlich ergriff Vani das Wort.

»Sareth, es gibt einen Teil der Geschichte, den du uns noch nicht erzählt hast. Als ich dich das letzte Mal sah, warst du noch ... gesund.« Sie deutete auf sein Holzbein.

Er starrte auf seine Hände. »Es gibt kein mächtigeres Blut als das des Gottkönigs Orú. Das Blut von fünfhundert Zauberern kommt dem nicht gleich, das ein Skarabäus enthält. Mit einem einzigen Tropfen könnte man Wunder geschehen lassen. Oder ...«

»Das Artefakt«, sagte Grace. »Ihr wolltet den Skarabäus finden, damit Ihr das Tor-Artefakt mit Orús Blut bedienen und Vani zurück von der Erde holen konntet.«

Sareth nickte hölzern. »Es war früher in diesem Jahr, nachdem wir erfahren hatten, dass Travis Wilder sich hier auf Eldh aufhielt, bevor er zur Erde zurückkehrte. Ich konnte ... ich konnte den Gedanken nicht ertragen, dass du dort gestrandet warst, Vani, ohne jede Hoffnung ...«

Tränen funkelten in Sareths Augen. Vani griff nach seiner Hand und hielt sie fest. »Ich bin jetzt hier, Bruder. Aber du musst es mir erzählen. Was ist dir passiert?«

Er wischte sich die Tränen fort. »Die Ältesten haben es natürlich verboten, aber ich habe ihnen nicht gehorcht und bin trotzdem gegangen. Aber ich bin nicht allein gegangen. Xemeth hat mich begleitet.« Sareth schaute die anderen an. »Als Kinder waren Xemeth, Vani und ich unzertrennlich. Wir haben alles zusammen gemacht. Er war wie ein Bruder für mich. Aber als wir älter wurden, haben die Karten ...«

Vani sah zur Seite. Was auch immer Sareth hatte sagen wollen, er schluckte es herunter.

»Also begleitete mich Xemeth nach Tarras. Von den Anhängern des Rattengottes erfuhren wir, dass es in einem der Abwasserkanäle einen Spalt im Boden gibt, der tief in den Felsen unter der Stadt führt. Nicht einmal sie hatten es gewagt, ihn bis zu seinem Ende zu erforschen. Wir stiegen in den Spalt hinunter, bis wir schließlich zu einer großen Höhle kamen. Und dort ...«

Sareths Hände begannen zu zittern. Er faltete sie, konnte das Zittern aber nicht aufhalten. »Ich kann euch nicht genau erzählen, was in dieser Höhle geschah. Wie bei einem Alptraum ist es zugleich verschwommen und von schrecklicher Klarheit. Ich sah den Skarabäus auf einem Altar liegen; er strahlte wie ein goldener Stern. Xemeth ging darauf zu. Und dann ... fiel ein Schatten auf uns. Ein Schatten, dessen Mittelpunkt wir nicht sehen konnten. Ich glaube ... ich glaube, der Dämon wurde noch immer von der alten Magie gebunden. Sonst hätte ich niemals entkommen können. Ich verspürte nur eine große Kälte in meinem Bein, und dann konnte ich nicht mehr gehen. Aber Xemeth ... er war näher daran. In dem einen Augenblick sah ich ihn, dann nahm der Schatten an Größe zu. Ein tosender Lärm ertönte, der Boden erzitterte. Dann war er ... verschwunden.«

Lirith hielt sich die Hand vor den Mund.

»Ich floh wie ein Feigling«, krächzte Sareth. »Ich kroch mit den Händen den Spalt hinauf. Ich weiß nicht mehr, wie ich es bis in die Abwasserkanäle unter Tarras schaffte. Erst als mich ein paar der Anhänger Gebs fanden und auf die Beine stellten, begriff ich, was ich verloren hatte.« Er strich über das Holzbein. »Dann kamen unsere Leute und brachten mich zur Karawane zurück. Ich dachte, sie würden mich für meine Dummheit bestrafen, aber das taten sie nicht.«

»Sie glaubten, du wärst bereits genug gestraft«, sagte Falken und streckte die Finger der schwarz behandschuhten Hand.

Vani verschränkte die Arme. »Armer Xemeth. Ich habe ihm nie ...«

Sie vollendete den Satz nicht, und Travis glaubte, möglicherweise zu verstehen. Als die Jugendfreunde älter geworden waren, hatte sich Xemeth vermutlich in Vani verliebt. Aber es war eine Liebe gewesen, die sie nicht erwidern konnte. Etwas hatte sie davon abgehalten ... etwas, das sie in den Karten gesehen hatte.

»Also glaubt Ihr, dass die Scirathi den Skarabäus in ihren Besitz bringen wollen«, sagte Grace.

Sareth schaute mit hartem Gesichtsausdruck auf. »Ich weiß es. Wir haben immer gegen sie gearbeitet, und in der ganzen Zeit haben sie nach Relikten aus Morindu gesucht – und keines davon ist so mächtig wie ein Skarabäus. Man kann unmöglich sagen, welche widerwärtige Magie sie damit wirken werden.«

»So wie Morindu die Finstere aus dem Sand zu heben?«, meinte Travis.

Sareth nickte steif. »Irgendwie haben die Scirathi von dem Dämon und dem Skarabäus erfahren, die unter Tarras verborgen sind. Vor zwei Monaten hat mich einer von ihnen überfallen und mir das Tor-Artefakt abgenommen.«

»Das wissen wir«, sagte Vani.

Er blickte in die glühenden Holzscheite. »Ich war davon überzeugt, dass sie es auf diese Weise machen – dass sie den Dämon mit seiner Hilfe gefüttert haben. Ich dachte, dass sie irgendwie mit Hilfe des Artefakts Tore zwischen der Höhle unter Tarras und den Tempeln der Götter erschaffen. Um zwischen den Welten zu reisen, benötigt man Blut von großer Macht – Blut wie von dem Lichtwesen, von dem Vani mir erzählt hat, das Wesen, das mit euch zusammen durch das Tor kam. Aber das Blut eines Zauberers müsste ausreichen, um innerhalb der Stadt Tore zu öffnen.«

Grace runzelte die Stirn. »Aber wäre das ohne das Prisma des Artefakts nicht unmöglich gewesen? Und das hatte schließlich Vani auf der Erde.«

»Ja, das weiß ich jetzt auch«, sagte Sareth. »Wie sich herausstellte, wurde das Artefakt zur Erde gebracht. Was nur eine Antwort übrig lässt.«

Diesmal war es Travis, der als Erster auf die Lösung kam. »Die Scirathi besitzen ein anderes Tor-Artefakt.«

»Ja«, sagte Sareth.

Falken seufzte. »Also stecken die Zauberer von Scirath hinter den ganzen Morden. Sie haben dem Dämon Götter geopfert in der Hoffnung, ihn so satt zu machen, dass sie an ihm vorbeikommen und sich diesen Skarabäus schnappen können. Und sie haben jeden getötet, der ihnen auf die Spur kommt.«

Kurz huschte Trauer über Melias Gesicht, dann wurde ihr Ausdruck hart. »Sie werden keinen Erfolg haben. Wir werden es nicht zulassen.«

»Aber wie?«, sagte Grace. »Wie sollen wir sie aufhalten, wenn sie einen Dämon auf ihrer Seite haben?«

Travis verspürte einen Schauder. In seiner Erinnerung erklangen wieder geflüsterte Worte.

Um zu entscheiden, was sein soll …

Er kannte den Grund nicht, nur dass es so sein würde, dass sich der Elf deshalb hatte gefangen nehmen und auf eine andere Welt bringen lassen, um ihn zu finden. Vorsichtig zog er den Stein aus der Tasche. Er funkelte matt auf seiner Hand und schien das Feuerlicht zu absorbieren. *Sinfathisar.* Der Stein des Zwielichts.

»Wir werden es hiermit tun«, sagte er.

24

Lirith trat von dem Wagen fort, in dem sie geschlafen hatte, und atmete tief den feuchten Duft der Morgendämmerung ein. Weißgoldenes Licht stahl sich durch den Kreis aus *Ithayas*, und die großen Bäume wogten im Wind, der vom Meer wehte. Möwen kreisten in der Luft, ihre Rufe klangen wie leise Geisterstimmen.

Als sie vergangene Nacht in den Wagen gestolpert war, um zu schlafen, war sie zu müde gewesen, um ihn sich genau anzusehen. Jetzt erkannte sie, dass er wie eine Kröte geformt war. Sie war dankbar, dass es keine Spinne war.

Sie stieg von den Stufen des Wagens, und ihre nackten Füße versanken im taufeuchten Gras. Ein sauberer Duft stieg davon auf. Sie ging an den Bäumen vorbei, bis sie sie in der Tiefe sah: die weißen Türme und goldenen Kuppeln von Tarras. Sie funkelten hell und perfekt im Licht der Morgendämmerung.

Nein, nicht perfekt. Mehrere schmale, dunkle Striche stiegen aus der Stadt in die Höhe. Tarras brannte. Nur an ein paar Stellen, aber für Lirith hatte das nur eine Bedeutung: Die Dunkelheit und Verwirrung, die sie in der Stadt gesehen hatten, wuchs weiter. Wie viele Leute hatten ihre Kochherde, ihre Geschäfte und ihre geliebten Menschen verlassen, um das Elixier der Vergangenheit zu trinken und mit blinden Augen in die Sonne zu starren? Aber vielleicht spielte das keine Rolle; vielleicht würde es früher oder später keine Stadt und auch keine Menschen mehr geben, um die man sich sorgte. Der scharfe Wind ließ Lirith die Arme unter der Brust verschränken. Für sie sahen die Rauchwolken wie schwarze Fäden aus, die in den Himmel griffen.

Sie zögerte, dann schloss sie die Augen und griff mit der Gabe zu. Ja, sie konnte es sehen, das Knäuel im Gewebe der Weltenkraft. Es brodelte und wuchs, während sie zusah. Übelkeit stieg in ihr auf. Trotzdem zwang sie sich dazu, näher hinzusehen, in das Herz der wimmelnden Masse zu blicken.

Und sie konnte es sehen oder vielmehr fühlen. Genau in der Mitte lauerte ein schwarzes Nichts. Sie wurde Zeugin, wie ein Faden von dem Knäuel angezogen wurde, aufblitzte – und verschwunden war. Also tat es mehr, als die Fäden der Weltenkraft zu verknoten. Es fraß sie auf.

Aber nach dem zu urteilen, was sie in der Nacht erfahren hatten, war das nur folgerichtig. Es konnte keinen Zweifel mehr geben, dass der Dämon die Ursache für das Knäuel in der Weltenkraft sowie für die Veränderung im Garten der Götter war. Doch warum hatte sie den Knoten zum ersten Mal im fernen Ar-Tolor gesehen?

Denk nach, Schwester. Was ist an dem Tag geschehen, an dem du das Knäuel zum ersten Mal gesehen hast? Der Soldat kam an deine Tür und hat dich geweckt. Es war …

Es war der Tag, an dem Melia auf Ar-Tolor eintraf.

Ja, alles ergibt einen Sinn. Melia verliert sich in den Erinnerungen an die Vergangenheit, und seit dem Augenblick, in dem sie auf Ar-Tolor eintraf, geht es dir genauso. Und jetzt passiert es den Bürgern von Tarras, während selbst die Götter sich im Netz der Vergangenheit verfangen.

Lirith nahm an, dass das Knäuel, das sie in der Weltenkraft sah, lediglich eine Vision war – ein Gebilde, das ihre

Fähigkeit der Sicht erschuf, der Versuch, der Gefahr, die sie spürte, Form und Gestalt zu verleihen. Aber warum brachte der Dämon Melia und die anderen Götter – und die Menschen in ihrer Nähe – dazu, Vergangenheit, Gegenwart und Zukunft zu vermengen? Es war fast so, als würde der Dämon nicht nur das Netz der Weltenkraft auflösen, sondern das Gefüge der Zeit selbst.

Lirith seufzte. Das waren Fragen, die sie nicht beantworten konnte, aber sie beschloss, die anderen zu fragen. Das hieß, wenn sie Zeit hatte. Denn im ersterbenden Licht des Feuers hatten sie letzte Nacht einen, wie Lirith fand, verzweifelten Plan geschmiedet.

Ich vermute, ich soll mich unter die Stadt begeben, hatte Travis gesagt. *Ich glaube, darum hat der Elf das Tor-Artefakt wieder mit seinem Blut gefüllt. Er will, dass ich hindurchschreite,* Sinfathisar *nehme und den Dämon aufhalte, bevor er sich befreien kann.*

Wir müssen die Scirathi ablenken, hatte Sareth gesagt. *Sie werden die Höhle bewachen, in die der Dämon eingesperrt ist. Euer magischer Stein wird Euch nichts nutzen, wenn Ihr es nicht schafft, in die Nähe des Dämons zu kommen. Wir müssen die Zauberer so weit von Euch fern halten, wie es nur möglich ist.*

Ich glaube, da wird uns Kaiser Ephesian helfen, hatte Melia mit funkelnden Augen gesagt. *Ob er will oder nicht.*

Es war Grace, die am Ende die Frage ausgesprochen hatte, die alle beschäftigt hatte. *Wie, Travis? Wie willst du den Dämon mit* Sinfathisar *aufhalten?*

Das weiß ich noch nicht genau, Grace, hatte er mit einem trockenen Lächeln erwidert. *Aber der Elf schien der*

Überzeugung zu sein, dass der Stein es kann. Und ich habe Sinfathisar *benutzt, um das Runentor zu versiegeln. Ich muss einfach glauben, dass er das hier ebenfalls zu Stande bringen wird.*

Danach waren sie zu Bett gegangen; Sareth und Vani hatten ihnen verschiedene Wagen zugeteilt, in denen sie schlafen konnten. Aber Lirith hatte noch ein Gespräch geführt, bevor sie sich dem Schlaf ergeben hatte. Sie hatte sich in der Dunkelheit mit Aryn unterhalten. Sie hatten ohne Worte gesprochen – und sie hatten Grace auch nicht in die Unterhaltung mit einbezogen, denn sie war sofort in einen tiefen Schlaf der Erschöpfung gefallen. Davon abgesehen hatte Lirith nicht die geringste Ahnung, wie sie es Grace beibringen sollten, dass das Muster von ihr verlangte, ihren Freund zu verraten.

Aber Grace hat an dem Großen Hexenzirkel nicht teilgenommen, Schwester, hatte Aryn in ihrem Bewusstsein gesagt. *Sie ist kein Teil des Musters.*

Das stimmte, aber Lirith hatte nicht begriffen, was das bedeutete, zumindest nicht vollständig. Und so hatte sie sich vorgenommen, später darüber nachzudenken. Im Augenblick hatten sie andere Probleme.

Wir müssen bei der ersten Gelegenheit Ivalaine über Travis Wilders Ankunft informieren. Zumindest das verlangt das Muster.

Lirith hatte das Zögern am anderen Ende des Fadens gespürt.

Ich weiß, Schwester. Du bist nicht die Einzige, die sich gefreut hat, Travis zu sehen – und dann bei seinem Anblick verzweifelt ist. Ich kann immer noch nicht glauben, dass er

Eldh schaden soll. Egal, was ich ihn habe tun sehen, er ist ein freundlicher und sanfter Mann. Aber er verfügt über Macht, sogar große Macht. Das kann keine von uns bestreiten.

Aber was sollen wir tun, Lirith?

Das, was ich gesagt habe. Das Muster verlangt von uns nur, dass wir Ivalaine benachrichtigen und ihn dann im Auge behalten. Es spielt keine Rolle, welche Bedrohung er für Eldh in der Zukunft sein wird, im Augenblick ist er der Einzige, der eine Chance hat, die Flucht des Dämons zu verhindern, und dabei dürfen wir ihm keine Hindernisse in den Weg legen.

Aber was ist, wenn er einen Fehler macht, Schwester? Was, wenn er versehentlich den Dämon befreit und Eldh auf diese Weise zerstört wird?

Daran hatte Lirith noch gar nicht gedacht. Aber sie kannte die Gefahren, die darin lagen, Prophezeiungen zu interpretieren. Wenn man versuchte, das zu vermeiden, was vorhergesagt war, konnte es geschehen, dass man es erst recht herbeiführte.

Nein, Aryn, wir werden nichts unternehmen außer dem, was man uns befohlen hat. Wir werden Ivalaine so bald wie möglich eine Botschaft schicken, und wir werden Travis beobachten. Das ist alles.

Und wie werden wir es Grace sagen?

Gute Nacht, Schwester, hatte Lirith erwidert. *Du wirst deinen Schlaf brauchen.*

Aber sie hatte schlecht geschlafen. Sie hatte geträumt, Travis Wilder in das Knäuel in der Weltenkraft zu stoßen, während ein Mann und eine Frau entsetzt aufschrien. Der

Mann war natürlich Beltan; er liebte Travis. Bei der Frau hatte sie zuerst geglaubt, es würde sich um Grace handeln, aber dann sah sie, dass sie Augen aus Gold hatte. Bevor sie genauer hatte hinsehen können, schlangen sich die Fäden um Travis und zerrten ihn in das finstere Zentrum des Knäuels, wo er einen Augenblick später verschwand. Aber das brodelnde Knäuel wuchs immer weiter, bis es schließlich alles verschlang. Lirith eingeschlossen.

Irgendwo hinter ihr erklangen jetzt Stimmen. In die Mournisch kam Leben. Die anderen würden bald aufstehen. Lirith drehte sich um.

»Hallo, *Beshala*«, sagte Sareth. Seine braungelben Augen betrachteten sie sanft im Licht der Morgensonne.

Lirith griff nach dem Spinnenamulett um ihren Hals, aber jedes Wort, das sie hätte sagen können, wurde vom Wind davongetragen. Über ihnen kreischten Möwen.

Sie musste direkt an ihm vorbei gegangen sein. Er lehnte am Stumpf eines *Ithaya*-Baumes und trug seine Pluderhosen und die offene Weste. Das Morgenlicht verlieh der braunen Haut seiner Brust einen glänzenden Schimmer, und der Wind zerzauste sein schwarzes Haar. In der Hand hielt er eine *T'hot*-Karte. Lirith konnte nicht sehen, was sie darstellte.

Vergangene Nacht in der Dunkelheit hatte sie vergessen können, wie attraktiv er doch war. Aber jetzt nicht. Sein Anblick machte sie schwach. Dann glitt ihr Blick über das Bein, das nicht in Fleisch, sondern in Holz endete. Er verzog den Mund. Und stellte das Holzbein hinter das gesunde.

Lirith war entsetzt. Sie hatte ihn nicht dazu bringen wollen, sein Bein zu verbergen. Es war ein Teil von ihm, so wie seine schönen Hände oder der knappe Spitzbart an seinem Kinn. Sie würde nichts davon ändern wollen. Wieder wollte sie etwas sagen und konnte es nicht.

Das ist doch albern, Schwester. Sag es ihm. Sag, was du fühlst!

»Es bringt Glück, sagen die alten Frauen«, sprach er mit seiner tiefen, melodischen Stimme.

Sie neigte verwirrt den Kopf. Er zeigte auf ihr Spinnenamulett, das sie noch immer umklammerte.

Lirith ließ es los. »Tatsächlich? Ich bin mir nicht sicher, ob das stimmt.«

Vergangene Nacht hatte Vani berichtet, wie die Scirathi magische Spinnen benutzt hatten, um jene zu vergiften, die sie tot sehen wollten. Genauso hatten sie Orsith getötet, den Priester von Mandu, den Sterbenden Gott. Und sie hatte sie in ihren Träumen gesehen.

Anscheinend erahnte er ihre Gedanken. »Nein, lasst nicht die Taten der Scirathi darüber entscheiden, was Ihr glaubt. Es ist eine Verhöhnung, dass die Zauberer von Scirath Spinnen für ihr böses Werk benutzen. Denn in Morindu waren Spinnen heilige Tiere. Und so betrachtet mein Volk sie noch immer. In unseren Legenden sind sie die Weber, die die Welt zusammenknüpfen.«

Lirith seufzte. »Wir hatten angenommen, dass Sif für die Morde verantwortlich war, weil wir eine der Spinnen an dem Ort gefunden hatten, an dem der Priester Orsith ermordet wurde. Aber das war nur ein Zufall, nicht wahr?«

»Nicht unbedingt. Ich vermute, die Scirathi sahen in dem Spinnengott eine Gelegenheit, jeden zu verwirren, der die Morde aufklären wollte.«

Lirith nickte, aber sie wollte sich nicht über Spinnen unterhalten.

»Ich habe gehört ...« Ihre Stimme versagte, und sie befeuchtete sich die Lippen. »Ich habe gehört, dass Außenstehenden nicht erlaubt ist, in einen Klan der Mournisch einzuheiraten.«

Sareth starrte reglos an ihr vorbei. »Das ist richtig.«

Die Worte waren wie ein Dolch, aber einer, von dem sie gewusst hatte, dass er kommen würde. Sie wandte sich ab, um die Wunde zu verbergen, die mit Sicherheit in ihrer Brust zu sehen war. »Ich verstehe.«

Aber vielleicht spielte es ja keine Rolle. Wer war sie denn schon, dass sie glaubte, ein Mann würde sie heiraten? Sie erinnerte sich an den Traum, in dem sich Sareth in ihren Armen zu Stein verwandelt hatte. War der Traum für sie nicht schon zur Wahrheit geworden? Ein Mann würde in ihr keine Wärme finden, kein Leben. Keine Kinder.

Hinter ihr raschelte es. Sie roch sauberen Schweiß und Gewürze; ihr Hals wurde ganz trocken. Etwas Warmes berührte ihren Nacken; der Atem eines Mannes.

»Beshala ...«, flüsterte er.

Sie schloss die Augen. »Ihr sagt dieses Wort immer wieder, aber ich kenne es nicht. Was bedeutet es?«

»In der Sprache meines Volkes bedeutet es *Geliebte*.«

Ein Keuchen entfuhr Lirith. Es war ein Schmerzenslaut. Sie drehte sich um und suchte in seinem Gesicht nach Antworten. »Nein, das kann nicht sein. *Beshala*. Ich erinnere mich – so habt Ihr mich auf Ar-Tolor genannt, in dem Augenblick, in dem Ihr mich erblickt habt.«

Sein Blick war ernst. »Ich weiß.«

»Aber ...«

»Welcher Mournisch kennt nicht sein Schicksal, wenn er ihm begegnet? *Beshala?*«

Sie standen da wie die Bäume und schwankten im Wind, während hoch über ihnen die Möwen kreischten. Dann neigten sie sich langsam gegen den Wind einander zu.

»Lirith, da seid Ihr ja!«

Sie zuckte zurück, schaute auf. Grace kam zwischen den Sonnenblattbäumen auf sie zu. Travis war an ihrer Seite. Lirith spürte, wie ihre Wangen brannten, und Sareth trat schnell von ihr fort. Aber wenn Grace und Travis etwas bemerkt hatten, erwähnten sie es nicht.

Und es gibt auch nichts zu erwähnen. Du hast seine Worte gehört. Was auch immer sein Schicksal ist, er kann keine Außenstehende heiraten. Und du weißt, was das Schicksal für dich bereithält. Der Rabe ...

»Melia ist aufgestanden«, sagte Travis. »Sie will, dass alle zusammenkommen. Sofort.«

Grace zuckte entschuldigend mit den Schultern. »Ich habe versucht, ihr zu sagen, dass vor einer Tasse *Maddok* keiner die Welt rettet, aber Ihr wisst ja, wie sie ist.«

»Allerdings«, erwiderte Lirith in einem Tonfall, der, wie sie hoffte, unbekümmert klang. Wieder fragte sie sich, wie sie Grace sagen sollte, was die Hexen wegen Travis entschieden hatten.

»Lirith?« Travis sah sie mit gerunzelter Stirn an.

»Ja?«

»Ihr habt mich angestarrt. Was ist? Bin ich nicht richtig frisiert? Oh, wartet.« Er rieb sich über den kahlen Kopf und grinste.

»Verzeiht mir«, sagte sie. »Ich bin ... ich bin noch nicht richtig wach.«

Travis nickte bloß, aber Grace sah sie fragend an. Glücklicherweise ergriff wieder Travis das Wort, bevor Lirith sich genötigt fühlte, alles über die Hexen auszuplaudern.

»Guten Morgen, Sareth. Was habt Ihr da?« Travis zeigte auf die Karte in Sareths Hand.

»Vielleicht könnt Ihr mir das sagen. Als ich heute Morgen aufstand, zog ich eine Karte aus Al-Mamas Spiel, um zu sehen, was der Tag bringt.«

Er drehte die Karte um. Lirith schlug die Hand vor den Mund. Die Spielkarte zeigte einen Mann, in dessen Rücken drei Schwerter steckten.

Travis zuckte zusammen. »Ich muss sagen, das sieht nicht gerade wie ein gutes Zeichen aus.«

»Nein«, erwiderte Sareth. »Das ist es nicht. Diese Karte bedeutet Verrat. Ich würde sagen, wir werden heute verraten.«

»Aber von wem?«, fragte Grace.

Lirith verschränkte die Arme und wandte sich ab. »Wir sollten Lady Melia besser nicht warten lassen.«

25

Der Vormittag war zur Hälfte vorüber, und die grelle Sonne schien hell auf die weißen Mauern, während sie die Hauptstraße entlanggingen, die durch die fünf Kreise von Tarras führte.

»Also gut«, murmelte Travis, »bin ich hier der Einzige, der sich irgendwie auffällig vorkommt?«

Er zupfte an seiner neuen Kleidung herum: knielange Hosen, weites weißes Hemd und eine rote, mit gelben Stickereien verzierte Weste. Ein Tuch verbarg seinen kahlen Schädel, und seine silbernen Ohrringe unterstützten den Eindruck noch. Wäre seine blasse, noch immer neue Haut nicht gewesen, hätte man ihn mit einem Mournisch verwechseln können.

Bei der Karawane hatten Sareth und Vani sie alle mit neuer Kleidung ausgestattet.

Das ist nur eine Vorsichtsmaßnahme, hatte Sareth gesagt. *Wir werden vermutlich weniger unerwünschte Aufmerksamkeit von den Scirathi erregen, wenn wir bloß als eine Gruppe von Mournisch auftreten, die in die Stadt gekommen ist, um Leuten die Zukunft vorherzusagen und Tand zu verkaufen.*

Graces Aufmachung unterschied sich kaum von Travis'. Sie war größer als jeder in ihrer Gruppe mit Ausnahme von Beltan und Travis, und keines der Kleider der Mournisch-Frauen hatte ihr gepasst. Ihr aschblondes Haar verbarg sich hoch gesteckt unter einem Hut ohne Krempe. Vani hatte ihr sogar ein kurzes Schwert gegeben, das sie an der Hüfte trug. Die anderen trugen helle Farben und funkelnden Schmuck. Sogar Durge, der sich bereit erklärt hatte, seinen Schnurrbart zu stutzen und die Stoppeln am Kinn im Mournisch-Stil wachsen zu lassen – wenn auch nicht kampflos. Aber als Aryn erwähnte, er sähe zehn Winter jünger aus, hörte er auf zu knurren.

»Wenigstens funktioniert es«, sagte Grace als Antwort auf Travis' Klage. »Sieh doch. Niemand kommt auch nur in unsere Nähe.«

»Kann man ihnen ja auch wohl kaum verdenken. Marji würde uns in einer Sekunde wegen Verbrechen gegen die Mode verhaften lassen.«

Grace seufzte, dann strich sie über ihre verzierte Weste. »Nein, ich glaube, es hätte ihr gefallen.«

Je länger Grace darüber nachdachte, desto mehr wurde ihr klar, wie gut Sareths Entscheidung mit der Verkleidung war. Die Scirathi hassten die Mournisch, aber sie verachteten das Vagabundenvolk auch. Sie würden einer abgerissenen kleinen Gruppe, die in die Stadt kam, um ein paar Münzen zusammenzuklauben, keine große Aufmerksamkeit schenken. Stattdessen würden die Zauberer nach Melia und Falken Ausschau halten und nach Lirith, Durge und Aryn. Und sie konnten unmöglich wissen, dass Travis, sie und Vani in der Stadt waren.

Doch während sie dahergingen, kam Grace zu dem Schluss, dass es nicht nur ihre Verkleidung war, die sie unbehelligt ihres Weges ziehen ließ. Lirith hatte Recht. Die Bewohner von Tarras schienen benommen und abgelenkt. Viele von ihnen trugen einen Ausdruck offener Verwirrung auf den Gesichtern, standen mitten auf der Straße, hielten einen Eimer oder ein Kind oder einen Korb voller Waren und vermittelten den Eindruck, dass sie nicht die geringste Vorstellung hatten, was sie als Nächstes tun sollten. Dann waren da die Leute, die mit leeren Bechern an den Wänden saßen, über deren purpurverschmierte Lippen Fliegen krochen. Und doch ergab das keinen Sinn – Lirith hatte gesagt, dass dieses so genannte Elixier der Vergangenheit nichts Magisches enthielt.

Es ist der Dämon, Grace. Das Ungeheuer ist die Quelle von allem, was sich in dieser Stadt verändert. Aber wieso verstrickt es Melia und die Götter in die Vergangenheit, und die Menschen aus ihrer Umgebung ebenfalls?

Grace wusste es nicht. Und obwohl sie eine ganze Welt von Melia und den anderen Göttern entfernt gewesen war, erschienen ihr die Relikte der Vergangenheit jeden Tag realer und die Gegenwart dafür wie eine Gespensterparade.

Sie kamen zum Zweiten Kreis der Stadt. Soweit Grace es verstanden hatte, war das der heilige Bezirk. Auf der Erde hatte sie nie an Götter geglaubt, und selbst hier auf Eldh, wo die Götter real und fassbar waren, wusste sie immer noch nicht, was sie von ihnen halten sollte. Sie waren zugleich schwächer und viel gefährlicher, als sie sich je vorgestellt hätte. Doch die Tempel aus weißem Stein wiesen eine Erhabenheit auf, die sie nicht bestreiten konnte. Über ihnen erhob sich eine große blaue Kuppel. Das musste die Etherion sein, die Melia erwähnt hatte.

Als sie das Tor zur Ersten Stadt erreichten, fanden sie die vergoldeten Torflügel fest verschlossen vor. Anscheinend hatte es sich der Kaiser nicht anders überlegt.

Melia richtete den Schleier, der ihr Gesicht verbarg,

dann rauschte sie zu einer kleinen roten Tür, die in Tornähe in die Mauer eingelassen war. Sie klopfte einmal, dann noch einmal und dann noch ein drittes Mal. Sie streckte beide Hände aus, und Grace hatte das Gefühl, dass sie im Begriff stand, die Tür in Stücke zu zerschmettern, als die obere Hälfte aufschwang und einen stiernackigen Soldaten mit bronzenem Brustpanzer enthüllte.

»Bitte informiere den Meister des Tores, dass ich seine Anwesenheit erbitte«, sagte Melia freundlich.

»Der Meister ist heute für niemanden ohne Termin zu sprechen.«

»Entschuldigung.« Melia legte dem Soldaten die Hand auf den Arm. »Ich sehe ja, dass du ziemlich dumm bist, also lass es mich noch einmal in einfachen Worten erklären. Ich *werde* mit dem Meister sprechen.«

Der Soldat blinzelte. »Natürlich, Eure Heiligkeit. Wie ich bereits sagte, werde ich den Meister auf der Stelle holen.«

Die Tür schloss sich. Grace wollte Melia gerade fragen, was sie getan hatte – ob man es mit der Gabe nachmachen konnte –, als die Tür aufgerissen wurde. Der Meister des Tores war ein auffallend attraktiver und verschwenderisch gekleideter Mann in Graces oder Travis' Alter. Sein Bart glitzerte vor Öl, an seinen Fingern funkelten Juwelen. Er warf einen Blick auf Melia und die anderen, dann runzelte er die Stirn, und dieser Ausdruck stahl jede Schönheit von seinem Gesicht.

»Ich weiß nicht, warum Diebe und Vagabunden in dieser Stadt toleriert werden«, sagte er in verächtlichem Tonfall. »Aber ich weiß, dass sie mit Sicherheit nicht im Schatten des Kaiserpalastes willkommen sind.«

Melia faltete den Schleier zurück und enthüllte ihr Gesicht. »Es ist wahr, dass ich manchmal eine Wanderin bin, Meister. Doch diese Stadt ist seit fast zweitausend Jahren meine Heimat gewesen. Ich glaube kaum, dass es Euch zusteht, mir zu sagen, dass ich hier nicht willkommen bin.«

Der Meister riss die Augen weit auf – und zog sie genauso schnell zu kleinen Schlitzen zusammen. »Lady Melindora. Verzeiht meine Unhöflichkeit. Ich habe Euch in dieser ... schlichten Aufmachung nicht erkannt. Doch ich muss Euch darüber informieren, dass der Kaiser seine Meinung nicht geändert hat, was Eure Eingabe angeht. Wenn Ihr mich wissen lasst, wohin ich eine Botschaft schicken kann, werde ich Euch in dem Augenblick benachrichtigen, in dem der Kaiser seine Trauerzeit beendet hat.«

»Nein, Meister«, erwiderte Melia kühl, »Ihr werdet diese Tore auf der Stelle öffnen und uns zum Kaiser führen.« Sie machte eine unscheinbare Geste mit der Hand.

Der Meister wurde blass. »Wagt es ja nicht, mich mit Euren Tricks beeinflussen zu wollen. Solltet Ihr das versuchen, werde ich Misar, meinen Gott, anrufen, und man wird Euch für Eure Tat vor der Etherion zur Rechenschaft ziehen. Selbst Ihr steht nicht über den Göttern, Melia.«

»Nur keine Scheu. Ich würde wirklich gern hören, was Misar hierzu zu sagen hat.«

Der Mann griff nach einem Amulett, das wie eine goldene Feder geformt war und an einer Kette um seinen Hals hing. »Ich schwöre es bei Misar, ich werde es tun!«

Melia verschränkte die Arme. »Ich warte.«

Der Meister umklammerte das Amulett so fest, dass sich

seine Finger weiß verfärbten, dann schloss er die Augen, als wollte er beten.

Und schrie auf, ließ das Amulett los und stolperte zurück. Auf seiner Handfläche war deutlich der rote Abdruck des Amuletts zu sehen. Es bildeten sich bereits die ersten Blasen.

»Misar hat Euch verlassen!«, rief Melia aus. »Welche böse Tat habt Ihr begangen, um das zu verdienen? Nein, ich will es gar nicht wissen. Lasst uns ein, oder ich sorge dafür, dass sich alle Götter von Euch abwenden, so wie Misar es getan hat. Niemand wird Eure Gebete erhören, und wenn Ihr sterbt, wird man Eure Knochen den Geiern zum Fraß vorwerfen. Für Euch wird es nach Eurem Tod keine Erlösung geben, Meister, nur ewige Einsamkeit und Qual!«

Melia sprach diese Worte mit einer solchen Überzeugung, dass selbst Grace erschauderte. Der Meister brabbelte etwas Unverständliches, dann drehte er sich um und kreischte etwas in einen Korridor hinein. Die rote Tür wurde zugeschlagen, und einen Moment später schwang die eine Hälfte des gewaltigen vergoldeten Tores quietschend auf.

»Alle Mann hier entlang«, sagte Melia mit einem zufriedenen Lächeln.

Von dem Meister fehlte auf der anderen Seite des Tores jede Spur, aber vier Soldaten warteten auf sie, um sie zum Kaiser zu bringen. Sie folgten den Männern über mit Mosaiken verzierte Plätze und vorbei an Teichen, in denen Fische in allen Farben des Regenbogens schwammen.

»Was ist da eben passiert?«, fragte Falken leise. »Hat Misar den Meister des Tores tatsächlich verlassen?«

»Mehr als das«, erwiderte Melia. »Hast du gesehen, wie ihn das heilige Symbol verbrannt hat? Misar hat den Mann mit einem Makel belegt.«

»Ein Makel?«, fragte Grace.

»Das ist eine Art Fluch, meine Liebe«, sagte Melia. »Die Götter tun so etwas nur selten – und dann auch nur bei jenen, die ein schreckliches Verbrechen begangen haben, etwas, das gegen alles verstößt, wofür der fragliche Gott einsteht.«

Welches Verbrechen hatte der Meister begangen? Bevor Grace da nachhaken konnte, blieben die Soldaten vor zwei mit prächtigen Verzierungen versehenen Türflügeln stehen, die fast so groß wie das Tor des Ersten Kreises waren. Vor ihnen erhob sich ein gewaltiges weißes Gebäude, das mit einer Kuppel gekrönt war, die im Sonnenlicht golden glänzte. Zu beiden Seiten der Tür hingen weiße Banner, auf denen drei Bäume und fünf Sterne aufgestickt waren.

Einer der Soldaten wandte sich Melia zu. »Ich werde den Kaiser informieren, dass Ihr da seid, Eure Heiligkeit.«

»Danke, mein Lieber, aber das wird nicht nötig sein.«

Die kleine Frau hob die Arme. Einen kurzen Augenblick lang legte sich ein bläulicher Lichtschimmer über ihre Hände, dann schwangen die Türen nach innen auf. Bevor der Soldat reagieren konnte, rauschte Melia auch schon hinein, und die anderen folgten ihr schnell. Sie fanden sich in einem Raum wieder, der so gewaltig war, dass Grace ein paar Momente brauchte, um überhaupt ein Gefühl für die Proportionen zu bekommen. Die winzigen Flecken am anderen Ende waren tatsächlich Menschen.

Melia rauschte bereits über den weißen Boden. Grace

beeilte sich, zu ihr aufzuschließen. Cremefarbene Katzen liefen ihnen ständig vor die Füße. Die Tiere sahen so kuschelig aus, dass Grace den Wunsch verspürte, eine davon aufzuheben und zu streicheln. Aber sie widerstand. Es war durchaus möglich, dass das Streicheln einer kaiserlichen Katze ein Verbrechen war, das mit dem Abhacken der Anstoß erregenden Hand bestraft wurde, wenn es denn dabei blieb. Grace entging nicht, dass viele der Katzen Melia in breiter Front zu folgen schienen.

Nach einer ganzen Minute Fußmarsch nahmen die Flecken auf der anderen Seite des Saals schließlich Gestalt an, und Grace verschlug es ein zweites Mal die Sprache.

Auf einem Thron aus weißem, mit goldenen Adern versehenen Marmor saß ein Mann, der nur der Kaiser sein konnte, denn er war beinahe genauso gewaltig wie das Reich selbst. Ein lose fallendes, weißes Gewand konnte die riesigen, wogenden Fleischmassen, die diesen Körper ausmachten, nicht verbergen. Arme so dick wie Graces Taille ruhten zu beiden Seiten des Throns, und Beine wie Baumstümpfe endeten in überraschend zierlichen, mit Sandalen bekleideten Füßen. Der Kopf des Kaisers – der verglichen mit dem Rest von ihm viel zu klein erschien – saß auf mehreren Ringen Fleisch, die einst vermutlich so etwas wie einen Hals dargestellt hatten. Sein Gesicht war rund, dabei aber überraschend ansehnlich geformt, und die Augen waren voller Intelligenz – obwohl in ihnen auch eine gewisse Trägheit zu sehen war. Auf seinem Kopf ruhte eine schiefe Krone aus goldenen *Ithaya*-Blättern.

Der Kaiser wurde umgeben von seinen ... ja, was? Seiner Dienerschaft? Seinen Sklaven? Den Palast-Prostituierten?

Grace vermochte es nicht zu sagen; sie wusste nur eines: Sie waren ausnahmslos jung, wunderschön und – wenn man den Schmuck nicht mitzählte – splitternackt. Ein paar unbekleidete junge Männer, deren eingeölte Haut glänzte, fächelten dem Kaiser Luft zu, während ein paar junge Mädchen Ephesian mit Früchten zu locken versuchten, die kaum weniger üppig als ihre nackten Brüste waren. Die meisten der jungen Dinger zupften an Harfen herum und machten Musik, oder sie tanzten zur Freude des Kaisers.

Und wenn sie sich auf diese Weise gemeinsam bewegen, kann man das wohl kaum bloß als Tanz bezeichnen.

Grace wandte sich mit roten Wangen ab, nur um entdecken zu müssen, dass allen Männern ihrer kleinen Gruppe beinahe die Augen aus dem Kopf fielen. Es sah so aus, als würde sie ein Tuch brauchen, um Durges Unterkiefer wieder in der richtigen Position festbinden zu müssen.

Im Gegensatz zu Graces männlichen Begleitern schien der Kaiser die festen, eingeölten, sich um ihn herum windenden Körper kaum wahrzunehmen. In einer baumelnden Hand hielt er einen Weinpokal, als hätte er ihn vergessen. Grace glaubte, die Trägheit in dem Blick seiner zur Hälfte geschlossenen Augen zu verstehen. Es war Langeweile.

»Eure Herrlichkeit«, sagte Melia, »es ist so schön, Euch zu sehen.«

Der Kaiser setzte sich ein kleines Stück auf. Einen Augenblick lang runzelte er verwirrt die Stirn und kniff die Augen zusammen, während er nach vorn schaute. Dann verschwand die Trägheit in seinem Blick und wurde von einem hellen Funkeln ersetzt.

»Bei allen Göttern, Melindora Nachtsilber!«

Die Stimme war ganz anders, als Grace sie erwartet hatte: Es war ein klarer, schöner Tenor.

»Zu Euren Diensten, Eure Herrlichkeit«, sagte Melia mit einem eleganten Hofknicks, den Grace in tausend Jahren niemals so hinbekommen hätte. Trotzdem machte sie ihn nach, als sie und die anderen dem Kaiser ihren Respekt erwiesen.

Ephesian bedeutete ihnen, sich wieder zu erheben. »Das ist die erste interessante Sache, die heute passiert. Und da ist ja Falken Schwarzhand an Eurer Seite. Und, führt Ihr wie immer Unheil im Schilde, mein melancholischer Barde? In letzter Zeit irgendwelche Königreiche in den Untergang getrieben? Und sind das Freunde von Euch? Das sind doch gar keine richtigen Mournisch, oder, Melindora? Sie sehen jedenfalls nicht danach aus, bis auf die beiden da. Bruder und Schwester, nicht wahr? Und vielleicht dem Dunklen da. Seid Ihr und die anderen gerade in Tarras eingetroffen?«

Grace hatte den Eindruck, dass Ephesian keineswegs erwartete, dass jemand seine Fragen beantwortete. Trotzdem schaffte es Melia, eine Antwort in seinen Wortschwall einzuwerfen.

»Nein, Eure Herrlichkeit. Wir sind schon länger in der Stadt.«

»Was?« Ephesian hieb eine fleischige Hand auf die Thronlehne. Ein paar der nackten jungen Dinger zuckten zusammen. »Und da kommt Ihr erst jetzt zu mir? Was habt Ihr die ganze Zeit gemacht, Melindora? Kann es etwas Dringenderes geben, als mir, Eurem geliebten Kaiser, einen Besuch abzustatten?«

Wieder streute Melia geschickt eine Antwort in seinen Redeschwall ein. »Ich habe es versucht, Eure Herrlichkeit. Aber der Meister des Tores hat gesagt, Ihr hättet meine Bitte, Euch zu sehen, abgeschlagen.«

»Unfug! Der Meister hat mir nichts von einer solchen Bitte gesagt.«

»Nach dem Zusammenstoß, den ich vor kurzem mit ihm hatte, überrascht mich das nicht, Eure Herrlichkeit.«

Ephesian schaute finster drein. »Nun, ich danke Euch dafür, dass Ihr mir etwas Interessantes zu tun gegeben habt, Melindora. Ich werde der Sache auf den Grund gehen.«

Er schnippte mit den dicken Fingern, und ein Soldat trat vor. Grace hatte ihn zuvor gar nicht bemerkt, aber jetzt sah sie, dass sich im Thronraum eine Menge Soldaten aufhielten. Vermutlich war das zum Schutz des Kaisers notwendig. Trotzdem verlieh es allem hier weniger den Anschein, ein Palast zu sein, als vielmehr ein Gefängnis.

»Hol den Meister des Tores«, befahl der Kaiser dem Soldaten, der sich verbeugte und aus dem Thronraum rannte.

»Ihr werdet Euch mit ein paar Erfrischungen vergnügen, solange Ihr wartet«, sagte Ephesian.

Einige der üppigen Hofdamen stiegen von dem Podest herab. Durge traten die Augen hervor, und Grace fragte sich einen Augenblick lang, ob der treue Ritter am Rand eines Herzanfalls stand.

Lirith berührte seinen Arm. »Durge, er meint Wein.«

Der Ritter entspannte sich sichtlich erleichtert und nahm von einer der Hofdamen einen Pokal entgegen. Aryn schlug eine Hand vor den Mund, um ein Lachen zu unterdrücken.

Ein wohl geformter junger Mann reichte Beltan einen Pokal. Der blonde Ritter grinste. »Daran könnte man sich gewöhnen.«

»Ich glaube, genau das ist das Problem, Beltan«, sagte Grace leise. »Er *hat* sich daran gewöhnt.«

Auf dem Thron gab der Kaiser ein Stöhnen von sich, als mehrere der Hofdamen ihre Finger in seinem Haar vergruben. Er wedelte mit der Hand.

»Weg mit euch! Ihr alle! Ab morgen wird es hier wieder Eunuchen geben. Sie sind so langweilig wie Steine, aber wenigstens kichern sie nicht ununterbrochen.«

Lirith zögerte, dann ging sie zum Thronpodest, wo sie einen fast so eleganten Hofknicks machte wie Melia.

»Verzeihung, Eure Herrlichkeit.«

Der Kaiser sah sie unwirsch an. »Was sollte ich dir verzeihen, Mädchen? Hast du mich beleidigt?«

»Nur eine vorbeugende Entschuldigung, Eure Herrlichkeit.«

Ephesian lachte. »Die gefällt mir, Melia. Sie ist schlau. Kann ich sie haben?«

»Ich fürchte, es liegt nicht in meiner Macht, sie zu verschenken.«

»Wie schade. Nun gut, sprich weiter, Mädchen, du hast dich entschuldigt. Melindoras Anblick hat mich in gute Stimmung versetzt, also werde ich dich für deine Unverschämtheit vermutlich nicht auspeitschen lassen.«

Lirith schluckte. »Ich fand nur, ich sollte einen Vorschlag machen, Eure Herrlichkeit. Wenn Euch das alles hier« – sie zeigte auf die Körper, die sich um den Thron drängten –, »diese Dekadenz und dieses Schwelgen, langweilig geworden ist, solltet Ihr über eine Alternative nachdenken.«

Der Kaiser legte die Hände auf die Wölbung seines Bauches. »Eine Alternative? Wie sollte die denn aussehen?«

»Nun, wie wäre es mit Tugendhaftigkeit und Sittsamkeit?«

Ephesian wiederholte die Worte, als wären sie in einer fremden Sprache gesprochen worden. »Tugendhaftigkeit und Sittsamkeit? Nur um sicherzugehen, dass ich dich richtig verstanden habe, Mädchen. Du meinst, ich soll aufhören, dem Essen, dem Wein und dem Geschlechtsverkehr zu frönen?«

»Ihr müsst das nicht aufgeben, Eure Herrlichkeit. Nicht ganz. Nur in Maßen genießen.«

»In Maßen?« Die Augen des Kaisers leuchteten auf, und er klatschte in die Hände. »Ja, Mäßigung. Wie herrlich pervers! Die Leute werden völlig angewidert sein – es gefällt mir. Bitte, du musst mir mehr über diese *Tugendhaftigkeit* erzählen, wie du es nennst. Das ist eine Idee aus dem Norden, nicht wahr? Da oben gibt es nur Felsen und Wind und eiskaltes Wasser, wie ich gehört habe. Es verwandelt Männer in Perverslinge, richtig?«

Lirith wollte darauf eine Antwort geben, aber in diesem Augenblick stürmte der Soldat, den der Kaiser ausgesandt hatte, quer durch den Thronsaal und warf sich vor dem Thron auf die Knie.

Ephesian runzelte die Stirn. »Habe ich dir nicht befohlen,

den Meister des Tores zu holen? Aber ich sehe ihn nirgendwo.«

»Vergebt mir, Eure Herrlichkeit«, sagte der Soldat. »Ich konnte den Meister nicht bringen.«

»Und warum nicht?«

»Weil er tot ist, Eure Herrlichkeit.«

Grace fühlte, wie ihr Herz einen Schlag lang aussetzte.

»Tot?«, wiederholte Ephesian mit einem finsteren Blick. »Wieso das denn? Ich kann mich nicht erinnern, heute seine Hinrichtung befohlen zu haben.«

»Allem Anschein nach war es Gift, Eure Herrlichkeit. Und wir haben etwas bei ihm gefunden. Etwas Seltsames.«

Nein, das konnte nicht sein.

»Und, was denn?«, verlangte Ephesian ungeduldig zu wissen.

Der Soldat streckte die Hand aus. Darauf lag eine zerknitterte, aber noch immer deutlich erkennbare Spinne aus Gold.

26

Ephesian beugte sich vor und kniff die Augen zusammen, während Melia und Falken vortrugen, was sie über die ermordeten Götter in Erfahrung gebracht hatten. Die üppigen jungen Hofdamen und hübschen jungen Männer waren weggeschickt worden – um sich etwas zum Anziehen zu suchen, wie Grace hoffte.

»Ist das alles wahr, Melindora?«, fragte Ephesian mit finsterem Blick. »Ihr habt gewusst, welche Fraktion hinter dem Tod von Ondo, Geb und Sif steckt, ganz zu schweigen von den verabscheuungswürdigen Angriffen auf die Tempel meiner Stadt, und Ihr habt es mir nicht gesagt?«

»Bitte vergesst nicht, Eure Herrlichkeit«, sagte Melia in einem Tonfall, als würde sie zu einem geliebten, aber etwas anstrengenden Kind sprechen, »dass mir der Meister des Tores bis heute den Zutritt zum Ersten Kreis verweigert und Euch auch nicht meine Bitte um eine Audienz übermittelt hat.«

»Und ich glaube, jetzt kennen wir auch den Grund dafür«, sagte Falken. »Der Meister muss sich mit den Scirathi verbündet haben. Diese Zauberer wollten nicht, dass Ihr die Wahrheit über die ermordeten Götter erfahrt, Eure Herrlichkeit, und sie haben jeden, der Euch hätte warnen können, daran gehindert, Euren Palast zu betreten. Aber der Gott Misar muss den Verrat des Meisters entdeckt haben. Und als der Meister uns schließlich einließ, haben ihn die Scirathi sofort belohnt. Mit dem Tod.«

Ephesian griff den mit Juwelen übersäten Pokal fester.

»Das ist inakzeptabel. Ich toleriere in dieser Stadt weder Täuschung noch Verrat – es sei denn, ich bin der Verräter. Ich wünschte, der Meister wäre noch am Leben, damit ich ihn selbst auf eine angemessen furchtbare Weise hinrichten lassen könnte.« Er hob den Pokal an die Lippen, aber dann rümpfte er die Nase, senkte den Pokal und seufzte.

Melia stieg die erste Stufe des Podestes hinauf. »Stimmt etwas nicht, Eure Herrlichkeit?«

»Nein, nein, Melindora.« Der Kaiser warf mit einem angewiderten Gesichtsausdruck den Pokal zu Boden. Roter Wein ergoss sich wie Blut über den weißen Stein. »Es ist nur so, dass es den Anschein hat, als müssten mir andere sagen, was in meinem eigenen Reich vorgeht.«

»Aber es ist ein großes und prächtiges Reich, Eure Herrlichkeit.«

Ephesian zog eine Grimasse. »Ja, das sagen mir meine Berater auch immer. Doch ich bin nicht ganz so weich und träge, wie sie glauben, mich gemacht zu haben. Ich weiß, dass mein Reich im Laufe der Jahre im gleichen Maße geschrumpft ist, wie mein Leibesumfang zugenommen hat.« Er richtete mit pummeliger Hand die Krone. »Nun, vielleicht ist die Zeit gekommen, dass ich weniger Zeit mit meinen Lastern und mehr mit den Angelegenheiten meines Reiches verbringe.«

Lirith nickte zustimmend. »Ihr werdet entdecken, dass das einer der erfreulichen Nebeneffekte der Tugendhaftigkeit ist, Eure Herrlichkeit. Sie schafft in Eurem Verstand und in Eurem Tagesablauf mehr Platz für so viele andere Dinge.«

»Ist das so?«, sagte Ephesian und rieb sich das Kinn.

»Faszinierend. Ich befehle dir, mir mehr über deine *Tugendhaftigkeit* zu erzählen.«

Melia stieg noch eine Stufe hinauf. »Eure Herrlichkeit ...«

Ein weiterer, tiefer Seufzer. »Ja, ja, Melindora. Ich verstehe ja, dass das kein Höflichkeitsbesuch ist. Die Götter mögen verhindern, dass Ihr jemals nach Tarras kommt, um Eurem geliebten Kaiser nett und höflich Euren Gehorsam zu erweisen. Also heraus damit. Was braucht Ihr?«

»Die Kuppel der Etherion«, sagte Melia. »Nur für einen Tag. Oh, und Soldaten. Eine Menge Soldaten.«

Der Kaiser schüttelte den Kopf, dann verzog er die dicken Lippen zu einem Lächeln. »Nun, das wird ja doch noch ein ganz interessanter Tag.«

Kurze Zeit später versammelten sie sich in einem Raum, den Ephesian als »bescheidenes« Zimmer bezeichnet hatte, in dem sie warten sollten, während man Melias Bitten erfüllte. Im kaiserlichen Rahmen bedeutete bescheiden offensichtlich etwas in der Größe eines Lagerhauses. Sie streiften durch den gewaltigen, von Marmorsäulen gestützten Saal und verloren häufig einander aus der Sicht – zusammen mit jeder Orientierung.

Lirith fehlte. Sie war im Thronsaal geblieben, damit Ephesian sie weiter über die fremdartigen, aber interessanten Konzepte wie Moral und Anstand befragen konnte. Als Grace sie zuletzt gesehen hatte, hatte Lirith auf der obersten Stufe des Podestes gesessen und fröhlich doziert, während der Kaiser sie mit leuchtenden Augen betrachtete, sich die Hängebacken rieb und kicherte.

Aber vielleicht war es gar kein Wunder, dass der Kaiser für eine Veränderung bereit war.

Er ist kurzsichtig. Du hast gesehen, wie er jeden, der sprach, mit zusammengekniffenen Augen betrachtet hat. Und darum waren alle diese nackten jungen Dinger so uninteressant für ihn. Er konnte sie nicht richtig sehen.

Es war völlig unmöglich, auf dieser Welt für den Kaiser eine Brille herzustellen. Trotzdem hatte sie das Gefühl, dass Lirith Ephesian auf andere Weise half.

Grace spazierte ein Stück von den anderen entfernt durch die schräg einfallenden Lichtstrahlen. Die letzten Tage waren so anstrengend gewesen. Es fühlte sich gut an, still sein zu können, wenn auch nur für einen Augenblick. Sie schaute auf den Weinpokal in ihrer Hand. Er war leer. Sie ging auf einen Diener zu, der auf der anderen Seite des Saals stand.

Dann joggte sie. Dann lief sie.

Als sie die andere Saalseite erreichte, pochte ihr Herz, schnappte sie nach Luft, und weder von dem Diener noch von dem Wein war eine Spur zu sehen. Die anderen stellten kleine Schatten in der Ferne dar. Es blieb ihr nichts anderes übrig, als zu ihnen zurückzugehen und zu hoffen, dass sie es schaffte, bevor sie an Altersschwäche starben.

Lass dir Zeit. Man sollte glauben, dass du bei diesem ganzen Hin-und-her-Gespringe zwischen den Welten in besserer Form bist.

Sie hatte den Saal zur Hälfte durchquert, als ihr eine Statue auffiel, die sie in ihrem vergeblichen Versuch, noch etwas Wein zu bekommen, passiert haben musste. Es war die Statue eines Mannes, der überlebensgroß war. Grace vermochte nicht zu sagen, was sie stehen bleiben und ihn betrachten ließ. Die Statue schien hier fehl am Platz zu sein. Aber vielleicht machte sie gerade das so unwiderstehlich.

Im Gegensatz zu dem weißen, glatten Marmor um sie herum war sie aus grobem, grauem Stein geschlagen. Trotzdem haftete ihr eine ungeheure Lebendigkeit an. Der Mann war offensichtlich eine Art Krieger; er war für die Schlacht gekleidet und hielt ein großes Schwert in der Hand. Seine Kleidung hatte etwas Primitives an sich – der Stein war geschickt bearbeitet worden, um Leder, Pelz, Knochen und gehämmerte Stahlplatten anzudeuten –, den scharfen Gesichtszügen und dem zotteligen Haar haftete etwas Wildes an, was ihm einen rauen, wölfischen Ausdruck verlieh. Trotzdem sah er attraktiv aus. Sogar mehr als attraktiv – imponierend. Das war ein Mann, vor dem andere ihr Knie beugten. Dann bemerkte Grace den Reif auf seiner Stirn, und ihr wurde klar, dass dieser Mann ein König gewesen war.

Aber das ergab keinen Sinn. Tarras hatte Kaiser, keine Könige, und Grace hatte das Gefühl, dass keiner von ihnen so barbarisch ausgesehen hatte. Die Statue war angestoßen; sie war offensichtlich sehr alt.

»Was habt Ihr da gefunden, Grace?«, sagte eine melodische Stimme hinter ihr. »Na, sieh sich das einmal einer an.«

Erst als Falken sprach, bemerkte Grace, dass sie die Statue angestarrt hatte. Wie lange stand sie schon hier? Sie dreht sich zu Falken um. Die anderen bewegten sich auch in ihre Richtung.

»Was muss er für ein König gewesen sein«, sagte der Barde leise.

Also hatte Grace Recht. »Wer war er, Falken?«

»Das ist Lord Ulther, der vor über tausend Jahren der König von Toringarth war. Ich glaube, Ihr kennt seine Geschichte, Grace – wie er und Elsara, die Kaiserin von Tarras, zusammenarbeiteten, um im Krieg der Steine den Fahlen König zu besiegen.« Falken trat näher an die Statue heran. »So sieht also Fellring aus. Das habe ich mich immer gefragt. Ich war immer der Meinung, dass sein Aussehen nicht überliefert wurde, bevor die Klinge zerbarst. Aber Elsara muss diese Statue von ihm in Auftrag gegeben haben, als er nach Tarras kam, um sie um Hilfe zu bitten.«

Grace fühlte sich seltsam. Die warme, würzige Luft war plötzlich beklemmend. »Fellring.«

»Ja, das ist der Name von Ulthers Schwert. Seht Ihr?« Falken zeigte auf die Klinge in der Hand der Statue. »Sie ist mit Runen der Macht beschrieben.«

Graces Aufmerksamkeit war auf das Gesicht der Statue gerichtet gewesen; sie hatte dem Schwert kaum Aufmerksamkeit geschenkt. Jetzt tat sie es – und der Boden unter ihren Füßen tat sich auf, während die Welt weiß wurde.

Als sich ihre Sicht wieder klärte, sah sie Gesichter über sich gebeugt. Falken, Melia, Travis und die anderen. Das Rauschen in ihren Ohren verlor an Lautstärke, und sie konnte Stimmen hören.

»... alles in Ordnung, Grace?«, sagte Travis.

»Bitte, meine Liebe«, sagte Melia besorgt. »Könnt Ihr mit uns sprechen?«

Eine weitere Stimme sprach in Graces Verstand. *Schwester, was ist?*

Die ganze Aufmerksamkeit bereitete Grace Unbehagen. Sie schaffte es, wieder auf die Beine zu kommen.

»Mir geht es gut.« Aber das stimmte nicht. Im Augenblick ging es ihr alles andere als gut. Sie war ... Aber sie wusste es nicht mehr. Vielleicht hatte sie es nie gewusst.

»Du bist die Ärztin, Grace«, sagte Travis ernst, »aber selbst ich weiß, dass Leute nicht umkippen, wenn mit ihnen alles in Ordnung ist. Was ist los?«

Es gab keinen Grund, es zu verbergen. Außerdem wollte sie – nein, musste sie sehen, ob sie Recht hatte. Mit zitternden Fingern zog sie ein Stück Papier aus der Tasche und entfaltete es. Es war die Zeichnung, die Deirdre ihr gegeben hatte, bevor sie durch das Tor getreten waren.

Die Zeichnung eines Schwertes.

Es bestand nicht der geringste Zweifel – selbst sie konnte sehen, dass die Runen identisch waren –, und Falkens Verwünschung nach zu urteilen, sah er es auch.

Der Barde sah Grace verblüfft an. »Ich verstehe nicht, Grace. Wie könnt Ihr eine Zeichnung von Fellring besitzen?«

»Nicht nur ... eine Zeichnung, Falken.« Nun am ganzen Leib zitternd, griff sie in das locker fallende Mournisch-Hemd und holte ihre Halskette hervor.

Für gewöhnlich hielt sie sie verborgen, ein geheimes Relikt der Kindheit, die sie nie gehabt hatte. In ihrer ganzen gemeinsam verbrachten Zeit hatten Melia und Falken die Kette vermutlich nie zu Gesicht bekommen.

Falken stolperte förmlich zurück, eine Hand auf die Brust gelegt. »Das kann nicht sein. Bei den Sieben, das ist unmöglich.«

Beltan stöhnte. »Genug Geheimniskrämerei, Falken. Würdest du bitte dem Rest von uns freundlicherweise erklären, was angeblich *nicht* sein kann? Ich glaube, wir wären auch gern schockiert.«

»Das ist ein Splitter des Schwertes, nicht wahr?«, sagte Vani interessiert. »Von der Klinge, die die Statue hält.«

»Der Splitter von Fellring«, murmelte Falken. »Aber wie ist das nur möglich?«

Grace kämpfte selbst darum, das zu begreifen. Die Luft um sie herum schien zu pulsieren; ihr Verstand raste.

»Ich hatte ihn schon immer«, sagte sie und umklammerte den Anhänger. »Ich trug die Kette, als die Leute vom Waisenhaus mich fanden. Ich kann mich nicht mehr daran erinnern, aber ich kann damals nicht älter als drei Jahre gewesen sein.«

»Aber das ist unmöglich. Ich weiß es. Die einzige Person, die die Kette seit ihrer Kindheit besitzt, würde ...«

»Ulthers letzter Nachfahre und Erbe sein«, vollendete Melia den Satz.

Falken und die anderen starrten Grace an, als wären ihr plötzlich Flügel gewachsen. Sie suchte nach Worten, fand aber keine, also versuchte sie deshalb, das alles zu verstehen. Melia zufolge war der Mann, den die Statue darstellte – König Ulther von Toringarth –, ihr zigfacher Urgroßvater. Was wiederum bedeutete, dass sie unmöglich auf der Erde geboren sein konnte. Sie kam von ...

Travis' Stimme klang staunend. »Du kommst von Eldh, Grace.«

Nein, das konnte nicht stimmen.

Aber das tat es, und sie wusste es. Drei Jahre alt, allein in den Bergen, und alles, was sie hatte, war ein Stück seines Schwertes. Das und das Fragment eines Liedes, das sie als Kleinkind gehört hatte. Das Lied einer anderen Welt. Ihrer Welt.

Der Abschiedsworte süßer Klang ...

»Mit Fellring, dem Schwert aus Elfenschmieden...«, murmelte Grace laut.

Melia ergriff Graces Hände und strahlte vor Freude.

»Willkommen daheim, Ralena.«

27

Grace hörte wie betäubt zu, als Falken und Melia ihr eine Geschichte erzählten – *ihre* Geschichte. Als sie beschrieben, wie sie im Geheimen über die Erben des untergegangenen Königreichs von Malachor gewacht hatten. Irgendwann musste Lirith den Raum betreten haben, auch wenn Grace es nicht mitbekommen hatte. Plötzlich wurde sie sich bewusst, dass Lirith da war und sie mit leuchtenden Augen betrachtete.

»Ich verstehe nicht, Falken«, sagte Beltan, als der Barde kurz in seiner Erzählung innehielt. »Alle alten Geschichten, die ich kenne, besagen, dass die königliche Blutlinie von Malachor völlig ausgelöscht wurde, als Malachor fiel, dass keine Erben überlebt haben.«

»Du hast Recht, Beltan«, erwiderte Falken und betrachtete seine Hand, die wie immer in dem schwarzen Handschuh steckte. »Das besagen die Geschichten. Genau das habe ich beabsichtigt, als ich sie vor siebenhundert Jahren verfasst habe.«

Seine Worte schienen wichtig zu sein, aber Graces Verstand war zu gelähmt, um zu begreifen, was der Barde da eigentlich sagte.

»Ich glaube, ich verstehe«, sagte Travis. »Ein Mitglied der königlichen Familie von Malachor überlebte, aber du und Melia wollten nicht, dass jemand davon erfährt.«

Falkens wölfisches Gesicht machte einen abgehärmten Eindruck, als würden die Jahrhunderte plötzlich schwer auf ihm lasten. »Es war das einzige Kind des Königs und der

Königin, ihr Sohn, der noch ein Säugling war. Ich habe ihn mit einem Messer dort aus ihrem Leib geschnitten, wo sie tot am Boden lag – nur einen Tag nachdem der König selbst getötet worden war.«

Lirith kam näher heran. »Ihr hattet Angst, dass die Mörder des Königs und der Königin auch ihr Kind ermorden würden.«

»Aber wie ist das geschehen?«, fragte Aryn. »In den Geschichten heißt es, dass Malachor unterging, aber sie werden eigentlich nie konkret. Nur dass Ihr ...«

Melia warf der jungen Baronesse einen scharfen Blick zu, und Aryn biss sich hastig auf die Zunge. Aber Grace wusste genau, was sie hatte sagen wollen.

Dass Ihr für den Untergang des Königreichs verantwortlich seid.

»Nein, Mylady, diese Geschichte werde ich heute nicht erzählen.« Der Barde schaute auf, und seine wölfische Miene hellte sich auf. »Davon abgesehen spielt das im Augenblick auch keine Rolle. Nicht, wo du zu uns zurückgekehrt bist, Ralena.«

Endlich fand Grace ihre Stimme wieder. »Warum nennt Ihr mich Ralena?«

Melia lächelte. »Weil das dein Name ist, Liebes. Es ist der Name, den dir deine Eltern gegeben haben.«

Diese Worte trafen Grace wie ein Schlag in den Magen. »Meine Eltern? Ihr habt sie gekannt?«

»Ja, Liebes, sogar recht gut.« Melia seufzte. »Sie waren so jung, so gescheit – in ihrer Gegenwart kam ich mir manchmal so vor, als wäre ich erst tausend Jahre alt.«

Durge quollen fast die Augen aus dem Kopf, und selbst

Grace verspürte den verrückten Drang zu lachen. Aber das Gefühl verstrich, als sich Melias Blick mit Trauer füllte.

»Was ist geschehen?«, flüsterte sie.

»Raiff und Anilena – deine Eltern, Grace – wurden jung verheiratet«, begann Falken. »Damals waren Melia und ich der Meinung, dass sie zu jung waren, aber ich glaube, sie verspürten eine gewisse Dringlichkeit in dieser Angelegenheit. Du musst dazu wissen, dass Anilena die einzige lebende Erbin von Malachor war – die direkte Nachfahrin des letzten Königs. Ihre Eltern waren jung gestorben; ihre Mutter starb bei ihrer Geburt, ihr Vater ein Jahr später auf der Eberjagd.«

Melia berührte Falkens Arm. »Er ließ sich von der Bestie töten, Falken. Du weißt, dass das wahr ist. Er konnte es nicht ertragen, ohne seine Geliebte zu leben.«

Der Barde tätschelte ihre Hand. »Es blieb Melia und mir überlassen, Anilena so gut großzuziehen, wie wir nur konnten. Es war nicht das erste Mal im Verlauf der Jahrhunderte, dass wir ein Kind aus dem Geschlecht von Malachor bis ins Erwachsenendasein begleiteten, aber wir hatten noch nie eins von so jungem Alter an großgezogen, und darum nahm Anilena einen besonderen Platz in unseren Herzen ein. Natürlich hatten wir Hilfe. Hüter Gevriel und seine beiden Söhne lebten bei uns. Gevriel kam aus der Hüterfamilie, die den Königen von Malachor gedient hatte, denn das Geschlecht hatte nach dem Untergang des Königreichs überlebt. Es gab immer mindestens einen Hüter, der über den derzeitigen Erben wachte. Als Anilena ein Kind war, lebten wir alle im südlichen Calavan, in einem kleinen Herrenhaus am Ufer des Flusses Goldwein.«

»Dort war es so schön«, sagte Melia leise. »Ich werde nie vergessen, wie sich bei Sonnenuntergang das Licht auf dem Fluss spiegelte.«

Grace zwang sich dazu, ruhig zu atmen. »Wusste ... wusste Anilena, wer sie war?«

»Zuerst nicht, Liebes«, sagte Melia. »Wir wollten, dass sie wie ein ganz normales Kind aufwächst. Sie wusste, dass ihre Eltern gestorben waren, und sie hielt uns für Onkel und Tante. An ihrem achtzehnten Geburtstag gaben wir ihr dann die Halskette, die du jetzt trägst, und wir klärten sie über die Wahrheit auf. Zuerst war sie wütend, aber nach kurzer Zeit akzeptierte sie die Last, die man ihr aufgebürdet hatte.« Melia streckte den Arm aus und drückte kurz Graces Hand. »Die deines Geschlechts sind immer stark gewesen, Liebes.«

Grace bekämpfte den Drang, die Finger sofort zurückzureißen.

»Und eigenwillig, vergiss nicht, eigenwillig«, fügte Falken hinzu. »Kaum einen Monat nachdem wir Anilena über ihr Erbe einweihten, lief sie fort und heiratete Raiff, den ältesten von Gevriels beiden Söhnen. Ehrlich gesagt war ich überrascht, dass es so lange gedauert hatte, bis die beiden Geschlechter sich vereinigten. Aber wie dem auch sei, Anilena liebte ihn, und es hatte den Anschein, als wäre sie entschlossen, so schnell wie möglich einen Erben zu produzieren. Für den Fall, dass etwas Schreckliches geschah.«

»Und das tat es«, sagte Durge mit unheilvoller Stimme.

Jetzt war es Falken, der die Stimme verloren zu haben schien.

»Schwarze Ritter«, sagte Melia. »Vier Jahre waren vergangen. Anilena und Raiff waren so glücklich zusammen, und sie waren glücklich über ihre Tochter Ralena – über dich, Grace. Dann reisten Falken und ich eines Tages für kurze Zeit nach Gendarra, um unseren alten Freund Tome zu besuchen, der sich gerade dort aufhielt. Wir nahmen dich mit, denn Tome hatte dich noch nicht gesehen, und Raiff und Anilena hatten ihm versprochen, sie würden dich ihn besuchen lassen. Du warst gerade drei Winter alt. Um für deine Sicherheit zu garantieren, schickten die beiden Hüter Merric mit – das war Gevriels anderer Sohn, Raiffs jüngerer Bruder.«

»Wie sich herausstellte, waren wir nicht die Einzigen, die Schutz brauchten«, sprach Falken weiter. »Nach dem Besuch bei Tome kehrten wir zum Herrenhaus zurück und fanden es niedergebrannt vor. Es gab nur wenige Überlebende, aber wir entdeckten Gevriel in den Trümmern, obwohl er schwer verwundet war. Er erzählte uns, was geschehen war, wie eine Gruppe Ritter in schwarzer Rüstung auf schwarzen Pferden angeritten gekommen war. Wortlos hatten die Ritter angegriffen und das Haus in Brand gesteckt. Sie erschlugen Raiff, während er Anilena beschützen wollte. Sie nahm sein Schwert, aber die ...«

Falken kniff die Augen zusammen, dann öffnete er sie wieder. »Sie ermordeten Anilena dort, wo sie stand. Dann wandten sich die Ritter wortlos ab und ritten so schnell wieder fort, wie sie gekommen waren. Gevriel erzählte uns das alles, dann starb auch er in Merrics Armen.«

Grace hatte mit wachsendem Entsetzen zugehört. Im Verlauf weniger Minuten hatten Melia und Falken ihr

Eltern gegeben, von deren Existenz sie keine Ahnung gehabt hatte, und sie ihr genauso schnell wieder geraubt.

»Wer?«, stieß sie schließlich mühsam hervor. »Wer waren sie? Die schwarzen Ritter, die meine Eltern töteten?«

»Ich fürchte, das wissen wir nicht genau«, erwiderte Melia.

Falken sah sie wütend an. »Ich schon. Es war der Fahle König. Allein Fellring besaß die Macht, Berash zu schaden, und nur einer von Ulthers Erben konnte das Schwert schwingen, sollte es jemals wieder neu geschmiedet werden. Er wollte sichergehen, dass es nie wieder dazu kommt. Und wir wissen jetzt, dass er sich zu dieser Zeit wieder rührte und sich darauf vorbereitete, das Runentor aufzubrechen, so wie er es zur Wintersonnenwende fast geschafft hat.«

Melia erwiderte den Blick des Barden, sagte aber nichts.

»Das ist eine schlimme Geschichte, Falken«, sagte Beltan. Er schaute Grace an, und sein sonst so fröhliches Gesicht war ernst. »Und es tut mir Leid, dass du deine Eltern verloren hast. Ich weiß, wie das ist. Aber das erklärt immer noch nicht, wie Grace auf Travis' Welt gelangte.«

»Das war mein Werk«, sagte Melia.

Travis stöhnte auf. »Ihr meint, Ihr habt die Macht, Menschen zwischen den Welten reisen lassen?«

Die Lady mit den Bernsteinaugen glättete ihr Kleid. »Nicht unbedingt. Ich hatte da etwas Hilfe.«

Falken verschränkte die Arme und hob eine Braue.

»Schon gut, ich hatte viel Hilfe. Aber die Neuen Götter schuldeten mir etwas – im Verlauf der Jahrtausende hatte ich einige Gefallen angespart.«

»Also habt Ihr und die anderen Neuen Götter Grace zur Erde geschickt«, sagte Travis.

Jetzt war es Grace, die aufstöhnte. »Aber warum?«

»Um dich in Sicherheit zu bringen, Liebes. Wo auch immer die schwarzen Ritter herkamen, sie hatten nur ein Ziel. Sie wollten die Erben von Malachor töten. Nur du warst übrig, und wir wussten, dass es nur eine Frage der Zeit sein würde, bevor die Ritter entdeckten, dass du noch am Leben warst. Verzweifelte Maßnahmen waren nötig.«

Leder ächzte; Vani trat näher an sie heran. »Also habt Ihr von dieser anderen Welt, dieser Erde, gewusst, genau wie die Mournisch. Ich habe immer geglaubt, dass allein die Zauberer von Morindu von diesem Ort jenseits des Nichts wussten – vor langer Zeit hatten ihnen die *Morndari* davon berichtet, und aus diesem Grund hatten sie die Tor-Artefakte konstruiert.«

Melia tätschelte Vanis Wange – eine Geste, die die Meuchelmörderin zu schockieren schien.

»Unterschätzt uns nicht zu sehr, meine Liebe. So dumm und kleinlich wir Unsterbliche auch sein können, sind uns doch ein paar Dinge bekannt. Wir erfuhren vor langer Zeit von der anderen Welt, und zwar als wir den Alten Göttern halfen, Mohg jenseits des Kreises von Eldh zu binden. Wir konnten einen flüchtigen Blick auf eine Welt werfen, die jenseits unserer Erfahrungen lag.«

»Also konnten die Neuen Götter ein Tor zur Erde öffnen«, meinte Travis nachdenklich.

»Es war nicht ganz so einfach, wie du es klingen lässt. Es bedurfte der Zusammenarbeit fast aller von uns – eine Allianz, die, wie ich fürchte, nie wieder zusammenfinden wird.

Und trotzdem glaube ich nicht, dass wir Erfolg gehabt hätten, hätte nicht jemand versucht, das Tor von der anderen Seite zu öffnen.«

Jetzt war Grace völlig verwirrt. »Was meinst du damit? Was hätte von der anderen Seite aus arbeiten können?«

Aber bevor der Barde oder die Lady antworten konnten, ergriff Travis das Wort. »Es war das hier, nicht wahr?« Er zog etwas aus der Tasche. Es handelte sich um einen graugrünen Stein. *Sinfathisar.*

Falken nickte. »Das glauben wir auch. Zumindest jetzt – damals wussten wir nicht, dass der Stein des Zwielichts sich auf der Erde befand. Aber seine Magie funktionierte wie ein Leuchtfeuer, das die Macht der Neuen Götter zur Erde lenkte und ein Tor öffnete.«

»Darum bist du nach Castle City gekommen, Grace«, sagte Travis. »Und darum haben dich die Leute von dem Waisenhaus auch dort gefunden. Weil Jack Graystone *Sinfathisar* hatte. Und ich vermute, genau darum kamen letzten Herbst auch die Eisenherzen und Phantomschatten nach Castle City. Sie wurden von dem Ding angezogen, das sie suchten.« Er fasste den Stein fester.

»Wir wissen es nicht genau«, sagte Falken. »Aber es macht Sinn. Wir wissen, dass der Fahle König den Großen Stein *Gelthisar* in seinem Besitz hat. Es kann nur so sein, dass seine Macht groß genug war, dass er einige seiner Diener auf deine Welt schicken konnte. Und genau wie Grace kamen sie in der Nähe des Ortes an, an dem *Sinfathisar* verwahrt wurde.«

Graces Augen brannten, und sie spürte, wie sie sich mit Tränen füllten. Endlich wusste sie, dass man sie als

Kind nicht ausgesetzt hatte. Sie hatten sie geliebt, und sie hatten versucht, sie zu beschützen. Aber warum fühlte sie sich dann so einsam, dass sie es nicht ertragen konnte?

»Warum?«, flüsterte sie. »Warum habt ihr mich dort allein hingeschickt? Warum habt ihr mich ...«

Warum habt ihr mich an diesen Ort geschickt, in das Waisenhaus, zu dem Schatten?, wollte sie fragen, aber die Worte blieben ihr im Hals stecken.

Melia zögerte, dann nahm sie Graces Hände.

»Wir haben dich nicht allein dorthin geschickt, Grace. Das heißt, wir wollten es nicht. Hüter Merric hielt dich, als wir das Tor öffneten. Er sollte mit dir gehen, um dich zu beschützen. Aber ... etwas ging schief.«

Grace schüttelte den Kopf, unfähig, noch ein weiteres Wort zu äußern. Melia verstärkte ihren Griff.

»Du warst so klein, so zerbrechlich. Du trugst ein Kleid, das Anilena für dich genäht hatte, und Falken hatte dir die Kette um den Hals gelegt, denn er hatte sie bei Anilena gefunden. In dem Augenblick, in dem Merric durch das Tor trat, spürten wir es alle: eine Wesenheit auf der anderen Seite. Was es war – oder wer –, das wissen wir bis zum heutigen Tag nicht. Aber sie war groß, und sie war mächtig. Und sie war böse. Ich musste zusehen, wie Merric schmerzerfüllt aufschrie. Ich konnte die andere Seite des Tores sehen – den Berg, wo man dich gefunden haben muss. Mit letzten Kräften stemmte Merric deinen kleinen Körper nach vorn. Ich sah dich fallen, wie du weinend durch das Gras rolltest. Dann schrie Merric erneut auf, und er wurde von etwas in Stücke gerissen, das keiner von uns sehen konnte.

Danach schloss sich das Tor, und wir konnten es nicht wieder öffnen.«

Melia ließ ihre Hände los. »Es tut mir so Leid, Ralena. Es tut mir so Leid, dass wir dich allein gelassen haben. Wir wollten dich beschützen, und ich fürchte, wir haben das genaue Gegenteil erreicht. Bitte ... wirst du uns jemals verzeihen können?«

Grace wollte sprechen, aber sie brachte keinen Ton hervor. Nur ein leises Stöhnen, während sie den Kopf schüttelte. Schmerz huschte über Melias Gesicht, und die Lady trat zurück. Nein, sie verstand nicht. Verzweifelt suchte Grace nach Worten, fand sie und setzte sie zusammen.

»Es gibt nichts zu verzeihen. Du hast alles getan, was du für mich tun konntest. Ich lebe.«

Und meine Seele ist tot. Aber das sagte sie nicht laut. Das war weder Melias Schuld noch Falkens. Sie hatten ihr Leben dem Schutz ihrer Familie gewidmet. Ohne sie wäre Grace nie geboren worden.

Falken grinste jetzt. »Es spielt keine Rolle, was passiert ist, Grace. Dir geht es gut, und du bist hier. Das ist alles, was zählt. Und eines Tages wird Malachor unter deiner Herrschaft zu neuem Glanz erstrahlen.«

Die Worte waren wie eine Ohrfeige. Doch bevor Grace etwas erwidern konnte, lachte Melia und klatschte in die Hände.

»O Ralena. Ich hatte geglaubt, ich würde dich nie wieder sehen. Dann, an diesem Tag vergangenen Winter, als wir auf Calavere eintrafen und ich dich dort stehen sah – ich glaubte, mein Herz würde vor Freude zerspringen.«

Falken riss die Augen weit auf. »*Was?* Du meinst, du hast die ganze Zeit gewusst, dass Grace Ralena ist?«

Melia lächelte süß. »Natürlich, mein Lieber.«

Das Gesicht des Barden nahm eine faszinierende und völlig unnatürliche purpurfarbene Färbung an. »Und du hast es nie für wichtig genug gefunden, diese kleine Tatsache mit mir zu teilen?«

Melia verdrehte die Augen. »Nun, ich habe nicht geglaubt, dass du so lange brauchen würdest, es herauszufinden. Ich habe sie sofort erkannt – obwohl sie es für angebracht hielt, ihre Halskette verborgen zu halten. Nur ein so hübsches Kind wie Ralena konnte zu einer Frau heranwachsen, die so schön wie Grace ist. Außerdem kann ich mir nicht vorstellen, dass es auf der Welt irgendjemanden gibt, der so schöne Augen wie sie hat. Sie haben sich nicht verändert, Liebes.«

Falken schien kurz vor einer Explosion zu stehen, aber bevor er etwas sagen konnte, trat Durge vor. Sein von Linien durchzogenes Gesicht war so ernst wie immer, aber in den braunen Augen lag ein Strahlen, das Grace dort noch nie zuvor gesehen hatte. Es war mit Sicherheit Stolz. Es hätte aber auch Freude sein können.

»Ich habe es gewusst«, sagte er leise. »Ihr seid tatsächlich eine Königin. Der Menschen, wenn nicht sogar des Feenvolks.« Dann ging Durge zu ihrer Überraschung vor ihr auf die Knie und senkte den Kopf.

Und als wäre das nicht schon genug, folgte Falken einen Augenblick später seinem Beispiel, dann Beltan und alle anderen auch. Travis kniete grinsend nieder, und Lirith und Aryn mit strahlenden Gesichtern. Sogar Melia, Sareth und

Vani schlossen sich den anderen an. Sie alle knieten vor Grace auf dem Boden.

Das war schrecklich. Begriffen sie es denn nicht? Sie konnte unmöglich von adliger Geburt sein, geschweige denn eine Königin.

Aber du bist eine Königin, Grace. Sosehr du es auch leugnen willst, kannst du das nicht, also gewöhne dich besser daran. Davon abgesehen bist du die Herrscherin über ein Königreich, das es seit Jahrhunderten nicht mehr gegeben hat. Es ist ja nicht so, als gäbe es etwas, von dem du die Königin sein kannst. Worum sich also Sorgen machen?

Da gab es eine Menge. Falkens Augen strahlten heller, als sie je gesehen hatte. Es war offensichtlich, dass der Barde glaubte, sie würde Malachor auferstehen lassen – das Königreich, von dem alle Legenden behaupteten, er hätte bei seinem Untergang die Hand im Spiel gehabt. Sie sah zu Vani und Sareth herüber. Warum glaubte hier jeder, sie hätte das Talent, tote Zivilisationen zu neuem Leben zu erwecken?

Sie wischte sich Tränen von den Wangen, dann beugte sie sich vor, ergriff Durge bei den breiten Schultern und zog ihn auf die Füße.

»Erhebt Euch, Durge, bitte. Wisst ihr alle eigentlich, wie albern ihr ausseht?«

Travis grinste noch immer, als er aufstand. »Wie Ihr wünscht, Eure Majestät.«

Sie warf ihm einen bösen Blick zu. Dafür würde er büßen, und der Art und Weise nach zu urteilen, wie sich sein Grinsen in eine Grimasse verwandelte, wusste er das genau.

Sareth räusperte sich. »Das ist eine erstaunliche Geschichte, die Ihr uns erzählt habt, Falken, Melindora. Aber darf ich Euch daran erinnern ...«

Melia winkte ab. »Ja, Sareth. Wir haben es nicht vergessen. Kommt. Ich schätze, meine Bitten sind vom Kaiser erfüllt worden. Es ist Zeit, dass wir Ephesian unseren Respekt erweisen und uns verabschieden.«

Grace folgte den anderen und zwang sich, ihre Beine in Bewegung zu halten. Sie konnte fühlen, wie die anderen sie mit einer Mischung aus Ehrfurcht und Respekt ansahen. Selbst Travis. Es war absolut unerträglich. Dann war glücklicherweise Aryn da. Die junge Frau griff mit ihrer gesunden Hand nach Graces Hand.

»Also hatte König Boreas die ganze Zeit Recht, Grace. Du bist wirklich von königlichem Blut. Nur dass du keine Herzogin bist, sondern eine Königin.«

Königin. So hatte Marji sie genannt. Warum musste sie immer alles als Letzte erfahren?

»Tatsächlich glaube ich«, fuhr Aryn fort, »dass du als Königin des untergegangenen Malachor sogar Boreas im Rang übertriffst.«

Zu ihrer eigenen Überraschung musste Grace lachen, und das war heilsam und beruhigend. »Ich glaube nicht, dass *ich* das Boreas beibringen werde.«

Aryn stimmte in ihr Lachen ein. »Nun, sieh mich nicht an!«

Sie lachten noch immer, als sie das Podest und damit Ephesians Thron erreichten. Die kurzsichtigen Augen des Kaisers leuchteten auf, als Melia ihm von ihrer Entdeckung und von Graces königlicher Herkunft berichtete.

»Wir werden ein Fest feiern!«, verkündete Ephesian, nachdem er schallend gelacht hatte. Er richtete seine Aufmerksamkeit auf Grace. »Wir sind gewissermaßen Cousinen, Eure Majestät. Ich stamme von Elsaras ältestem Sohn ab, und Ihr von ihrem zweiten. Hiermit ordne ich an, dass ganz Tarras Euch ehren soll. Wir werden neun Tage lang essen und tanzen. Und mehr noch, Ihr und ich können in einer goldenen Barke eine Parade abhalten, und während das Volk uns zusieht, werde ich Euch einige Ratschläge geben, wie man ein Reich beherrscht.«

Grace hatte nicht die geringste Idee, was sie darauf erwidern sollte, also murmelte sie nur: »Vielen Dank, Eure Herrlichkeit.«

Jetzt richtete Ephesian den Blick auf Melia. »Ich muss Euch danken, Melindora. Das ist möglicherweise der interessanteste Tag, den ich je in meinem Leben hatte.«

»Und er ist noch nicht vorbei, Eure Herrlichkeit«, sagte Melia. »Also lasst uns nicht zu früh feiern.«

Ephesian ließ einen seiner Soldaten antreten, der Meldung machte, dass die Etherion wie von Melia befohlen bereitstand. Danach verabschiedeten sich die Gefährten vom Kaiser – sowohl Lirith wie auch Grace versprachen, ihn bald wieder zu besuchen –, dann gingen sie los, durchquerten den riesigen Thronsaal und ließen den Herrscher zurück. Die vergoldeten Tore des Palastes schlossen sich hinter ihnen mit einem dumpfen Knall, der Graces Körper vibrieren ließ.

Die Vibrationen nahmen an Gewalt zu. Ein Brausen erfüllte die Luft, der mit Fliesen ausgelegte Boden bäumte sich unter ihr auf. Sie schrie auf, als sie gegen die anderen taumelte. Jetzt begriff sie, dass es sich gar nicht um die Vibration des zufallenden Tores handelte. Der Boden bebte.

»Was ist hier los?«, rief Falken über das Tosen hinweg.

Doch der Barde hatte noch nicht zu Ende gesprochen, als das Beben aufhörte und sich eine unheimliche Stille über den Palast legte, die nur von in der Ferne ertönendem Hundegebell gestört wurde.

Grace kämpfte darum, auf den Füßen zu bleiben, und ließ Sareth los, an dem sie sich festgehalten hatte. Die Fliesen wurden von einem Netzwerk feiner Sprünge überzogen. Sie war sich sicher, dass die Risse eben noch nicht da gewesen waren.

»Das hat sich wie ein Erdbeben angefühlt«, meinte Travis.

»Das gefällt mir nicht«, sagte Sareth. »Die Höhle des Dämons liegt unter der Stadt. Dieses Beben kann nichts Gutes verkünden.«

Vani wollte darauf antworten, aber ein gequältes Stöhnen ließ sie innehalten. Melias Gesicht war totenbleich; sie taumelte.

Falken eilte an ihre Seite. »Melia, bist du verletzt?«

Sie schüttelte den Kopf.

»Was ist denn?«

Endlich schaffte es Melia, ein einziges Wort hervorzustoßen. »Misar ...«

Grace wusste genug von dem, was in Tarras geschah, um zu verstehen. Noch ein Gott war tot, verschlungen von dem Dämon.

28

Travis legte den Kopf in den Nacken und starrte zu der blauen Kuppel hinauf. Es fiel schwer zu glauben, dass er nicht in den Himmel sah. Vögel schossen in die Tiefe, um dann zu den weißen Wolken zu fliegen. Es dauerte eine Minute, bis die Illusion deutlich wurde. Die Wolken bewegten sich nicht, da sie nur aufgemalt waren. Melia hatte sie zu einem großen Balkon auf der sechsten Etage geführt. Bis auf die Vögel hatten sie den Ort für sich allein.

Grace stand ein Stück abseits von ihnen und betrachtete den in der Tiefe liegenden Boden der Etherion. Travis konnte ein Grinsen nicht vermeiden. Als er sie im Großen Saal von Calavere kennen gelernt hatte, hatte er angenommen, dass sie Eldherin war. Und selbst später, als er gewusst hatte, dass sie aus Denver kam, hatte er stets das Gefühl gehabt, dass sie auf eine Weise hierher gehörte, wie er es niemals schaffen würde.

Du hattest Recht. Sie gehört nach Eldh. Und wenn Falken Recht hat, dann gehört ihr ein ordentlicher Teil von Eldh.

Aber warum machte sie dann diesen traurigen Eindruck? Hätte sie nicht glücklich sein sollen, wo sie doch jetzt die Wahrheit über ihre Eltern kannte? Aber vielleicht gab es hier ja gar kein Rätsel. Melia und Falken hatten sie zur Erde geschickt, um sie zu beschützen, aber sie war im Beckett-Strange-Heim für Kinder gelandet. Und dort hatte sie alles andere als Sicherheit gefunden. Travis wusste es; er hatte den Schatten gesehen. Ihren Schatten.

Doch jetzt war sie wieder auf Eldh, dort, wo sie hingehörte. Dafür hatte Bruder Cy gesorgt.

Travis griff in die Tasche seiner lose fallenden Mournisch-Hosen und holte die halbierte Münze hervor, die ihm der seltsame Prediger gegeben hatte und die ihn zweimal zur Erde zurücktransportiert hatte. Grace besaß die andere Hälfte der Münze, aber kurz nach ihrer Rückkehr nach Denver hatte Travis beide Hälften zusammengefügt, um die Symbole auf beiden Seiten zu studieren.

Eines der beiden Symbole hatte er erkannt: ein Kreis mit einem Punkt in der Mitte. Das war die Rune Eldh, das Symbol dieser Welt. Die Rune auf der anderen Seite der Münze hatte er nicht erkennen können – ein Dreieck, über dem sich eine Linie befand. In gewisser Weise hatte es ihn an die Rune von Eis erinnert, aber vermutlich hatte sie eine andere Bedeutung.

Sie sind genau wie die Seiten derselben Münze, nicht wahr? Schwester Mirrim hat dir das gesagt – wenn eine Welt brennt, tut es die andere auch.

Die Rune auf der anderen Seite der Münze konnte nur die Rune der Erde sein.

Gut, damit war ein Geheimnis gelöst gewesen, aber daraus ergab sich das Nächste – wer war Bruder Cy? Und wie konnte der Prediger Travis und Grace mit nicht mehr als einer Handbewegung zwischen den Welten hin und her schicken, wenn andere Leute, zu denen auch Duratek und die Scirathi gehörten, sich um jeden Preis magisches Blut und magische Artefakte besorgen mussten, um das Gleiche zu vollbringen?

Travis vermochte es nicht zu sagen. Aber die Magie der

Morndari schien den Weg durch das Nichts zwischen den Welten zu ermöglichen. Genau wie die Magie der *Imsari* – sie hatte Jack Graystone zur Erde gebracht. Und sobald Jack dort gewesen war, hatte *Sinfathisar* wie ein Leuchtfeuer funktioniert und Grace nach Castle City geführt. Zusammen mit den Dienern des Fahlen Königs und dem Runenmeister Mindroth.

Stand Bruder Cy mit einer der Mächte in Verbindung? Travis war sich nicht sicher. Aber auf gewisse Weise ähnelte die in zwei Teile geteilte Münze dem Tor-Artefakt. Auch wenn sie kein Blut benötigte.

Travis seufzte. Es war unmöglich, jetzt Antworten auf seine Fragen zu finden. Aber wenn er jemals die Gelegenheit bekam, noch einmal mit Bruder Cy zu sprechen, würde er ein paar Antworten erhalten. Er schob die Münze sorgfältig in die Tasche zurück.

»Also gut, Melia«, sagte Falken mit in die Hüften gestemmten Händen. »Wir sind hier. Und die Etherion muss von mindestens drei Kompanien tarrasischer Soldaten umstellt sein. Und jetzt?«

Melia war noch immer blass. Aber ihr Ausdruck verriet Entschlossenheit, in ihren Augen funkelte die Wut. »Sareth hat uns erklärt, dass, sollte Travis sich unter die Stadt begeben, wir die Scirathi ablenken müssen, damit sie sich ihm nicht in den Weg stellen. Und genau das habe ich vor. Ich werde die Zauberer ablenken.«

»Und wie genau willst du das schaffen?«

»Das wirst du schon sehen.«

Bevor der Barde weitere Fragen stellen konnte, breitete die Lady die Arme aus, schloss die Augen und warf den Kopf zurück. »Mandu, mein lieber Bruder, bist du da?«

Melias Worte verklangen in der dunstigen Luft, und Stille erfüllte die Etherion. Travis kam schon zu dem Schluss, dass Melia die Frage vergeblich gestellt hatte ...

... als eine Stimme ertönte. Sie kam zugleich aus allen Richtungen und aus keiner, sie war tief und vibrierte vor Macht, war dabei aber seltsam zögernd, so als hätte der Sprecher die Kunst verlernt, Worte zu benutzen.

»Ich bin ... hier ... liebe Schwester.«

Eine seltsame Ruhe erfüllte Travis. Er wusste, dass er unter die Stadt gehen musste, einen Weg finden musste, den Dämon mit *Sinfathisar* erneut an seinen Kerker zu binden, damit dieser seine Flucht nicht vollenden konnte. Trotzdem verspürte er Frieden.

Aryn seufzte; ihre blauen Augen leuchteten. »Mandu.«

»Wer ist Mandu?«, fragte Travis die Baronesse leise.

»Der Sterbende Gott.« Es hatte den Anschein, als hätte Aryn mehr sagen wollen, aber dann stieß sie nur einen weiteren Seufzer aus.

Melia trat einen Schritt vor. »O Mandu, es ist so schön, dich wieder zu sehen. Es ist so schrecklich lange her.«

»Das finde ich auch ... geliebte Schwester.«

Die Luft schlug Wellen wie ein Teich, dann stand ein alter Mann in einer leuchtend weißen Robe vor Melia.

»Ich ... passe auf sie auf. Wie du mich gebeten hast ... liebe Schwester.«

Travis stieß einen leisen Seufzer aus. Der alte Mann war wunderschön. Seine faltige Haut war so dünn wie Papier, leuchtete aber, als befände sich darunter ein Licht. Strähniges weißes Haar schwebte um seinen Kopf, in seinen goldenen Augen lag eine sanfte Weisheit. Die Gestalt des alten Gottes flimmerte; er wurde abwechselnd durchsichtig und nahm dann wieder feste Formen an.

»Ich bin froh, Mandu«, sagte Melia. »Sie brauchen einen Hirten, seit sie ihren verloren haben. Und ich fürchte, von jetzt an gibt es noch mehr verlorene Schäfchen, die sich zu ihnen gesellen werden.«

»Ja ... der liebe Misar hat seinen Kreis vollendet. Aber fürchte nicht ... liebe Melindora. Ich werde auch über Misars Gemeinde wachen. Ich bin fast bereit ... selbst den Kreis zu vollenden. Doch ich werde bleiben ... zumindest noch eine Weile. Vielleicht bin ich ... in meiner Weiterentwicklung allem ... zu weit entrückt. Eine Zeit lang zu bleiben wird mir gut tun.«

Melia strahlte. »O Mandu, ich bin froh, das zu hören. Deine Gegenwart wird uns allen Kraft geben, vor allem in diesen dunklen Zeiten. Konntest du vollbringen, was ich dir beschrieben habe?«

»Ja. In diesem Augenblick verbreitet die Gemeinde Gebs ... die Gerüchte, die du gewünscht hast.«

»Wunderbar.«

»Ich werde jetzt gehen ... und ruhen. Ich fürchte, ich bin es nicht mehr gewöhnt ... so ... *gegenwärtig* zu sein.«

»Natürlich, lieber Bruder«, sagte Melia leise. »Wenn alles vorbei ist, werde ich erneut mit dir sprechen.«

Die Aura um den Alten leuchtete so hell auf, dass Travis gezwungen war, sich abzuwenden. Als er wieder hinsah, war der Gott verschwunden, und Melia kam bereits auf sie zu.

Lirith betrachtete sie nachdenklich. »Hattet Ihr nicht gesagt, dass sich Mandu von den Angelegenheiten der anderen Götter lieber fern hält?«

»Das tut er für gewöhnlich auch, meine Liebe. Aber die Ereignisse der letzten Zeit haben Mandu den Eindruck vermittelt, dass er möglicherweise etwas zu *distanziert* ist. Er hat eingewilligt, denen zu helfen, die ihre Götter verloren haben. Zumindest bis neue Götter erscheinen, um die Plätze von Ondo und Geb und Sif und Misar einzunehmen.«

Beltan kratzte sich an seinem dünner werdenden blonden Haar. »Entschuldigt, Melia, aber das macht keinen Sinn. Die Götter gibt es schon ewig. Wie können dann plötzlich neue erscheinen, um die Plätze der Ermordeten einzunehmen?«

»Das weiß nicht einmal ich, mein Lieber«, sagte Melia. »Darum nennt man es auch Mysterienkulte.«

»Tira«, sagte Grace leise. »Sie wurde eine Göttin. Wir haben zugesehen, wie sie in den Himmel aufstieg. Werden einige von denen, die ihre Götter verloren haben, ihr folgen?«

Melia schien darüber nachzudenken. »Vielleicht irgendwann einmal. Obwohl sie jetzt eine Göttin ist, habe ich den Eindruck, dass Tira noch immer ein Kind ist. Es kann noch eine lange Zeit dauern, bevor wir wirklich verstehen können, welchen Zweck sie erfüllt.«

»Wovon hat Mandu da gesprochen?«, fragte Falken. »Gebs Gemeinde verbreitet Gerüchte?«

Melia strich ihr blauschwarzes Haar glatt. »Ja. Mandu hat mit den Bettlern und Dieben von Tarras gesprochen.

In diesem Augenblick verbreiten sie in der ganzen Stadt Gerüchte.«

»Was für Gerüchte?«, wollte Durge wissen.

»Gerüchte über ein Relikt aus dem alten Süden. Ein Relikt, das der Kaiser in der Etherion aufbewahrt.«

Sareth riss die Augen auf. »Der Skarabäus! Ihr wollt die Scirathi davon überzeugen, dass der Kaiser irgendwie den Skarabäus in seinen Besitz gebracht hat und ihn in der Etherion bewacht. Darum habt Ihr all die Soldaten verlangt.«

Melia lächelte. »Und? Glaubt Ihr, es wird funktionieren?«

Der Mournisch rieb sich das bärtige Kinn, dann stahl sich ein Grinsen auf sein Gesicht. »Das Verlangen der Scirathi nach dem Skarabäus kennt keine Grenzen. Sie werden nicht widerstehen können, selbst nachzusehen, ob die Gerüchte stimmen. Sie werden kommen.«

Travis sammelte seine Willenskraft. »Und das wird mir die Zeit verschaffen, die ich brauche, um mich unter die Stadt zu begeben und ...«

Und was? Er hatte ehrlich gesagt keine Ahnung, also sprach er nicht weiter.

Es war Zeit. Wenn Melias Plan funktionierte, konnten die Scirathi jeden Augenblick in der Etherion auftauchen. Vani holte das Obsidian-Artefakt aus einem Beutel und stellte es auf die Mitte der breiten Balkonbrüstung. Das Prisma saß noch immer schräg.

Sareth reichte Vani Kerzen und ein kleines Säckchen mit Kräutern. Sie würden den Reinigungszauber durchführen. Zwei Minuten, vielleicht drei – mehr blieben Travis nicht, bevor er sich in den Untergrund der Stadt begab. Als Sareth dem Dämon begegnet war, hatte er sowohl seinen besten Freund als auch sein Bein verloren. Was würde Travis verlieren? Vielleicht alles.

Sein Blick glitt über den Balkon zu einer hoch gewachsenen, geschmeidigen Gestalt. Beltan. Der blonde Ritter schaute in die Weite der Etherion und hielt sich mit beiden Händen an dem Steingeländer fest. Der Ritter sah gesund und stark aus. Trotzdem schien eine Wolke über ihm zu hängen, die sein Licht dämpfte, und wieder einmal fragte Travis sich, was Duratek ihm angetan hatte.

Sie wollten mich zu einem Mörder machen, hatte Beltan gesagt. *Vermutlich wussten sie nicht, dass ich schon einer bin.*

Bezogen sich diese Worte auf das Verbrechen, von dem Beltan vergangene Nacht gesprochen hatte? Aber was auch immer der Nekromant gesagt hatte, es musste eine Lüge sein. Beltan war gut, freundlich und tapfer; er hatte nicht die Macht zu vernichten. Im Gegensatz zu Travis.

Ich bin das Ungeheuer, Beltan. Nicht du. Ich bin derjenige, der angeblich Eldh zerstören wird. Das hat der Drache Sfithrisir gesagt. Und Grace hat gesagt, dass die Hexen es ebenfalls glauben.

Travis setzte sich in Bewegung, um zu Beltan zu gehen, blieb aber stehen, als hinter ihm eine leise Stimme ertönte.

»Du kannst ihn sehen, nicht wahr? Seinen Schatten.«

Travis drehte sich zu Grace um. »Was?«

Ihre Aufmerksamkeit war auf den großen Ritter gerichtet. »Das erste Mal habe ich es auf der Reise nach Spardis gesehen, dann noch einmal, als ich unsere Lebensfäden miteinander verband. Er hat genau wie ich einen Schatten. So wie wir alle.«

Er sah sie fragend an, und sie erwiderte seinen Blick.

»Heute Morgen, auf dem Weg in die Stadt, habe ich die Gabe benutzt, um mir deinen Lebensfaden anzusehen. Deinen und die der anderen. Sogar die von Melia und Falken. Es gibt sie nicht nur bei Beltan und mir. Bei einigen sind sie größer, bei einigen kleiner. Aber wir alle tragen Schatten in uns.«

Travis verstand. Sie alle wurden von Geistern heimgesucht. Er seufzte. *Ich liebe dich, Alice.*

Einen Augenblick lang war er beinahe wieder da, in dem stillen Farmhaus in Illinois, wo seine Schwester gestorben war. Dann verschwand das Bild wieder, und er sah, wie Grace ihn musterte.

»Liebst du ihn?«

Die Frage war ganz sachlich, wie die einer Ärztin, die ihn fragte, ob er Schmerzen in der Brust habe, während sie seinen Puls fühlte.

»Ja«, sagte Travis, überrascht von der Sicherheit in seiner Stimme. »Grace, ich habe mein Leben lang nichts auf die Reihe gekriegt. Die Hälfte der Zeit kann ich nicht mal rechts von links unterscheiden. Aber ich liebe Beltan. Das weiß ich.«

Graces Blick schien ihn durchbohren zu wollen. »Warum bist du dann jetzt nicht bei ihm?«

Travis öffnete den Mund, aber er brachte kein Wort hervor. Genau wie in der vergangenen Nacht hielt ihn etwas zurück. Aber was?

»Vani«, sagte Grace.

Erst als sie den Namen aussprach, wurde er sich bewusst, dass er nicht länger Beltan ansah, sondern die Meuchelmörderin. Als hätte sie etwas gespürt, schaute sie mit den goldenen Augen auf. Dann konzentrierte sie sich wieder auf das Artefakt.

»Was geht hier vor, Grace?« Es war eher ein Krächzen als eine Frage.

»Ich weiß es nicht. Vielleicht ...« Grace holt tief Luft. »In dem Hotelzimmer in Denver, da hat Vani mich nach dir und Beltan gefragt. Sie hat mich gefragt, ob du ihn liebst. Als ich das bejahte, schien sie ... am Boden zerstört.«

Begreifen stieg in Travis auf, begleitet von einem Gefühl starken Unbehagens. »Vergangene Nacht, als Sareth von seinem Freund sprach, diesem Xemeth – der, der gestorben ist – es war klar, dass Xemeth sie geliebt hat. Aber Vani hat die Karten erwähnt, etwas, das sie ihr gesagt haben.«

Grace schien darüber nachzudenken. »Die Morindai glauben an das Schicksal, Travis. Vielleicht haben ihr die Karten gesagt, wen sie zu lieben bestimmt ist, und vielleicht war es nicht Xemeth. Vielleicht ...«

Nein, das wollte er nicht hören. Beltan liebte ihn, und er liebte den Ritter. Das war die eine Sache, derer er sich endlich in diesem so komplizierten Leben klar geworden war, und nichts würde ihm das wieder nehmen.

Abgesehen möglicherweise von Grace, und sie ließ nicht locker.

»Vielleicht liebt sie ja dich, Travis.«

In der Mitte des Balkons stand Vani auf. Der blaue Rauch des Räucherwerks wehte um sie herum wie mit Geisterfingern. »Bist du bereit, Travis?«

Er sah Grace an, aber es war keine Zeit mehr für Worte. Und vielleicht war es auch besser so; er würde sich unter die Stadt begeben, um sich dem Dämon zu stellen – ein Ungeheuer trat gegen das andere an. Vielleicht war es besser, als zwischen zwei Menschen wählen zu müssen, die beide so viel Besseres verdient hatten als ihn.

Travis trat vor das Artefakt. Er griff in die Tasche und tastete über die glatte Oberfläche von *Sinfathisar*. Trotz der Angst in seiner Brust wurde er sich bewusst, dass er grinste. Ob er lebte oder starb, zumindest versuchte er etwas Gutes zu tun. Und egal, was das Schicksal auch am Ende aus ihm machen würde, das musste doch etwas zählen.

»So bereit, wie ich jemals sein werde.«

Melia stellte sich auf die Zehenspitzen und gab ihm einen Kuss auf die Wange. »Sei vorsichtig, mein Lieber.«

Aryn verkrallte die Hand im hellblauen Stoff ihres Kleides. »Aber er kann nicht allein gehen. Wir müssen ihn im Auge behalten ... äh, jemand muss ihn begleiten.«

Lirith warf der Baronesse einen scharfen Blick zu.

»Ich werde mit ihm gehen«, sagte Sareth. »Ich bin als Einziger schon einmal in der Höhle des Dämons gewesen. Was bedeutet, dass ich das Tor öffnen muss.«

Grace trat auf das Artefakt zu. »Wir haben so viel miteinander durchgemacht, Travis. Glaube ja nicht, dass du mich jetzt loswirst.«

Ihre Worte schnitten wie eine Klinge in sein Herz. Das war doch lächerlich. Es war zu gefährlich; möglicherweise würden sie nicht zurückkehren. Und sie war die Königin eines verlorenen Königreichs. Sie konnte auf gar keinen Fall mitkommen.

Andererseits, wenn sie eine Königin war, wer war er, um ihre Entscheidung in Frage zu stellen?

»O Grace ...«, sagte er, und das reichte.

»Dort unten werden die Dinge aussichtslos und gefährlich werden«, grollte Durge. »Ich schätze, es besteht keine Hoffnung, dass auch nur einer von euch zurückkehrt. Aber keiner soll sagen, dass es daran lag, weil Ihr kein Schwert an Eurer Seite hattet.«

Der Ritter trat vor das Artefakt.

»Nun, Grace«, sagte Lirith knapp, »es gehört sich nicht für Euch, die einzige Lady in diesem Haufen ungehobelter Männer zu sein. Ich werde Euch begleiten, des Anstands wegen.«

Die Hexe warf Aryn einen Blick zu, dann stellte sie sich neben Durge.

Falken verschränkte die Arme. »Geht nun *jeder* unter die Stadt?«

»Nein«, sagte Melia. »Nur die, die es müssen. Wenn sie so nett sind und bei uns bleiben, werden Beltan und Vani mir dabei helfen, mit Zauberern fertig zu werden, die es vielleicht irgendwie schaffen, an Ephesians Soldaten vorbeizukommen. Und du, Falken, kannst in diesem Fall auf Lady Aryn aufpassen.«

Beltans Miene war entschlossen. Er ergriff das gekrümmte Mournisch-Schwert, das er an seine Hüfte geschnallt hatte. »Kein Zauberer wird an mir vorbeikommen, Melia.«

»Sie werden an keinem von uns vorbeikommen«, bekräftigte Vani und verschränkte die Arme vor ihrer schwarzen Lederjacke.

Die Meuchelmörderin sah Beltan an. Der Ritter erwiderte ihren Blick, einen Augenblick später nickte er.

Travis schaute zu Grace, Lirith und Durge herüber. Keiner von ihnen musste mitkommen. Sie hätten hier oben bleiben sollen. Trotzdem war er froh über ihre Begleitung.

»Danke«, sagte er. Das traf es nicht einmal annähernd, aber es war alles, zu dem er im Stande war.

Aryn keuchte auf. »Etwas kommt. Ich ... kann sie fühlen.«

»Scirathi«, sagte Vani.

Beltan zog das Schwert, und Falken stellte sich vor die Baronesse.

»Die Zauberer haben die Gerüchte geglaubt«, sagte Melia. »Ihr solltet euch lieber beeilen.«

Sareth kniete nieder, berührte das kleine Steinprisma und drehte es so, dass seine Seiten mit denen des Artefakts übereinstimmten. Ein zischendes Geräusch ertönte, wie ein in der Ferne vom Himmel zuckender Blitz. Die Luft teilte sich, und es war da, ein Oval aus Dunkelheit, dessen gezackte Ränder blaue Flammen umzüngelten.

Travis fühlte, wie jemand seine Hand ergriff. Grace. Er erwiderte den Druck. Durge und Lirith traten näher heran.

»Denkt an nichts, während wir hindurchschreiten«, sagte Sareth. »Ihr müsst es mir überlassen, mir die Höhle vorzustellen. Und wir müssen dicht beieinander bleiben, egal, was passiert. Habt ihr verstanden?«

Sie nickten.

»Mögen die Götter mit euch sein, meine Lieben«, sagte Melia.

Travis warf einen letzten Blick auf Beltan und Vani, aber

ihre Aufmerksamkeit war im Augenblick nicht auf ihn gerichtet.

»Jetzt!«, rief Sareth.

Und dicht zusammengedrängt folgten Travis, Grace, Lirith und Durge dem Mournisch in den knisternden Kreis des Tores.

29

Es war heiß unter Tarras.

Die erstickende Luft des Tunnels hüllte Travis wie eine schwarze Decke ein und machte das Atmen zu einer kräftezehrenden Arbeit. Sareth hielt eine kleine Laterne in die Höhe, obwohl er die Zinnklappe so zurechtgeschoben hatte, dass nur ein schmaler Lichtstrahl herauskam. Es fiel Travis nicht schwer, seinen Weg durch den unregelmäßig verlaufenden Gang zu finden; trotz der Finsternis nahmen seine neuen Augen die glatten, gewellten Wände und den Boden mühelos wahr. Grace, Durge und Lirith stolperten jedoch ständig und ertasteten sich blind den Weg. Er konnte die Verzweiflung auf ihren Gesichtern sehen.

»Wie weit noch?«, fragte Travis den Mournisch flüsternd.

Sareth hatte kein Wort gesagt, seit das schimmernde Tor verschwunden war. Ein paar Mal hatte er gezögert, wenn von der Passage ein Seitentunnel abzweigte, und vor sich hin gemurmelt, aber nach kurzem Zögern war er dann immer geradeaus weitergegangen. Soweit Travis es sagen konnte, hatten sie sich beständig in die Tiefe bewegt.

»Ich habe das Tor so gesteuert, dass es uns an einen Ort direkt vor der Höhle bringt«, sagte Sareth mit kaum hörbarer Stimme. »Aber es hat den Anschein, als wären wir weiter entfernt angekommen als beabsichtigt. Doch wir sind fast da. Glaube ich.«

Das Knirschen von Durges Zähnen war beträchtlich lauter als Liriths Seufzen. Es schien wie unsichtbare Schlangen um sie herumzuzüngeln. Lirith schlug schnell eine Hand vor den Mund.

»Es fühlt sich an, als würde die ganze Welt auf diesem Ort lasten«, murmelte Travis zu Grace.

»Nein, nur eine Stadt.«

Sareth blieb stehen. Wieder teilte sich der Weg. Der Mournisch rieb sich das Kinn, starrte zuerst in die eine Öffnung, dann in die andere. Er murmelte wieder etwas, diesmal aber lauter als zuvor.

Travis fühlte Panik in sich aufsteigen. Die einzige Möglichkeit, zurück an die Oberfläche zu kommen, bestand darin, die Höhle zu erreichen und den Tunnel zu finden, der Sareth einst von den Abwasserkanälen an sein Ziel geführt hatte. Der Mournisch besaß noch immer das Tor-Artefakt, aber es war jetzt leer; seine Magie hatte das Elfenblut verbraucht. Wenn sie den Gang nicht fanden, würden sie für alle Zeiten hier unten gefangen sein.

Obwohl, das war so nicht richtig. Früher oder später würden die Scirathi sie finden. Wenn vorher der Dämon nicht sie und die ganze Stadt verschlang.

»Hier entlang«, flüsterte Sareth und ging nach links.

Sie drängten sich in den gewundenen Tunnel. Travis fragte sich, wie diese Gänge erschaffen worden waren. Nicht durch Wasser. Obwohl sie glatt waren, ragten gelegentlich scharfe Kanten aus den Wänden. Aber die Tunnel waren auch nicht von Menschen aus dem Fels geschlagen worden, dafür waren sie zu ... organisch. Alles in allem erinnerten sie Travis an die weit verzweigten Arterien und Venen eines Körpers.

Sareth hielt eine Hand hoch. »Ich erkenne diesen Ort«, flüsterte der Mournisch. »Wir sind ganz nahe dran.«

»Aber ich spüre vor uns nur Leere«, sagte Lirith, die die Finger leicht an die Schläfen gedrückt hielt.

»Tatsächlich, Mylady?«, grollte Durge. »Ich hingegen dachte, ich hätte in meinem ganzen Leben noch keine Luft geatmet, die so von Gefahr geschwängert ist.«

»Der Dämon besteht nur aus Leere, *Beshala*«, murmelte Sareth. »Vielleicht ist es das, was Ihr spürt.«

»Nein, vor uns *ist* etwas«, sagte Grace ganz ruhig. »Aber es ist schwer zu erkennen – wie ein Schatten vor schwarzem Hintergrund.« Sie stieß die angehaltene Luft aus. »Jetzt ist es verschwunden.«

Travis griff in die Tasche und umklammerte die harte Kugel *Sinfathisars*. »Ich schätze, ich sollte von hier an besser an der Spitze gehen. Der Rest von euch bleibt zurück.«

Lirith fing an zu protestieren. »Aber das Licht ...«

»Ich brauche kein Licht«, erwiderte Travis und ging weiter.

Mit jedem Schritt stieg seine Angst.

Das ist doch albern. Mehr als albern. Sareth hat gesagt, die Dämonen könnten ganze Städte verschlingen. Sie haben den größten Teil des Kontinents im Süden in eine Art Ödnis verwandelt. Wie kommst du nur auf die Idee, dass ausgerechnet du ihn aufhalten kannst?

Er konnte es nicht – aber *Sinfathisar* konnte es. Und weil Jack Graystone ihn zu einem Runenmeister gemacht hatte, war er der Einzige, der einen der *Imsari* berühren konnte, ohne zu sterben. Darum hatte ihm der Elf den Stein gebracht.

Der Stein des Zwielichts wird die ganze Arbeit machen. Du bist nur der Botenjunge. Es ist kein toller Job, und du hast auch nicht darum gebeten, aber du wirst es schaffen.

Sie waren noch nicht weit gegangen, als Travis einen schwachen Lichtschimmer entdeckte, der an das fleckige, purpurne Nachglühen erinnerte, das man sah, wenn man in ein grelles Licht geschaut hatte. Hinter ihm blies Sareth die Laterne aus, und Travis schloss daraus, dass er nicht der Einzige war, der das Licht sah. Mit jedem Schritt wurde der purpurfarbene Schein heller und ließ die stickige Luft schimmern.

Travis fühlte es, bevor er es sah. Ein Hauch etwas kühlerer Luft traf sein Gesicht, und das leise Echo seiner Schritte kehrte nicht mehr so schnell zu ihm zurück. Voraus lag ein Raum. Ein großer Raum. Die Purpurlichtflecken sprenkelten die Dunkelheit jetzt wie eine leichenblasse Krankheit. Ein scharfer Gestank lag in der Luft. Zu beiden Seiten wichen die Wände zurück.

Ohne seine übernatürliche Sehkraft hätte er die Kante niemals gesehen. Trotzdem schlitterte sein rechter Stiefel über den Rand. Um ein Haar wäre auch der Rest seines Körpers gefolgt, aber dann packten starke Hände seine Schultern. Durge.

»Ich dachte, Ihr solltet zurückbleiben«, flüsterte Travis.

»Wie Ihr wünscht, Freisasse Travis. Ich werde Euch über den Rand stoßen und zurück an meinen Platz gehen.«

Travis zuckte zusammen. »Das wird nicht nötig sein. Und danke.«

Die anderen kamen näher heran. Durges ausgestreckte Hände hinderten sie daran, zu nahe an den Rand zu gehen.

Sie standen auf einem flachen Felsvorsprung, der in den Abgrund hineinragte. In der Mitte des Vorsprungs stach ein Zylinder aus dunklem Stein in die Höhe; er war etwa anderthalb Meter hoch und so dick, dass Travis ihn gerade noch mit beiden Armen hätte umfangen können. Es sah aus wie eine Art Sockel.

Das purpurne Licht flackerte wie bei einem Hitzegewitter in alle Richtungen und machte es unmöglich, die Größe der Höhle zu bestimmen. Sie war groß, das war alles, was Travis feststellen konnte – so groß, dass er sich fragte, wieso die ganze Stadt nicht schon längst in sie hineingestürzt war.

Sareth stieß zischend die Luft aus. »Sie ist gewachsen. Als ich das letzte Mal hier war, war die Höhle nicht halb so groß.«

»Der Dämon«, sagte Lirith leise, trotzdem lösten ihre Worte ein Echo aus. »Wo ist er, Sareth?«

»Müsste er sich bei seinem Hunger nicht schon längst auf uns gestürzt haben?«, fragte Durge. Er hielt sein Breitschwert in der Hand, so als könnte die gewaltige Klinge ein Wesen verletzen, das keinen Körper hatte.

»Ich weiß es nicht«, hauchte Sareth. »Der Dämon ist ...«

»Er ist weg«, sagte Grace einfach.

Die anderen drehten sich zu ihr um.

»Was meinst du damit, er ist weg?«, fragte Travis.

Sie breitete die Arme aus. »Verschwunden. Die Fäden der Weltenkraft sind alle verknotet, genau wie Ihr gesagt habt, Lirith. Und einige von ihnen sind halb ... aufgefressen. Aber das Ding, das dafür verantwortlich ist, ist nicht mehr hier. Da bin ich mir sicher.«

»Das Beben, das wir gefühlt haben«, sagte Durge. »Kann das von der Flucht des Dämons verursacht worden sein?«

Sareth ballte die Fäuste. »Nein, das ist unmöglich. Wäre der Dämon in diesem Augenblick entkommen, hätten wir das zweifellos bemerkt.«

»Dann hat er sich vielleicht gerade eben befreit«, meinte Travis. »Vor ein paar Minuten, nachdem wir durch das Tor gegangen sind.«

Durge runzelte die Stirn. »Sicherlich hätten wir doch in dem Tunnel Erschütterungen gespürt, wenn das passiert wäre. Die Logik sagt einem, dass der Dämon nicht vor so kurzer Zeit diesem Ort entflohen sein kann. Was bedeutet, dass er noch immer hier sein muss.«

»Aber das ist er nicht«, sagte Grace.

Lirith verschränkte die Arme. »Einer von euch beiden muss sich irren. Der Dämon kann unmöglich zur gleichen Zeit anwesend *und* verschwunden sein.«

Travis' Gedanken rasten. *Zeit.* Dann hatte er einen Geistesblitz.

»Zeit«, sagte er laut, und das Wort hallte durch den Raum. »Lirith, das ist es.«

Sareth starrte ihn an. »Wovon sprecht Ihr?«

Verstehen raste durch Travis' Verstand, so schnell, dass er es kaum in Worte fassen konnte. »Ihr habt letzte Nacht davon gesprochen, Lirith. Und wir haben es gesehen, als wir heute Morgen durch die Stadt gegangen sind. Götter und Menschen verlieren sich in den Träumen der Vergangenheit. Es ist der Dämon – er verzerrt in Tarras den Fluss der Zeit, zuerst für die Götter der Stadt, und jetzt für ihre Bewohner.«

Lirith nickte. »Der Dämon verschlingt nicht nur die Weltenkraft. Er verknotet das Gefüge der Zeit selbst.«

Graces Augen leuchteten auf. Sie wandte sich Sareth zu. »Vani hat uns gesagt, dass die *Morndari* keine physischen Körper besitzen. Ist das richtig?«

»Ja.«

»Travis«, fuhr sie fort, »was weißt du über die Relativitätstheorie?«

»Du bist hier die mit dem Doktortitel, Grace.«

»Ja, aber unglücklicherweise ist es kein Doktor in Physik. Doch dem wenigen nach zu urteilen, was ich weiß, besagt die Relativitätstheorie, dass Zeit, Materie und Raum alle miteinander verbunden sind. Wenn etwas keinen Körper hat – also keine Masse –, könnte es sich mit Lichtgeschwindigkeit bewegen. Und das würde relativistische Auswirkungen auf die Zeit haben.«

Sareths ebenmäßige Züge waren grimmig. »Ich will nicht so tun, als würde ich etwas von dem verstehen, was Ihr gesagt habt, Grace. Aber obwohl die *Morndari* keine Körper haben, haben die Dämonen schon einen. Sie waren *Morndari*, die von den Zauberern von Amun in eine feste Gestalt gebunden wurden.«

»Stimmt«, sagte Grace und kaute auf der Unterlippe herum. »Aber was bedeutet das?«

Travis legte ihr die Hand auf den Arm. »Wir diskutieren später über Einstein, Grace. Ganz egal, wie der Dämon es geschafft hat, er ist nicht mehr hier. Wir müssen Sareths Gang finden und hier raus.«

»Gebt mir einen Augenblick Zeit«, sagte Sareth und trat an den Rand des Abgrunds. »Seit ich hier war, hat sich alles verändert. Ich muss darüber nachdenken, wo der Zugang zu den Abwasserkanälen ist.«

Durge fasste das Schwert fester. »Ich würde Euch raten, Euch mit Euren Bemühungen zu beeilen. Wir können nicht davon ausgehen, dass die Scirathi sich ewig von Lady Melias List täuschen lassen. Und besitzen die Zauberer nicht ein Relikt, mit dem sie sich an diesen Ort transportieren können?«

Sareth sagte nichts, während er in die Dunkelheit starrte.

»Ihr braucht Licht«, sagte Lirith. Sie machte eine webende Bewegung mit den Fingern, dann hielt sie eine glühende Kugel aus grünlichem Licht in die Höhe. Die Finsternis wich ein Stück zurück. Grace runzelte die Stirn, dann wiederholte sie Liriths Bewegungen. Eine zweite Kugel aus grünem Licht erschien, diesmal in Graces Händen.

Doch die Finsternis lastete noch immer schwer auf ihnen.

»Lir«, flüsterte Travis, und der silbrige Schein seines Runenlichts gesellte sich zu den Hexenlichtern. Die Dunkelheit wich ein weiteres Stück zurück. Das würde ausreichen müssen.

Sareth suchte weiter. Grace, Lirith und Durge schlossen sich ihm an. Travis wollte ihnen folgen, dann erregte etwas seine Aufmerksamkeit. Spinnenhafte Striche flackerten im grünsilbernen Licht. Er ging zu dem runden Sockel, den er zuvor gesehen hatte.

Nein, kein Sockel. Ein Altar.

Ein Schauder durchfuhr ihn, als er daneben niederkniete. Er streckte die Hand aus, zögerte, dann berührte er die Symbole, die auf den Seiten in den glatten, schwarzen

Stein eingeritzt waren, Symbole, die im magischen Licht funkelten.

»Ich glaube, das solltet ihr euch ansehen«, sagte er leise, obwohl die Worte laut hallten.

Innerhalb weniger Augenblicke waren die anderen da. Aber da hatte Travis den Sinn der Symbole bereits entschlüsselt. Es waren keine Runen und auch keine andere Art der Schrift, sondern mit scharfen Strichen gezeichnete Bilder, die in jeder Sprache verständlich sein sollten.

»Es ist eine Geschichte«, sagte er.

Lirith kniete neben ihm nieder. »Was erzählt sie?«

»Ein Zauberer«, murmelte Sareth, dessen dunkle Augen im Hexenlicht schimmerten. »Seht, da ist er.«

Sareth zeigte auf eine Strichfigur. In der einen Hand hielt sie einen gebogenen Gegenstand, von der anderen ging eine Reihe kleiner Punkte aus.

»Aber was tut er?«, fragte Durge.

Grace berührte den Altar. »Er bindet den Dämon.«

Gemeinsam entzifferten sie die Geschichte Hieroglyphe für Hieroglyphe. Der Zauberer vergoss sein eigenes Blut und lockte ein Geschöpf, das nur als von konzentrischen Linien der Macht umgebener Punkt dargestellt wurde. Der Dämon. Gezackte Umrisse deuteten eine Klippe an, die nur der Hügel von Tarras sein konnte. Der Zauberer schuf eine Aushöhlung in dem Hügel und lockte den Dämon mit seinem Blut hinein.

»Aber es war nicht nur sein eigenes Blut«, sagte Lirith und zeigte auf eine Hieroglyphe. In der Hand des Strichzauberers war ein Punkt, von dem acht kleine Striche strahlenförmig ausgingen.

Schnell lasen sie den Rest der Geschichte. Mit dem Skarabäus lockte der Zauberer den Dämon in das Gefängnis im Felsen, dann wirkte er eine große Magie. Das letzte Bild zeigte, wie ein Punkteregen aus dem Körper des Zauberers schoss, während der Kreis des Dämons in sich zusammenschrumpfte.

»Das ist alles?«, sagte Durge stirnrunzelnd. »Aber die Geschichte scheint kein richtiges Ende zu haben.«

»Ich glaube nicht, dass wir alles sehen«, sagte Travis. »Seht mal, da ist der Rand eines weiteren Bildes. Aber der Rest ist irgendwie ausradiert worden.«

Dann begriff er. Auf der einen Seite war der Stein des Altars verzogen und so wellenförmig wie die Wände dieses Ortes. Welche Macht auch immer die Tunnel in den Fels gebohrt hatte, hatte auch den Stein des Altars deformiert und den letzten Teil der Geschichte ausgelöscht. Aber Travis glaubte, die letzten Hieroglyphen zu kennen: der Zauberer, der mit letzten Kräften seine Geschichte hier hinterließ.

Sie erhoben sich.

»Also war es der Skarabäus von Orú«, sagte Sareth voller Erstaunen. »So hat der Zauberer den Dämon an diesen Ort gebunden. Er hat das Schmuckstück als Fokus des Bindezaubers benutzt und sein eigenes Blut geopfert, um die Magie zu schmieden. Vermutlich werden wir niemals seinen Namen erfahren, aber er muss einer der Größten seiner Art gewesen sein – vielleicht war es einer der Zauberer, die die Dämonen erschufen, bevor sie den Wahnsinn ihrer Tat erkannten.«

Travis verspürte einen Stich in seiner Brust. Der Zauberer hatte sich geopfert, um seine eigene Magie ungescheken zu machen und die Welt zu retten. Er ballte die rechte Hand zur Faust.

»Sareth«, grollte Durge, »Ihr sagt, dass der Skarabäus nicht von der Magie des Zauberers verschlungen wurde, sondern stattdessen als ihr Fokus diente.«

»Das ist richtig.«

»Dann glaube ich, Ihr solltet Euch das hier ansehen.«

Der Ritter wischte Staub von der Oberfläche des Altars. Auf der einen Seite war der Stein geschmolzen und deformiert, aber auf der anderen war er unversehrt. Eine flache, runde Vertiefung war in die Oberfläche eingelassen.

»Sieht so aus, als sollte dort etwas hineinpassen«, sagte Grace.

Travis schluckte schwer. Er wischte noch mehr Staub weg und enthüllte acht Furchen, die strahlenförmig von der runden Vertiefung ausgingen. »Etwas mit acht Beinen ...«

Sie schauten einander mit weit aufgerissenen Augen an. Das grüne und silbrige Licht tauchte ihre Gesichter in einen unheimlichen Schein. In der Ferne ertönte ein Laut, so als würde ein Steinchen über den Boden gestoßen werden, bevor es in der endlosen Finsternis verschwand.

Travis zuckte zusammen. »Lirith, Grace, könnt ihr in der Nähe irgendwelche Scirathi wahrnehmen?«

Lirith hatte die Augen geschlossen; sie war bereits bei der Arbeit. »Nein, hier sind nur wir. Ich ...« Sie holte zischend Luft.

»Etwas kommt auf uns zu«, verkündete Grace und öffnete ruckartig die Augen. »Etwas ...«

Ein Stück Finsternis kam in Bewegung, riss auf und näherte sich ihnen: eine Gestalt in einem wogenden schwarzen Gewand. Silbernes Runenfeuer und grünes Hexenlicht spiegelte sich auf einem reglosen, heiter lächelnden Gesicht aus purem Gold.

»Scirathi!«, stieß Sareth hervor und zog das Schwert.

Durge trat mit erhobenem Breitschwert einen Schritt vor.

»Die Maske!«, sagte Grace. »Sie ist die Quelle seiner Macht.«

Lirith drückte sich eng an sie und webte mit den Fingern bereits einen Zauber. Travis schluckte und stählte sich gegen den Angriff der *Gorleths*. Mit Sicherheit wurde der Zauberer von seinen Sklaven begleitet.

Der Scirathi blieb etwa drei Meter von ihnen entfernt stehen.

»Komm schon, *Va'keth!*«, fauchte Sareth. »Komm her, damit wir dich töten können.«

Hinter der goldenen Maske ertönte ein Laut, zuerst ganz leise, dann immer lauter. Es war ein Lachen.

»Also wirklich, Sareth.« Der Zauberer sprach mit einer seltsam lispelnden Stimme. »Ist das die einzige Begrüßung, die du für deinen ältesten und liebsten Freund hast?«

Der Scirathi führte die schwarz behandschuhten Hände zu der goldenen Maske. Ein leises Klicken ertönte. Dann senkte der Zauberer die Maske und enthüllte das darunter befindliche Gesicht.

Oder das, was von dem Gesicht übrig geblieben war.

Travis verspürte Übelkeit. Auf der linken Seite war das Gesicht des Mannes vollkommen normal, die Haut wies die Farbe von Kupfer auf, das Auge war dunkelbraun. Auf gewisse Weise ähnelte er Sareth, doch wo der Mournisch scharf geschnittene, attraktive Züge aufwies, wirkte der andere völlig unscheinbar. Aber es war die rechte Gesichtshälfte, die unwillkürlich den Blick auf sich zog – die Stelle, an der sich die rechte Gesichtshälfte hätte befinden sollen. Dort waren Knochen und Zähne und lederige Haut zu sehen, die in dem Bemühen, ein tiefes Loch zu verbergen, straff gespannt war. Doch ohne die Maske konnte man es unmöglich verbergen: Die rechte Gesichtshälfte des Mannes war buchstäblich weggefressen.

»Bei Orús Blut!«, stieß Sareth hervor. »Das kann nicht sein. Du bist tot!«

»Es ist auch schön, dich zu sehen, alter Freund«, erwiderte der Scirathi in verwaschenem, aber dennoch schneidendem Tonfall.

»Ich meinte ... ich wollte bloß sagen ...«, stotterte Sareth. »Aber der Dämon ... ich habe gesehen, wie er dich verschlungen hat!«

»Hast du das, Sareth?«, sagte der andere und kam näher. »Vielleicht war es ja das, was du sehen wolltest. Denn ich stehe hier vor dir – durchaus lebendig, wenn auch nicht ganz unversehrt.« Die linke Gesichtshälfte des Mannes verzog sich zu einer hämischen Grimasse; er deutete mit dem Kopf auf Sareths Holzbein. »Aber das bist du ja auch nicht. Dennoch würde ich mal behaupten, dass du von uns derjenige warst, der Glück gehabt hat.« Er fuhr mit den Fingern über die zerstörte Gesichtshälfte und erzitterte. Schmerz.

Sareth befeuchtete die Lippen. »Xemeth.«

»Ja, ich bin es – der Freund, den du in die Höhle des

Dämons mitgenommen hast, der Freund, den du bei deiner Flucht zurückgelassen hast.«

»Aber du bist nicht gestorben.«

»Offensichtlich. Du bist schon immer ein Narr gewesen Sareth. Offensichtlich hatten deine Eltern nur einen Verstand zu vergeben, und den hat Vani gekriegt. Aber keine Angst. Ich bin nicht mehr wütend. Tatsächlich bin ich dankbar für das, was du mir angetan hast. Wärst du nicht gewesen, lieber Sareth, hätte ich niemals das bekommen, was ich heute habe – den Schlüssel zu allem, was ich mir jemals erträumt habe.«

Sareth zögerte, dann machte er einen Schritt auf ihn zu. »Wovon sprichst du, Xemeth? Was hast du bekommen?«

»Dies.« Xemeth griff in sein Gewand und holte etwas hervor. Zwischen seinen Fingern funkelte es golden auf. Dann streckte er die Hand aus und öffnete die Finger.

Es ruhte auf seiner Handfläche und bewegte langsam die Beine. Eine Spinne aus reinem Gold.

Travis war sofort klar, dass das keine der Spinnen war, die die Scirathi erschufen, um ihr Gift zu verbreiten. Sie war viel größer und bedeutend schöner. Ihre Augen waren wie facettengeschliffene Opale, in den Rücken war funkelnder roter Edelstein eingelassen. Zusammen mit dem Licht strahlte die goldene Spinne Macht aus. Sie erschien wie ein lebendes Schmuckstück.

»Es gibt gar keinen Skarabäus von Orú«, flüsterte Sareth. »Es ist eine Spinne!«

30

Der Dämon mochte verschwunden sein, aber Grace brauchte Durge nicht, um zu wissen, dass sie noch immer in großer Gefahr schwebten. Sareth war so nahe an seinen alten Freund herangegangen, wie er konnte, aber Xemeth hielt ihn auf Distanz und wich jedes Mal zurück, wenn er auf fünf Schritte herangekommen war.

Er kann kein richtiger Scirathi sein – das ist unmöglich. Wenn er ein Zauberer wäre, wären wir alle schon tot. Er trägt nur ihre Tracht. Aber warum?

Travis und Lirith standen neben Grace und warteten darauf, was Sareth als Nächstes tat. Durge war ein Stück zur Seite getreten. Er hielt noch immer sein Breitschwert, stand aber nun reglos da. Xemeth war vielleicht kein richtiger Zauberer, aber er hatte das magische Relikt, und nach Sareths Beschreibung zu urteilen, vermochte niemand zu sagen, was Xemeth damit anstellen konnte.

Sareth befeuchtete die Lippen. Zweifellos überlegte der Mournisch sich ganz genau, was er sagen sollte.

»Das ist ein Wunder, Xemeth. Du hast getan, weswegen wir an dem Tag hergekommen sind – du hast das Relikt vor den Scirathi gerettet. Und ich bin außer mir vor Freude, dass du lebst. Aber warum bist du nicht schon früher zu uns gekommen? Alle Mournisch wären froh gewesen.« Er hielt inne. »Vani wäre froh gewesen.«

Ein Zittern durchlief Xemeths Körper. Einen Augenblick lang schien seine linke Gesichtshälfte zu erschlaffen. Dann verhärtete sich die intakte Hälfte seiner Miene wieder.

»Schlau, Sareth. Doch ein paar leere Sprüche werden mich nicht vergessen lassen, dass du mich zum Sterben zurückgelassen hast. Genauso wenig, wie deine hübschen Worte mir mein Gesicht zurückgeben werden.«

»Es tut mir so Leid, was dir zugestoßen ist, mein Freund. Das ist die Wahrheit.«

»Und jetzt auch noch geheucheltes Mitleid«, stieß Xemeth hervor, »ein noch untauglicheres Mittel, um alles wieder gutzumachen. Und auch wenn das Wissen mich zufrieden stellt, dass du genau wie ich einen Teil von dir verloren hast, glaube ich kaum, dass das uns gleichmacht. Was ist schon ein fehlendes Bein verglichen mit dem, was ich erlitten habe?«

Wieder tasteten seine Finger über die tiefe Verwüstung, die dort war, wo die rechte Hälfte seines Gesichts hätte sein sollen. Grace wusste, dass Xemeth großes Glück gehabt hatte, eine solche Verletzung zu überleben – vor allem auf dieser Welt, wo selbst eine kleine Wunde eine tödliche Infektion zur Folge haben konnte.

Aber es war ein steriler Schnitt, nicht wahr, Frau Doktor? Genau wie bei Sareths Bein. Der Dämon frisst die Dinge nicht im herkömmlichen Sinne – nicht mit einem Mund und Zähnen. Was auch immer er berührt, es ... verschwindet einfach. So wie der Stein in diesen Tunneln.

Oder wie Fleisch.

»Wie, Xemeth?«, fragte Sareth. »Wie hast du überlebt? Und warum bist du wie ein Scirathi gekleidet?«

»Was denn, alter Freund, wollen du und deine Gefährten etwa eine Geschichte hören?«

Sareths Blick hatte etwas Flehentliches an sich. »Niemand hätte den Dämon überleben können, aber du hast es geschafft.«

Xemeths noch vorhandenes Auge leuchtete. Grace verstand. Sareth sprach Xemeths Eitelkeit an, versuchte, ihnen Zeit zu erkaufen. Aber wozu?

»Also gut, Sareth. Ich muss gestehen, jetzt, wo du hergekommen bist, da wäre ich enttäuscht, wenn du stirbst, ohne vorher meine Geschichte gehört zu haben. Und ich glaube, uns bleibt noch genug Zeit, um sie zu erzählen.« Xemeth lachte; es war ein gurgelnder Laut. »Zeit hat für *ihn* nur wenig Bedeutung.« Er fasste die strahlende Spinne fester.

Grace sah, wie Travis die Hand in die Tasche schob. Würde der Große Stein Xemeth aufhalten können, falls er versuchte, ihnen etwas anzutun? Grace wusste nicht genug über seine Macht. Durge hielt noch immer sein Schwert umklammert, und Liriths Finger bewegten sich webend hinter ihrem Rücken.

Grace webte einen Faden zu der schlanken Hexe. *Ein Zauber?*

Ja, Schwester, ein Bindungszauber. Auch wenn ich nicht weiß, ob er ihn halten kann. Spürt Ihr es? Das Relikt zieht die Fäden auseinander, noch während ich dabei bin, sie zusammenzuweben.

Lasst mich Euch helfen.

Es war schwer, mit geöffneten Augen zu arbeiten. Aber sie durften Xemeth nicht merken lassen, was sie dort taten.

» ... der Dämon stürzte sich auf uns«, sagte Sareth. »Ich schaffte es bis zu dem Gang, dann drehte ich mich um und griff nach dir. Erst dann fühlte ich eine Kälte in meinem

Bein. Der Schatten schien dich zu verschlucken, und du warst weg.«

Xemeth streichelte die Spinne mit einem Finger. »Was du gesehen hast, ist nicht genau das, was passiert ist, *Freund.* Der Dämon stürzte sich auf mich. Ich fühlte, wie er mich einhüllte, und genau wie du bei deinem Bein spürte ich, wie mein Gesicht kalt wurde. Dann erzitterte der Boden, und eine Spalte öffnete sich unter meinen Füßen. Ich stürzte.«

»Darum sah es für mich so aus, als hätte dich der Dämon verschlungen. Ich konnte nicht wissen, dass du noch am Leben warst.«

Xemeth gab einen erstickten Laut von sich. »Glaubst du, das entbindet dich von jeder Schuld an deinem Verbrechen? Wärst du geblieben, dann hättest du meine Schmerzensschreie gehört. Denn ich stürzte volle zehn Meter tief. Ich konnte nicht sagen, wie viele meiner Knochen gebrochen waren. Und während ich dort lag, ließ die Taubheit in meinem Gesicht nach, und der Schmerz kam.«

Grace konnte sich das Entsetzen und die Qualen nicht einmal vorstellen. In gewisser Weise konnte sie Xemeth seine Wut nicht einmal zum Vorwurf machen.

»Und dann?«, wollte Sareth wissen.

»Ich weiß nicht, wie lange ich dort lag, mit meinen gebrochenen Knochen. Einen Tag lang, vielleicht länger. Es gab kein Licht, nichts, mit dem man das Verstreichen der Zeit messen konnte. Ich lag im Sterben, langsam, aber sicher. Ich versuchte zu kriechen, aber ich brauchte Stunden, um auch nur ein paar Zentimeter weit zu kommen. Schließlich schwanden meine Kräfte, und ich wusste, das

Ende war nah. Noch einmal stemmte ich meinen Körper über die spitzen Steine – und da fand ich es.«

Wieder stieß er ein Lachen aus. »Es ist eine Ironie, ich weiß, aber wäre ich nicht verwundet gewesen, hätte ich niemals meine Fluchtmöglichkeit gefunden. In der Finsternis sah es aus wie alle anderen Steine auch. Aber ich hatte mir die Hände aufgeschnitten, und als mein Blut auf das Ding fiel, da ... erwachte es bei dem Geschmack.«

Xemeth schob die goldene Spinne in sein Gewand, dann holte er etwas anderes hervor. Einen dreieckigen Gegenstand aus schwarzem Stein.

»Das zweite Artefakt!«, sagte Sareth.

Xemeths zerstörte Lippen verzerrten sich zu einer hämischen Grimasse. »Sieh an, du weißt also, wie wir es gemacht haben, wie wir die Götter dem Dämon geopfert haben. Aber ich bin nicht unzufrieden. Ich hatte in der Tat gehofft, dass sich die Mournisch zusammenreimen, was geschehen ist, und dass sie gegen die Scirathi antreten. Ich habe wirklich darauf gezählt. Das war alles Teil meines Plans, mir den Dämon und die Zauberer aus dem Weg zu schaffen.«

»Du meinst, du hast dich nicht mit ihnen zusammengetan?«

»Mich mit diesen *Va'keths* verbrüdern? Ich mag reizlos gewesen sein, ich mag unbeholfen gewesen sein, aber ich war niemals dumm.« Xemeth berührte die goldene Maske, die an einem Band um seinen Hals hing. »Es ist richtig, ihre Aufmachung hat mir genutzt. Sie hat mir erlaubt, Gesicht und Körper zu verbergen, während ich mich frei in der Stadt bewegte.«

»Ihr!«, stieß Lirith aus, und Grace spürte, wie die Konzentration der Hexe sich von dem Zauber abwandte, den sie gerade webten. »Ihr habt versucht, mich zu ermorden!«

Xemeth ließ die Maske los. »Als ich Melindora Nachtsilber in der Stadt eintreffen sah, war mir klar, dass dieses Miststück sich einmischen würde. Ich wollte Euch in dieser Tracht töten, denn sie sollte zu dem Schluss kommen, dass die Scirathi für die Morde an den Göttern verantwortlich sind. Ich wusste, dass sie, sobald sie die Scirathi verdächtigt, alles tun würde, was in ihrer Macht steht, um sich ihnen in den Weg zu stellen. Genau wie sie es im Augenblick tut. Und ich hätte Euch tatsächlich getötet, wäre mein lieber alter Freund nicht gekommen, um Euch zu retten.«

Lirith hob eine Hand ans Herz und schaute Sareth an. »Ihr habt mich gerettet?«

»Das war ich, *Beshala*«, erwiderte er ernst.

»Beshala?« wiederholte Xemeth spöttisch. »O Sareth, das ist einfach großartig. Das macht es so viel besser, dass du sie mitgebracht hast, und deine anderen Freunde auch. Obwohl ich sagen muss, dass die Kleidung unseres Volkes ihnen nicht so gut steht wie ihr.«

Sareth fuhr sich mit der Hand durchs Haar. »Was willst du tun, Xemeth?«

»Bitte, Sareth, du weißt doch ganz genau, dass ich dich töten werde. So wie der Dämon alle Scirathi töten wird.«

»Du meinst, du willst sie verraten?«

Xemeth seufzte. »Also jetzt bist du absichtlich begriffsstutzig. Natürlich verrate ich sie. So wie du mich verraten hast.«

Grace holte zischend Luft. Die *T'hot*-Karte, die Sareth an

diesem Morgen gezogen hatte – die Drei der Klingen. Hatte sie nicht für diesen Tag Verrat vorausgesagt?

Sareth suchte mühsam nach Worten. »Ich verstehe nicht.«

»Muss ich es dir haarklein erklären? Also gut, aber nur kurz. Für dich und die Zauberer von Scirath läuft die Zeit ab.« Xemeth hielt das Tor-Artefakt hoch. »Als ich das in dem Loch fand, in dem ich im Sterben lag, wusste ich, dass ich meine Erlösung gefunden hatte. Ich kann nicht sagen, warum man es vor so langer Zeit an diesen Ort gebracht hat. Vielleicht glaubte der Zauberer, der den Dämon gebunden hat, er könnte damit nach getanem Werk fliehen. Falls das so war, ist er gestorben, bevor er dazu Gelegenheit hatte. Wie dem auch sei, mein Blut weckte das Artefakt, und als ich es öffnete, entdeckte ich, dass es noch Blut der Macht enthielt. Ich benutzte es, um ein Tor zur Oberfläche zu schaffen, und kroch hindurch. Ich lag im Sterben, und ich hatte dem Tor nur eine ungefähre Vorstellung vermittelt, wo es mich hinbringen sollte, aber anscheinend war das Schicksal auf meiner Seite, denn ich landete westlich von Tarras auf dem Land, wo mich ein Schäfer fand. Er war ein freundlicher und einsamer Mann, und er pflegte mich gesund. Zu schade. Sobald ich wieder zu Kräften gekommen war, war ich gezwungen, ihm seine Freundlichkeit dadurch zu entgelten, indem ich ihn tötete. Aber er hatte das Artefakt gesehen, und ich konnte nicht zulassen, dass die Mournisch davon erfuhren. Nicht zu diesem Zeitpunkt, nicht bevor ich meine Verbündeten hatte.«

»Die Scirathi«, stieß Sareth durch zusammengebissene Zähne hervor.

»Jetzt fängst du an zu verstehen.« Xemeth stellte das Artefakt auf den Altar. »Ich war entschlossen, hierher zurückzukehren und das Relikt aus Morindu für mich zu gewinnen, aber mir war klar, dass ich eine Möglichkeit finden musste, den Dämon aus dem Weg zu schaffen. Hier wurden die Scirathi nützlich. Ich ging zu ihnen, enthüllte ihnen das Artefakt und erzählte ihnen von dem Skarabäus. Wie du dir vorstellen kannst, waren die Zauberer von Scirath sehr interessiert. Sie suchen schon lange nach solchen Artefakten. Denn sie suchen etwas an jenem anderen Ort jenseits der Leere, der Ort, den nur die Artefakte erreichen können. Sie haben dort irgendwelche Verbündeten.«

Grace warf Travis einen Blick zu. Er formte lautlos das Wort, das in ihren Gedanken brannte. *Duratek*.

»Ich muss gestehen, dass ich diesen fernen Freunden der Scirathi nicht viel Aufmerksamkeit geschenkt habe«, fuhr Xemeth fort. »Ich kann nicht einmal sagen, wie die Zauberer ohne Hilfe eines Artefakts überhaupt mit den Leuten der anderen Welt in Kontakt treten konnten. Ich glaube, es gibt jemanden hier in Falengarth, mit dem sich die Zauberer verbündet haben, jemand, der an sie herangetreten ist und ihnen erzählt hat, was die Morindai vor langer Zeit erfuhren, dass es jenseits des Nichts eine andere Welt gibt. Ich weiß nur, dass diese Fremden einen Weg nach Eldh suchen, und die Scirathi wollen ihnen für irgendeinen Gefallen oder Bezahlung helfen, hierher zu kommen. Nicht, dass mich das alles auch nur ansatzweise interessieren würde. Mir war nur eines wichtig, dass die Zauberer in meiner Schuld stehen. Darum habe ich sie das Artefakt benutzen lassen, damit sie mit ihren Verbündeten in der anderen

Welt kommunizieren konnten. Ihre Kunst in der Blutzauberei ist so groß, dass sie Botschaften durch das Nichts schicken konnten. Es gelang ihnen sogar, Gegenstände von der anderen Welt herüberzuholen, einschließlich einer Art Waffe – Eisenstöcke, die auf Entfernung töten können.« Xemeth kicherte. »Natürlich wurden die Zauberer, die versuchten, das Tor selbst zu benutzen, im Nichts von den *Morndari* verschlungen. Um ein Tor zu öffnen, durch das Menschen schreiten können, brauchten sie Blut, das beträchtlich mächtiger als das eines einfachen Zauberers von Scirath ist.«

»Du meinst wie das Blut von Orú«, sagte Sareth.

Xemeth holte wieder die Spinne hervor. »Genau. Ich habe den Scirathi davon erzählt, und ich half ihnen, einen Plan zu schmieden – den Plan, den du jetzt kennst. Mit dem Artefakt und dem Blut vieler Zauberer öffneten wir Tore in die Tempel der Götter und verfütterten sie an den Dämon, um ihn zu sättigen, damit wir an ihm vorbeikommen und das Relikt in unseren Besitz bringen konnten.«

Sareth hob eine Faust. »Aber du kannst einen Dämon nicht satt machen. Sobald er frei ist, wird er nie wieder mit dem Fressen aufhören.«

Xemeth schien sich langsam zu langweilen. »Glaubst du, das weiß ich nicht, Sareth? Glaube mir, ich verstehe viel mehr von den Dämonen als du. Ich wollte bloß den Dämon und die Scirathi ablenken, damit ich mir das Relikt nehmen kann. Oh, und noch etwas. Du solltest wissen, dass ich es war, der den Scirathi von dem Tor-Artefakt erzählt hat, das die Mournisch besaßen.«

Sareth zitterte nun am ganzen Körper; er war sprachlos.

»Warum, Xemeth?«, fragte Grace und war überrascht, dass sie ihn ansprach. »Warum wolltet Ihr Orús Blut haben?«

Er richtete seinen bestürzenden Blick auf sie. »Sagt mir, Nordfrau, ist das nicht das Mindeste, was ich nach dem erlittenen Leid verdient habe – was ich mein ganzes Leben lang erlitten habe? Ich stand immer in Sareths Schatten, und als ich die eine Sache haben wollte, die ihm verwehrt war, wurde auch sie mir verweigert.« Er streichelte die Spinne. Das Ding tastete sanft mit langen goldenen Beinen nach seinen Fingern. »Sobald ich das Blut von Orú getrunken habe, werde ich der größte noch lebende Zauberer sein. Nicht einmal der Dämon wird mir widerstehen können, und ich werde ihn erneut einkerkern.«

Sareth fand endlich seine Sprache wieder. »Vani würde sich deiner schämen.«

Egal was Sareth auch gesagt hatte, nichts davon schien Xemeth auch nur in geringster Weise berührt zu haben. Aber das hier schon.

Xemeth zuckte zusammen. »Ist sie hier in Tarras?«

Sareth nickte, und wieder fuhr Xemeth über sein Gesicht. Wenn er zuvor unscheinbar ausgesehen hatte, was würde Vani jetzt von ihm denken? Aber Grace wusste, dass es nicht sein Aussehen gewesen war, das Vani veranlasst hatte, ihn abzuweisen. Sie glaubte, dass sie vom Schicksal ausersehen war, mit Travis zusammen zu sein. Doch irgendetwas verriet Grace, dass Xemeth davon nichts wusste.

Er stolperte von dem Sockel zurück. Plötzlich erschien er verwirrt, schüttelte den Kopf, murmelte vor sich hin.

Sareth warf den anderen einen Blick zu. Das war jetzt ihre einzige Chance, solange Xemeth durch den Gedanken an Vani abgelenkt war. Durge hob das Schwert. Travis griff in die Tasche.

Bereit, Schwester?, sagte Liriths Stimme in ihrem Geist.

Grace fasste die Weltenkraft fester. *Bereit.*

Wie ein Mann traten sie vor.

»Halt!«, brüllte Xemeth und hielt die Spinne in die Höhe.

Das goldene Licht war wie eine Mauer. Sareth, Travis und Durge wurden zurückgeschleudert. Lirith schrie auf, und Grace spürte einen stechenden Schmerz, als die Fäden der Weltenkraft ihrem Geist entrissen wurden. Sie stolperte in eine andere Richtung als die anderen.

»Was glaubt ihr eigentlich?«, kreischte Xemeth. »Ihr wollt mich aufhalten? Wisst ihr, was das ist? Ich halte hier das größte Relikt der Macht, das von Morindu der Finsteren übrig geblieben ist. Mit einem Tropfen von Orús Blut haben Zauberer Berge eingeebnet, Meere zum Kochen gebracht und das Licht der Sonne mit Heuschreckenschwärmen verdunkelt. Ihr könnt mich nicht aufhalten.«

Sareth hob eine Hand, um seine Augen vor dem goldenen Schein zu schützen. »Der Dämon, Xemeth. Wo ist er?«

»In Freiheit!«, sagte Xemeth triumphierend. »Meine Spione im Palast haben heute Morgen Melindoras kleinen Plan belauscht, also öffnete ich ein Tor in die Etherion. Und diesmal war der Dämon stark genug, nicht nur durch das Tor hindurchzugreifen, sondern es zu passieren. Nach den Jahrhunderten des Hungers hier in seinem Kerker ist er schwach und langsam, und er wird viel verschlingen müssen, bevor er sich wieder seiner wahren Macht bewusst wird. Trotzdem ist er ein Dämon. Ich sehe es förmlich vor mir, wie er in diesem Augenblick die Scirathi und Melindora Nachtsilber und ihre Gefährten verschlingt. Sobald er damit fertig ist, werde ich ihn wieder binden, bevor er zu stark wird – mit der Macht des Gottkönigs Orú!«

Xemeth hob die Spinne in die Höhe, warf den Kopf zurück und öffnete den Mund. Seine Finger drückten fester zu und zerquetschten das glitzernde Relikt. Drei dunkelrote Tropfen fielen aus dem Schmuckstück in Xemeths Mund.

Die Verwandlung setzte plötzlich und auf schockierende Weise ein. Goldene Lichtpunkte rasten ziellos unter seiner Haut umher – zuerst kaum zu sehen, als wären sie ersterbende Glühwürmchen. Dann wurden sie heller, schwärmten über sein ganzes Gesicht, seinen Hals, leuchteten durch den Stoff seines Gewandes, bis sein ganzer Körper schließlich so hell erstrahlte wie zuvor die Spinne.

Er warf das zerstörte Relikt zur Seite und breitete die Arme aus.

»Ja!«, brüllte er, und seine Stimme donnerte durch die Höhle. »Ja!«

Die goldenen Punkte tanzten über seine rechte Gesichtshälfte. Zuerst bildeten sich Knochen und Zähne, dann kamen Muskeln und Haut. Die Punkte verglühten und zogen sich zu einer weichen, goldenen Aura zusammen, die ihn von Kopf bis Fuß einhüllte. Er lächelte – und der Ausdruck erstreckte sich auf beide Seiten seines Gesichts. Langsam hob er die Hand und tastete über sein wiederhergestelltes Fleisch.

»Vollkommen«, murmelte er; in seinen beiden Augen lag grenzenloses Staunen. »Ich bin wieder vollkommen. Und

Ich kann spüren, wie es durch meine Adern fließt. Sein Blut. Ich bin bestimmt der mächtigste Zauberer seit Orú!«

»Du bist ein Narr, Xemeth«, rief Sareth verzweifelt. »Vani ...«

Xemeths leuchtende Stirn legte sich in Falten. »Was ist mit Vani?«

»Vani ist in der Etherion«, sagte Sareth.

Xemeth stand wie erstarrt da, dann blickte er zu der Felsendecke irgendwo hoch über ihnen. »Der Dämon ...«

Mit einem Wutschrei warf sich Sareth nach vorn. Er war auch fast schnell genug. Dann bewegte Xemeth in einer spielerisch anmutenden Geste die Finger, und knisternde goldene Funken schossen aus ihnen hervor und trafen Sareth auf der Brust. Er wurde zurückgeschleudert und landete mit einem Schmerzenslaut am Rand des Abgrunds. Lirith stieß einen Schrei aus, sprang zu ihm und hielt ihn fest.

Durge und Travis wollten sich auf Xemeth stürzen, aber sie waren zu weit weg. Allein Grace befand sich nahe genug bei ihm, aber die Fäden der Weltenkraft schlüpften ihr einfach durch die Finger, als sie einen Zauber webte.

Xemeth nahm das Tor-Artefakt von dem Sockel, dann rammte er seine Hand auf eine seiner Spitzen. Blut quoll hervor und bedeckte das Artefakt.

»Ich komme, Vani!«, rief er, und das Tor erschien: ein Oval aus Finsternis, das von blauen Flammen umringt wurde.

Xemeth warf sich in das Tor. Dabei blitzte der Ring aus blauer Magie auf und weitete sich schlagartig aus. Grace wollte ihm ausweichen, aber sie rutschte aus, und ein stechender Schmerz schoss durch ihren Knöchel. Mit einem Aufschrei stolperte sie in die entgegengesetzte Richtung.

»Grace, nein!«, hörte sie Travis' Aufschrei.

Dann verschwand die Höhle, als Grace in das Tor stürzte.

31

Wie ein von einem wütenden Mund ausgespuckter Speiserest flog Grace aus der Toröffnung und landete mit einem leisen Schmerzenslaut auf hartem Stein.

Mit einem fauchenden Laut schnappte das Tor über ihr zu. Sie stemmte sich mit beiden Händen hoch, blieb an Ort und Stelle knien, holte keuchend Luft. Diesmal war die Passage durch das Tor wie Schwimmen in dickem, schwarzem Wasser gewesen. Und es war kalt gewesen, so schrecklich kalt. Ihre Muskeln waren wie Lehm, ihr Gehirn ein Eisblock.

Da gibt es etwas, an das du dich erinnern musst, etwas, auf das du aufpassen musst ...

Mit einem Schaudern fiel er ihr wieder ein. Xemeth. Wo war Xemeth?

Sie zwang ihre Muskeln zur Bewegung. Eiskristalle ließen ihre Sicht verschwimmen; sie nahm kaum etwas richtig wahr. Ihr war nur klar, dass sie sich in einem großen Raum befand und um sie herum ein Sturm tobte. Peitschender Wind riss an ihrem Haar und ihrem Kleid. Fleckige Gegenstände flogen durch die Luft, aber sie konnte nicht sicher sein, ob es sie wirklich gab oder sie nur in ihrer behinderten Sicht existierten.

»Grace!«, rief eine Männerstimme und übertönte den Sturm.

Nein, es war kein Sturm. Ihre Sicht klärte sich genug, um Marmorsäulen und eine hohe blaue Kuppel zu identifizieren. Das war also die Etherion. Aber in einem Gebäude konnte kein Sturm wüten, nicht mal in einem Gebäude von diesen Ausmaßen.

Etwas riss grob an ihr – dann noch einmal. Keine Hände berührten sie. Trotzdem fühlte sie, wie sie auf den Knien mehrere Meter über glatten Stein glitt.

»Grace, du musst dich festhalten!«

Endlich schmolz ihre Körperwärme das Eis; sie blinzelte Wasser aus ihren Augen. Eine bekannte Gestalt kauerte nur wenige Meter von ihr entfernt. Er hielt sich an einer Säule ganz in der Nähe der Wand fest; blonde Haare flatterten im Wind. Grace rutschte einen weiteren Meter über den Boden. Sie war fast in seiner Reichweite.

»Beltan!« Der Sturm schien ihr die Worte von den Lippen reißen zu wollen. »Beltan, was geschieht hier?«

Der Ritter starrte an ihr vorbei. Sie fing an, den Kopf zu drehen, um zu sehen, was er anstarrte.

»Nein, Grace. Sieh mich an, verstanden? Sieh nur mich an!«

Grace nickte. Wieder zerrten unsichtbare Hände an ihr. Sie versuchte, sich dagegen zu wehren, aber es war sinnlos. Sie rutschte noch ein Stück.

»Beltan, hol sie!«, rief Vani.

Die Meuchelmörderin klammerte sich an einer Säule in Beltans Nähe fest. Melia war direkt neben ihr; ihr schwarzes Haar flatterte wild im Wind. Ein Stück dahinter hielten sich Falken und Aryn an einer steinernen Bank fest, die anscheinend fest im Boden verankert war. Nicht weit von dem Barden und der Baronesse entfernt klammerte sich eine Gestalt in einem schwarzen Gewand ebenfalls an einer Bank fest.

Graces Herz setzte einen Schlag aus. Xemeth?

Nein. Der Zauberer wandte den Kopf ab. Seine goldene Maske war verbeult und wies Sprünge auf; sie war verrutscht und enthüllte ein Gesicht, das vor Entsetzen verzerrt war. Es war nicht Xemeth.

Grace rutschte wieder ein Stück weiter.

»Du solltest dich lieber beeilen, mein Lieber«, rief Melia Beltan zu, und ihre Worte klangen beherrscht und befehlsgewohnt.

Beltan hakte ein Bein um die Säule, dann rutschte er auf dem Bauch nach vorn. Papierfetzen und zerfetzte Tuchstücke flogen an ihm vorbei. Aus einer Loge in der Nähe flog ein Stuhl herbei und traf Beltan an Kopf und Schultern, und er stöhnte auf.

Der Stuhl schlitterte wie ein lebendiges Ding weiter an Grace vorbei. Automatisch fing sie an, ihm mit dem Blick zu folgen.

»Nein, Grace! Sieh mich an und sonst nichts!«

Sie hielt die Augen auf Beltan gerichtet. Aus einem Schnitt auf seiner Stirn strömte Blut.

»Nimm meine Hände, Grace.«

Er streckte die Arme aus. Sie griff nach ihm, aber vergeblich; eine Lücke von dreißig Zentimetern blieb bestehen. Vorsichtig legte sie sich auf den Bauch und streckte die Arme nach Beltan aus.

Das war ein Fehler. In dieser Position hatte sie keinen Halt. Sofort rutschte sie über den Stein.

»Nein!«, schrie Aryn.

Grace versuchte den Kopf zu heben, um einen letzten Blick auf die Freunde werfen zu können, bevor sie fortgerissen wurde.

»Ich habe dich!«, sagte Beltan und grinste wild, als er ihre Handgelenke schnappte.

Sein Griff war so hart, dass er schmerzte; das war Grace egal. Beltan zog sie zurück. Vani hielt seine Beine fest und verankerte sie an der Säule. Der blonde Ritter machte eine letzte Kraftanstrengung, Vani zog, Grace trat nach hinten aus, und dann waren sie alle drei zusammen und drückten sich an die Säule.

Melia seufzte. »Den Göttern sei Dank.«

»Das war knapp«, sagte Falken. Seine Stimme wurde fast vom Sturm übertönt.

Grace drehte den Kopf. Das Haar fiel ihr in die Augen, wurde zurückgeweht. Dann sah sie, was Beltan ihr befohlen hatte, nicht anzusehen, und ihr Magen krampfte sich zusammen.

Sie befanden sich auf dem gleichen breiten Balkon, auf dem sie sich zuvor versammelt hatten, fünfzehn Meter über dem Boden der Etherion. Die Hälfte der Balustrade war weggebrochen und hatte eine Kante hinterlassen, an der es steil in die Tiefe ging. Grace hatte sich keine dreißig Zentimeter vom Abgrund befunden. Hätte Beltan sie nicht erwischt ...

Ein weiterer Stuhl flog an ihnen vorbei und dann über den Rand des Balkons. Aber er stürzte nicht nach unten. Stattdessen raste er quer durch die Luft in die gewaltige Kuppel der Etherion hinein ...

... verlangsamte abrupt seine Geschwindigkeit und wechselte dann die Richtung. Grace sah atemlos zu, wie der Stuhl begann, mitten in der Luft eine Kreisbahn die Rundung der Etherion entlang zu beschreiben.

Er war nicht allein. Hunderte – nein, Tausende – von Gegenständen drängten sich in der Luft. Da waren noch mehr Stühle und Tische, Bänke, Statuten, Vasen, Metallschalen, Pokale und große und kleine Steintrümmer. Ein Stück der Balkonbrüstung trieb vorbei. Mehrere Schriftrollen folgten, dann ein ganzer Marmoraltar. All die Objekte schwebten in einem perfekten Kreis um den Mittelpunkt der Etherion.

Nein, kein Kreis. Eine Spirale ...

Grace konnte allmählich ein Muster entdecken. Es sah aus wie etwas aus ihrem Astronomiekurs auf dem College, wie das Miniaturmodell einer Galaxie; an den Rändern war sie abgeflacht und in der Mitte viel dichter konzentriert, und sämtliche Materie rotierte um einen zentralen Punkt und kam ihm mit jeder Umdrehung näher.

Ein greller Funke blitzte im Mittelpunkt der Spirale auf und verschwand genauso schnell wieder, wie er aufgetaucht war. Was geschah dort? In der Mitte der Spirale drängten sich so viele Gegenstände, dass Grace es nicht erkennen konnte.

»Was ist hier los?«, rief sie den anderen zu.

»Eine Gruppe von Zauberern hat den Ring der kaiserlichen Soldaten durchbrochen«, sagte Vani durch die zusammengebissenen Zähne. »Das war einer von ihnen.«

Sie wies mit dem Kopf auf den Zauberer, der sich hinter Falken und Aryn noch immer an der anderen Bank festklammerte. Er starrte sie mit furchterfülltem Blick an; da seine Maske beschädigt war, war er machtlos.

»Gemeinsam konnten Melia, Beltan und ich sie aufhalten«, fuhr Vani fort. »Und dann ...«

»Ein Schatten kam«, sagte Beltan. »Ein Schatten, wie ich ihn nie zuvor in meinem Leben gesehen habe.«

Grace sah wieder hinaus in die Etherion. Diesmal konnte sie sie voller Entsetzen zwischen den rotierenden Gegenständen ausmachen: Gestalten in schwarzen Gewändern mit funkelnden goldenen Masken. Sie zählte mindestens fünf von ihnen. Sie schwebten reglos daher. Schliefen sie, oder waren sie gelähmt? Oder gar tot?

Dann erkannte sie andere reglose Körper in dem Treibgut, von verkrümmter Gestalt, dunkel und haarig. *Gorleths.* Und da waren auch noch andere Männer, tarrasische Soldaten. Sie schwebten auf dem Rücken liegend dahin, mit geschlossenen Augen, so als würden sie schlafend auf dem Meer dahintreiben. Unweigerlich bewegten sie sich zusammen mit allem anderen in einer Spirale der Mitte der Etherion entgegen.

Und endlich begriff Grace mit dumpfem Schrecken. Mit jeder Umkreisung kamen die schwebenden Gegenstände und Körper dem Schatten in der Mitte näher. Und wenn sie ihn erreichten, dann wurden sie verschlungen.

»Der Dämon«, hauchte sie.

»Grace, Liebes«, sagte Melia ernst, »wieso bist du hier?«

»Wir waren ...«

»Travis«, stieß Beltan heiser hervor. »Geht es ihm gut? Und den anderen auch?«

Grace bemühte sich, den Sturm zu übertönen. »Ihnen ging es gut. Das glaube ich zumindest. Ich kam durch das ...«

Ein neuer Schrecken durchzuckte sie. Im Chaos ihrer Ankunft hatte sie es vollkommen vergessen. Xemeth musste irgendwo hier sein. Sie verdrehte den Kopf, sah sich um.

Der Zauberer, der sich an der Bank festklammerte, schrie auf. Stahlstifte ächzten, dann löste sich die Bank aus ihrer Befestigung. Der Zauberer schrie erneut. Seine goldene Maske flog sich überschlagend durch die Luft – dann verlangsamte sich ihre Beschleunigung abrupt, als sie ein Teil der Prozession zum Mittelpunkt und ins Vergessen wurde.

Die Bank riss sich endgültig los. Der Zauberer schlug wild mit den Armen um sich – dann schlossen sich seine Hände um Aryns Knöchel.

Die junge Baronesse schrie auf; ihr Griff um die Bank wurde aufgebrochen.

»Nein!«, schrie Grace.

Falken war schneller. Die Hand im schwarzen Handschuh schoss vor und schnappte Aryns linkes Handgelenk. Die junge Frau kam mit einem Ruck zum Halt, genau wie der Scirathi, der sich an ihrem Knöchel festklammerte. Er ließ nicht los, griff nach ihrem Bein, während Falken sie mit einer Hand festhielt, den Ellbogen seines anderen Arms um die Bank gehakt, das Gesicht vor Anstrengung verzogen.

»Ich kann sie nicht halten!«, rief der Barde.

Beltan und Vani fingen beide an, sich nach der nächsten Säule auszustrecken, um Aryn und Falken zu erreichen, aber Grace wusste, dass sie es niemals rechtzeitig schaffen würden. Es gab nur eine Chance.

Grace schloss die Augen. *Aryn.*

Ein Herzschlag verging, dann meldete sich eine zitternde Stimme in ihrem Geist. *Grace?*

Aryn, hör mir zu. Es war schwer, die Gabe zu benutzen; die Macht des Dämons zog an den Fäden der Weltenkraft.

Grace, ich will nicht abstürzen!

Du wirst auch nicht abstürzen. Webe einen Zauber um ihn herum. Webe ihn jetzt – einen Schmerzzauber.

Ich kann ... ich kann die Fäden nicht halten ...

Ich helfe dir.

Aber ...

Tu es, Aryn.

In Gedanken griff Grace mit unsichtbaren Händen zu, nahm die wogenden Fäden und hielt sie für die junge Frau fest.

Jetzt!

Grace spürte Zögern – dann einen Willen, der so stark und grenzenlos war, dass er sie erschreckte. Die Fäden kamen zu einem funkelnden Gewebe zusammen.

»Meine Augen!«, kreischte der Zauberer. »*Deh'ru*, meine Augen!«

Er ließ Aryns Bein los und schlug die Hände vors Gesicht, Blut quoll zwischen seinen Fingern hervor. Er taumelte durch die Luft und erreichte den Rand der Spirale. Sofort fing er an, sich mit den anderen im Kreis zu drehen; sein regloser Körper starrte mit blutigen leeren Augenhöhlen zur Kuppel hinauf.

Falken zog Aryn wieder heran. Grace spürte den Schatten – *ihren* Schatten – am Rand ihres Gesichtsfelds. Er war in die Höhe geschossen, als sie Aryn bei dem Zauber geholfen hatte, und hatte sich nicht zurückgezogen. Sie fühlte, wie sich die Last der Vergangenheit schwer auf sie niedersenkte.

Sie schaute in den Schatten, und in diesem Augenblick verstand sie. Sie dachte an das Piktogramm auf dem Altar, an den Punkt, der von Kreisen der Macht umgeben wurde. Ja, es passte alles zusammen. Es war ein Ding mit grenzenloser Schwerkraft, eingeschlossen in einem Stein kaum größer als ihre Hand – eine Kreatur, die sowohl Zeit wie auch Wahrnehmung verzerrte, die mit einem unstillbaren Hunger Materie in sich hineinzog.

Er ist wie ein Schwarzes Loch. Der Dämon. Alles fällt in einer spiralenförmigen Umlaufbahn auf ihn zu und stürzt in seine Schwerkraftquelle, ohne Hoffnung auf Entkommen. Sogar die Zeit selbst. Darum sind in Tarras Vergangenheit und Gegenwart so miteinander verwoben.

Sie öffnete den Mund, um den anderen zu erklären, was sie jetzt wusste, aber sie hatte keine Ahnung, wie sie Menschen aus dem Mittelalter theoretische Physik erklären sollte; sie war sich nicht einmal sicher, ob sie es selbst richtig verstand. Und es spielte vermutlich auch keine Rolle. Der Schatten ihrer Vergangenheit schoss in die Höhe und griff nach ihr. Bald würde er sie verschlingen – wenn der Dämon ihm nicht zuvorkam. Vielleicht waren sie auch dasselbe.

»Wir können ihn nicht entkommen lassen«, sagte Melia. »Ich muss versuchen, ihn aufzuhalten.«

Die Lady mit den Bernsteinaugen stellte sich mit entschlossener Miene neben der Säule auf die Füße; ihr Kleid flatterte im Sturmwind.

Falken griff nach ihr. »Melia, das kannst du nicht tun. Er wird dich verschlingen!«

»Ich muss es versuchen, mein Lieber.«

Melia ließ die Säule los – und hielt inne, als eine Gestalt aus der Höhe der Etherion nach unten schwebte. Das schwarze Gewand der Gestalt wehte in den Böen. Statt eines Gesichts schaute eine goldene Maske mit gelassenen toten Augen aus der Kapuze des Gewands. Lautlos landete die Gestalt auf dem Balkon.

»Ein Zauberer!«, rief Beltan.

Der Mann in Schwarz schritt mühelos auf sie zu, der Sog des Dämons konnte ihm nichts anhaben. Eine schwarz behandschuhte Hand griff nach der Maske, zog sie zur Seite. Obwohl das darunter liegende Gesicht aus Haut und Fleisch bestand, leuchtete es genauso golden wie die Maske.

»Xemeth!«, stieß Vani erstaunt hervor.

32

Xemeth lächelte. Sein Gesicht war unversehrt und perfekt. Vani schüttelte den Kopf. »Xemeth, bist du das wirklich?«, fragte sie ungläubig.

»In der Tat, Vani. Ich bin es.«

Tränen strömten Vani die Wangen hinunter, bevor der Wind sie fortriss. »Aber Sareth sagte … er sagte, du wärst tot.«

»Sareth hat dich angelogen. Wie du siehst, geht es mir ganz gut. Sogar besser als gut.« Er kam näher.

»Du leuchtest, Xemeth. Was ist mit dir geschehen?«

»Lass uns gehen, und ich werde alles erklären.« Er streckte eine leuchtende Hand aus. »Komm mit mir, *Beshala* …«

Vanis sonst so scharfer Blick schien plötzlich matt zu sein, ihre Züge wurden ganz schlaff. Sie fing an, eine Hand nach Xemeth auszustrecken.

»Vani, nein«, sagte Grace in einem Tonfall so schneidend wie ein Skalpell. »Xemeth hat den Dämon befreit. Er hat das Blut des Skarabäus getrunken.«

Vani blinzelte, dann riss sie die Hand zurück. Xemeths Lächeln verwandelte sich in ein schleimiges Grinsen.

»Oje«, sagte er spöttisch. »Meine Taten sind bekannt. Was soll ich nur tun?« Er lachte schrill. »Moment, stimmt ja – ich bin der größte Zauberer der Welt. Ich kann tun, was immer ich will.«

Xemeth stieß die Hände in die Höhe. Magie in Form goldener Funken schoss nach oben und traf die Kuppel der Etherion. Ein Donnerschlag ließ die Luft erbeben, schwarze Risse schlängelten sich über den falschen Himmel. Ein durchdringendes Krachen, dann regneten Steintrümmer in die Tiefe.

Grace zog den Kopf ein, dabei hätte sie wissen sollen, was geschehen würde. Die Steine rasten nach unten – und wurden vom Sog des Dämons eingefangen und Teil der ihn umkreisenden Materiespirale.

Sie schaute auf. Ein Loch klaffte in der Kuppel der Etherion, durch das der echte Himmel schimmerte. Noch immer schlängelten sich Risse in alle Richtungen. Sie fragte sich, ob das ganze Gebäude einstürzen würde. Aber das würde dem Dämon nichts ausmachen; das Ding würde die Trümmer einfach auffressen. Xemeth hatte behauptet, dass es nach seiner Gefangenschaft noch immer schwach war, aber mit jedem verschlungenen Gegenstand würde es stärker werden. Und schneller.

Xemeth senkte die Hände, dann blickte er sie erstaunt an. Er lachte wieder. »Das ist wirklich amüsant.« Er richtete den schmelzenden Blick auf Grace. »Aber was haben wir denn hier? Sieht so aus, als hätte sich eine kleine Maus zusammen mit mir durch das Tor geschlichen. Ich werde sie wohl zerquetschen müssen.«

Es blieb keine Zeit zum Handeln. Xemeth schnippte mit dem Finger, goldene Funken schossen durch die Luft. Grace spannte alle Muskeln an, wartete auf die Vernichtung.

Die Säule neben ihr explodierte. Sie zersprang in einen Schauer aus Staub und Steinsplittern – die alle zu der umherwirbelnden Trümmerscheibe flogen. Xemeth stolperte, dann stieß er wieder das schrille Gelächter aus.

Er ist betrunken. Alle Anzeichen sind vorhanden – die Benommenheit, die schlechte Koordination. Das Blut des Relikts hat ihn betrunken gemacht, und er kann seine neue Macht nicht kontrollieren.

»Sieht so aus, als hätte ich nicht getroffen. Aber keine Angst, kleine Maus. Diesmal treffe ich.« Er zeigte mit dem Finger genau auf ihre Brust.

»Xemeth!«, sagte Vani und kämpfte sich auf die Füße, wobei sie sich noch immer an der Säule festhielt. »Warum bist du gekommen?«

Xemeth wirbelte herum, dann machte er ein paar zittrige Schritte auf Vani zu. »Aber das musst du doch wissen, *Beshala*. Ich bin gekommen, um dich endlich zu meiner Frau zu machen. Wie es schon vor langer Zeit hätte geschehen sollen.«

Vani drückte die Wange gegen die Marmorsäule. »Also ... liebst du mich?«

»Dich lieben? Ich bete dich an, Vani. Seit wir Kinder waren, wusste ich, dass es auf der ganzen Welt nichts gab, das ich so sehr wollte wie dich. Und dann ...« Er verzog das Gesicht zu einer Grimasse.

»Es tut mir Leid, Xemeth«, sagte sie.

Er kam näher. »Nein, es muss dir nicht Leid tun, *Beshala*. Du wirst dich niemals vor mir erniedrigen müssen, nicht wie diese Hunde da. Ich war deiner vorher nicht wert, das weiß ich jetzt. Aber jetzt ist alles anders. Ich kann alles sein, was du willst, das ich sein soll, *Beshala*.«

Xemeth strich mit den Händen über seinen Körper, und

plötzlich war das Gewand verschwunden. Jetzt war er in lose sitzende schwarze Hosen und eine scharlachrote Weste gekleidet. Seine nackten Arme und die Brust waren muskulös und schimmerten, seine Züge wie aus Stein gemeißelt und ebenmäßig. Ein kurzer, schwarzer Bart zierte sein Kinn.

Vani zuckte zusammen, und Grace verstand.

Er hat sich wie Sareth aussehen lassen. Sareth, von dem er immer glaubte, er sei in allem besser als er.

Xemeth musste Vanis Reaktion bemerkt haben, denn er verzog den Mund, was einen Schatten auf das schöne Gesicht warf, das genauso falsch war wie die goldene Maske, die er zuvor getragen hatte.

»Was stimmt denn nicht, *Beshala?* Gefällt dir mein neues Antlitz nicht?«

»Das Schicksal hat mich für einen anderen bestimmt, Xemeth«, sagte Vani ernst.

Er wischte die Worte mit einer zittrigen Geste zur Seite. »Was interessiert einen wie mich das Schicksal? Ich bin der größte Zauberer seit Gottkönig Orú. Ich kann das Schicksal nach meinem Willen gestalten – oder ich kann es brechen. Sag mir, was ich tun muss, um dich zu gewinnen, und es ist erledigt.«

Wieder stolperte er, konnte sich aber fangen. Grace wechselte einen Blick mit Beltan, und der Ritter nickte. Er war zum gleichen Schluss gekommen wie sie.

»Also gut«, sagte Vani, und ihre Stimme erhob sich über den Wind. »Es gibt eine Möglichkeit, wie du mich gewinnen kannst, Xemeth.«

Grace blieb der harte Ausdruck in den Augen der Meuchelmörderin nicht verborgen. Vani erkaufte ihnen Zeit.

»Was ist es, *Beshala?* Sag mir, was ich tun muss, um dein Herz zu gewinnen.«

»Binde den Dämon wieder, Xemeth. Du hast die Macht – das kann ich sehen.« Vani streckte die Hand aus und streichelte über die leuchtende Wange. »Ich weiß, dass du es schaffen kannst – *Beshala.*«

Xemeths Augen wurden groß. Einen Augenblick lang konnte Grace ihn sehen – den kleinen, traurigen Jungen, der nie das bekam, was er wollte. In ihrem Herzen stieg Mitleid auf. Und sie schnitt es mit einem Gedanken heraus, der so kalt wie eine Messerklinge war.

»Nun gut, *Beshala.* Ich brauche den Dämon nicht mehr. Die Scirathi sind vernichtet, und niemand anders kann mich jetzt noch aufhalten. Es wird geschehen, was du wünschst, und dann werden wir von hier fortgehen. Zusammen.«

»Ja, Xemeth. Zusammen.«

Er wandte sich von ihr ab und trat auf den Rand des Balkons zu. Der Wind riss an seinen Kleidern, aber das war auch schon alles; der Dämon hatte keinen Effekt auf ihn.

Die Luft in der Etherion klärte sich. Das kreisende Treibgut war fast verschwunden. Grace konnte ihn in der Mitte der Etherion sehen: ein Punkt aus perfekter Finsternis. Ihr Blick schien ihn nicht festhalten zu können, ihr wurde schlecht. Alle paar Sekunden gab es einen weiteren Lichtblitz, wenn wieder etwas das Zentrum der Spirale erreichte. Grace glaubte sehen zu können, wie eine Gestalt im schwarzen Gewand sich ihm näherte.

Ein Blitz. Sie war verschwunden.

Sie zwang sich, Xemeth zuzusehen. Er stand schwankend am Rand des Balkons, dann riss er sich zusammen.

»Seht die Macht von Orú!«, rief er.

Er streckte dem Dämon die Arme entgegen, und eine Korona wie die der Sonne flammte um ihn herum auf. Goldene Strahlen schossen aus seinen Händen, zuckten auf den Mittelpunkt der Spirale zu und trafen den Dämon.

Grace hörte ihn nicht aufschreien, aber sie konnte es fühlen. Es verbreitete sich wie eine Schockwelle, wogte durch Luft, Stein und Fleisch.

Was macht er mit ihm?, fragte Aryn.

Grace versuchte ihr zu antworten, aber die Fäden der Weltenkraft verzogen sich und zerrissen, und sie konnte sie nicht fassen. Die Wände der Etherion schienen zu pulsieren. Das Gefüge des Lebens selbst zerfiel.

Xemeth warf triumphierend den Kopf in den Nacken.

»Das ist für dich, Vani!«

Die goldene Magie wurde noch heller und traf den schwarzen Fleck des Dämons. Grace sah zu; Staunen hatte ihre Furcht verdrängt. Xemeth würde es schaffen. Er würde den Dämon mit seiner Magie binden ...

Der Mournisch zuckte zusammen und machte einen stolpernden Schritt näher an die Kante heran. Er schüttelte den Kopf, schaute auf seine Hände herab. Noch immer strömte goldenes Licht aus ihnen dem Dämon entgegen.

Der nächste Krampf erschütterte seinen Körper. Sein Fleisch schien auf die gleiche Weise Wellen zu schlagen wie die Wände der Etherion.

»Ich ...«, sagte er, aber seine restlichen Worte wurden ihm von den Lippen gerissen.

Grace blinzelte. Xemeths Arme schienen zu wachsen, dehnten sich von seinem Körper dem Dämon entgegen. Er versuchte sie zurückzuziehen.

Er schaffte es nicht. Noch immer reichten die goldenen Strahlen von seinen Händen zu dem Dämon. Seine Finger dehnten sich zu unmöglichen Proportionen und wurden dabei immer dünner.

Xemeth schrie: »Ich kann nicht loslassen!«

Seine Worte waren seltsam verzerrt, ihr Klang wurde zusehends länger wie der schrille Pfiff eines in der Ferne verschwindenden Zuges. Xemeths Arme waren mittlerweile ein Dutzend Meter lang, und seine Finger waren so dünn, dass sie mit den Lichtstrahlen verschmolzen, die in den Dämon einschlugen.

»Was geschieht mit ihm?«, wollte Vani mit entsetztem Gesichtsausdruck wissen.

Plötzlich war Grace alles klar. Der Schrei des Dämons – es war gar kein Ausdruck von Schmerz gewesen. Es war Entzücken. Sareth hatte gesagt, dass die *Morndari* ein Verlangen nach Blut hatten. Der Dämon hatte seit mehr als zweitausend Jahren in seinem Kerker gehungert. Und jetzt hatte er Blut von unergründlicher Macht geschmeckt.

»Er zieht ihn in sich hinein«, sagte Grace. »Und Xemeth hat nicht genug Kontrolle über seine Macht, um ihn aufzuhalten.«

Xemeths Arme dehnten sich zu spindeldürren Strängen von sechs Metern Länge, als wären die goldenen Strahlen Fäden, mit denen der Dämon sie aufspulte. Seine Schreie schwankten seltsam. Jetzt wurden sein Kopf zusammen mit dem Rest seines Körpers auf den Dämon zugezogen; wie zuvor die Arme verzogen sich auch sein Hals und seine Schultern zu einer grotesken Länge. Sechs Meter. Neun. Fünfzehn. Sein Schrei hallte noch immer durch die Luft, aber er konnte unmöglich noch am Leben sein. Eine solche Verzerrung würde jeden Menschen in Sekunden töten.

Und was bedeutet eine Sekunde, wenn man in ein Schwarzes Loch gezogen wird? Die Zeit bleibt stehen, und eine Sekunde dauert ewig.

Würgend wandte Aryn den Blick ab. Falken drückte ihren Kopf an seine Brust. Melias Gesicht war ernst, und Beltan und Vani sahen mit einer Mischung aus Abscheu und Faszination zu.

Der gurgelnde Laut von Xemeths Schrei schien zu erstarren, als sich der Augenblick seiner Qual in alle Ewigkeit erstreckte. Nur seine Beine verblieben auf dem Balkon. Oberhalb der Taille war sein Körper zu einem dünnen Seil geworden, das sich zusammen mit den goldenen Strahlen aus Magie dem Dämon entgegenschlängelte.

Es geschah in der Dauer eines Augenblinzelns. Wie ein straff gespannter Draht, dessen eine Ende sich plötzlich löste, schoss Xemeths Körper vom Balkon, peitschte durch die Etherion und wurde in den formlosen Schatten gezogen.

Hell blitzte es auf.

Er war verschwunden.

»Xemeth ...«, murmelte Vani; ihre Miene war hart, und doch zeichnete sich dort auch Trauer ab.

»Wusstet Ihr …?« Beltan befeuchtete die Lippen. »Habt Ihr gewusst, dass das passieren wird?«

Vani schüttelte den Kopf. Die Meuchelmörderin hatte nur versucht, ihnen etwas Zeit zu verschaffen, sie hatte nicht wissen können, dass Xemeths neu gefundene Magie – die Macht, nach der er sich immer gesehnt hatte – sein Untergang sein würde.

In der Etherion waren nicht mehr viele Trümmer übrig. Nur noch ein paar Steinchen, und selbst die blitzten auf und verschwanden. Sofort wölbte sich die entgegengesetzte Wand der Halle vor und zerplatzte zu einer Wolke aus weißem Stein, der unverzüglich in eine spiralförmige Umlaufbahn um den Dämon gezogen wurde. Das Blut von Orú hatte ihn gestärkt; er würde die Etherion in Stücke reißen.

Wir müssen hier raus, wollte Grace sagen.

Eine andere Stimme kam ihr zuvor.

»Ich bin so müde, Schwester. So schrecklich müde. Ich kann nicht mehr tanzen.«

»Melia!«, rief Falken. »Nein!«

Grace riss den Kopf noch gerade rechtzeitig herum, um zu sehen, wie Melia die Säule losließ, an der sie sich festgeklammert hatte. Mit geschlossenen Augen schwebte die Lady nach oben in die Luft. Ihr kleiner Körper drehte sich, bis sie auf dem Rücken lag. Dann trieb sie vom Balkon fort und kreiste mit den Trümmern auf die Mitte der Etherion zu.

»Falken!«, rief Beltan. »Halte Aryn fest!«

Zu spät. Genau wie Melia schwebte auch die junge Baronesse mit geschlossenen Augen in die Höhe.

Aryn!, wollte Grace durch die Weltenkraft rufen. *Aryn, kannst du mich hören?*

Aber die einzige Antwort kam von dem Schatten, der mit Graces Lebensfaden verbunden war. Er drängte sich nahe an sie heran, hüllte sie ein, raubte ihr die Luft. Grace war zu erschöpft, um noch länger gegen ihn anzukämpfen. Ihre Augen schlossen sich.

Nein, genau das will er doch. Er will, dass du dem Schatten der Vergangenheit nachgibst, damit er dich verschlingen kann.

Grace zwang die Augen auf. Vor ihr sackte gerade Beltans Kopf auf die Schulter.

»Beltan! Du musst wach bleiben.«

Sie fing an, ihn zu schütteln, aber sein Arm wurde aus ihrem Griff gerissen, als er sich in die Luft erhob und sich Melia und Aryn anschloss. Vani war die Nächste. Die Glieder der Meuchelmörderin waren schlaff, ihre Augen geschlossen.

Der Schatten hüllte Grace pulsierend ein. Alles schien dunkel zu werden. Die Rufe von Eulen erklangen in ihren Ohren.

Falken, wollte sie rufen, aber sie konnte das Wort nicht formen. Nur mühsam konnte sie in dem Nebel den Barden ausmachen, der sich in die Luft erhob, um sich zu den anderen zu gesellen. Sie packte die Säule fester.

Nicht die Augen zumachen, Grace. Ergib dich ihm nicht. Die Vergangenheit kann dir nichts antun. Sie kann dir ...

Aber selbst Worte waren eine zu große Anstrengung. Die Säule schien unter ihren Fingern zu zerschmelzen. Ihr

Körper wurde unerträglich schwer, und sie konnte der Anziehungskraft des Schattens nicht widerstehen. Grace schloss die Augen, und die Vergangenheit verschlang sie mit Haut und Haaren.

33

»Es ist sinnlos«, sagte Sareth, wandte sich vom Rand des Abgrunds ab und legte eine Hand vor die Augen.

Die Worte des Mournisch hallten durch die Unermesslichkeit der Höhle. Lirith verfolgte besorgt seine Bewegungen.

»Also keine Spur von dem Gang«, sagte Durge.

Sareth schüttelte den Kopf. »Hier ist nichts mehr, wie es war. Wenn es den Gang zur Stadt noch gibt, kann ich keine Spur von ihm entdecken. Ehrlich gesagt fürchte ich, dass es den Gang nicht mehr gibt.«

»Also sind wir hier gefangen«, sagte Travis.

Es war keine Anschuldigung, lediglich eine Feststellung. Trotzdem zuckte Sareth zusammen.

»Es tut mir Leid.«

Lirith gesellte sich zu dem Mournisch. »Das ist nicht Euer Fehler.«

»Nein, Ihr irrt Euch. Es ist allein meine Schuld.« Er wandte sich von ihr ab.

Die vier Gefährten waren noch immer auf dem Felsfinger versammelt, der in die Leere stach, neben dem Altar, auf dem Xemeth das Relikt gefunden hatte. Sareth hatte die Finsternis minutenlang nach dem Gang abgesucht, durch den er einst vor dem Dämon geflohen war; es war ihnen wie Stunden vorgekommen. Das grüne Flackern von Liriths Hexenlicht war tröstlich, aber es drängte die Finsternis nur ein paar Schritte zurück, also hatte Travis seine silberne Runenlichtkugel in die Leere geschickt und sie durch Felsspalten und Nischen rasen lassen.

Wie Sareth schon gesagt hatte, es war sinnlos. Ein Loch im Felsen sah aus wie das andere; man konnte unmöglich sagen, wohin sie führten – falls sie überhaupt irgendwohin führten.

Lirith betrachtete Sareth traurig. Dann verschränkte die Hexe die Arme vor der Brust und ging langsam auf den Altar zu.

Travis seufzte. Sareth hätte sich keine Vorwürfe machen sollen. Es war Travis' Idee gewesen, den Dämon aufzuhalten. Er hätte sich allein in die Tiefe begeben sollen. Aber das spielte jetzt keine Rolle mehr – Schuldzuweisungen würden ihnen nicht helfen, hier einen Weg heraus zu finden. Und es würde Grace und den anderen nicht helfen.

Falls es nicht schon zu spät ist.

Er starrte in die Finsternis hinauf, und ihm brach der Schweiß aus. Ob der Dämon noch immer da oben lauerte? Oder war er in der Etherion? Und was war mit Melia, Falken und Aryn?

Aber seine Gedanken verweilten nicht bei der Lady, dem Barden oder der Baronesse. Er dachte an Beltan ... und Vani.

Und wenn du nur einen von den beiden retten könntest, wer würde es sein?

Er vermochte nicht zu sagen, wo die Frage herkam, nur dass sie so kalt und brutal wie eine Nadel mitten ins Herz war. Und es war sinnlos, sie zu beantworten. Im Augenblick konnte er keinem von ihnen helfen.

»Können wir das Tor-Artefakt nicht benutzen, um die Etherion zu erreichen?«, fragte Durge.

Sareth wog die schwarze Steinpyramide in der Hand. »Nein, das geht nicht, ehrenwerte Wolke. Die Magie des Artefakts benötigt Blut der Macht, und das komplette Elfenblut wurde verbraucht, als wir das Tor zu diesem Ort öffneten. Xemeth hat das Blut von Orú getrunken, und es hat sich mit seinem Blut vermengt – so konnte er ein Tor öffnen.«

»Aber konnten die Scirathi nicht innerhalb der Stadt Tore öffnen, indem sie das zweite Artefakt benutzten?«

»Sie wirken Blutzauberei«, sagte Sareth. »Das Blut eines Zauberers reicht aus, um innerhalb der Stadt ein Tor zu öffnen, aber nicht, um zwischen den Welten zu reisen.«

Durge schien einen langen Augenblick nachzudenken, dann sah er plötzlich auf. »Freisasse Travis ist ein Runenmeister. Ist das nicht etwas Ähnliches wie ein Zauberer?«

Travis spürte verrücktes Gelächter in sich aufsteigen. »Es wäre nicht das erste Mal, dass ich Blut gespendet habe.«

»Nein, Travis«, sagte Sareth. »Eure Runenmagie ist stark, aber sie kommt aus dem Norden. Sie hat nichts mit der Magie aus Morindu der Finsteren zu tun.«

Durge runzelte die zerfurchte Stirn. »Könnt Ihr nicht etwas anderes tun, Travis?«

»Ich wünschte, das wäre möglich, Durge. Aber ich kenne keine Runen, die uns hier rausbringen würden.«

»Und was ist mit dem Großen Stein?«

Travis zog den Stein des Zwielichts hervor. Er glitzerte im Hexenlicht, ein stummes Geheimnis. Travis verstand seine Macht kaum. Er konnte Dinge heilen, das war alles, was er wusste. Auf Calavere hatte er damit die Phantomschatten geheilt, und er hatte mit ihm das Runentor gebunden. Und der Elf schien in dem Glauben gewesen zu sein, dass er mit ihm den Dämon binden könnte. Aber wie der Stein sie aus der Höhle herausbringen sollte ...

Er hielt dem Ritter *Sinfathisar* hin. »Habt Ihr eine Idee, wie man ihn benutzen könnte?«

Durge wich einen Schritt zurück. So viel zu embarranischer Logik. Travis schob den Stein in die Tasche. »Wir werden ihnen nicht helfen können, oder?«

Sareths Miene war grimmig. »Es gibt keinen Weg von diesem Ort.«

»Tatsächlich glaube ich das doch«, meldete sich Lirith zu Wort.

Die drei Männer drehten sich zu der Hexe um. Sie stand über den Altar gebeugt.

»Was ist denn, Lirith?«, fragte Travis.

»Ich glaube, das solltet ihr euch besser ansehen.«

»Habt Ihr etwas entdeckt, Mylady?«, sagte Durge, als sie zu ihr gingen.

»Seht selbst.« Lirith berührte die flache Ausbuchtung auf der einen Seite der Altaroberfläche.

»Dort ruhte das Relikt, bevor Xemeth es nahm«, sagte Travis. »Aber ich verstehe nicht, wie uns das helfen soll.«

»Das tut es auch nicht«, murmelte Lirith. »Aber das hier

vielleicht.« Mit den Fingern wischte sie Staub von dem Teil der Altaroberfläche, die sich verzogen hatte.

Ohne das über ihnen schwebende Hexenlicht hätte Travis es niemals gesehen. Es war nicht mehr als ein winziges goldenes Funkeln, das in der zur Hälfte geschmolzenen Oberfläche des Sockels eingebettet war.

Sareth schaute auf. »Wir müssen den Stein wegschlagen.«

»Warum?«, sagte Durge finster.

»Weil«, erwiderte Lirith, »es sein könnte ...«

Travis war bereits an der Arbeit. Er legte eine Hand auf den Altar und sprach ein Wort.

»*Reth!*«

Es krachte, als der Fels in Bewegung geriet, dann zersprang die Oberfläche des Altars in kleine Fragmente. Travis zog die Hand zurück.

»Seht nur«, murmelte Lirith.

Die vier hielten den Atem an, als Bewegung in das Geröll kam. Gliedmaßen wie dünne Drähte griffen in die Höhe und suchten nach Halt. Dann stießen sie einen Steinsplitter beiseite, und er kroch aus dem Geröll. Er funkelte golden und war von atemberaubender Perfektion.

Ein Skarabäuskäfer.

»Aber ...«, sagte Travis, aber er kam nicht weiter.

Weiches goldenes Licht flackerte über Sareths Gesicht, als er neben dem Altar niederkniete. Er fluchte leise. »Wir sind Narren. Es war genau vor uns.«

Travis und die anderen beugten sich über ihn. Sareth strich mit dem Finger über eines der Piktogramme und wischte Jahrhunderte des Schmutzes fort. In der einen

Hand hielt der Zauberer einen Kreis mit acht Linien. Und in der anderen ... einen mit sechs Linien.

Sareth erhob sich. »Es müssen zwei Relikte als Teil des Bindungszaubers in den Altar eingesetzt worden sein, nicht nur eines. Eine Spinne und ein Käfer. Aber als der Dämon durch das Verschlingen der Götter stärker wurde, fing er an, den Felsen zu verformen. Der Altar fing an zu schmelzen, und eines der Schmuckstücke wurde beinahe völlig verdeckt.«

»Also hat Xemeth es übersehen«, sagte Durge.

»Genau wie wir auch, wenn Eure scharfen Augen nicht wären, *Beshala*«, sagte Sareth.

Er grinste über das ganze Gesicht; sie erwiderte das Lächeln.

Travis streckte eine Hand aus. Mit langsamen, zierlichen Bewegungen krabbelte der Skarabäus auf seine Finger und krümmte sich dann auf seiner Handfläche zusammen. Er fühlte sich warm an.

»Wie benutzen wir ihn?«

»Den Geschichten zufolge war jedes der Relikte dazu bestimmt, drei Tropfen von Orús Blut aufzunehmen«, sagte Sareth.

Lirith berührte vorsichtig das Schmuckstück. »Blut voller Macht ...«

In einer Minute waren sie bereit. Sareth hatte das Tor-Artefakt auf den Altar gestellt und das Prisma entfernt, um das leere Reservoir zu enthüllen.

»Was ist mit dem Reinigungszauber?«, wollte Lirith wissen.

»Dafür ist keine Zeit«, erwiderte Sareth. »Und er dient

ohnehin nur dazu, die Gedanken des Reisenden zu beruhigen, damit er sich besser auf das Ziel konzentrieren kann.«

Durge räusperte sich. »Dann lasst uns alle daran arbeiten, uns die Etherion vorzustellen und sicherzugehen, dass wir nicht von müßigen Gedanken an unsere Kinderstuben oder dergleichen abgelenkt werden. Ich würde es vorziehen, wenn unsere Körper nicht zwischen mehreren Orten verteilt werden.«

»Wie bringe ich ihn zum Funktionieren?«, fragte Travis. Der Skarabäus krabbelte auf seiner Handfläche herum.

»Haltet ihn über das Artefakt und drückt«, sagte Sareth. »Aber ganz vorsichtig. Lasst nur einen Tropfen fallen.«

»Wird das denn ausreichen?«, fragte Lirith.

Sareth erwiderte ihren Blick. »Ein Meer aus Scirathi-Blut käme nicht einem Tropfen aus den Adern des Gottkönigs Orú gleich. Verglichen damit ist selbst das Elfenblut wie Wasser.«

Travis holte tief Luft. »Wisst ihr, das ist noch etwas, was ich mir nie vorgestellt hätte zu tun.«

»Jetzt, Travis.«

Er drückte den Skarabäus fest, aber keineswegs grob. Dunkelrote Flüssigkeit quoll hervor, bildete einen einzelnen glitzernden Tropfen. Einen Augenblick lang bebte der Tropfen unbeweglich dort, dann hielt Travis den Skarabäus schräg, und der Tropfen fiel in das steinerne Behältnis. Vorsichtig schob er den Skarabäus in die Hosentasche.

»Du bleibst hier«, sagte er zu dem lebenden Schmuckstück.

Sareth sah sie der Reihe nach an. »Bereit?«

Sie nickten. Der Mournisch hob das dreieckige Prisma

und setzte es auf das Artefakt. Sofort bildete sich ein Tor; blaue Flammen züngelten seinen Rand entlang.

»Denkt daran«, sagte Durge grimmig, »die Etherion.«

»Die Etherion«, wiederholten die anderen.

Gemeinsam traten sie durch das Tor.

34

Grace stand in ihrem Nachthemd am Fuß der Treppe. Sie war wieder dreizehn.

Im Waisenhaus war es still. Zu still. Es gab keine Spur von Mrs. Broud, der Aufseherin der zweiten Etage mit dem Eselsgesicht, und Lisbeth Carter musste ihr Schluchzen mit einem Kissen ersticken, denn Grace konnte es nicht länger hinter sich hören. Selbst die Eulen waren verstummt.

Aber vor ein paar Minuten *hatte* Grace etwas gehört. Sie hatte Mrs. Fulchs Grunzen und Stöhnen zugehört, das zum Schlafsaal der Mädchen gedrungen war, als die rotgesichtige Köchin das Badezimmer verlassen hatte. Dann war ein dumpfer Aufprall ertönt, gefolgt von einem schleifenden Geräusch. Etwas war dort oben passiert. Aber was?

Du musst es herausfinden, Grace. Darum bist du wieder hier. Es muss sein.

Grace schaute den dunklen Schacht der Treppe zur zweiten Etage empor und zitterte; sie war schon vor langer Zeit aus dem dünnen Nachthemd herausgewachsen, und ihre knochigen Beine stachen wie weiße Stöcke daraus hervor. Die Nacht lastete schwer auf ihr. Aber der Korridor war von mehr als nur der Nacht erfüllt.

Es ist der Schatten. Dein Schatten – der schwarze Fleck, der an deinem Lebensfaden hängt. Das ist er, das ist sein Herz. Er ist in deinem Inneren. Und du bist in ihm.

Sie wollte sich umdrehen, die Treppe hinunterlaufen, nach draußen rennen in das kalte Licht der Sterne in den Bergen. Stattdessen packte sie das Geländer und stellte den Fuß auf die erste Stufe.

Silbernes Licht blitzte auf und wogte wie lebendig gewordener Nebel die Treppe hinunter. Jetzt konnte sie es hören, wie es in der Luft um sie herum und im Holz unter ihren Füßen vibrierte. Hitze stieg in ihr auf.

Nein, es ist noch zu früh für das Feuer. Das war, nachdem du wieder hinuntergekommen bist, nachdem du oben etwas gesehen hattest. Du musst dort hinaufgehen, du musst dich erinnern ...

Die Hitze zog sich zurück. Ihre Hand glitt das glatte Holz des Geländers hinauf, ihr Fuß machte einen weiteren Schritt, und dann noch einen. Das silberne Licht wand sich um ihre nackten Knöchel; es fühlte sich kühl an.

Ihre Augen erreichten die Höhe des oben befindlichen Korridors, das Licht wurde heller. Sie zögerte, aber kein Alarm ertönte, auch nicht Mrs. Brouds durch Mark und Bein dringendes Brüllen, weil sie sie bei der Verletzung der Regeln erwischt hatte. Grace holte tief Luft, dann rannte sie mit fünf schnellen Schritten den Rest der Treppe hinauf bis oben hin.

Sie stand am einen Ende eines langen Korridors, der die zweite Etage des Waisenhauses in seiner ganzen Länge durchmaß. Schwacher Lichtschein floss lautlos über die abgetretenen Bodenfliesen. Er strömte unter einer Tür am anderen Ende des Korridors hervor.

Das war ihr Ziel.

Das Summen war lauter geworden; es ließ ihren Kiefer

schmerzen. Ihre nackten Füße verursachten keinen Laut, sie ging an geschlossenen Türen vorbei auf die mit dem grellweißen Strich unter ihrer Schwelle zu. Sie war auf der Mitte des Korridors, als sie es hörte – ein leises Geräusch, das abwechselnd anschwoll und wieder fiel. Es erinnerte sie an Gesang. Nur dass es sich nicht um Gesang handelte. Dem Laut fehlte jede Musik.

Grace blieb vor der Tür stehen. Das Summen erfüllte nun ihren ganzen Körper und versuchte ihn wie ein Stück Glas zum Zerspringen zu bringen. Sie glaubte, Worte in dem Singsang ausmachen zu können – Worte, die am Rand ihres Verstehens entlang tanzten, so als hätte sie sie vor langer Zeit einmal gehört. Vielleicht in einer Geschichte. Oder einem Lied.

Grace legte den Kopf schief und hörte zu. Dann wurden die Stimmen lauter, und ein neuer Laut ertönte hinter der Tür, ein feuchtes Stöhnen voller Schmerz, das schnell erstickt wurde. Einen Augenblick später ertönte ein Krachen, als etwas Hartes zerbrochen wurde.

Öffne die Tür, Grace.

Sie zögerte, dann streckte sie die Hand aus und nahm den Türknauf.

Tu es jetzt!

Die Tür war abgeschlossen, aber irgendwie schien das keine Rolle zu spielen. Unter ihren Fingern zerfloss Metall und verfestigte sich wieder in neuer Form. Die Tür flog auf. Silberlicht schoss in einer Woge heraus, und einen Augenblick lang sah Grace alles.

Sie standen in einem Halbkreis in dem engen Raum, sieben Erwachsene – bis auf eine Person das gesamte Personal des Waisenhauses. Sie trugen schwarze Masken, so, wie sie es immer taten, wenn sie eines der Kinder holten, aber es hatte den Anschein, als würden leuchtende grüne Fäden die Züge ihrer Gesichter nachzeichnen. Wenn Grace die Augen zusammenkniff, konnte sie direkt durch die Vermummung hindurchsehen.

Da war Mr. Murtaugh, der Hausmeister, der sie außer sich vor Wut anstarrte, und Mrs. Murtaugh neben ihm, und der Ausdruck von Lust auf ihrem Gesicht verzerrte sich zu nacktem Entsetzen. Broud und alle Aufseherinnen waren da, und in ihrer Mitte stand Mr. Holiday, dessen Miene selbst voller Erstaunen noch immer attraktiv aussah.

Hinter den Erwachsenen hing ein schwarzes Tuch an der Wand, das mit silbernen Zeichnungen übersät war. Die Zeichnungen kamen Grace irgendwie vertraut vor, auch wenn sie nicht zu sagen vermocht hätte, wo sie sie gesehen hatte. Aus ihnen stach vor allem ein einziges, starrendes Auge hervor. Das Auge befand sich in der Mitte eines vage menschlichen Gesichts, das rasiermesserscharfe Zähne zu einem schrecklichen Grinsen entblößte. Wer auch immer das Ding in der Zeichnung sein sollte, es war ein Ding voller Hunger und Hass.

Ihr Blick kehrte zu den Erwachsenen zurück. Auf einer Chaiselongue vor ihnen lag Mrs. Fulch.

Die Köchin regte sich nicht, ihr leerer Blick starrte in die Höhe. Sie hatten ihr die scheußliche graue Bluse aufgerissen, und ihre gewaltigen schlaffen Brüste hingen zu beiden Seiten heraus und gaben die Sicht auf das zerfetzte Loch in der Mitte ihrer Brust frei. Ihre Haut war wie auch ihre Kleidung voller Blut. Noch während Grace sich fragte, was sie wohl mit ihr gemacht hatten, sah sie den faustgroßen Fleischklumpen in Mr. Murtaughs Hand, von dem es noch immer rot hinuntertropfte, und sie wusste, dass das Mrs. Fulchs Herz war. Mr. Holiday hielt einen anderen Klumpen von ähnlicher Größe, aber dieser war von einem dunklen, metallischen Grau.

Mr. Murtaugh war der Erste, der seine Sprache wiederfand; er brüllte eine Reihe von Flüchen, die Grace allesamt nicht verstand.

»Was sollen wir tun?«, kreischte Mrs. Murtaugh. »Sie hat uns gesehen. Was sollen wir tun?«

Mrs. Broud starrte die hysterische Frau an. »Bei Seiner Makellosen Dunkelheit, halten Sie den Mund, oder Ihr Herz kommt als Nächstes dran.« Sie wandte sich an Mr. Holiday. »Schnell, Damon«, sagte sie mit drängendem Tonfall, »beenden Sie den Akt der Schöpfung, bevor es zu spät ist.«

Mr. Holiday nahm den grauen Klumpen ...

Es ist Eisen. Ein Klumpen Eisen.

... und stopfte ihn grob in das klaffende Loch in Mrs. Fulchs Brust.

Mrs. Fulch setzte sich auf.

Ihre fetten Glieder waberten, als sie einen gurgelnden, stockenden Atemzug nahm. Dann schaute sie auf und lächelte – ein hungriger, hasserfüllter Ausdruck. Sie breitete die schlaffen Arme aus.

»Ich bin bereit, Meister!«, schrie sie schrill. In ihren Augen funkelte der Wahnsinn, ihre Lippen waren voller Blut. »Durch unserer Hände Werk sollt Ihr zu Eurer Euch rechtmäßig zustehenden Welt zurückkehren, und der Herr des Sonnenuntergangs soll über alles herrschen!«

Grace machte einen Schritt zurück. Trotz Mrs. Fulchs Bewegungen und ihrer Worte war sie sich ziemlich sicher, dass die Köchin nicht lebte. Sie sah die anderen an, sah in die Tiefe, sah bis auf die leuchtenden grünen Fäden unter ihrer Haut. Nicht Mr. und Mrs. Murtaugh, auch die meisten der Aufseherinnen nicht. Aber in Mrs. Brouds Brust und auch in der von Mr. Holiday ruhten finstere, leblose Flecken, die die grünen Fäden nicht berühren konnten.

Eisenherzen, Grace. Das Auge auf dem schwarzen Tuch – es ist das Symbol des Rabenkults. Mrs. Broud und Mr. Holiday waren Eisenherzen, und sie machten Mrs. Fulch zu einer von ihnen. Das hast du in jener Nacht gesehen, das ist die Erinnerung, die du weggesperrt hast. Aber du konntest es nicht verstehen, nicht damals, nicht so wie heute. Darum bist du dorthin zurückgekehrt – um es dir anzusehen.

Aber wenn das die Wahrheit war, warum war sie dann noch immer hier? Warum waren die Flammen nicht gekommen?

»Ich kümmere mich um die kleine Laus«, fauchte Mr. Murtaugh, streckte die großen Hände aus und ging auf Grace zu.

Mr. Holiday stoppte den Hausmeister mit einem Blick. »Nein. Überlassen Sie das den ... Besuchern.«

Das metallische Licht wurde heller und das Summen lauter, so dass Grace glaubte, es würde ihr Gehirn in Brei verwandeln. Das schwarze Tuch mit den Symbolen flatterte und flog dann zur Seite, als etwas Großes, Blasses und unmöglich Schlankes hervorschwebte.

Die Erwachsenen wichen nach beiden Seiten aus. Sogar Mrs. Broud und Mr. Holiday schauten mit einer Mischung aus Furcht und Hass zu. Grace konnte sich nicht bewegen, während das Wesen auf sie zuschwebte.

Der Phantomschatten war grotesk und wunderschön. Der große Kopf saß auf einem spindeldürren Hals, und die Augen in dem mundlosen Gesicht waren wie große schwarze Steine. Der Phantomschatten kam näher und streckte zerbrechlich aussehende Arme zu einer tödlichen Umarmung aus. Graces Atem verwandelte sich in der Luft zu Nebel. Der Schatten kam von allen Seiten näher.

Lass dich nicht von ihm berühren. In ihrem Verstand klang ihre eigene Stimme dumpf und wie aus weiter Ferne. *Du musst die Flammen kommen lassen.*

Jede Bewegung fiel unendlich schwer. Die Kälte des Phantomschattens hatte ihr Fleisch in Lehm verwandelt. Sie spürte die erste kalte Liebkosung seines schlanken Fingers. Der Schatten schien voller Schadenfreude zu pulsieren. Er würde sie bei lebendigem Leib fressen.

Nein, das wird er nicht, Dr. Beckett. Denn du wirst das nicht zulassen. Gib deinen Patienten nicht auf, nur weil du es selbst bist.

Ärztin, heile dich selbst.

Irgendwo tief in ihrem Inneren erwachte ein Funke zum Leben. Es war weder Wut noch Hass. Es war lediglich Bedauern über so viele Jahre, die sie damit verbracht hatte, sich vor den Schatten zu verstecken – Jahre, die sie auch vom Licht fern gehalten hatten. Aber sie war ihnen als

Mädchen entkommen; als erwachsene Frau würde sie das Gleiche tun. Sie hatten ihr einmal das Leben gestohlen. Grace würde es kein zweites Mal zulassen.

Die Zeit war gekommen, ihre Schatten zu verbannen.

Sie hob eine Hand, und der Raum brach in helle Flammen aus.

Der Phantomschatten riss die dürren Arme hoch, er warf den Kopf in einem wortlosen Schmerzensschrei zurück, als sich das Feuer wie ein Leichentuch um ihn legte.

Grace wich zurück. Die Tür schwang vor ihr zu und dämpfte das Prasseln des Feuers und die menschlichen Schmerzenschreie, ohne sie jedoch ganz zum Verstummen zu bringen. Auf der anderen Seite des Holzes ertönte ein hektisches Schaben. Grace sah den Türknauf an, und er zerschmolz zu einem formlosen Klumpen. Die Tür erbebte, aber sie öffnete sich nicht. Statt silbernem Licht drang schwarzer Rauch unter der Tür hervor.

Langsam und ganz ruhig ging Grace den Korridor entlang. Flammen folgten ihrem Weg, züngelten die Wände hinauf, tanzten wie fröhliche blaue Geister über die Decke und verschlangen Holz und Schatten gleichermaßen. Grace blieb stehen, um den Hebel für Feueralarm an der Wand zu betätigen. Sofort zerriss ein schriller Ton die Luft. Die anderen Kinder – Sarah, Nela, Lisbeth, Mattie und der Rest – würden die nötige Zeit zur Flucht haben. Aber nur die Kinder.

Der ganze Korridor brannte. Die letzten Flecken des Schattens rollten sich zusammen wie schwarz verkohltes Papier, und doch wichen die Flammen vor Grace zurück wie ein funkelnder Vorhang. Aber es war ihr Feuer, nicht wahr? Sie hatte es gerufen, und es war gekommen: der erste richtige Zauber einer dreizehnjährigen Hexe.

Grace schritt die brennenden Stufen hinunter und ließ den Schatten und die Schreie hinter sich zurück.

35

Travis drückte gegen das Tor, von dem die Farbe abblätterte. Rostige Türangeln quietschten, und das Tor schwang mühsam nach innen auf; weiße Farbe blätterte toten Hautschuppen gleich ab. Er trat hindurch und betrat den unkrautüberwucherten Weg. Trauerweiden raschelten, als er sie passierte, und das Haus schimmerte in der purpurfarbenen Abenddämmerung des Himmels über Illinois, als bestünde es aus Gebeinen.

Warum war er hergekommen? Er war nie an diesen Ort zurückgekehrt, nicht seit dem heißen Tag, an dem er zwanzig geworden war, an dem er das Farmhaus, in dem er geboren worden war, verlassen, das Gesicht nach Westen gewandt und nie zurückgeblickt hatte.

Aber das stimmt doch gar nicht. Du hast zurückgeblickt. Du hast jeden Tag zurückgeblickt.

Und jetzt war er wieder hier. Aber wieso? Er war in ...

Aber es fiel so schwer, sich daran zu erinnern, wo er gewesen war. Es war kaum mehr als ein verschwommener Schemen, als hätte alles, das er seit dem Verlassen dieses Ortes erlebt hatte, keinerlei Bedeutung, verglichen mit dem, was sich innerhalb dieser verblichenen Wände zugetragen hatte. Da war ein Schatten gewesen, an mehr konnte er sich nicht erinnern. Aber vielleicht spielte das ja keine Rolle mehr. Vielleicht spielte nur noch eine Rolle, dass er zurückgekehrt war.

Travis ging an dem Garten vorbei – dem Garten seiner Mutter. In seiner Erinnerung war er so ordentlich wie ihre

Küche, alles befand sich an dem Ort, wo es hingehörte. Jetzt war er ein Wirrwarr aus Geißblatt, Waldreben und wilden Zinnien. Zwischen den Blättern leuchteten ein paar Glühwürmchen. Sie verbreiteten nur ein kränkliches Licht, ihre Zeit war so gut wie abgelaufen.

Genau wie deine auch. Warum sonst solltest du an diesen Ort zurückkehren, wenn es nicht das Ende wäre?

Er erreichte die Stufen zur Veranda, fing an, das verrottete Holz emporzusteigen, und zögerte. Er konnte da nicht reingehen. Jedenfalls jetzt noch nicht. Er drehte sich um und ging um das Haus herum zum Hinterhof.

Er war sogar noch verwilderter als die Vorderseite, ein Dschungel aus Disteln, Goldrute und Mehltau. In der schwülen Luft schwebte weißer Löwenzahnsamen, trieb in alle Richtungen dahin, ohne jemals einen Platz zu finden, an dem er sich niederlassen und Wurzeln schlagen konnte. Mit dem Sich-treiben-Lassen kannte sich Travis aus. Hatte er nicht genau das ununterbrochen getan, seit er dieses Haus verlassen hatte? Nach einem Ort gesucht, den er sein Eigen nennen konnte?

»Ich schätze, du hast ihn nie gefunden«, murmelte er. »Denn wenn du es getan hättest, warum solltest du dann zurückkehren?«

Einen Augenblick lang hatte es den Anschein, als würde das Fragment einer Erinnerung in der Dunkelheit seines Verstandes aufleuchten: ein Ort, an *dem* er sich niedergelassen hatte. Nein, kein Ort. Ein Tal. Dann war der Schatten da und verdeckte die Erinnerung.

Auf der Rückseite sah das Haus noch reparaturbedürftiger aus. Die Hälfte der Schlagläden waren von den Fenstern gefallen, die Dachrinnen waren durchgesackt, an den Wänden schälten sich einige der Verschalungsbretter ab. Warum hatten sie das Haus nicht in Ordnung gehalten?

Weil sie tot sind, schon vergessen? Sie sind tot, und du bist nicht einmal für die Beerdigung zurückgekehrt.

Der Brief ihres Pastors hatte irgendwie den Weg zu ihm gefunden und ihn über ihren Tod informiert. Travis wusste nicht mehr genau, was in dem Brief gestanden hatte. Irgendetwas über Krebs, wie er zu weit fortgeschritten war, als man ihn gefunden hatte, und wie sein Vater keine zwei Monate später durch einen Schlaganfall gefolgt war. Er erinnerte sich nur an die letzte Zeile.

Gott segne sie beide, denn sie sind endlich wieder mit ihrer geliebten Alice vereint.

Travis fröstelte.

Die Bäume flüsterten ihren Namen, das Unkraut warf ihn als Echo zurück, die Glühwürmchen blitzten schwach auf. Also darum war er an diesen Ort zurückgekehrt. Nicht wegen ihnen, sondern wegen Alice.

Sein Blick fand ihn im Zwielicht, ein niedriger Hügel, der mit Wicken bewachsen war. Sie hatten sie direkt hinter dem Haus begraben. Nicht in der Mitte des Hofes, sondern an der Seite, wo sie genau gewusst haben mussten, dass er es von seinem Schlafzimmerfenster aus sehen konnte: die ständige Erinnerung an das, was er getan hatte.

Töten ist eine schreckliche Sünde.

Das war die Stimme seines Vaters, sie war heiser und bebte. Travis hatte auf dem oberen Treppenabsatz gekauert und gelauscht, obwohl er es nicht hätte tun sollen.

Nicht, wenn es ein Unfall ist, Mr. Wilder. Das war die

Stimme des Pastors gewesen. Trocken, aber nicht unfreundlich.

Ja, ein Unfall. Seine Mutter, ihre Worte waren so fadenscheinig gewesen wie die Vorhänge am Küchenfenster. *Ein Unfall kann keine Sünde sein.*

Wieder sein Vater, der jetzt leiser sprach. *War es das wirklich? Er war eifersüchtig auf sie. Er ist immer ein Idiot gewesen. Und sie war so perfekt, so klug …*

Ein warmer Wind brachte die Nacht heran, enthüllte die stummen Sterne am Himmel und wehte die Worte fort.

Aber es *war* ein Unfall gewesen. Er hatte Alice mehr als alles andere auf der Welt geliebt – ihre piepsige Stimme, ihre fröhlichen blauen Augen. Er hätte alles für sie getan. Aber sie war krank gewesen, sie hatten ihn zurückgelassen, um sich um sie zu kümmern. Aber die Zahlen auf dem Pillenfläschchen hatten so getanzt, so wie sie es immer taten. Er hatte sie durcheinander gebracht, ihr viel zu viele Pillen gegeben. Viel zu viele.

Ein gelbes Leuchten berührte seine Wange. Er schaute auf. Das Farmhaus war dunkel und still – bis auf ein Fenster im oberen Stockwerk. Jemand hatte das Licht eingeschaltet, oben in ihrem alten Zimmer.

Bevor er richtig darüber nachdenken konnte, griff er nach der Küchentür. Sie war unverschlossen. Er stieß sie auf, betrat das Haus.

Dunkle, staubige Luft hüllte ihn ein. Wie viele Jahre waren vergangen, seit sie hier gelebt hatten? Er wusste es nicht. Es roch nach einer langen Zeit. Das Sehen fiel schwer, durch die Vorhänge fiel nur matter Sternenglanz.

Dann ging Travis weiter hinein und entdeckte den schwachen Lichtschein, der die Treppe hinunterfiel.

Er ertastete sich seinen Weg zu den Stufen, dann stieg er zu dem Korridor im ersten Stock hinauf. Alle Türen bis auf eine waren verschlossen. Jenseits der Schwelle leuchtete kaltes Licht. Es zog Travis an, über den staubigen, verschlissenen Teppich, entlang der schimmeligen Wandtapete. Vor der Tür zögerte er und fragte sich, was ihn dort wohl erwartete, dann trat er über die Schwelle.

Es dauerte einen Augenblick lang, bis er vollständig begriff, was er da sah, dann lachte er – auch wenn es ein bitterer Laut war. Hatten sie das als ihre letzte Tat getan – hatten sie das für ihn hinterlassen für den Tag, an dem er endlich zurückkehrte?

Es spielte keine Rolle. Nur eines war wichtig: dass er endlich wusste, was er tun sollte.

Ihr Zimmer war genauso, wie er es in Erinnerung hatte. Auf den weißen Regalbrettern drängten sich Bücher und Stofftiere, auf einem kleinen weißen Schreibtisch stapelten sich noch mehr Bücher. Über das Bett spannte sich ein pinkfarbener Betthimmel, der zu den Kissen und der Decke passte. Auf dem weißen Tisch neben dem Bett standen neben der Clownslampe, die jemand eingeschaltet hatte, ein Glas Wasser und ein Medikamentenfläschchen.

Die Dunkelheit in dem Korridor hinter Travis zog sich in sich zusammen, nahm Gestalt an, stieß ihn vorwärts. Dabei brauchte er ihr Drängen nicht. Sie hatten sich zu Alice gesellt. Aber sie hätten sie niemals so lieben können wie er.

Travis betrat das Zimmer, achtete darauf, auf keine ihrer Sachen zu treten. Er war groß und ungeschickt, und er musste in ihrer Nähe vorsichtig sein, denn sie war klein und zerbrechlich. Das hatte seine Mutter ihm immer gesagt.

Er legte sich auf das Bett. Es war viel zu klein, und er musste die Knie an die Brust ziehen, so dass er mehr saß als lag, den Rücken den Kissen und der Wand zugewendet. Aber das war schon in Ordnung. Die Bettdecke verströmte einen leichten, süßen Duft. Ihren Duft. Er atmetet ihn einen Moment lang ein. Dann drehte er sich um und nahm das Medikamentenfläschchen vom Nachttisch. Pillen rasselten darin.

Travis betrachtete das Etikett auf der Flasche, aber die Zahlen und Buchstaben führten einen spöttischen Tanz auf. Er konzentrierte sich, konnte ihren Bewegungen aber nicht folgen. Nicht, dass das einen großen Unterschied machte. Er öffnete den Verschluss, kippte das Fläschchen um und schüttete sich den ganzen Inhalt auf die Hand.

Ein Stapel kleiner, purpurfarbener Pillen ruhte auf seiner Handfläche; jede einzelne war mit einem winzigen Blitz gekennzeichnet.

Stirnrunzelnd betrachtete Travis die Pillen. Irgendwie machten sie einen verkehrten Eindruck. Unheilvoll. Aber was spielte das für eine Rolle? Was auch immer sie darstellten, sie würden tun, was sie tun sollten. Seine Eltern waren Alice als Erste gefolgt, aber jetzt war er an der Reihe. Der Schatten quoll durch die Tür, drängte sich hungrig gegen das kleine gelbe Licht. Er wartete.

Gute Nacht, großer Bruder.

Nacht, Kleines.

Er war nicht einmal mehr traurig, als er die Hand hob und alle Pillen auf einmal in den Mund stopfte.

Travis, tu das nicht.

Er verkrampfte den Kiefer und behielt die Pillen auf der Zunge, als die Stimme in seinem Verstand ertönte. Es war eine Frauenstimme, und sie war rauchig und vertraut.

Schluck sie nicht runter. Wenn du das tust, wird er gewinnen.

Er verspürte Verwirrung. *Wer wird gewinnen?*

Der Schatten. Darum hat er dich hergebracht.

Nein, ich kam selbst her.

Die Stimme der Frau war drängend. Er spürte ein fremdes Bewusstsein, es war wie ein grüngoldenes Licht. *Nein, Travis, das bist du nicht. Er hat dich an diesen Ort gebracht, in deine Vergangenheit. Ich weiß es, weil er das Gleiche mit mir gemacht hat, er hat versucht, mich mit Hilfe meiner Erinnerungen zu vernichten, aber ich ... ich habe ihm widerstanden. Du musst ihm auch widerstehen. Wenn du es nicht tust, dann ist alles verloren, alles, wofür wir gekämpft haben.*

Travis verstand noch immer nicht, aber die Stimme kam ihm so bekannt vor. Es war ihm unmöglich, ihr nicht zuzuhören.

Spuck sie aus, Travis.

Die Stimme war jetzt härter, eine Ärztin, die eine Anweisung gab. Jede Bewegung fiel schwer. Die Pillen hatten angefangen, auf seiner Zunge zu einer bitteren Masse zu schmelzen. Er musste schon einen Teil geschluckt haben, denn eine Schwere drückte ihn nieder. Der Schatten drang tiefer in den Raum ein und fraß das Licht.

Bitte, Travis.

Die Stimme verklang. Travis' Lider sackten nach unten. Der Schatten legte einen schwarzen Tentakel um seinen Hals und massierte sanft und nachdrücklich seine Kehle. Travis fing an zu schlucken.

Hör mir zu, Travis! Die Stimme schien jetzt aus weiter Ferne zu kommen. *Ich weiß, was geschehen ist – ich kann alles sehen. Und sie hätte niemals gewollt, dass du das tust. Alice hat dich geliebt ...*

Travis riss die Augen auf.

Ja, warum hatte er das nicht gesehen? Die Stimme hatte Recht. *Sie* hätten das gewollt, aber nicht Alice. Sie hatte ihm verziehen, noch bevor sie die Augen geschlossen hatte; sie hätte niemals eine solche Vergeltung gefordert. Der Schatten würgte ihn, drückte sich gegen seinen Mund, versuchte ihn zum Schlucken zu zwingen.

Mit einem leisen Schmerzenslaut drehte Travis den Kopf und spuckte die Pillen aus. Sie fielen als glitzernde Masse auf die Bettdecke. Der Schatten stieg über ihm in die Höhe, zog seine ganze Masse zusammen, um sich auf ihn zu stürzen und ihn mit seinem finsteren Antlitz zu zerquetschen.

Silbergrünes Licht blitzte auf, riss den Schatten in Stücke und schleuderte sie zur Seite.

Travis schaute in das Licht. Ihm stockte der Atem. Eine kleine, schlanke Gestalt stand mit ausgestreckten Armen vor ihm. Auf ihrer nach oben gedrehten Handfläche lag ein Stein. Von ihm ging das Licht aus.

»Alice?«

Sie lächelte und zeigte schiefe Zähne. »Ich bin es, großer

Bruder«, sagte sie mit jener Stimme, die trotz des leichten Lispelns immer viel zu erwachsen geklungen hatte. »Hier. Das habe ich dir gebracht.« Sie hielt den Stein in die Höhe. Seine Oberfläche wies ein fleckiges Graugrün auf. *Sinfathisar.*

Er starrte sie an. »Aber wie ...«

Sie zuckte mit den dürren Schultern. »Keine Ahnung, großer Bruder. Aber ich glaube, du brauchst das hier, also habe ich es dir gebracht. Okay?«

Travis nahm mit zitternder Hand von ihr den Stein entgegen. »Okay.«

Er legte die Finger um die glatte Oberfläche des Großen Steins. Alice sah genauso aus, wie er sie in Erinnerung hatte, die braunen Zöpfe, das blaue Kleid, das zu ihrer Augenfarbe passte.

»Du kannst nicht hier sein, nicht in Wirklichkeit, weißt du?«

Alice lächelte wieder, aber es lag eine Frage in dem Lächeln, und auch Trauer. Sie legte den Kopf schief. »Ich liebe dich auch, Travis.« Dann drehte sie sich um, trat durch die Tür und verschwand in der dahinterliegenden Dunkelheit.

Travis stand auf, um ihr nachzugehen.

Du kannst ihr nicht folgen, Travis.

Die Stimme war wieder ganz nahe, und sie war zärtlich. Zerrissene Erinnerungen glommen in seinem Verstand auf, und er kämpfte darum, sie zusammenzufügen.

»Grace?«, flüsterte er.

Ich bin's, Travis.

»Ich muss ihr folgen.«

Aber das kannst du nicht. Sie ist nie in Wirklichkeit da gewesen. Nichts von dem hier. Ich glaube, ich verstehe endlich, was er getan hat. Er erschafft die Illusion, um dich zu binden, als Möglichkeit, uns alle zu binden. Bis er stark genug ist, uns zu verschlingen. Du musst den Stein benutzen, um ihn aufzuhalten, bevor es zu spät ist.

»Den Stein benutzen, um was aufzuhalten?«

Den Schatten der Vergangenheit ...

Und endlich begriff er.

O Grace – hilf mir.

Einen Augenblick lang war er schrecklich allein und hing in der Leere zwischen Vergangenheit und Gegenwart. Dann näherte sich ein kühles und tröstliches Bewusstsein, und ein grüngoldenes Licht hüllte ihn ein.

36

Travis erwachte. Das hier war keine Illusion.

Er lag auf dem Boden der Etherion. Ein Sturmwind peitschte auf ihn ein und schleuderte kleine Steinchen in sein Gesicht. Ein klaffendes Loch war oben in die blaue Kuppel gerissen worden, an einigen Stellen waren die Wände nach innen eingestürzt. Noch während er hinsah, zerplatzte in der Nähe eine Reihe von Marmorsäulen. Aber die Trümmer stürzten nicht auf ihn herab. Stattdessen flogen die Steine zehn Meter in die Höhe und beschrieben eine Spirale wie Wasser in einem Abfluss. Andere Steinbrocken kreisten durch die Etherion und kamen mit jeder Umrundung dem dunklen Fleck näher, der genau in der Mitte schwebte.

Seine Erinnerung kehrte in kleinen, schmerzhaften Schüben zurück, und er wusste wieder alles. Er war Sareth, Durge und Lirith durch das Tor gefolgt, und sie hatten sich auf einem zerfallenden Balkon am Rand der Etherion wiedergefunden. Ein brausender Wind hatte wild an ihnen gerissen, und sie hatten sich an den Resten des Balkons festgekrallt, um nicht in die Luft gerissen zu werden.

Der Dämon war da gewesen, im Mittelpunkt der Etherion, und er hatte an jedem Stück lebloser Materie – Marmor, Holz, Kleidung – gezogen und es ins Zentrum gerissen. Jedes Mal, wenn etwas den Dämon erreichte, gab es einen Lichtblitz, und das Objekt war verschwunden. Also hatte Xemeth Recht gehabt. Noch war der Dämon schwach und wartete darauf, dass seine Nahrung zu ihm kam – so wie

Xemeth und die Scirathi das Tor benutzt hatten, um die Götter zu ihm zu bringen. Aber mit jedem Stück verschlungener Materie würde der Dämon stärker werden.

Erst als Lirith aufgeschrien hatte, hatte Travis die schlafenden Gestalten gesehen, die zwischen den Trümmern auf ihren Rücken liegend schwebten. Also wurde nicht nur leblose Materie von dem Dämon angezogen. Melia und Falken, Grace und Aryn, Beltan und Vani – alle schienen zu schlafen, während sie in der Etherion umherflogen und mit jeder Umkreisung näher an den Dämon herankamen.

Von Xemeth war keine Spur zu entdecken gewesen. Vielleicht war er entkommen. Vielleicht hatte der Dämon ihn auch schon verschlungen. Auf jeden Fall war das Ding nicht wieder mit Magie gebunden worden. Und so wie es hier aussah, hatte Travis gewusst, dass es nur noch Minuten dauern würde, bis der Dämon die anderen verschlingen würde.

Er hatte sich Sareth, Durge und Lirith zugewandt, und das war der Augenblick gewesen, in dem er hatte zusehen müssen, wie sie die Brüstung losließen und sich mit geschlossenen Augen in die Luft erhoben. Er hatte nach ihnen gerufen, versucht sie zu packen, aber er war zu langsam gewesen. Sie hatten sich dem unerklärlichen, spiralenförmigen Zug auf den Dämon zu angeschlossen. Dann hatte Travis gespürt, wie ihn die Müdigkeit überfiel. Zu benommen, um sich dagegen zu wehren, hatte er die Brüstung losgelassen, und der Schatten hatte ihn eingehüllt und ihn zu den dunklen Erinnerungen an die Vergangenheit geführt.

»Aber jetzt bin ich wieder hier«, stieß er zwischen den zusammengebissenen Zähnen hervor.

Alice. Alice hatte ihm geholfen. Und Grace.

Er stand auf, suchte nach den anderen. Einen schrecklichen Augenblick lang glaubte er, sie wären bereits tot. Dann sah er sie, wie sie in gefährlicher Nähe zum Zentrum der Spirale schwebten. Melia und Aryn waren ihm am nächsten. Noch eine weitere Drehung der Spirale, und sie würden den Dämon erreichen. Die anderen waren nicht weit hinter ihnen. Aber wo war Grace?

»Travis!«

Das Wort wurde beinahe vom tosenden Wind und dem Ächzen der zerbrechenden Mauern verschluckt. Dann entdeckte er sie auf der anderen Seite der Etherion, wo sie über den mit Rissen übersäten und sich emporwölbenden Boden stolperte.

»Grace!«, rief er und machte einen Schritt auf sie zu.

Dann ertönte ihre Stimme in seinem Verstand. *Beeil dich, Travis.*

Bevor er antworten konnte, rissen unsichtbare Hände mit schrecklicher Kraft an ihm. Auf der anderen Seite der Etherion schlang Grace die Arme um eine Säule, aber hier in der Mitte gab es nichts, an dem sich Travis festhalten konnte. Er spürte, wie sein Körper erschreckend leicht wurde; die Zehenspitzen seiner Stiefel tasteten über den Boden. Dann gab es noch einen Ruck, und er erhob sich in die Luft.

Der Stein, Travis! Du musst ihn benutzen!

Diesmal war es eine andere Stimme, die in seinem Geist erklang – die Stimme eines alten Freundes.

Ich verstehe nicht, Jack.

Du musst Sinfathisar *gegen den Dämon einsetzen. Der Stein kann seine Verwandlung vollenden.*

Travis stieg im Mittelpunkt der Spirale empor. Für ihn würde es keine langsamen Umkreisungen geben. Er wurde nach oben gerissen, direkt auf den Dämon zu.

Was meinst du mit vollenden?

Hör zur Abwechslung mal zu, Travis. Jack Graystones Stimme klang energisch. Travis konnte beinahe die funkelnden blauen Augen des alten Antiquitätenhändlers vor sich sehen. *Der Stein des Zwielichts kann nicht zerstören, im Gegensatz zu dem Dämon. Das ist nicht seine Macht. Der Dämon ist ein Paradoxon, ein Ding aus buchstäblichem Nichts, das in einen Stein gebunden wurde.* Sinfathisar *kann dieses Paradoxon auflösen – er kann den Dämon entweder in die eine oder die andere Sache verwandeln. Hast du immer noch nicht gelernt, dass dies die Essenz des Steins ist? Wasser zu Wein. Blei zu Gold. Dunkelheit zu Licht. Verschiedene Möglichkeiten, Travis, darum geht es bei ihm. Du musst nur entscheiden, in was er den Dämon verwandeln soll.*

Entscheiden, was es sein soll. Das hatte der Elf gesagt, darum hatte er die Entführung zur Erde erlitten, um ihm *Sinfathisar* zu geben. Aber welche Wahl sollte er treffen?

Der Wind brüllte an seinen Ohren vorbei. Er konnte den Dämon zwischen den Trümmern sehen, konnte mit seinen neuen Augen durch den Schatten hindurchsehen, der ihn umgab. Er verfügte über keine Form, sondern sah aus wie ein Tropfen flüssigen Metalls, das in ständiger Bewegung war. Aber das war nur eine Hülle, das Ding, das die Zauberer benutzt hatten, um ihn an Eldh zu binden. Im Inneren der Hülle befand sich ein *Morndari*, einer der von Hunger getriebenen Geister, die bei dem Übergang zwischen den Welten Jagd auf ihn gemacht hatten; ein ausgehungerter bodenloser Abgrund, der niemals gefüllt werden konnte, ganz egal, wie viel er auch verschlang.

Er war drei Meter davon entfernt.

Tu es, Travis!

Anderthalb Meter. Ein Tentakel aus Finsternis löste sich aus dem Dämon, um ihn zu sich zu ziehen. Travis hielt *Sinfathisar* in der rechten Hand. Der Stein strahlte ein intensives Licht aus.

Aber ich weiß nicht wie, Jack.

Unsinn! Natürlich weißt du es. Du bist ein Runenmeister – ich selbst habe dich zu einem von ihnen gemacht. Der Stein muss deinen Befehlen gehorchen. Jetzt tu es!

Es blieb keine Zeit mehr übrig. Der Tentakel erreichte Travis und schlang sich um ihn. Er spürte, wie sein Ich sich aufzulösen begann. Alles Gute, das ihn jemals ausgemacht hatte, wurde weggerissen, und es blieb nur das nackte, verkohlte Gebein seiner dunkelsten Erinnerungen übrig. Wie er versuchte, Alice zu wecken, deren Haut wie Eis war. Wie er aus dem *Magician's Attic* floh, während sich Jack allein den Phantomschatten in den Weg stellte. Die Erkenntnis, dass Max ihn an Duratek verraten hatte.

Und endlich verstand er. Auf diese Weise machte es der Dämon, auf diese Weise zog er Menschen an, und auf diese Weise verschlang er sie schließlich. Er grub sich durch die Schichten ihres Lebens, legte die Abgründe ihrer Seelen frei, exhumierte sämtliche schlimmsten Augenblicke ihres Lebens. Und wenn einem nur diese finsteren Reste blieben, wer würde dann nicht den Wunsch verspüren, sich dem Nichts zu ergeben?

Der schwarze Tentakel verstärkte den Druck um ihn, kratzte die letzten Reste Trost fort, an die er sich klammerte, und ließ nur erstarrte Relikte des Schmerzes zurück. Die verblichene Fassade des Farmhauses in Illinois an dem Tag, an dem er es für immer verließ. Der Wahnsinn in Max' fiebrigen Augen, als die Flammen ihn verschlangen. Beltan, der reglos in seinem eigenen Blut unterhalb von Schloss Spardis lag. Der nackte Fleck frisch umgegrabener Erde, den er von seinem Schlafzimmerfenster aus sehen konnte ...

Nein.

Das Wort war kaum lauter als ein Flüstern, aber er hörte darauf, als wäre es ein Aufschrei gewesen. Nein, er würde nicht zulassen, dass das seine einzige Erinnerung an sie blieb – die winzige Gestalt, die man an jenem grauen Tag in Illinois in die feuchte, mit Würmern gefüllte Erde warf. Ihr schiefes Grinsen, ihr elfenhaftes Gelächter, ihr kleiner Körper, der sich in seine Ellenbeuge schmiegte, wenn sie gemeinsam ein Buch lasen. Ganz egal, was danach auch geschehen sein mochte, er würde diese Dinge nicht vergessen. Niemals.

Ich liebe dich, großer Bruder.

Ich liebe dich auch, Kleines.

Es war so schrecklich schwer. Seine Finger waren beinahe durchsichtig; er stand bereits im Begriff, sich aufzulösen. Mit dem letzten Funken Willenskraft nahm er *Sinfathisar*, berührte mit ihm den Tentakel des Dämons und traf seine Entscheidung.

»Sei Stein.«

Es war weniger als ein Flüstern. Aber Jacks Stimme sagte die Worte in seinem Geist, und hundert andere Stimmen wiederholten sie in einem lauten Chor, die Stimmen sämtlicher Runenmeister, die je gelebt hatten und nun wie ein Mann durch ihn sprachen.

SEI STEIN!

Grelles, silbergrünes Licht blitzte auf und brannte sich seinen Weg durch seine Hand hindurch. Ein Kreischen ertönte, das kein Laut war – ein schriller Nicht-Laut der Qual, der seinen Geist durchbohrte, bevor er abrupt abschnitt. Der Sturm ließ an Kraft nach.

Dann stürzte Travis zusammen mit einem verformten Brocken aus schwarzem Stein und allem anderen in der Etherion dem Marmorboden entgegen – zehn Meter in die Tiefe.

37

»Halt!«, rief eine helle Stimme voller Macht.

Unsichtbare Hände schienen Travis zu ergreifen und hielten seinen Sturz auf. Unter ihm krachten zahllose Tonnen Stein und all das andere Treibgut, das unter dem Bann des Dämons gestanden hatte, mit zerstörerischer Kraft auf den Boden der Etherion. Ein Laut wie hundert Donnerschläge, die sich zu einem einzigen verbanden, hallte von den Überresten der blauen Kuppel zurück.

Der Donner verklang, ein paar übrig gebliebene Steinchen prasselten auf die Trümmer am Boden.

Travis, der mitten in der Luft schwebte, verdrehte den Kopf. Die anderen schwebten ebenfalls, und sie sahen genauso erstaunt wie er aus. Lirith, Durge und Sareth trieben in einer engen Gruppe ganz in seiner Nähe, während ein Stück entfernt in der anderen Richtung Aryn, Beltan und Vani schwebten, genau wie Falken und Melia. Melia strahlte blaues Licht aus; sie hatte die Hände gegen die Schläfen gedrückt, und ihr Gesicht war vor Konzentration verzerrt.

In Travis stieg Panik auf – als er Grace das letzte Mal gesehen hatte, hatte sie sich auf dem Boden der Etherion befunden. Dann seufzte er erleichtert auf, als er sie nicht weit entfernt von Melia wach und gesund schweben sah. Die Macht des Dämons musste sie kurz vor dem Ende in die Luft gezogen haben.

»Sehr gut, Melia«, rief Falken, der sich langsam Hals über Kopf drehte und dabei in seinem verblichenen blauen

Umhang verfing. »Du kannst uns jetzt absetzen. Aber langsam.«

»So einfach ist das nicht. Entweder ich halte euch, oder ich halte euch nicht. Da gibt es kein Zwischending.«

Falken stöhnte. »Was meinst du, es gibt kein Zwischending? Ich will doch nur ...«

Das Wort *runter* verwandelte sich in einen Aufschrei, als Falken plötzlich einen Meter stürzte und dann wieder Halt fand. Eine Sekunde später taten es die anderen ihm nach, und Travis hätte sich beinahe die Zunge abgebissen, als er ruckartig zum Stehen kam. Nach mehreren solcher ruckartiger Schübe kam der trümmerübersäte Boden näher. Der letzte Sprung ging über nicht mehr als anderthalb Meter, allerdings schaffte es Travis, mit dem Hintern auf einem entschieden spitzen Trümmerstück zu landen.

Er befand sich noch immer in der Mitte der Etherion; die anderen waren zu beiden Seiten ein paar Dutzend Schritte von ihm entfernt. Er wusste nicht, zu welcher Gruppe er zuerst gehen sollte. Dann sah er Vani aufstehen, und Beltan half Grace auf die Füße, deren Gesicht schmutzverschmiert war. Travis verspürte bei dem Anblick Wärme in sich aufsteigen. Sie waren am Leben; sie waren alle am Leben.

»Travis!«, rief Beltan.

Grace stützte sich auf den großen blonden Ritter. Sie schaute auf und grinste. Vani stand mit in die Hüften gestemmten Händen daneben, und ihre goldenen Augen glänzten.

Travis war sich in seinem Leben nur weniger Dinge sicher. Er wusste noch immer nicht, warum Jack ihn ausgesucht hatte, oder wer Bruder Cy in Wirklichkeit war. Was das anging, konnte er für gewöhnlich rechts nicht von links unterscheiden. Aber in diesem Augenblick wusste er ohne jeden Zweifel, dass ihm diese drei Menschen alles bedeuteten. Grace war die engste Freundin, die er je gehabt hatte. Und er wusste jetzt, dass es keine Rolle spielte, ob er Beltan lieben *konnte*, weil er es *tat*, weil er ihn mit Leib und Seele liebte. Dann war da Vani – und was er fühlte, wenn er sie ansah, vermochte er nicht zu sagen, aber es fühlte sich an wie …

Es fühlte sich an wie Schicksal.

Aber du solltest doch kein Schicksal haben, stimmt das nicht, Travis?

Noch etwas, das er unter der Rubrik »Dinge, von denen ich keine Ahnung habe« abhaken konnte. In seinem ganzen Leben hatte er keine richtige Liebe gefunden, und jetzt war sie ihm gleich zweimal begegnet. Er ging auf die drei zu.

»Nein!«

Der Ruf ertönte hinter ihm, begleitet von dem Geräusch rutschenden Steins. Er blieb stehen, drehte sich um. Lirith beugte sich über einen Steinhaufen, während Durge zu ihr eilte. Die beiden fingen an, Steine zur Seite zu stemmen.

»Freisasse Travis«, rief Durge, »wir brauchen Eure Hilfe. Schnell.«

Dann wurde Travis klar, was die beiden von den Steinen zu befreien versuchten.

Sareth war verschwunden.

Travis schob *Sinfathisar* in die Tasche, lief los und suchte sich einen Weg durch die Trümmer.

»Was ist passiert?«

Durges Gesicht war ernst und weiß vor Steinstaub. »Der Steinhaufen, auf den er fiel, war nicht stabil genug. Er ist eingestürzt, als er versuchte, von ihm herunterzuklettern, und hat ihn unter sich begraben. Ich befürchte das Schlimmste.«

Lirith öffnete die Augen. »Nein, er lebt. Aber er bekommt keine Luft. Wir müssen ihn da rausholen.«

Durge fing an, mit wütender Effizienz Steine von dem Haufen zu stemmen. Lirith zerrte mit blutenden Händen an den Trümmerstücken. Travis fing an, einen Stein zur Seite zu schieben, dann hielt er inne. Es gab eine bessere Möglichkeit, das zu erledigen.

»Tretet zurück«, sagte er.

Ritter und Hexe starrten ihn an.

»Sofort!«

Er war selbst überrascht über die Härte in seiner Stimme, aber es war keine Zeit, um sich darüber zu wundern. Die beiden gehorchten, und Travis sammelte seine Willenskraft. Er legte die rechte Hand auf die Trümmer, dann sprach er ein Wort, das in seinem Geist von hundert anderen Stimmen wiederholt wurde.

»Sar!«

Die Steine kannten ihren Namen, und sie gehorchten.

Die Trümmer flogen von dem Schutthaufen und schossen durch die Luft. Lirith und Durge waren gezwungen, die Köpfe einzuziehen, damit sie nicht getroffen wurden. Mit lautem Poltern stürzte das Geröll mehrere Meter weit weg zu Boden. Wo eben noch Mauertrümmer gelegen hatten, setzte sich jetzt eine Gestalt auf. Steinchen fielen aus seinen Kleidern, und er blinzelte Staub aus den Augen.

»Sareth!«

Lirith warf die Arme um ihn, dann schien sie es sich anders zu überlegen und trat von ihm weg. Sareths Blick war plötzlich sehr nachdenklich.

»Aber Ihr seid ja gar nicht zu Mus zerquetscht«, sagte Durge und klang überrascht und vielleicht sogar etwas enttäuscht. »Nicht mal Euer Kopf.«

Sareth grinste. »Ich hatte etwas, mit dem ich die Steine abstützen konnte.«

Der Mournisch hielt ein Stück Holz in die Höhe. Travis fragte sich, wo er es wohl her hatte. Dann schraubte Sareth es an das Ende seines Beines und löste damit das Geheimnis. Durge half ihm auf die Füße.

Sareth grinste Travis an. »Vielen Dank, Zauberer. Ihr seid gut darin, Dinge ... auszugraben.«

Travis zuckte innerlich zusammen. Vermutlich hatte er Sareth gerade davon überzeugt, dass er die untergegangene Stadt Morindu die Finstere doch ausgraben würde. Er wollte etwas sagen – irgendetwas –, das ihm den Gedanken gleich wieder austreiben sollte, aber Lirith kam ihm zuvor.

»Bei Yrsaia, was ist *das?*«

Die Hexe zeigte auf eine seltsam unberührte Stelle in dem Trümmerfeld. In der Mitte des Kreises lag ein schwarzer Stein in der Größe von Travis' Faust. Wenn er die Augen zusammenkniff, konnte er auf dem Stein etwas sehen, das wie ein unmenschliches Gesicht aussah; der Mund klaffte zu einem lautlosen Schrei auf.

Sareth trat an Liriths Seite. »Es ist der Dämon. Oder was

davon übrig geblieben ist. Das ist der Stein, in den ihn die damaligen Zauberer gebunden haben.«

»Ein Stein oder nichts«, murmelte Travis.

Lirith sah ihn an. »Was meint Ihr?«

Er schob die Hand in die Tasche und holte den völlig glatten *Sinfathisar* hervor. »Der Dämon war ein Stein, und gleichzeitig war er das Nichts. Der *Imsari* ließ mir die Wahl, ihn in eines von beiden zu verwandeln.«

»Es ist ein Wunder«, sagte Sareth.

»Das eigentliche Wunder besteht darin, dass du überhaupt zum Handeln fähig warst, Travis.« Das war Melia.

Er drehte sich um. Die anderen kamen heran und suchten sich vorsichtig einen Weg durch das Geröll zur Mitte.

»Ich bin neugierig, mein Lieber«, fuhr Melia fort. »Nicht einmal ich konnte der Magie des Dämons widerstehen. Wie hast du es geschafft, den Stein gegen ihn einzusetzen?«

Travis schaute den Stein des Zwielichts an, der jetzt ganz matt war, und er dachte an das Mädchen, das ihn ihm in seinem Traum gegeben hatte – das ihm gegeben hatte, was er bereits hatte, was er sich aber gefürchtet hatte, als sein Eigen zu akzeptieren.

Vergebung.

Ich liebe dich, Alice.

Aber laut sagte er nur: »Ich hatte ein bisschen Hilfe von meiner Schwester.«

Melia legte den Kopf schief, aber bevor sie danach fragen konnte, meldete sich Falken zu Wort, der den Stein betrachtete, der den Dämon enthalten hatte.

»Ist er tot?«

Melia nickte. »Ich kann noch immer einen Teil seiner

Macht in der Luft spüren, wie Wellen in einem stillen See. Aber sie beginnen bereits zu verblassen.«

Sie schaute Aryn und Grace an, die beide bestätigend nickten.

»Dann ist es vorbei«, sagte Travis mit einem Seufzen.

Der Dämon war vernichtet – genau wie Xemeth und eine große Zahl Scirathi, wie er vermutete. Aber irgendwie waren er und seine Freunde noch am Leben. Noch ein Geheimnis, über das es nachzusinnen galt. Grace begegnete seinem Blick und lächelte ihn an. Er erwiderte das Lächeln, dann sah er zu Beltan und Vani herüber. Was sollte er ihnen nur sagen? Er wusste es nicht. Vielleicht würde er damit anfangen, ihnen ...

Ein lautes Knirschen ertönte. Staub und Steinsplitter regneten von der beschädigten Kuppel herab.

»Mir gefällt gar nicht, wie das aussieht«, sagte Durge. »Ich glaube, diese Risse sind größer geworden, seit ich das letzte Mal hingesehen habe. Wir sollten diesen Ort sofort verlassen.«

»Hier entlang«, sagte Melia. »Die Tore der Etherion sind ...«

Es sah aus wie ein Blitz, der nur Zentimeter vor Travis' Gesicht vorbeiraste. Der Boden bäumte sich plötzlich auf, und er stolperte gegen Durge, Lirith und Sareth. Grace, Beltan und Vani fielen in die andere Richtung und prallten mit Aryn, Melia und Falken zusammen. Travis fand gerade das Gleichgewicht wieder, als ein ohrenbetäubendes Krachen ertönte und der Boden erneut erzitterte.

Jemand schrie auf – es hörte sich an wie Aryn –, dann musste Travis zusehen, wie der versteinerte Dämon zusammen mit ein paar Trümmerhaufen in einer finsteren Grube verschwand. Einen verwirrten Augenblick lang glaubte er, der Dämon sei doch nicht tot – falls dieses Ding jemals richtig gelebt hatte. Dann verbreiterte sich die Grube zu einem schwarzen Spalt, der noch mehr Trümmer verschlang, während er in rasender Schnelle wuchs.

Der Boden der Etherion brach auseinander.

»Zurück!«, rief Durge. »Ihr müsst zurückspringen!«

Der Ritter zog mit starken Händen an Travis. Lirith und Sareth flohen bereits vor dem Spalt. Auf der gegenüberliegenden Seite taten die anderen das Gleiche.

Wieder erbebte der Boden, und der Spalt verbreiterte sich mit schrecklicher Geschwindigkeit und schnitt die Etherion in zwei Hälften. Die Ränder zerbröckelten und prasselten in den Abgrund. Aus der Höhe regneten Steine herab.

»Travis!«

Das war Beltan. Angst lag in seiner Stimme. Dann verstand Travis, warum das so war.

»Wir können nicht zum Ausgang, oder?«, fragte Lirith.

»Nein, es sei denn, Ihr wollt so weit springen.«

»Das ist viel zu weit«, sagte Durge.

Und es wurde noch weiter. Noch ein Beben, und noch mehr Boden sackte in die Tiefe. Der Spalt fing an, auf die Wände überzugehen.

»Melia?«, übertönte Falkens Stimme die fallenden Trümmer. »Kannst du sie nicht herüberholen?«

»Uns vor dem Sturz zu bewahren war alles, was ich tun konnte«, sagte die Lady verzweifelt. »Ich habe nicht mehr die Kraft für eine solche Anstrengung.« Sie streckte die Hand aus. »O meine Lieben.«

»Wir müssen gehen«, sagte Vani nach einem Blick auf die einstürzende Kuppel.

»Aber wir können sie doch nicht einfach zurücklassen!«, rief Aryn. Sie streckte eine zitternde Hand aus – aber es war nicht Liriths Name, den sie rief, oder Travis'. »Durge ...«

»Habt keine Angst um uns, Mylady«, sagte der Ritter mit strenger Stimme und einem seltsam sanften Schimmer in den Augen. »Ihr müsst jetzt gehen.«

Das Gesicht der Baronesse war voller Entsetzen.

Grace kämpfte darum, auf den Füßen zu bleiben. »Travis, was ist mit deinen Runen?«

Er schüttelte den Kopf. Falls es Runen für einen Transport gab, kannte er sie nicht ...

Travis schlug sich mit der Hand vor die Stirn.

»Sareth, das Tor!«

Der Mournisch riss die Augen weit auf. »*Ga'dath!* Wir sind Dummköpfe!« Er zog das Tor-Artefakt aus der Tasche.

»Habt Ihr noch den Skarabäus, Travis?«, fragte Lirith.

Er zog ihn aus der Tasche.

»Ich würde vorschlagen, dass Ihr Euch beeilt«, knurrte Durge.

»Vani!«, rief Sareth. »Wir haben eine andere Fluchtmöglichkeit. Du musst die anderen hier rausschaffen. Sofort!«

In Vanis Augen blitzte Verstehen auf. »Ich sehe dich auf der anderen Seite, Bruder!«

Beltan hob eine Hand. »Travis?«

Er grinste und winkte zurück. »Ich sehe dich draußen, Beltan!«

Der Ritter grinste und nickte.

»Lauft«, sagte Vani. »Wir müssen rennen!«

Beltan drehte sich um und half Aryn und Grace, über die Trümmer zu eilen. Vani stieg behände über die Steine und lenkte Melia und Falken durch das Labyrinth. Sie liefen in einen Torbogen und waren verschwunden.

Um sie herum regneten Steine in die Tiefe und zersplitterten zu scharfen Trümmern. Travis drehte sich um und sah, wie Sareth den sich windenden Skarabäus drückte. Ein Tropfen Blut quoll hervor und fiel in das Artefakt. Das bedeutete, dass noch ein Tropfen übrig war. Es war gut zu wissen, dass sie noch eine Rückversicherung hatten.

Lirith befestigte das Prisma auf dem Artefakt, und sofort bildete sich das Tor: ein schwarzes Oval, das von blauen Flammen umringt wurde.

Das Tor zischte und flackerte.

Durge betrachtete es. »Was ist damit los? Es sieht schwächlich aus.«

»Ich weiß es nicht«, erwiderte Sareth. »Vielleicht stören irgendwelche Nachwirkungen des Dämons seine Magie. Aber es ist offen, und wir müssen hindurchschreiten.«

Wie um Sareths Worte zu unterstreichen, brach ein volles Viertel der Kuppel ein und begrub den Torbogen unter sich, durch den ihre Freunde erst Augenblicke zuvor geflohen waren. Der Rest der Kuppel sackte ab.

»Jetzt!«, rief Sareth.

Die Gefährten sprangen auf das Tor zu.

Travis stolperte. Der Rucksack, den er während der ganzen Ereignisse geschafft hatte festzuhalten – und der seine kostbaren Besitztümer beherbergte –, rutschte von seiner Schulter und fiel zwischen die Trümmer. Ein funkelnder Gegenstand rutschte heraus und landete am Rand eines

Spalts. Seine Nickelbrille, die, die einst dem Revolvermann Tyler Caine gehört hatte.

Er riss den Kopf nach oben. Die anderen waren bereits in dem Tor verschwunden. Es flackerte wie verrückt. Aber er konnte die Brille nicht zurücklassen – Jack hatte sie ihm geschenkt. Verzweifelt griff er zwischen die Trümmer. Seine Finger berührten Draht und Glas, dann schlossen sie sich um die Brille.

Mit einem Aufschrei warf sich Travis nach vorn und stürzte in das knisternde Tor.

38

Steine regneten in die Etherion herab. Unter einem Trümmerhaufen regte sich etwas. Eine Gestalt erhob sich; ihr schwarzes Gewand bestand nur noch aus Fetzen und war grau vom Staub, das heitere goldene Gesicht eingebeult, aber intakt. Die Gestalt war schwer gezeichnet und blutete, aber sie war nicht tot.

Der Spalt im Boden klaffte auf wie ein hungriger Rachen. Die hohen Wände ächzten und neigten sich nach innen. Im nächsten Augenblick würde alles einstürzen.

Dann entdeckte die Gestalt es keine zehn Schritte entfernt: ein schwarzes Oval aus Nichts, das von blauem Feuer umzüngelt wurde. Ein Tor – sie hatten ein Tor geöffnet. Aber es war im Begriff, sich zu schließen.

Die Gestalt setzte sich in Bewegung, ignorierte ihren Schmerz, während sie auf allen vieren über die spitzen Steine kroch. Ein letztes Stöhnen zerberstenden Steins zerriss die Luft, dann stürzten die Reste der Kuppel und der Mauern nach innen.

Mit einem Aufschrei warf sich die Gestalt in dem zerrissenen Gewand nach vorn – und glitt durch die sich zusammenziehende Iris des Tors.

Das Tor schloss sich wie ein Auge und verschwand einfach, und die Etherion von Tarras – die zweitausend Jahre lang in ihrer ganzen Pracht die Stadt überragt hatte – brach zusammen und verwandelte sich dabei in ihren eigenen Begräbnishügel.

39

Grace drängte sich an die anderen und sah zu, wie sich die große blaue Kuppel der Etherion nach innen neigte und einstürzte. Ohrenbetäubendes Donnern erfüllte die Luft, und eine gewaltige weiße Staubwolke stieg in den Himmel.

Die Bürger von Tarras drängten sich in den Straßen des Zweiten Kreises, zeigten und schrien auf, als sie dem Zusammenbruch des großen Gebäudes zusahen. Soldaten liefen in alle Richtungen und brüllten Befehle. Keiner schenkte den Gefährten auch nur die geringste Aufmerksamkeit, so wie auch niemand sie aus der Etherion hatte stürmen sehen, da eine Wolke aus Steinstaub aus dem Eingang hervorgeschossen war und ihre Flucht verborgen hatte.

Jeder wird glauben, dass ein Erdbeben die Etherion zerstört hat. Sie werden nie etwas von dem Dämon erfahren, der um ein Haar die ganze Stadt und jeden ihrer Einwohner verschlungen hätte.

Aber vielleicht war das auch besser so. Vielleicht war es besser, wenn sie es für einen Akt der Natur hielten statt einer uralten und hungrigen Magie. Manchmal war es besser, nicht zu wissen, welch finstere Geschöpfe auf der Welt lebten.

Jetzt stürzten die Mauern der Etherion ein und schickten noch mehr Staub in den Himmel. Aryn seufzte und legte den Kopf auf Graces Schulter, und sie legte einen Arm um die junge Baronesse.

Schon gut, webte sie durch die Weltenkraft, darüber erstaunt, wie einfach das war. *Wir sind jetzt in Sicherheit, Aryn.*

Ich weiß, erwiderte Aryn und seufzte wieder.

Beltan und Vani standen nahe beieinander und wirkten nachdenklich. Grace wurde sich plötzlich bewusst, was für einen strahlenden Eindruck der große, blonde Mann neben der dunkelhaarigen Meuchelmörderin machte. Sie war wie die tiefe, geheimnisvolle Mitternacht, und er im Vergleich dazu wie der helle, strahlende Tag. Sie konnte sich keine zwei Leute vorstellen, die unterschiedlicher gewesen wären.

Aber sie haben etwas gemeinsam, nicht wahr? Beide lieben sie Travis. Beltan, weil ihm sein Herz das sagt, und Vani, weil die Karten es ihr vorhergesagt haben.

»Ich ertrage es nicht, mir das anzusehen«, sagte Melia leise; auf ihren kupferfarbenen Wangen schimmerten Tränen.

Sie wandte sich von der Zerstörung ab, und Falken hielt sie mit grimmigem Gesichtsausdruck. Die Lady hielt ein kleines schwarzes Kätzchen im Arm. Grace fragte sich, wo das wohl hergekommen war. Das Kätzchen miaute leise und strich mit der Pfote über Melias Wange.

Mehr Soldaten rannten herbei und brüllten die Zuschauer an, zurückzubleiben.

»Wir sollten keine Aufmerksamkeit auf uns ziehen«, sagte Vani. »Hier könnten sich noch immer Scirathi herumtreiben. Wir können nicht davon ausgehen, dass sie alle in der Etherion vernichtet worden sind.«

Sie begaben sich in die Einmündung einer schmalen

Straße, wo sie das Chaos aus kühlem Schatten heraus beobachten konnten. Wieder erbebte die Luft, und noch mehr Staub quoll auf.

»Xemeth«, murmelte Vani gequält.

Grace warf der Meuchelmörderin einen Blick zu und glaubte zu verstehen. In gewisser Weise trug Vani die Schuld dafür, dass sich Xemeth mit den Scirathi verbündet und den Dämon befreit hatte, denn sie hatte seine Liebe zurückgewiesen. Trotzdem war das seine Entscheidung gewesen und nicht die ihre. Sanft löste sich Grace von Aryn und ging auf die *T'gol* zu. Sie zögerte, dann legte sie Vani die Hand auf den Arm.

»Es war nicht deine Schuld«, sagte sie.

Vani nickte steif, erwiderte aber nichts.

Falken ballte die Hand mit dem schwarzen Handschuh zur Faust. »Da der Dämon jetzt zerstört wurde, hoffe ich, dass der Fluss der Zeit wieder zu seinem rechtmäßigen Verlauf zurückkehrt.«

Melia hatte ihre Tränen getrocknet. »Das ist er bereits. Mandu hat mir mitgeteilt, dass es hier und da noch ein paar Wirbel und Strudel gibt, aber dass selbst die sich beruhigen. Wir werden uns nicht länger in der Vergangenheit verlieren.«

Beltan erschauderte. »Ja, genauso war es – in die Vergangenheit verstrickt zu werden.«

Aryn schaute mit weit aufgerissenen Augen auf. »Ich nahm an ... ich nahm an, das wäre nur mir passiert.«

Grace musterte ihre Freundin besorgt. »Was ist geschehen, Aryn?«

»Es war schrecklich.« Die Baronesse legte ihren funktionierenden Arm vor die Brust. »Wie ein böser Traum, nur viel realer. Es war wieder der Abend der Wintersonnenwende, und ich ...« Sie holte tief Luft und nahm die Schultern zurück. »In diesem Traum habe ich etwas Schreckliches getan, etwas, das ich auch in Wahrheit tat, und dessen ich mich furchtbar schäme.«

Grace verstand. Leothan. Aryn hatte den jungen Lord mit einem Zauber getötet. Aber er war ein Eisenherz gewesen.

»Dann war da ein Schatten. Er wollte, dass ich mich vom höchsten Turm des Schlosses stürzte. Aber das habe ich nicht.« Sie schaute mit leuchtenden blauen Augen auf. »Denn wisst ihr, ich wusste, dass das nicht die richtige Antwort sein konnte, dass der Tod meine Tat nicht ungeschehen machen würde. Ich glaube, der Schatten war wütend. Er schrie mich an, aber ich floh.«

Grace wusste nicht, was sie sagen sollte. Sie ergriff Aryns Hand – die rechte, nicht die linke – und nahm die blassen, verkümmerten Finger zwischen beide Hände.

»Euer Traum unterscheidet sich nicht sehr von meinem«, sagte Beltan mit für ihn uncharakteristischem Ernst. »Genau wie Ihr erlebte ich wieder eine dunkle Tat, die ich einst beging. Es war ... ein Mann, den ich getötet habe. Dann kam der Schatten und wollte mich dazu bringen, den Dolch gegen mich selbst zu richten. Ich fing an, mir die Klinge ins eigene Herz zu stoßen. Aber dann ...«

»Was dann?«, wollte Grace wissen.

Der große Ritter zuckte mit den breiten Schultern. »Dann erkannte ich, dass, was auch immer ich in der Vergangenheit getan habe, es etwas in der Gegenwart gibt, wegen dem ich leben will.«

Grace lächelte ihn an; sie brauchte den Namen nicht laut auszusprechen. *Travis.* Aber was konnte Beltan nur für eine finstere Tat begangen haben? Er hatte gesagt, er hätte einen Mann getötet, aber er war ein Krieger. War er nicht gezwungen gewesen, in der Schlacht viele Männer zu töten?

Melia berührte die Blüten einer *Lindara*-Pflanze, die an der weißen Häuserwand emporwuchs. »Ich glaube, der Schatten in euren Träumen war der Dämon. Das war ein Teil seiner Magie. Hättet ihr in eurem Traum das getan, was er wollte, dann hätte er gewonnen, und er hätte euch verschlungen.« Sie lächelte stolz. »Aber ihr habt dem Schatten nicht nachgegeben. Die Geister der Vergangenheit werden euch nicht mehr quälen.«

Grace wusste, dass das nicht hundertprozentig korrekt war. Die Schatten der Vergangenheit waren noch immer da. Wenn sie die Augen schloss und mit der Gabe zugriff, konnte sie sie noch immer sehen, wie sie bei jedem von ihnen mit ihren strahlenden Lebensfäden verbunden waren.

Dennoch ...

Die Schatten waren kleiner geworden, mehr in die Ferne gerückt. Das galt sogar für Graces Schatten. Sie dachte darüber nach, und vielleicht, nur vielleicht, verstand sie den Grund dafür. Sie konnten ihre Vergangenheit niemals hinter sich lassen, nicht vollständig; sie würde sie immer begleiten wie ein Schatten. Aber sie hatte auch wie ein Schatten keine reale Macht über sie, keine fassbare Gestalt.

Die Dunkelheit würde stets bleiben, aber das bedeutete nicht, dass sie nicht nach vorn sehen konnten – in das Licht.

Grace holte tief Luft, dann schloss sie die Augen, griff hinaus und berührte das schimmernde Netz der Weltenkraft. Sie tat es mit Leidenschaft, ohne auch nur etwas von sich zurückzuhalten, und zum ersten Mal umarmte Grace die funkelnden Fäden – umarmte sie das Gefüge des *Lebens* – ohne Furcht.

Es war großartig.

Grace?

Das war Aryns Stimme, die in ihrem Geist sprach.

Grace, geht es dir gut?

Wie sollte sie das nur erklären?

Das tut es, Aryn, webte sie als Antwort. *Zum ersten Mal in meinem ganzen Leben geht es mir richtig gut.*

Ärztin, heile dich selbst.

Grace öffnete die Augen. Die anderen sahen sie neugierig an. Sie zog eine Grimasse, dann lachte sie.

»Tut mir Leid«, sagte sie und beließ es dabei. Wie Lirith sie einst gelehrt hatte, war es für ein Mädchen nicht verkehrt, ein paar Geheimnisse zu haben.

Sie hörte auf zu lachen. Dabei ertappte sie sich, wie sie Vani, Melia und Falken ansah. Was hatten sie geträumt, als sie unter dem Bann des Dämons gestanden hatten? Aber was es auch war, sie schienen nicht darüber sprechen zu wollen. Doch Falkens von den Elementen gegerbtes Gesicht sah abgezehrt aus, und Grace glaubte zu wissen, welchen Augenblick ihn der Schatten noch einmal hatte durchleben lassen: der Tod eines Königreichs.

Aber Malachor ist nicht tot, oder? Nicht richtig jedenfalls, nicht, solange du hier bist.

Natürlich war das absurd. Aber andererseits galt das auch für die hundert anderen Dinge, die ihr seit jener Nacht im Oktober vor nicht mal einem Jahr passiert waren. Als sie nach Eldh gereist war. Als sie nach Eldh zurückgekehrt war.

Sie berührte den Stahlanhänger an ihrem Hals. *Du bist eine Königin, ob es dir gefällt oder nicht. Aber glücklicherweise bist du die Herrscherin eines Königreichs, das nicht mehr existiert. Du musst zugeben, das macht die Sache ganz bequem. Den ganzen Glanz und die Pracht, aber nichts von der Last.*

»Was ist mit dir, Grace?«, fragte Beltan. »Was hast du in dem Schatten gesehen?«

Sie fasste die Kette fester und befeuchtete sich die Lippen. »Es war das Waisenhaus, in Colorado. Ich war wieder in der Nacht da, in der es niederbrannte. Nur dass ich ...«

Ihr Herz überschlug einen Schlag, und trotz der warmen Luft fröstelte sie. »Ich war es. Ich war diejenige, die es getan hat. Ich wusste nicht mehr, dass es so passiert war. Ich ... ich glaube, ich habe es damals nicht verstanden. Aber jetzt, wo ich es noch einmal erlebt habe, war es so klar.«

Aryn kam näher. »Was war klar, Grace?«

»Das Feuer. Ich habe das Feuer entzündet, das das Waisenhaus zerstört hat. Mit einem Zauber.«

Die Baronesse starrte sie erstaunt an; Melia presste die Lippen zusammen und nickte.

»Ich habe gehört, dass sich das Talent einer Hexe in

einem Augenblick großer Belastung zum ersten Mal manifestieren kann«, sagte Melia.

Grace wurde schwindelig. Belastung. Ja, das war das richtige Wort dafür. Sie erinnerte sich an die Treppe, die Tür, die sich öffnete, und Mrs. Fulch auf der Chaiselongue, die klaffende Wunde in ihrer Brust ...

Sie sah den Barden an. »Falken, ich muss dir etwas erzählen, was ich gesehen habe. Es war so schrecklich, ich muss ... ich muss die Erinnerung irgendwo tief in meinem Inneren vergraben haben. Aber jetzt weiß ich wieder alles. Ich ...«

Die anderen sahen sie besorgt an. Falken nahm sie bei beiden Schultern und hielt sie sanft, aber bestimmt fest.

»Was ist es, Liebes?«, fragte der Barde. »Du bist hier in Sicherheit. Du kannst es uns sagen.«

Es fiel ihr so schwer, es auszusprechen. Die Worte sprudelten wie Glassplitter aus ihr heraus.

»Eisenherzen. In dem Waisenhaus auf der Erde. Ich sah, wie sie ein neues machten. Mrs. Fulch. Sie steckten es in ihre Brust, den Eisenklumpen, und sie wachte auf. Und der andere war da. Einer der Blassen. Und ich sah es im Licht des Phantomschattens – das Symbol des Rabenkultes.« Sie schüttelte den Kopf. »Aber es ist keine Rabenschwinge. Es war ein Auge – ein Auge in einem schrecklichen Antlitz, und sie sagten, sie würden ihm helfen, zurückzukehren, zu seiner Welt zurückzukehren und alles zu beherrschen.«

Melia wurde aschfahl. Falken grub die Finger in Graces Fleisch und sah sie mit zwingendem Blick an.

»Wer, Grace? Wem wollten sie helfen, in seine Welt zurückzukehren?«

Irgendwie zwang sie die Worte eines nach dem anderen heraus. »Der Herr des Sonnenuntergangs.«

Melia keuchte auf, und Falken fluchte. Dann schien der Barde zu bemerken, dass er ihr brutal die Finger in die Schultern grub, und ließ sie los.

»Grace, verzeih mir. Ich ...«

Sie schüttelte den Kopf und legte ihm die Hand auf den Arm. Ihre Gedanken rasten, setzten die einzelnen Teile zusammen und kamen zu der schrecklichen Diagnose.

»Er ist es, nicht wahr, Falken? Ich habe dich mal danach gefragt – wenn das Kleine Volk zurückkehren konnte, warum dann nicht auch die Alten Götter? Und es stellt sich heraus, dass er die ganze Zeit dort war, auf der Erde, und nach einem Weg sucht. Er steckt hinter allem – dem Fahlen König. Dem Rabenkult. Sogar hinter den Scirathi. Nach dem zu urteilen, was Xemeth sagte, bin ich mir da sicher. Er ist der Grund für alles.«

Aryn und Beltan wechselten einen verblüfften Blick, und Vani runzelte die Stirn.

»Wovon sprichst du?«, fragte die Meuchelmörderin. »Wer ist der Meister aller dieser Übel, die du beschrieben hast?«

Grace befeuchtete sich die Lippen. »Mohg.«

Melia zitterte am ganzen Leib. »Das Auge ... natürlich ... wir hätten es zuvor erkennen müssen. Es ist keine Rabenschwinge, sondern ein Auge. Das Auge, das geblendet wurde ...«

»... und das wieder sehen kann«, vollendete Falken den Satz.

Melia sah entsetzt aus. Sie streckte die Arme aus, um

Grace zu umarmen, und dann nahm sie sie wieder runter. »O Liebes, was haben wir dir nur angetan? Wir wollten dich beschützen, stattdessen haben wir dich direkt in die Arme der Finsternis geschickt. Wie du wegen unserer Taten gelitten hast. Du musst uns hassen.«

Grace konnte es nicht ertragen. Sie hatte ihr Herz nicht zurückerobert, nur um es sich auf diese Weise brechen zu lassen.

»Ich liebe dich, Melia«, sagte sie leise. »Ich liebe dich und Falken so sehr.«

Die Lady drehte sich wieder um; ihr Gesicht drückte Qual und Erstaunen aus, genau wie Falkens.

Grace ging zu ihnen. »Ihr habt um das Leben meiner Eltern gekämpft, und um mein Leben. Wie könnte ich euch beide nicht lieben?«

Sie riss die beiden in eine stürmische Umarmung. Einen Augenblick lang waren die Lady und der Barde zu verblüfft, um sich zu rühren, aber dann erwiderten sie ihre Umarmung.

»Meine kleine Ralena«, murmelte Melia.

»Nein«, murmelte Falken. »Unsere Grace, die erwachsen geworden ist.«

Schließlich traten sie auseinander.

Beltan sah ihnen verwirrt zu. »Ich verstehe das nicht, Falken. Ich weiß, das ist keine Überraschung. Anscheinend bin ich immer der Letzte, der diese großen, welterschütternden Dinge versteht. Aber warum will Mohg nach Eldh zurückkehren?«

Aryn ergriff Beltans Hand. »Ihr seid nicht der Einzige, der schwer von Begriff ist, Cousin.«

»Er will das zu Ende bringen, was er vor tausend Jahren begonnen hat«, sagte Falken heiser. »Er will das tun, wovon ihn die Alten und die Neuen Götter einst gemeinsam abgehalten haben.«

»Und das wäre?«, fragte Beltan.

»Mohg will die Erste Rune brechen und Eldh nach seinem Antlitz umformen, er will die Welt und ihre Menschen für alle Zeiten versklaven.«

Diese Worte machten die anderen sprachlos. Auf der Hauptstraße hatte das Donnern der Steine aufgehört, und die Soldaten hatten ihre Arbeit getan, denn die Straßen des Zweiten Kreises leerten sich.

Vani begab sich mit anmutigen Schritten zum Rand der Seitenstraße und spähte hinaus. »Das gefällt mir nicht.«

»Was ist denn?«, fragte Melia und trat an sie heran.

Vani drehte sich um. »Mein Bruder, Travis und die anderen. Sie müssten mittlerweile hier sein.«

Erst als sie das sagte, wurde Grace klar, dass sie Recht hatte. Sie waren so sehr in ihre Entdeckungen versunken gewesen, dass sie Travis, Sareth, Durge und Lirith völlig vergessen hatten.

Falken kratzte sich am Kinn. »Braucht es nicht seine Zeit, um so ein Tor zu benutzen? Zumindest habe ich das angenommen.«

»Nein«, sagte die Meuchelmörderin scharf. »Der Transport durch das Tor geschieht unverzüglich.«

Beltan runzelte die Stirn. »Ich verstehe nicht, was Ihr meint!«

»Ja, wovon sprecht Ihr?«, sagte Aryn.

Vani begegnete ihren Blicken, und Grace spürte neue Furcht in sich aufsteigen.

»Es bedeutet«, sagte Vani, »dass etwas schief gelaufen ist.«

40

Das hier stimmte nicht. Es war unmöglich.

Travis blinzelte, als ihm ein scharfer Wind Staub ins Gesicht wehte. Tumbleweeds tanzten und rollten über die breite Straße aus festgestampfter Erde, die sich vor ihm erstreckte. Holzhäuser säumten die Straße, ihre rechteckigen Fassaden ragten in den blauen Himmel.

»Das sieht mir nicht nach Tarras aus«, sagte Durge in seinem grollenden Tonfall.

Das war eine echte Untertreibung. Travis öffnete den Mund, aber die Worte blieben ihm im Hals stecken. Die unnatürliche Kälte ihres Durchgangs hielt ihn noch gepackt. Dampfend löste sich der Frost auf, der sich auf ihren Kleidern festgesetzt hatte und im grellen Licht der Sonne verging – eine Sonne, die irgendwie weißer und kleiner als die Sonne erschien, die über Tarras geleuchtet hatte.

Lirith schüttelte den Kopf; ihr schwarzes Haar glitzerte feucht. »Sareth, was ist das für ein Ort?«

Der Mournisch trat einen Schritt vor, und sein Holzbein wirbelte noch mehr Staub auf. »Ich weiß es nicht, *Beshala*. Nichts daran ist vertraut.«

Mir schon, wollte Travis sagen. Er kannte diesen Ort. Aber wieso? Er erinnerte sich, das Tor betreten zu haben, und an die eisstarrende graue Leere des Nichts …

Das Nichts. Aber da hätte kein Nichts sein dürfen, nicht, wenn sie in Tarras von einem Ort zum anderen sprangen. Die graue Leere existierte nur zwischen den Welten …

Endlich zersplitterte das Eis, das seinen Verstand eingefroren hatte, und er wusste Bescheid. Sie waren nicht in Tarras. Sie waren nicht einmal auf Eldh. Das hier war die Erde.

Nicht einfach nur die Erde.

Ja, da war McKay's General Store, und das Opernhaus, das Prospektorenbüro und der Mine Shaft Saloon ...

Der Mine Shaft? Aber der Saloon konnte unmöglich da sein. Er hatte mit eigenen Augen mit angesehen, wie er niedergebrannt war. Und doch stand er da. Was bedeutete, dass das nur ein Ort sein konnte.

»Es ist Castle City«, murmelte er.

Die anderen warfen ihm scharfe Blicke zu.

»Ihr meint, Euer Heimatdorf?«, sagte Durge. Der Ritter riss die Augen auf. »Das ist *Eure* Welt?«

»Ja, das schon. Aber ...« Er machte einen stolpernden Schritt nach vorn.

Aber etwas stimmte nicht.

»Was ist mit uns passiert, Sareth?«, wollte Lirith wissen. Sie legte ihm eine Hand auf den Arm und sah ihn flehend an.

Der Mournisch hielt das schwarze Artefakt hoch. »Ich weiß es nicht. Das Tor hat sich seltsam benommen. Ich schätze, etwas von der Dämonenmagie muss noch nachgewirkt und die Macht des Artefakts verzerrt haben.«

»Aber wir haben noch einen Tropfen Skarabäusblut«, sagte Durge. »Können wir es nicht dazu benutzen, um zurückzukehren?«

Travis hörte sie kaum. Seine Gedanken rasten. Was ging hier nur vor? Die Ladenfassaden. Die Elk Street, der Castle Peak, der in der Ferne in die Höhe ragte – das alles sah vertraut aus. Aber es sah auch *falsch* aus. Er machte noch einen Schritt nach vorn.

Beinahe hätte er ihn übersehen. Ein dunkler Umriss kam um die Ecke gebogen und donnerte die Elk Street entlang. Eine Peitsche knallte, Pferde wieherten.

»Travis!«

Durges starke Hände packten ihn an den Schultern und rissen ihn noch gerade rechtzeitig zurück, um zu verhindern, dass er überfahren wurde. Travis blinzelte und sah die Postkutsche die Elk Street in Richtung Silber Palace Hotel herunterrattern.

»Das ist aber ein seltsamer Wagen«, meinte Lirith. »Ist das auf Eurer Welt ein übliches Transportmittel, Travis?«

Üblich? Nicht in den letzten hundert Jahren.

»Das kann nicht sein«, flüsterte Travis. »Das ist unmöglich.«

Aber hatte der Dämon nicht den Fluss der Zeit verzerrt? War das nicht Teil seiner Macht gewesen?

Ein Windstoß umfing sie in seiner staubigen Umarmung, und ein Stück Papier traf Travis mitten ins Gesicht. Er schlug danach und zog es weg, dann starrte er auf die großen schwarzen Worte, die auf dem oberen Teil gedruckt standen:

THE CASTLE CITY CLARION

Er wollte nicht hinsehen. Trotzdem zwang er sich dazu, das klein Gedruckte unter dem Impressum zu lesen; er zwang die Buchstaben dazu, ihren Tanz einzustellen. Trotz der

Übelkeit, die in ihm aufstieg, wusste Travis, dass er die Zahlen richtig gelesen hatte:

ABENDAUSGABE – 13. JUNI 1887

»Travis, was ist denn?«, fragte Lirith atemlos.

Nicht einmal das Tor konnte ihnen helfen. Nicht, wenn sie hundert Jahre vor ihren Freunden in Tarras eintreffen wollten. Er schaute von der Zeitung auf und begegnete nacheinander den Blicken der Hexe, des Ritters und des Mannes aus dem Volk der Mournisch.

»Ich glaube, wir haben uns verirrt«, sagte Travis.